Jasmin P. Meranius

Verurteilt

Konrad Kümmers erster Fall

Das Buch:

Zehn Jahre Gefängnis – eine unvorstellbar lange Zeit für eine junge Frau. Doch wie muss es sein, wenn man diese Jahre auch noch unschuldig hinter Gittern verbracht hat? Wanda plant die Wiederaufnahme des Verfahrens für den Mord an ihrer Tante, in dem sie zu dieser langen Haftstrafe verurteilt wurde.

Zeitgleich schlürft der Bornheimer Konrad Kümmer in seinem Stammcafé seine Dosis Koffein – schwarz und mit sehr viel Zucker. Er ist ein sorgloser Frankfurter, der sich als Kaufhausdetektiv und Gärtner zum gelegentlichen Geldverdienen verdingt und es sich eher spart, über Sinn und Unsinn seines Daseins nachzugrübeln. Bis der erste von insgesamt vier Morden passiert und er in einen Fall hineinschlittert, der ihn an seine Grenzen bringt. Denn ein Serienkiller mordet – gnadenlos und schonungslos rasiert er seinen Opfern erst das Kopfhaar, um ihnen die Schönheit zu nehmen, bevor er sie mit einem gezielten Bolzenschuss tötet. Doch das Schlimmste ist: Konrad Kümmer kennt die Opfer, kennt die Frauen allesamt – näher.

Die Autorin:

Jasmin P. Meranius, 1983 in Frankfurt am Main geboren, arbeitet seit dem Betriebswirtschaftslehrestudium als selbstständige Immobilienmaklerin und Schriftstellerin. Sie spendet einen Teil ihres Bucherlöses an das Frankfurter Frauenhaus »Lilith«.

Jasmin P. Meranius

Verurteilt

Konrad Kümmers erster Fall

Der Frankfurt-Krimi

Vorlant Verlag

Bibliographische Information der Deutschen Bibliothek:

Die Deutsche Bibliothek verzeichnet diese Publikation in der Deutschen Nationalbibliographie; detaillierte bibliographische Daten sind im Internet über http://dnb.ddb.de abrufbar.

www.morlant-verlag.de

Umschlag: pix-fx-design, Volker Loschek, Nidderau
Lektorat: Textperlen, Jena
Satz: freistilprojekt Kommunikation & Design, Bad Vilbel

ISBN 978-3-943041-21-7

»Gib der Eifersucht auf einen einzigen Moment Gehör, und du wirst im Nu ihr Sklave, der nun an den Ketten eines Herzens auf ewig schäumen und rasen muß, der seine Blicke zu Giftmischern und seine eigenen Gedanken zu seinen Folterknechten macht.«

Ernst Wagner

Für Lilith

Prolog

Ihre Angst schwillt in Sekundenschnelle zu einer Panik an; die Augen starren weit aufgerissen in das Ende des Gewehrlaufs.

Das hier könnte ihr Ende sein.

Das alte Gewehr, eine Mauser Modell 98, misst mit Bajonett schicksalhafte 1.355 Millimeter. Und sein Kurvenvisier ist direkt auf ihr Gesicht gerichtet.

Als sie versteinert für ein paar Sekunden die Augen schließt, hört sie, wie die alte Wohnzimmeruhr ertönt. Sie weiß: Sobald der Schütze die 4,1 Kilo entsichert und abdrückt, wird das vertraute Ticken des Uhrwerks keine Rolle mehr spielen. Ebenso wenig, wie das schulterlange, störrig gewachsene Haar des Schützen.

Langsam öffnet sie ihre Augen wieder und starrt blind auf den Finger des Schützen, der sich auf dem Auslöser rührt. In Sekundenbruchteilen überwindet die Patrone die sechshundert Millimeter Lauflänge des Gewehrs - nach ihrem Empfinden eine Ewigkeit, aber in Wirklichkeit weniger als eine Zehntelsekunde. Die Patrone schlägt einen Lidschlag später zwischen ihre weit aufgerissenen Augen ein, die ums Überleben gebettelt und etwas gesehen haben, das schon viel früher hätte gesehen werden können.

Zehn Jahre später
und dreizehn Wochen vor Prozessbeginn

Gerichtsbezirk Frankfurt am Main

Wandas Schläfen pulsieren.

Die junge Frau spürt, wie ihr Körper zu beben beginnt und sie nur zuschauen kann. Blut und Adrenalin rauschen in ihren Ohren, und ihr Herz pocht gegen den Brustkorb, als wolle es ihn zersprengen. Doch Wanda versucht, den Moment zu genießen. Ein Jahrzehnt lang hat sie auf ihn gewartet, auch wenn sie weiß, dass das Gefühl, die Zeit unwiederbringlich verloren zu haben, für die Ewigkeit in Stein gemeißelt bleibt.

»Dieses Mal plädiert der Herr Staatsanwalt auf Freilassung, sodass wir uns etwas einvernehmlicher verabschieden können als beim letzten Mal«, schallt es feierlich, aber schwer durch den düsteren, ehrwürdigen Gerichtssaal. »Ich gebe dem Antrag auf vorzeitige Entlassung statt und setze unter Vorbehalt des Wohlverhaltens die Reststrafe auf Bewährung aus. Die Sitzung ist sodann geschlossen!«

Doch das ist nur der Anfang!, denkt Wanda. Ein Auftakt. Mein Racheweg zurück in die Vergangenheit, zum Beweis meiner Unschuld, liegt noch vor mir.

Und Wandas tapferer Blick zeigt, dass sie den Beweis dafür liefern wird, dass man sie als einundzwanzig Jahre altes Mädchen zu Unrecht zu fünfzehn Jahren Haft verurteilt hat.

Denn sie hat die Frau ihres Onkels nicht erschossen.

Und Wandas innere archaische Stimme ist die Bestätigung dafür, dass nicht einmal die grauen Gefängnismauern die starken Gedanken der jungen Frau einsperren konnten. Sie blieben draußen und suchten nach dem wahren Mörder – und haben ihn gefunden.

***

Zeil, Frankfurt

Ein Flughafenhotel ist nach der Gefängnisentlassung am Vormittag Wandas erste Station gewesen. Einen Ort mit mehr Möglichkeiten als den Flughafen gibt es nun mal nicht. Eine andere Absteige stellte für Wanda zu keiner Zeit eine Alternative dar. Sich in der eigenen Stadt wie eine Fremde fühlen? Das wäre wie auf einer Feier zu landen, auf der niemand ihre Ankunft bemerkt.

Die junge Frau läuft alleine, in zögerlichen Schritten die frühherbstliche Zeil entlang. Es ist die Frankfurter Einkaufsmeile schlechthin. Mit Jeans, wie man sie vor über zehn Jahren getragen hat, schlendert sie vom zentralen Platz »Konstablerwache« zum südlich gelegenen ehemaligen Wachgebäude an der »Hauptwache«, in dem sich heute ein beliebtes Café befindet.

Von dort aus ist es nicht mehr weit bis zur zweiten Station: die noblen Straßenausläufer »Freßgass« und »Goethestraße«.

Vor Wandas Inhaftierung haben die Luxusboutiquen auf der Goethestraße eine bedeutende Rolle gespielt. Fast täglich war sie hier gewesen und hatte mit klopfendem Herzen und feuchten Augen die Schaufenster der großen Designer studiert. Die stadtbekannte Nobelboutique, vor der Wanda einen Moment innehält, war einmal ihre Lieblingsboutique gewesen. Luxus war Wandas zweiter Vorname. Sie hatte schon früh von oben auf Frankfurt schauen können – gemeinsam mit all den wohlhabenden Investmentbankern und Finanzdienstleistern, die nicht nur mit ihren großen Wolkenkratzern das Stadtbild beherrschen.

Doch heute?

Unweigerlich erblickt Wanda ihr eigenes Spiegelbild. Es bäumt sich geradezu bedrohlich vor ihr im Schaufenster auf. Ihr Haarschnitt ist durchschnittlich, und ihr Haar hat eine ausdruckslose Farbe. Sie sieht an sich herunter und weiß natürlich, dass Haute Couture anders aussieht. Das vermögen die kleinen goldenen Stickereien auf den Brusttaschen ihrer Jeansjacke auch nicht aufzuwerten. Auch wenn Wanda ihr eigentlich ebenmäßiges Gesicht, die hohen Wangenknochen und ihre großen braunen Mandelaugen nur schwach im Schaufenster sehen kann, weiß sie doch um deren Ausdruck. Sie weiß es seit zehn Jahren.

Sie sind müde und fahl. Eine widerliche Anschuldigung hat das Leben darin gelöscht. Auch wenn Wanda schon immer ein labiles Selbstwertgefühl hatte, war sie unter den Nachwuchsdesignern der Modebranche einmal eine Hoffnungsträgerin gewesen. Die Stickereien auf den Brusttaschen ihrer Jacke hatte sie genäht. Doch die Passanten um sie herum tragen heute anderes – tragen bunte Tüten über das alte Kopfsteinpflaster, in denen sich eine neue Mode verbirgt.

Wandas Blick fällt auf einen Obdachlosen, der nur einer von über dreihundert in dieser Stadt ist. Er lächelt kalt und beobachtet auf der lebendigen Einkaufsmeile still und amüsiert diese tonlose Hektik der Oberschicht, als schaue er einen witzigen Stummfilm. Wanda kann das Großstadttheater, das sich ihr darbietet, nicht mehr so ohne Weiteres genießen.

Es schüchtert sie ein.

Aber eines ist sicher: Wanda wird den grauen Kittel, in den sie sich über die Jahre gehüllt und der sie zu einer durchschnittlichen Frankfurter Versagerin gemacht hat, schon bald wieder ablegen!

Das ist Station drei!

In Kürze wird alles wieder beim Alten sein, und die ehrgeizige junge Frau weiß auch schon ganz genau wie. Sie hatte schließlich lange genug Zeit, es sich reiflich zu überlegen.

***

Berger Straße, Coco's Café

Konrad Kümmer ist heute gegen Mittag in seiner kleinen Mansardenwohnung aufgewacht, die inmitten der geschäftigen Berger Straße liegt. Es stört ihn nicht, dass an den Holzfenstern schon die Farbe abblättert und die schmutzige Fassade bis zu ihm hoch in den vierten Stock reicht. Frankfurt ist seine Stadt und er Teil der unteren Mittelschicht. Sie kennt und schätzt Konrad Kümmer und weiß, dass sein Tag gewohnt betulich beginnt. Ausschlafen, laufen gehen, duschen und sich nach fünf Tagen im schwachen Neonlicht seines Spiegelschranks rasieren. Lebenswert macht seinen Tag erst das aufheiternde Heißgetränk – groß und schwarz: Kaffee.

Unweit von seiner Wohnung, im lebendigen Frankfurter Stadtteil Bornheim, wo er nun schon seit fast einem Vierteljahrhundert wohnt, liegt Coco's Café. Es hat einen ausgesprochen guten, starken Kaffee. Es ist zwar nicht die Coco Chanel unter den Frankfurter Frühstücksmöglichkeiten, aber es genügt Konrad Kümmers Ansprüchen.

»Du schon wieder?«, fragt Natascha, die Bedienung mit russischem Akzent.

»Du weißt doch, ich bin anhänglich«, antwortet Konrad, ohne mit seinen tiefblauen Augen von seiner Zeitung aufzublicken.

»Na dann. Schwarz mit Zucker, wie immer?«

Konrad reibt sich mit der rechten Hand zart über sein frisch rasiertes Kinn. Er mag es, wenn es glatt ist. »Also, wenn nicht einmal du meine Vorlieben kennst, wer dann? Zumal du mir jeden Morgen diese Frage stellst.«

»Morgen?« Das russische Mädchen lacht hinter vorgehaltener Hand und legt diese dann mütterlich auf Konrads Schulter. »Hast du schon mal auf die Uhr gesehen, Konrad Kümmer? Es ist bereits vier Uhr durch. In Russland wäre jetzt schon zum dritten Mal Schichtwechsel gewesen. Du solltest dich also ranhalten.«

Konrad zieht gleichgültig die breiten Schultern hoch, verharrt kurz in dieser Position und lässt sie wieder nach unten gleiten. »Wer langsam läuft, kommt auch ans Ziel.«

Nachdem er seine Dosis Koffein von der schönen Russin gebracht bekommen hat, langt der schlanke einhundertneunundachtzig Zentimeter große Mann beim Zucker zu. Das ist geradezu eine Manie von ihm. Belächeln muss im Coco's seinen auffällig gesteigerten Zuckerkonsum schon lange niemand mehr. Ungeniert versenkt er ein Würfelzuckerstückchen nach dem anderen in seiner Tasse, während er entspannt in der Tageszeitung von vorgestern blättert.

»Frauenleiche im Main angespült, bislang nicht identifiziert«, liest Konrad die Headline in schreiend großen Druckbuchstaben, anschließend die acht Zeilen darunter. Er stellt sich die Leiche vor, wie dort im Lokalteil beschrieben. Mit einer Tüte über dem Kopf. Abgemurkst durch einen Schuss mit einem Bolzenschussgerät. Und zwar genau zwischen die Augen.

Da wollte aber einer auf Nummer sicher gehen, denkt Konrad mit tief gekräuselter Stirn. »Hoffentlich werden sie den Namen des armen Mädchens bald feststellen.«

Er setzt sich auf und pflichtet schwer kopfnickend der Vermutung der Polizeipressesprecherin bei, dass es sich um ein Beziehungsdrama handeln könnte.

»Schweinehund!«, murmelt er. »Doch das haben die blauweißen Bullen nun davon, dass sie mich damals für die Polizeischule nicht zugelassen haben.«

Er blättert die Seite um.

Auch heute trägt er sich mit dem Gedanken, sich einen Nebenjob zuzulegen. Seitdem sein Saisonjob als Bademeister die Kasse nicht mehr aufzubessern hilft und er nur noch als Kaufhausdetektiv sein Geld verdient, stapeln sich die offenen Rechnungen auf seinem Küchentisch. Er überfliegt die Überschriften der Stellenangebote und bleibt bei einer Anzeige hängen: Gärtner mit Erfahrung gesucht – Siesmayerstraße in Frankfurt – von Eichenborn.

»Teures Pflaster«, bemerkt er und streicht sein dunkles Haar zurück. Er war mal Taxifahrer gewesen und kennt nicht nur die eindrucksvollen Stadtvillen in dieser Straße, sondern auch zufällig die von Eichenborns. Verschwommen sieht er das überkandidelte Einstecktuch des Alten von Eichenborns vor sich – ein scheinbares Muss für die reichen Frankfurter Schnösel.

»Gärtner gesucht ...«, liest Natascha im Vorbeigehen mit zusammengekniffenen Augen, als brauche sie eine Brille. »Siesmayerstraße? Sind dort nicht auch Botschaften ansässig?«

Konrad nickt.

Er lehnt sich zurück und verschränkt die Arme hinter seinem Kopf. »Ja, das sind sie. Die amerikanische und die vietnamesische Botschaft zum Beispiel. Und auf nicht weniger Wohnfläche das prächtige Haus der von Eichenborns.« Er streckt den Rücken durch. »Ich hatte damals in der Straße dort die Gärten für die Gartenfirma meines alten Herrn für ein paar Wochen übernommen, als er mal wieder vor der Pleite stand. Und das nur, weil der faule Hund selbst nicht mehr arbeiten wollte.«

»Dann ruf doch bei deinem alten Chef in der Siesmayerstraße an und bring dich und die Gartenfirma wieder ins Gespräch!«

Konrad zögert. Er schürzt die Lippen. »Aufgewärmte Suppe ist eigentlich nicht so mein Ding.«

»Hast du etwa Angst? Konrad, du bist loyal und zuverlässig. Jeder in deinem Umfeld weiß das. Und dein alter Chef wird das auch noch wissen. Also, ruf ihn an.«

Die Bedienung lächelt sanft, während Konrad sich noch schmerzlich gut an den Grund erinnern kann, weshalb er damals tatsächlich für seinen Vater den Gartenjob übernehmen musste. Sein verdammter Bandscheibenvorfall!, denkt er und beißt die Zähne zusammen. Von dem hat sich sein Vater bis heute nicht erholt. Und auch nicht von der Enttäuschung, dass Konrad die Firma nicht retten konnte.

»Gibt es die Gartenfirma eigentlich noch?«

Konrad guckt Natascha tief in die dunklen Augen. »Das System in dieser Stadt ist binär. Du bist entweder eine Eins oder eine Null«, erklärt er und greift nach seiner Dosis Koffein.

»Und die Firma von deinem Vater war keine Eins?«

»Soll das ein Witz ein? Da soll mal einer sagen, mit euch Russen wäre nicht zu scherzen.«

»Was ist passiert?«

»Nicht mal zwölf Monate hat es gedauert, bis der Kuckuck kam. Und ich meine nicht das niedliche Tier mit den Knopfaugen. Und der Kuckuck ist leider nur zu den großen Einsen in unserer Gesellschaft gut, nicht zu den großen Nullen.«

»Was bedeutet das?«

»Dass der Kuckuck alles mitgenommen hat! So läuft das nun mal in Deutschland.«

»Mitgenommen?«

»Bis auf meinen Vater natürlich! Leider. Die Pflegekosten hat man mir gelassen. Ebenso sein Verbittertsein.«

Die Bedienung verzieht erneut den Mund und steckt Konrad fürsorglich zwei Eierwecken zu, als mache sie sich Sorgen darum, dass er zu wenig esse. »Na ja, Konrad, vielleicht sollte es so sein! Du und Gärtner? Du hast etwas Besseres verdient.« Sie zuckt mit den Schultern. »Aber du wirst schon noch den richtigen Job finden. Du hast ein Herz aus Gold und hättest es verdient.«

Ja, vielleicht, denkt Konrad und nimmt einen großen Schluck von seinem schwarzen Kaffee. Auch wenn ihm etwas Gold in der Tasche lieber wäre. Wenn die Suche nach dem richtigen Job nicht über seinen fünfundvierzigsten Geburtstag hinausgehen soll, würde er sich etwas einfallen lassen müssen. Doch die Hoffnung stirbt für Konrad Kümmer zuletzt, auch wenn er den Eindruck hat, dass er mit seinem goldenen Herzen nicht sehr weit gekommen ist, jetzt an einem Scheitelpunkt steht und eine Wahl treffen muss.

»Die Stellenanzeige scheint sich also als dein gnädiges Schicksal aufzutun, Kümmer!«, wirft Konrad in den Raum, während die Bedienung längst mit einem anderen Gast beschäftigt ist.

Konrad hat sich in den letzten Tagen ungewöhnlich viele Gedanken über seine berufliche Lage gemacht. Nicht, dass er sich als großen Denker bezeichnen möchte. Wer ihn kennt, weiß, dass er das nie gewesen ist und niemals sein wird. Doch seit er weiß, dass er über das Geldverdienen nie nachgedacht hat, tut er dies nun andauernd. Ihm ist klar, dass es nichts mehr mit der großen Karriere wird, das hat er schon vor Jahren eingesehen. Er wird sich mit dem Titel »Kaufhausdetektiv« begnügen müssen. Das klingt abenteuerlich, ist es aber nicht. Auch wenn er gedacht hat, dieser Beruf sei wie Räuber-und-Gendarm-Spielen für ewig Junggebliebene. Schon als er nach der neunten Klasse orientierungslos entlassen wurde, fühlte er sich mehr hilflos als erwachsen. Doch die Lehrer waren nicht weniger unsicher – schließlich war Konrad schon in der ersten Klasse schlauer gewesen als sie. Ein Hochbegabter, wie der Schulpsychologe seinen Eltern bestätigt hatte, als sei es eine ansteckende Krankheit. Das war es auch für ein Kind aus der stadtbekannten Antoninusstraße. Allmählich glaubt Konrad, auf einer Party hängen geblieben zu sein, auf der er mittlerweile der letzte Gast ist. Etwas, das sein Vater ihm schon seit Jahren, oder besser gesagt Jahrzehnten, vorwirft.

Ohne zu wissen, dass diese Stellenanzeige vor ihm noch Fluch und Segen zugleich bedeuten wird, zieht Konrad also einen Kugelschreiber aus der Hemdtasche hervor. Er kreist die Anzeige großzügig ein. Ein Blick auf seine Armbanduhr sagt ihm, dass in fünfzehn Minuten seine Schicht im Kaufhaus auf der Zeil beginnen wird. Er kramt in seiner Hosentasche und fördert passend ein paar Cents zutage, um noch rechtzeitig die nächste U-Bahn zur Einkaufsmeile zu erwischen. Doch vorher will er noch kurz am Kiosk beim Leitner Oskar vorbei, die Zeitung von gestern holen.

Dann beginnt es für ihn – das beschissene Treiben, wie fast jeden Tag.

***

Kiosk, obere Berger Straße

Auch wenn es kein Kiosk im herkömmlichen Sinne mit alkoholisierten Dauergästen ist, sondern vielmehr ein gut sortiertes, winziges Tabakgeschäft, nennt man es doch im Viertel »Kiosk«. Es liegt mitten in der Fußgängerzone der lebendigen oberen Berger Straße.

Nachdem die alte Dame ein paar Worte mit dem Kioskbetreiber gewechselt, ihre Fernsehzeitung, eine Schachtel rote Marlboro und ein Frauenmagazin in ihrer Tüte verstaut und das Wechselgeld eingesteckt hat, ist Konrad Kümmer an der Reihe.

Mit den Händen in den Taschen nickt er dem Leitner Oskar zu. »Oskar, hat dir schon mal jemand gesagt, dass man sich als Bornheimer den Kiosk ohne dich gar nicht mehr vorstellen kann?«, fragt er.

Der große, massige Kerl mit freundlichen Augen, schütterem Haar, das seit Jahren unter einer karierten Schiebermütze versteckt wird, ist einer der wenigen Glückspilze in Frankfurt, die es irgendwie noch schlechter getroffen haben als Konrad Kümmer selbst. Oskar lächelt breit.

»Endlich mal jemand, der meine herausragenden Fähigkeiten erkennt. Und ich dachte schon, es würde ein mieser Tag werden«, entgegnet Oskar. »Ich habe Hunderte Kunden, und keiner hat es bisher mal für nötig gehalten, das zum Ausdruck zu bringen. Kein Wunder, dass ich an einem Erschöpfungssyndrom leide.«

Er verschwindet kurz nach hinten.

»Einer von hundert? Danke, dass du mich für etwas Besonderes hältst!«, brummt Konrad ihm nach.

Oskar kommt mit der Zeitung vom Vortag zurück und schiebt sich die Mütze aus dem Gesicht. Er schüttelt theatralisch mit dem Kopf und offenbart mit schwerer Stimme: »Da hat man nicht mehr lange bis zu seinem Vorruhestand und denkt, es könnte einen so schnell nichts mehr aus den Latschen hauen, und dann das. Ich muss dir sagen, es ist schlimm, was da draußen vor sich geht.«

Konrad vermutet, dass sein alter Kumpel mal wieder am Vorabend zu tief ins Glas geguckt hat und hält ihm warnend die rechte Hand vor die gerötete Nase und zieht unleidlich die Augenbrauen hoch.

Der Kioskbesitzer hebt abwehrend beide Arme. »Ich weiß, ich weiß, alter Freund! Du liest sie erst morgen. Bei meiner Batschkapp, ich verrate schon nix.« Er nimmt die Arme wieder runter. »Aber ich schätze, wir müssen uns trotzdem darauf gefasst machen, dass es nicht bei dem einen Mord bleiben wird, und sollten uns darauf einstellen, dass noch etwas kommen wird. Das Was und das Wo sind nach der ersten Leiche aus dem Main klar. Sie wurde mit viel Mühe und Präzision kaltgemacht. Aber nicht klar ist das Wann!«

Konrads Mundwinkel biegen sich unmerklich nach unten. »Du bist heute schon der Zweite, der mir eine Kassette ins Ohr schiebt. Habt ihr euch abgesprochen?«

»Ich meine«, fährt Oskar warmgelaufen fort, »die Zeitung weiß nicht alles! Modus operandi!«

Konrad überlegt, einen Scheibenwischer nachzustellen. Lässt es aber. »Modus operandi?«, fragt er stattdessen belustigt. »Oskar, sprichst du jetzt neuerdings Latein mit deinen Kunden?«

»Modus operandi ist die Vorgehensweise des Täters. Und die wird nie ganz öffentlich preisgegeben, um mitunter Nachahmungstäter zu verhindern. Das rasierte Kopfhaar beweist somit, dass es sich um ein und denselben Täter handelt.«

»Das rasierte Kopfhaar? Das stand aber nicht in der Zeitung.«

»Eben. Er rasiert den Frauen mit einem Ladyshaver die Haare ab, vermutlich um ihnen die Schönheit zu nehmen, bevor er ihnen dann mit einer Plastiktüte über dem Kopf in den Schädel schießt und sie anschließend im dreckigen Main entsorgt!«

Konrad verzieht angewidert den Mund. »Der Main ist nicht mehr dreckig! Und außerdem: Wer macht so etwas?«

Oskar lächelt. »Jemand, der glaubt, nicht erwischt zu werden. Dabei sehen die Leichen auch ohne dieses grausame Verbrechen nach kürzester Zeit im Wasser wie aufgedunsene Ballons aus, innerlich verwest und äußerlich leichenblass.«

»Danke für dieses nette Bild. Ich werde es mir merken!«, knurrt Konrad.

»Kümmer, nach den vielen Jahren, die ich jetzt hier Dienst tue, kann ich mit Sicherheit sagen, dass es sich um einen Profi handelt. Einen Soziopathen. Nur der ist dazu imstande, einen Mord so perfekt zu begehen. Ich habe von seinem geübten Einstich in die Halsschlagader gehört, die präzise Positionierung des Bolzenschussgerätes. Er hat nicht nur dafür gesorgt, dass der Bolzen bis in das Gehirn der Frau eindringt und sie außer Gefecht setzt, sondern sogar für ihren schnellen Hirntod. Er versteht etwas von seinem Handwerk und spielt ein ganz klares Spiel. Und er fängt gerade erst an.«

»Ein langweiliges Spiel, denn der Verlierer ist meines Wissens nach schon aus dem Main gefischt worden. Und eine Beziehungskiste war der Auslöser für den Kurzschluss. Punkt. Fall gelöst. Und ich gehe jetzt – Geld verdienen. Was bin ich dir schuldig für die kleine Lateinstunde?«

»Da machst du es dir etwas zu leicht, Herr Detektiv!« Der Kioskbetreiber lächelt spitzbübisch. »Nach einem Affekt sieht es nämlich für mich nicht aus. Eher nach einem intelligent geplanten Mord.«

»Du solltest mal öfter einen Blick in den Lokalteil werfen, Oskar. Denn die Polizei schreibt ganz klar etwas anderes.«

»Die Polizei? Welche Fakten haben die denn schon großartig? Auf jeden Fall nicht genug. Ich sag dir, die Bullen wissen einen Scheiß. Da kann Frau Pressesprecherin aus dem Frankfurter Präsidium so viel Interviews geben, wie sie will. Das macht zweifünfzig!«

Konrad greift in die rechte Hosentasche seiner Jeans. Und legt das Geld in die Pranken des Kioskbetreibers.

»Viel Spaß beim Lesen«, ruft dieser. »Und bis morgen, alter Freund!«

»Ja, vielleicht.«

»Wieso vielleicht?«

»Na ja. Wenn bis dahin nicht die Welt untergeht.«

***

Zeil, Frankfurt

Wanda setzt zögerlich weiter einen Schritt vor den anderen. Nahezu geräuschlos, wie ein Schatten ihrer selbst, läuft die vom Leben gezeichnete Frau die noch immer noble Goethestraße entlang. Ihre Tasche hängt wie ein Sack auf ihrer rechten Schulter. Sie hat ihre Hände tief in den Jackentaschen vergraben. Eine Frau in burschikoser Businesskleidung, in Begleitung eines jüngeren Mannes in feminin geschnittenen Jeans und einem Hemd in Magenta, tritt Wanda in den Weg. Sie überspielt ihre unterschwellig aufkeimende Eifersucht, schenkt den beiden ein unsicheres Lächeln und will ihnen ausweichen, doch sie bleiben beharrlich auf ihrem Kurs. Und laufen ihr auf dem Gehweg fast vor die Beine; beide mit einheitlichen Kaffee-to-go-Bechern, die das grüne, runde Symbol einer amerikanischen Kaffeekette zeigen.

»Habt ihr keine Augen im Kopf?«

Wanda glotzt den Prototypen eines besser verdienenden Frankfurter Pärchens mit runzeliger Stirn nach, doch sie schenken ihren Blicken keine Aufmerksamkeit.

»Wieso solltet ihr auch?«, sagt Wanda mit gesenkter, ergebener Stimme, als lohne es nicht, ihre Stimmbänder zu strapazieren. »Ihr könnt eben nicht sehen, dass auch ich aus gutem Hause stamme, aber vom Pech verfolgt bin, eine Vollwaise, die das letzte Jahrzehnt im Dornröschenschlaf ruhte.«

Wanda streicht sich schnaubend eine widerspenstige Haarsträhne hinter das Ohr, um sich zu beruhigen. So, wie ihr Onkel es immer getan hatte. Bei ihm, dem Bruder ihres Vaters, hatte sie als Vollwaise leben müssen. Er adoptierte sie, als sie acht Jahre alt war. Auch wenn sie sich erstmals auf der Beerdigung von Wandas Vater begegnet waren.

Weshalb?

Konkrete Antworten gab es keine; eine Sache, die Wanda irgendwann aufgegeben hatte zu hinterfragen. Doch Wanda stellt noch etwas anderes fest. »Out« und mittellos zu sein auf diesem heißen Pflaster, ist das Schlimmste, das einer Jungdesignerin passieren kann. Wanda muss dieses Gefühl nun erleben, noch bevor sie überhaupt jemals wirklich »in« war. Ihr Modestudium hatte sie schließlich damals nicht mehr beenden können. Dabei sollte ihr sündhaft teures Studium einmal ihre Eintrittskarte in diese Welt sein. Doch ein bärtiger, groß gewachsener Modegroßhändler hatte ihr Dasein auf furchtbare Art verändert. Lange Zeit war Wandas Freigeist den düsteren Fantasien verfallen, der Händler hätte an ihrer Stelle einsitzen müssen, doch sie konnte es nicht beweisen. Im Laufe der Zeit wurde diese Theorie dann von einer anderen abgelöst – sie war besser, nachvollziehbarer, mit eindeutigem Motiv. So eindeutig eben, wie auch die Fakten in Wandas Fall waren. Zumindest für die Polizei. Die Beweise gegen sie waren auf den ersten Blick klar. Aber leider nur auf den ersten. Hätten sie sich die Vernehmungsprotokolle der Zeugen einmal genauer angesehen, hätten sie das herausgefunden, was Wanda nach einer gewissen Zeit auch entdeckt hatte.

Wandas Leben hätte einmal wie das ihres Onkels verlaufen können. Denn auch heute noch wird er so mächtig und erfolgreich sein wie damals. Doch anstatt ihm oder ihrem alten Leben nachzutrauern, läuft Wanda entthront weiter. Sie spürt längst das wachsende Unbehagen in sich aufbegehren und verlässt ihr einstiges Spielfeld, als habe sie ihren Läufer verloren, und steigt ihre Wunden leckend in die S-Bahn, zurück in Richtung Flughafen. Mit ihrem nächsten Spielzug will sie aber bereits ein Stückchen näher heranrücken – König und Königin, nehmt euch in Acht!

Ich komme!

***

Zeil, Frankfurt

Die Straßenbahn bremst. Es sind für Konrad Kümmer von Frankfurt-Bornheim bis zu seinem Arbeitsplatz auf der Zeil nur wenige Stationen. Er braucht kein Auto, das bloß verpflichtet und die Pkw-Anzahl der hohen Einwohnerdichte noch mehr in die Höhe treibt. Wenn doch, kann er auf Carsharing zurückgreifen.

Die Tageszeitung zusammengerollt, steigt Konrad an der Haltestelle »Konstablerwache« aus. Sie liegt nur einen Augenaufschlag von der Hauptwache entfernt – von dort ist die S-Bahn in Richtung Flughafen kurz zuvor unterirdisch durch den Tunnel gerast.

Konrad schlägt sich zügig durch die dichten Massen am Bahnsteig, die wieder mal wie Maden aus einer Leiche quellen. Plötzlich rempelt ihn eine von ihnen an. Konrad schaut für eine Sekunde in ein Gesicht, das durch eine tief sitzende, dunkelgraue Mütze verdeckt ist.

Er weiß: Das war kein Versehen gewesen!

Gerade als er reagieren will, kann er den Typen zwischen den Massen schon nicht mehr erkennen. Kopfschüttelnd läuft er weiter. Er nimmt die Rolltreppe aus dem unterirdischen Bahnhof nach oben, an die frische Luft. Als Konrad nur ein paar

Minuten darauf unauffällig durch die Gänge des großen Kaufhauses schlendert, stellt das Erdgeschoss längst sein Jagdrevier dar. Alles scheint wie immer zu sein. Lange Schlangen an den Kassen, unzählige Schnäppchenjäger an den Wühltischen, aber da ist noch jemand: dunkelgraue Mütze! Er ist schmächtiger, als Konrad gedacht hat! Er steht ein paar Meter entfernt, sodass er sein Gesicht wieder nicht erkennen kann. Doch es besteht kein Zweifel, er ist die rempelnde Made von vorhin!

Verfolgt der mich etwa?, fragt sich Konrad und wird von einer lieblichen Stimme gestört.

»Na, wie läuft's denn so, Herr Kümmer? Gestern Abend noch gut nach Hause gekommen?«

Es ist die überaus attraktive Brünette, die neue Vertretung für Kasse fünf, deren Namen Konrad sich nicht merken kann – trotz des gestrigen Feierabendbierchens, das sie sich spontan in einer kleinen Runde genehmigt hatten. Um das festzustellen, hat er den Kerl mit der dunkelgrauen Mütze jedoch kurz aus den Augen gelassen. Der Typ hat ihn ausgenutzt, den Moment, und ist weg.

»Wie soll es schon laufen?«, entgegnet der Detektiv, während er sich überlegt, seine Frauenkunstpause für diese reizende Frau einzustellen und sie für Freitag einzuladen. »Die Nächte werde ich mir auf jeden Fall nicht mit kaltem Koffein im Auto um die Ohren schlagen müssen, um Verdächtige zu observieren.«

Die Brünette kichert amüsiert. »Ich denke, du hast gar kein Auto?«

»Deshalb ja.« Konrad Kümmer schiebt daraufhin in einem zynischen Tonfall nach: »Und Angst haben, dass jemand auf mich schießt, muss ich auch nicht. Falls doch, werde ich allerdings kündigen müssen.«

»Wie beruhigend zu hören. Ich hatte mir schon Sorgen um dich gemacht.«

»Das solltest du auch.« Er lächelt gewinnend. »Und deiner Anwesenheit nach ist Elisabeth Meyer wohl immer noch verschollen, ohne sich vom Dienst an der Kasse abzumelden?«

Konrad ist sichtlich bemüht, sich den One-Night-Stand aus dem Frühjahr mit Elisabeth Meyer nicht anmerken zu lassen. Aber das ist für die ehrliche Haut fast schwieriger, als unbemerkt Kondome zu kaufen.

»Sieht ganz so aus«, antwortet die Brünette. »Ich vertrete sie noch immer, wie du siehst. Doch du hättest den Filialleiter gestern hören sollen: Er tobte förmlich, nachdem er jemanden bei Elisabeth Meyer zu Hause vorbeigeschickt und sie nicht einmal geöffnet hat.«

»Maennel? Mach dir um den Choleriker mal keine Gedanken. Hunde, die bellen, beißen nicht. Seit Monaten ist der mies drauf und versucht mit allen Mitteln, die Werbetrommel für sein Kaufhaus zu rühren. Doch alle sprechen nur noch von der Neueröffnung des Modehauses an der Hauptwache, das unseren Umsatz schon jetzt zum Einbrechen gebracht hat. Doch darüber brauchst du dir deinen Kopf nicht zu zerbrechen. Ebenso wenig um Elisabeth. Sie ist ein großes Mädchen mit festem Schritt und wird den Weg schon wieder zu uns finden.«

»Ihr Briefkasten quillt über, heißt es«, sagt die Brünette theatralisch. »Sie sei wie vom Erdboden verschluckt!«

»Na ja, ich sag doch, es wird bei uns nie langweilig! Von daher: Willkommen im Irrenhaus!«

Ein junger Kerl, der soeben mit weniger Kleidungsstücken als er mit hineingenommen hat aus der Kabine herausgekommen ist, ist auch schon der Beweis dafür. Zielstrebig bewegt er sich in Richtung Ausgang. Konrad folgt ihm, ohne sich von seiner neuen, attraktiven Kollegin zu verabschieden. Als der Typ überraschend zum Sprint ansetzt, stöhnt Konrad auf: »Verdammt!«

Für solche Fälle kann Konrad Kümmer natürlich Verstärkung rufen. Aber der Dieb ist schnell, wie er nach den ersten Sekunden Dauerlauf feststellt. Es treibt ihm schon jetzt, nach nur wenigen Metern, den Schweiß auf die Stirn. Der trockene Herbstwind vom Taunus fegt über das Pflaster und kühlt ihn sogleich wieder ab. Doch der Knabe ist schnell, sogar so schnell, dass Konrad keine Gelegenheit findet, durch sein Funkgerät zu sprechen. Aber das muss er auch gar nicht mehr; der Sprinter stoppt ganz plötzlich und verschwindet in einer Häuserspalte, zwischen zwei Ladengeschäften.

Die Sackgasse ist ein idealer Platz, um zu verschnaufen und seine Beute zu sichern und anschließend im Strom der Massen weiterzulaufen, als sei nichts gewesen.

Ha! Diese Rechnung geht nicht auf, Kumpel!, denkt Konrad zornig.

»Hier ist Sherlock Holmes! Watson, ich habe jemanden für deine Sammlung! Ich glaube, den hast du noch nicht. 1,75 groß, zierlich, dunkelhaarig, männlich. Halte dich bereit und schick mir unseren Freund und Helfer«, spricht Konrad leise durch sein Funkgerät. Der Dieb kommt kurz darauf, wie erwartet, wieder aus seinem Versteck heraus gelaufen und damit Konrad Kümmer geradezu in die muskulösen Arme. Kein schlechter Fang, denkt dieser. Doch eine attraktive junge Frau wäre ihm lieber gewesen.

***

Frankfurt-Stadt

Wanda hat das Zweiklassengetümmel der Zeil vor wenigen Minuten hinter sich gelassen und ihre armselige Lage besser verkraftet als erwartet. Das Gedränge in der sechsgliedrigen Bahn steht dem Gedränge auf der Einkaufsmeile aber leider in nichts nach. Auch wenn Wanda kleine Räume gewohnt ist. Ihre Gefängniszelle in der JVA Preungesheim war nur wenige Quadratmeter groß gewesen. Das hier erinnert sie jedoch an die allererste Zelle, in der sie tagelang alleine einsaß, ehe sie dem Haftrichter vorgeführt wurde. Sie war kalt und kahl gewesen. Der modrige Geruch darin erinnerte an die Umkleidekabine beim Sport. Und es war düster. Eine schwache 25-Watt-

Glühbirne spendete damals wenig Licht. Es war genug, um den giftigen Salpeter zwischen den grauen Betonsteinen sehen zu können. Wanda spürte damals diese Enge in der Brust, die sie auch jetzt gerade wieder plagt. Sie kneift die Augen zu, presst die Lippen aufeinander. Ihre Pupillen bewegen sich hektisch, wie von Geistern gejagt, unter ihren geschlossenen Lidern. Wanda bemüht sich, die Angst in Schach zu halten. Etwas, das sie schon als Kind beherrschte, »abzutauchen« und sich zu entziehen, wenn es unbehaglich wurde.

Wanda stellt sich immerzu vor, sie spiele bloß ein Bühnenstück für ein unsichtbares Publikum, das sie jeden Augenblick mit seinem Applaus erlösen würde. Als sei ihr Leben ausschnittsweise nicht real. Wandas Anspannung ist für die Fahrgäste im Bahnabteil aber nicht zu sehen.

Dafür ist sie zu selbstbeherrscht.

Tita – eine Mitinsassin aus der JVA, deren richtigen Namen Wanda bis heute nicht kennt – hat sie zudem vor ihrem ersten Tag in Freiheit gewarnt. Wanda ist darauf vorbereitet gewesen.

Anders als Tita.

Das Mädchen erzählte immerzu nur kurze Episoden aus wirren Lebensabschnitten, als habe ihr Leben niemals im Ganzen stattgefunden.

»Steigen Sie aus?«

Wanda verabschiedet sich von dem Bild ihrer Freundin und schlägt die Augen wieder auf. »Nein!«, antwortet sie.

Eine Frau drängt sich an Wanda vorbei. Die Tür schiebt sich auf, und Wanda lauscht dem Trost spendenden Wind draußen, der sein Lied pfeift. Die Herbstsonne steht tief, zaubert ein gleißendes Licht auf die Stadt. Und Wanda schaut nach vorn. Irgendwohin zurück kann sie sowieso nicht.

Wohin auch?

Ihr Onkel ließ damals zu, dass die Polizei sie in Untersuchungshaft nehmen und anklagen konnte. Ohne Mitgefühl zu zeigen.

Im Gegenteil.

Seine Augen blitzten damals befremdlich schuldig und scharf. Sie bezeugten, dass er das Unrecht bis zur letzten Minute nicht gesehen hatte.

Nur wo war sie hin, seine Liebe?

Sein unerschütterlicher Glaube an sie?

Wanda ist überzeugt, dass ihr Onkel trotz allem nicht eine Sekunde lang an ihrer Unschuld gezweifelt hat. Nur kann sie sich bis heute nicht erklären, warum er so tat, als halte er sie für eine Mörderin. Noch nicht.

***

Bushaltestelle Bornheim-Mitte

Etwa zur selben Zeit leuchtet ein Blinker auf. Der Wagen schert an einer Bushaltestelle ganz in der Nähe der Berger Straße rechts ein, und es kurbelt jemand zögerlich die Fensterscheibe herunter.

»Entschuldigung, Sie sehen aus, als würden Sie sich auskennen. Ich glaube, ich habe mich verfahren!«

Eine attraktive Frau um die dreißig tritt einen Schritt näher an den Wagen heran, beugt sich vor und sieht in das offene Fenster, hin zum Fahrer.

»Ja, ich arbeite hier ganz in der Nähe«, antwortet sie freundlich und mit einem russischen Akzent. Dann kräuselt sie die Stirn und erkennt den Fahrer. »Und vielleicht wissen Sie auch wo. Ich bin Natascha, die Bedienung aus dem Coco‘s Café. Erinnern Sie sich an mich?«

»Aber natürlich. Warten Sie zufällig auf den Bus, Natascha? Kann ich Sie vielleicht ein Stück in meinem Wagen mitnehmen? Dann können Sie mich bei der Gelegenheit aus Bornheim herauslotsen. Diese Einbahnstraßen machen mich fertig!«

Natascha reagiert widerstandslos. »Ja, wieso nicht. Ich helfe gerne.« Die junge Frau schlägt von innen die Wagentür zu und greift nach dem Anschnallgurt.

»Wo wollen Sie hin, Natascha?«

»Nach Hause, Ben-Gurion-Ring. Aber Sie müssen nicht extra ...«

»Das passt eigentlich sehr gut. Ich wollte sowieso in den nächsten Tagen zu diesem schwedischen Einrichtungshaus dort. Die werben damit, dass man deren Regale auch alleine aufbauen kann – wichtig, wenn man niemanden hat, so wie ich.«

Natascha nickt mitfühlend und bedankt sich mit einem erwärmenden Lächeln für die Mitfahrgelegenheit. Ihre Hände legt sie gefaltet auf ihren kurzen Rock.

Der Blinker geht erneut. Der Wagen setzt sich in Gang.

»Wo habe ich denn meine Brille?« Der Fahrer tastet seine Jackentasche ab. »Vielleicht im Handschuhfach. Natascha, wären Sie so nett und gucken bitte im Handschuhfach nach?«

Während die rechte Hand des Fahrers die Rückbank abtastet, streift sich die Beifahrerin das offene Haar aus dem Nacken und beugt sich vor. Der Wagen wird sogleich langsamer, bis er fast steht.

Dann geht alles ganz schnell.

Der Fahrer sticht Natascha plötzlich etwas punktgenau in den Hals. Auf der Stelle sinkt sie in sich zusammen.

***

Flughafenhotel Frankfurt

Flugzeuge starten und landen in der Abenddämmerung über Frankfurt. Sie malen Streifen an den Himmel. Pinselstriche, gemalt wie von einem einfallslosen Maler. Wanda beobachtet sie durch ihre stumpfen Augen von ihrem kleinen Hotelzimmer aus. Vierzehn Quadratmeter, die spartanisch eingerichtet sind und mit Blick zur Flugzeuglandebahn liegen. Der Teppich sieht abgenutzt aus, und das Bett ist durchgelegen. Wanda stellt erneut fest: So hat sie sich den ersten Tag in Freiheit nicht vorgestellt. Ihr erscheint ihr altes Leben wie tot.

Wanda lässt sich rücklings auf das Bett fallen, richtet sich auf und stöbert in einem kleinen Karton, der den Aufdruck »JVA Preungesheim« trägt. In ihm hat sie ihre wenigen persönlichen Sachen transportiert. Sie greift zufällig nach einer Postkarte, die mit ihrer eigenen Handschrift beschrieben ist. Es ist weder eine Briefmarke darauf noch eine Adresse.

Verträumt betrachtet sie die Vorderseite der Karte, die das sogenannte goldene Dreieck zeigt, das von der Via Montenapoleone, der Via Sant'Andrea und der Via della Spiga nördlich des Doms in Mailand gebildet wird. Wanda fühlt sich dorthin zurückversetzt, an den Anfang ihres Modestudiums. Sie hatte das dritte Semester in Mailand verbracht, der Modehochburg schlechthin, und die gesamte italienische Eleganz in beeindruckenden Gebäuden aus der Jahrhundertwende vorgefunden. Leise seufzt sie auf. Doch bevor sich die Tränen der sensiblen Frau ankündigen können, legt sie ihr altes Leben wieder zurück und verstaut es samt Kiste im Kleiderschrank. Im Badezimmer nimmt sie den Zahnputzbecher aus der Halterung und füllt ihn mit lauwarmem Leitungswasser. Drei Beruhigungstabletten beginnen darin zu sprudeln.

Sie sind rein pflanzlich.

Ohne Suchtgefahr.

Drogen hat sie nie gebraucht.

Doch statt der Drogen wurde ihr das Geld zum Verhängnis – ein gängiges Motiv, wie es damals von der Anklageseite lautete, das sie für sehr lange Zeit um ihre Freiheit gebracht hat. Sogenannte niedrige Beweggründe; sie haben viele Gesichter.

Dabei fing alles so vielversprechend an! Wanda hatte gegen Ende ihrer Studienzeit ihre ersten Entwürfe herausbringen wollen und sich an verschiedene Designer der Branche gewandt. Aber niemand zeigte Interesse an ihrer Arbeit. Bis sie letzten Endes auf einen Mann aufmerksam wurde, der den Erzählungen nach schon manchem Nachwuchsdesigner die Türen zur großen Modewelt geöffnet haben soll. Er war Großhändler, der Einzelstücke namhafter Jungdesigner an teure Boutiquen in Deutschland und Italien verkaufte. Die Entwürfe der bekannten Designer wurden ausgewählten Boutiquen zu einem vergünstigten Preis angeboten. Sie mussten dafür lediglich zwei oder drei Einzelstücke von einem unbekannten Designer kaufen und in ihren Läden unterbringen. No-Name-Designer würden nämlich die längste Zeit no name gewesen sein, wenn sie erst einmal in den edlen Boutiquen in der Goethestraße an Kleiderbügeln hingen. Der Händler, im Nachhinein betrachtet ein überaus zwielichtiger Typ, groß, bärtig, mit hartem Akzent, wurde unweigerlich zur Schlüsselfigur in Wandas Lebensgeschichte. Und das entgegen seinem Versprechen, das er ihr damals bei einem schnellen Kaffee im Coco's Café gemacht hatte: »Ich verspreche dir, Wanda, du wirst Erfolg haben! Ich erwarte deine fertig geschneiderte Kollektion! Und zwar schon bald!«

Für die hohen Herstellungskosten ihrer aufwendigen Entwürfe musste Wanda jedoch selbst aufkommen. Und das gerade war der Punkt gewesen, den die Staatsanwaltschaft später triumphierend vorgetragen hatte. Doch wie sonst hätte sie das viele Geld auf die Schnelle beschaffen sollen? Es gab nur diese eine Möglichkeit ...

***

Bushaltestelle, Bornheim-Mitte

Der Wagen beschleunigt wieder.

Beide Hände des Fahrers ruhen fest auf dem Lenkrad. Sein Blick ist auf die Straße gerichtet.

Nur ist sein Ziel nicht der Ben-Gurion-Ring. Als der Wagen auf Höhe der Friedberger Warte auf die Autobahn auffährt, hat das Mittel längst seine Wirkung gezeigt. Wie ein giftiges Insekt brennt die überhöhte Dosis des Betäubungscocktails in Nataschas Adern und lässt ihren Atem immer ruhiger werden.

»Es macht dich gleichgültig demgegenüber, was mit dir geschehen wird«, sagt der Fahrer und stöhnt leise auf. Auch seine Anspannung klingt etwas ab. »So war der Plan, weißt du. In der Stadt das Opfer auswählen, betäuben und an einen verlassenen Platz bringen, um danach wieder schnell zurück in die Frankfurter Innenstadt, zum Main zu fahren. Wir müssen uns also ranhalten.«

Als der Wagen Frankfurt verlässt, kurz hinter Langen von der Autobahn abgefahren ist und in eine wenig befahrene Landstraße einbiegt, ist das Ziel erreicht. Natascha sitzt reglos, mit geschlossenen Augen auf dem Beifahrersitz. Ihre Gesichtsmuskulatur ist durch die Injektion entspannt, so wie der Rest ihres Körpers ebenfalls.

»Schlaf nur deinen sanften, engelsgleichen Schlaf, solange du noch kannst.«

Die Handbremse quietscht.

Ein Griff auf die Rückbank des Wagens.

Lederriemen, eine durchsichtige Einkaufstüte, Klebeband, ein Bolzenschussgerät, ein Langhaarschneider auf drei Millimeter eingestellt und ein Ladyshaver.

»Natascha?« Der Fahrer tätschelt der jungen Frau sanft die linke Wange. »Kannst du mich hören, Natascha? Wir sind am Ziel!«

Natascha rührt sich nicht, während der Fahrer erst behutsam ihre Hände, dann ihre Beine mit den Lederriemen zusammenbindet.

Ihr wallendes, rotbraunes Haar fällt wunderschön über ihre linke Schulter. Er bewundert es, dreht liebevoll mit dem rechten Zeigefinger eine Haarsträhne wie einen Korkenzieher auf und lässt die Locke zurück in die Haarpracht springen.

»Zu schade!«

Erst jetzt beginnt er hart in das Gesicht des Mädchens zu schlagen, deren Kopf hin und her schwankt. Ihre Augen sind noch immer geschlossen.

»Du willst doch nicht etwa alles verpassen, oder?« Seine Stimme klingt unerwartet vorwurfsvoll. Er greift nach dem Langhaarschneider, der die Stille im Wagen summend durchbricht. Er setzt ihn auf Nataschas Stirn an, kämpft jedoch. Dann murmelt er etwas sanft und unverständlich in sich hinein, als koste es ihn große Überwindung.

»Verdammt!«

Erneut setzt er das Gerät am Haaransatz an, zieht es dieses Mal gerade nach hinten, bis zu Nataschas Nacken.

Die erste Locke purzelt in den Fußraum des Wagens.

Kurz darauf die zweite.

Dann eine dritte.

Er legt den Langhaarschneider zurück und greift nach dem Ladyshaver.

»Tut mir leid, wir werden heute auf Rasierschaum verzichten müssen, Natascha!«

Als der Fahrer auch den Ladyshaver zurücklegt, glänzt der kahle, weiße Schädel bereits bläulich im Licht der Dämmerung. Aus kleinen Schnittwunden an Schläfe und Nacken tritt Blut aus.

Dann hält der Fahrer kurz inne. Er reibt sich das Gesicht und betrachtet das Ergebnis. Sein Herz rast.

Als er nach der Plastiktüte greift, blendet von irgendwo ein schwaches Licht auf, das ihn aufschrecken lässt.

Dann brummt etwas draußen auf dem Feld und wirbelt Staub durch die Luft. Es ist ein Traktor.

»Verflixt!«

Bevor der Bauer näher kommt, zieht der Fahrer der betäubten Natascha schnell die durchsichtige Plastiktüte über den Kopf. Klebeband schnürt sich eng um den Hals der jungen Frau, deren linker Finger plötzlich willkürlich aufzuckt.

Dann die ganze Hand.

Das linke Bein.

Als Natascha sogar ihre Augen aufreißt, als schrecke sie aus einem Albtraum auf, ist der Traktor nicht mehr weit entfernt.

Er kommt schnell näher.

Der Fahrer gerät in Aufruhr, wird nervös und setzt zügig das Bolzenschussgerät zwischen den Augen der Russin an – stumme Tränen strömen, ein letzter panisch aufglühender Funke in den Augen der jungen Frau, die den rettenden Traktor immer näher kommen sieht –, und dann ist es passiert.

Unumkehrbar.

Der Schlagbolzen ist durch den kahl rasierten Schädel geschossen wie eine Kanonenkugel. Ein gewaltiger Stoß. Der Kopf des Mädchens ist heftig gegen die Kopflehne geschlagen.

Ein tiefes Ausatmen des Fahrers.

Dann legt er seine Hände sanft um den zierlichen Hals der Regungslosen, fühlt ihren schwachen Puls und drückt schließlich zu. Kräftig, um den letzten Funken in ihr auch für alle Zeiten zu löschen. Ein leiser Atemzug tritt aus, dann ist sie tot.

»Es tut mir leid. Aber du wirst nicht die Letzte sein, die mich in Erinnerung behalten wird. Ich verspreche es.«

Ein mitfühlender Blick auf den regungslosen Körper, der geradezu unberührt daliegt, bevor der Fahrer den Motor startet. Als sei nichts gewesen.

***

Zeil, Frankfurt

Schichtende.

Konrad streift die sichtlich in die Jahre gekommene Lederjacke über und schließt seinen Spind im Personalraum zu. Er zieht den Schlüssel ab.

»Feierabend?«, haucht Caro alias Watson, eine sportliche Blonde in den Zwanzigern. Sie ist für die Überwachungskameras im Kaufhaus zuständig und zieht lustvoll an ihrer

Zigarette. Der Tabak knistert. Caro ist laut eigener Aussage lange Zeit eine Spätzünderin gewesen. Heute aber ist sie sich ihrer Wirkung umso mehr bewusst und weiß nicht nur ihre vollen Lippen gekonnt in Szene zu setzen. »Gehst du nach deinem grandiosen Fang heute ein Gläschen mit mir trinken, Sherlock Holmes? Zur Feier des Tages, sozusagen?«

Konrad überlegt kurz und schaut auf die Uhr, als habe er noch etwas Dringendes vor. Er weiß nun mal genau, worauf das hinauslaufen wird. Caro kennt Konrads Ausweichmanöver bereits. Sie sitzt den ganzen Tag mutterseelenalleine in einem kleinen Raum im dritten Stock, vor acht Monitoren, und hat genug Zeit, Pläne zu schmieden. Die Blondine schnipst ihre Zigarette auf den Boden, direkt neben ein Rauchen-verboten-Schild, und tritt sie mit ihren Absätzen aus.

»Macht dich die Vorstellung etwa nervös, Konrad, oder warum hat es dir die Sprache verschlagen?«

Auf den Gedanken ist er noch gar nicht gekommen. Bis jetzt nicht.

»Konrad, du wirst doch nicht etwa schüchtern auf deine alten Tage?« Ein niederschmetternder Caro-Blick trifft ihn, während er bereits kaum merklich die Tür anpeilt, als suche er einen Fluchtweg. Doch diese Unterstellung kann Konrad Kümmer unmöglich auf sich sitzen lassen. Zumal er Anspielungen auf sein Alter hasst. »Die erste Runde geht auf mich!«

»So gefällst du mir schon besser«, lächelt Caro und tätschelt ihrem gut gebauten Kollegen die Schulter, als lobe ein Vater seinen drei Jahre alten Sohn.

So alt muss Caro auch ungefähr gewesen sein, als ihre jüngere Schwester das Licht der Welt erblickt und ihr laut eigener Aussage den Vater genommen hat. Konrad vermutet, die Blondine stehe deshalb auf reifere Männer wie ihn. »Ich bin mit dem Wagen da und will keinen Strafzettel bekommen. Ich fahre ihn zu einem Park-and-Ride-Parkplatz und komme dann nach, einverstanden, Konrad?«

Gemeinsam überqueren Konrad und Caro kurz darauf die große Kreuzung vor dem Kaufhaus. Dann trennen sich ihre Wege. Konrad nimmt die Rolltreppe nach unten zur U-Bahn. Caro läuft zu ihrem Wagen.

»Wir sollten die neue Bar in Alt-Sachsenhausen ausprobieren. Es wird dir gefallen! Es sind dort viele hübsche Frauen!«, ist das Letzte, was Konrad noch von Caro vernommen hat, bevor er auf der Rolltreppe aus ihrem Sichtfeld verschwunden ist. Caro wirft solche Dinge in letzter Zeit häufiger ein.

Es fällt Konrad nicht schwer, sich vorzustellen, aus welchem Elternhaus Caro stammt. Besonders geliebt wird sie sich zumindest nicht gefühlt haben.

Seit der letzten Weihnachtsfeier teilen sie sich nicht nur den Arbeitsplatz, sondern auch das Bett. Dabei versucht Konrad schon länger, Caro privat nicht mehr zu treffen. Er weiß, dass diese Affäre für sie mehr bedeutet als für ihn. Nur – wie soll er ihr das schonend beibringen? Immerhin arbeiten sie zusammen. Seine anfänglichen Bedenken zu diesem Date melden sich wieder. In der Bahn ist es zu allem Übel heute besonders voll. Konrad betrachtet eindringlich die Leute um sich herum.

Eine Berufskrankheit! Nach so vielen Jahren als Kaufhausdetektiv nur schwer abzustellen. Er entdeckt zudem immer etwas Interessantes. So auch jetzt. Denn die Menge spaltet sich auf einmal. Es drängelt jemand ungehalten von hinten durch sie hindurch. Konrad entdeckt ihn: Es ist der Typ mit Mütze! Auch wenn er wieder nicht sein Gesicht erkennen und er diesmal auch die Farbe der Mütze nicht eindeutig identifizieren kann, besteht für Konrad kein Zweifel. Verdammt! Der schmächtige Kerl, er verfolgt ihn tatsächlich!

Konrad wartet nicht lange ab.

»Entschuldigen Sie! Achtung!«, ruft er, während er die Leute vor sich wegdrückt. Doch als die Bahn quietschend hält und sich die Bahntüren aufschieben, springt der Kerl blitzschnell raus. Sein Gesicht hat Konrad schon wieder nicht erkennen können.

»Gratulation! Der Abend fängt ja gut an, Kümmer.«

In der Bar angekommen, macht Konrad eine weitere, aber durchaus entschädigende Feststellung: Caro hat nicht zu viel versprochen! Ein hübsches Mädchen neben dem anderen – ganz abgesehen von den netten Kellnerinnen. Doch Konrad würde wie gewohnt Gentleman sein und sich als Begleiter einer jungen Lady nichts zuschulden kommen lassen. Immerhin sind sie Kollegen.

»Toll hier, was?«, ruft Caro, die nach ihm eingetroffen ist. »Die Bar gehört einem Freund. Statt Arbeitslosengeldempfänger ist er jetzt Existenzgründer, ein Unternehmer sozusagen.«

Konrads Blick zeigt, dass ihn diese rührselige Geschichte nicht gerade aus den Latschen haut. Fast jeder zweite seiner Kumpels von damals ist heute ein »Frankfurter Unternehmer«. »Ich würde sagen, Caro, die Bar sieht wie all die anderen Bars aus, die man aus dieser wahrhaft einschlägigen Kneipengegend so kennt«, entgegnet er emotionslos.

Sie ist zu amerikanisch für seinen Geschmack, mit viel Leuchtreklame und Happy-Hour-Angeboten. Die Holzdielen sehen zudem abgenutzt aus, was wieder daran erinnert, dass hier kurz zuvor noch ein anderer »Unternehmer« sein Glück versucht hat.

Ohne Erfolg.

»Fehlt nur noch, dass Animierdamen mit kurzen T-Shirts und knappen Höschen darauf tanzen. Ich kann diese Motto-Kneipen nicht leiden. Der Zigarettenqualm beißt und vernebelt mir die Sichtverhältnisse.«

»Er unterdrückt auch den Schweißgeruch.«

Konrad legt seine Lederjacke ab, bevor sich Flecken unter seinen Achseln abzeichnen können. Caro entdeckt dabei die Tageszeitung und greift nach ihr. Sogleich zeigt sie ein wenig fragend auf die markierte Stellenanzeige.

»Wieder auf Jobsuche? Sag bloß, Partner, du hast vor, mich nach so vielen Jahren sitzen zu lassen?«

Da ist es wieder. Der Caro-Blick gepaart mit dieser Zweideutigkeit, die selbst Konrad Kümmer herausgelesen hat. Er knöpft geschwind den zweiten und dritten Knopf seines Hemdes auf. Wieso ist es bloß immer so verdammt warm in solchen Schuppen?

»Ich bin doch nicht lebensmüde«, antwortet er schnell, bevor Caro den Strick um seinen Hals enger ziehen kann. »Was willst du trinken, Caro? Ich erinnere mich trotz meines fortgeschrittenen Alters dumpf, dass die erste Runde auf mich geht.«

Es geht auch der zweite und dritte Schnaps auf ihn, und das bedeutet genau das, was Konrad schon zu Beginn geahnt hatte: Caro wird nachher sturzbetrunken einschlafen.

Und das nicht in ihrem Bett.

»Das hier erinnert mich an die Weihnachtsfeier im letzten Jahr, weißt du noch?«, fragt sie bereits mit einem beängstigend verklärten Blick, drückt ihre Zigarette im Aschenbecher aus und zündet sich gleich die nächste an. Das verheißt nichts Gutes. »Da haben wir auch so viel Schnaps getrunken, erinnerst du dich, Sherlock Holmes?«

Sie wird doch nicht etwa sentimental werden? Wobei Konrad, wenn er genau darüber nachdenkt, damals auf der Feier derjenige war, der empfindsam war.

Der Alkohol hatte ihn in der bitterkalten Winterzeit von innen gewärmt. Frankfurt erinnerte da mehr an den Nordpol als an eine Metropole. Doch der Stoff brachte Konrad auch in Stimmung – eine Stimmung, nicht alleine sein zu wollen, sich anzuschmiegen und gegenseitig zu wärmen. Etwas, das alle Lichtjahre auch mal bei einem harten Kerl wie ihm vorkommt. Konrad hatte an diesem Abend heftig geflirtet – mal mit den hübschen Verkäuferinnen, mal mit Caro. Er war Single, hatte das in der Großstadt Alleine-ums-Überleben-Kämpfen satt und sich zu diesem Zeitpunkt etwas Festes durchaus vorstellen können. Caro flirtete zurück, und das herausfordernder als die jungen Verkäuferinnen, sodass sie irgendwann unabhängig von den anderen Kollegen ihr ganz eigenes Fest feierten. Und waren bei Konrad in der Mansardenwohnung gelandet.

Heute, nur drei Stunden und fast zehn Schnäpse und eineinhalb Schachteln Zigaretten später, sind Konrad und Caro schon wieder bei ihm in Bornheim gestrandet. Sie liegen zum zweihundertneunundsechzigsten Mal eng umschlungen in Konrads französischem Bett. Es ist nur einsvierzig breit – ausreichend für ihn, aber zu klein für zwei, wie er immer wieder feststellt. Caro, die bereits erschöpft eingeschlafen ist, bemerkt nicht, dass Konrad sich soeben aus ihren acht Spinnenarmen befreit und wieder aufsteht. Er knipst die kleine Leselampe auf dem Esstisch seines loftartigen Einzimmerappartements an und lässt sich auf den Stuhl fallen. Die schwache Birne spendet ihm gerade so viel Licht, dass er sich noch einmal die Stellenanzeige aus der Zeitung ansehen kann.

Steht dort vielleicht irgendwo ein Hinweis zum Verdienst?

Ein Lichtblick vor dem Einschlafen wäre jetzt angebracht, meldet sich der Pessimismus in ihm.

Aber in der Anzeige steht nichts. Konrad lehnt sich zurück und verschränkt die Arme hinter seinem Kopf. Er atmet schwer aus. Sein Oberkörper ist nackt. Ein paar vereinzelte weiße Brusthaare ärgern ihn, kräuseln sich vorwitzig und mischen sich unter die letzten braunen Haare. Er beschließt, ihnen keine Aufmerksamkeit zu schenken, sondern klappt das Laptop auf und tippt zaghaft mit zwei Fingern die Buchstaben S-I-E-S-M-A-Y-E-R-S-T-R-A-S-S-E in die Suchmaschine ein. Der erste Eintrag, den Konrad anklickt, ist jedoch keine Verdienstangabe zur Stellenanzeige, sondern ein älterer Bericht, zehn Jahre alt. Er überfliegt die ersten Zeilen, die von einem schauderhaften Verbrechen berichten. »Gefühlskalt und gnadenlos!«, lautet die Headline. Seine Augen wandern in die erste Zeile. »Ein Verbrechen aus niederen Beweggründen fand statt, inmitten der Westendidylle ...«

»Hey! Mach gefälligst das verdammte Licht aus und komm wieder ins Bett«, ruft Caro plötzlich. Ihrer Stimme nach zu urteilen, ist sie noch immer unzurechnungsfähig. Konrad wirft einen Blick auf die Uhr, sperrt den Rebellen in sich ein und gehorcht ausnahmsweise. Er beschließt, gleich morgen seinen alten Chef aus der Siesmayerstraße anzurufen.

Und das ohne Caro. Es ist an der Zeit, sie auszuwechseln.

***

Flughafenhotel Frankfurt

Wanda schreckt mitten in der Nacht aus dem Schlaf hoch. Es vergehen ein paar Sekunden, bis sie begreift, wo sie ist. Sie starrt eine Weile ins Dunkle, ehe sie sich aufrichtet, das Licht auf dem Nachttisch einschaltet und ihren Kopf wieder zurück ins Kissen fallen lässt. Sie liegt nun mit offenen Augen da. Eine Matratzenfeder auf Höhe ihrer rechten Niere drückt sich durch, eine weitere unter ihrem Schulterblatt. Ihr Blick ist auf die Hoteldecke gerichtet, auf die schon Tausende Einsame vor ihr gestarrt haben. Nur haben sie nicht das gesehen, was Wanda gerade sieht.

Das verdächtige Gesicht des bärtigen Großhändlers!

Sie hat es so deutlich vor Augen wie ein Foto. Er hatte Wanda damals nicht nur die Rechnung für ihre beiden Kaffees zurückgelassen, sondern auch eine Vision. Und wie sagte ihr Onkel immer?

»Jedem Erfolg geht einmal eine waghalsige Idee voraus.« Und genau ihn hatte sie um das nötige Geld für die Kollektion bitten wollen, den Zeitdruck des Händlers im Nacken! Ob er ihr damals vielleicht doch zum Haus gefolgt war?

Wandas Onkel war der lang ersehnte Kinderwunsch unerfüllt geblieben. Er erfüllte Wanda vielleicht deswegen jeden Traum – ihre Chancen auf einen Scheck standen somit gut. Doch das, was daraufhin geschah, entwickelte sich zu einem Albtraum.

Wandas Augen fallen wieder zu. Die Beruhigungstabletten scheinen der Grund dafür zu sein. Sie wirken stärker als vermutet. Wanda hätte besser nicht drei auf einmal nehmen sollen. Sie zuckt zweimal im Diesseits, ehe sie im Jenseits in ihren Traum eintaucht.

Wie immer lenkt sie ihren sündhaft teuren roten Sportwagen die Straße entlang, mit dem sie damals vom Großhändler, ohne Umwege, zum Haus ihres Onkels gefahren war. Wanda betrachtet sich von oben, aus der Perspektive eines wunderschönen Schmetterlings, als sie sieht, wie sie nun das Haus betritt. Ihre Rufe, wie von einem Über-Ich gewarnt, es nicht zu tun, prallen an ihr ab wie an einem starken Mauerwerk. Jetzt ist sie bereits im Wohnzimmer angelangt, spürt die Kälte auf ihrer Haut; Gänsehaut überkommt sie und dieser eigenartige Geruch!

Süßlich. Schwer.

Woran erinnert er sie bloß?

Die Frau ihres Onkels tritt aus der Dunkelheit hervor. Ihr Gesicht ist entstellt. Ein tiefes Loch zwischen ihren Augen ist schuld daran. Ihre Stimme ist monoton, ohne Leben, als sie sagt: »Dein Onkel ist nicht zu Hause, Wanda! Verschwinde besser, solange du noch kannst!«

Doch es ist zu spät. Das Monster ist bereits auf dem Weg. Wanda kann es fühlen. Riechen, süßlich, es ist Chanel No 5. Seine Pfennigabsätze klackern hörbar auf den Holzdielen.

Immer wieder versucht Wanda, im Traum zu rufen: »Ich war es nicht, Tante! Ich habe dir das nicht angetan! Ich bin keine Mörderin!« Doch Wandas Traum-Ich kann es nicht! Als habe das Monster ihre Lippen vorsorglich für die Dauer von zehn Jahren mit einer engmaschigen Kreuznaht zugenäht.

Und Wanda weiß, was gleich als Nächstes passieren wird. Das Monster tritt jetzt aus der Dunkelheit hervor, elegant gekleidet, mit teurem Schmuck, schreitet vorbei an Wandas

Tante, vorbei an den Männern in Uniform, die nur darauf warten, Wanda endlich in ein tiefes Verließ zu werfen. Wanda versteckt sich blitzschnell in einem alten Holzschrank mit Glastüren, in dem das Gewehr ihres Onkels für gewöhnlich immer steht. Oftmals hat sich Wanda gewünscht, der Händler wäre das Monster.

Das wäre auch zu einfach.

Das Monster, eine weißhaarige, adrette Frau, verschließt gefühllos den Schrank und zieht den Schlüssel ab. Ihr eiskalter Blick ist auf Wanda gerichtet. Sie ist das Monster, das der Polizei gegenüber ausgesagt hat, dass Wanda im Streit das Haus ihres Onkels verlassen habe. Und dass es nach ihr niemand mehr betreten habe.

Dabei weiß das Monster ganz genau, dass das nicht stimmt. Auch wenn Wanda unter der kühlen Reserviertheit ihrer Tante gelitten hat, weiß das Monster, dass Wanda niemanden umgebracht hat.

Weshalb sie das so genau weiß?

Weil das Monster die Mörderin ist!

Der Raum wird plötzlich von einem Lichtblitz erhellt, gefolgt von einem lauten Krachen des Donners, der einem Schuss zum Verwechseln ähnlich klingt. Wanda schreckt erneut hoch, schlägt die Augen auf, nass geschwitzt, und lässt sich wieder ins Kissen fallen.

Sie mag Gewitter.

Es reinigt die Luft.

Ein neuer Anfang.

Das ist doch alles, was sie will.

***

Flughafenhotel Frankfurt

Es ist Morgen.

Noch immer schweben draußen herbstlich-dunkle Wolken über Wandas Hotelzimmer. Sie sorgen dafür, dass es nur noch wenige Sekunden dauern wird, bis der peitschende Oktoberwind die ersten Regentropfen gegen das Hotelfenster schlagen wird. Der Wetterbericht hat es vorausgesagt. Ein weiterer grauer Tag.

Und Wanda ist alleine.

Es ist zu einem traurigen Dauerzustand geworden. Denn niemand hat es bislang geschafft, ihr die nötige Lebenssicherung zu geben, sodass sie schon früh geglaubt hat, alleine nicht lebensfähig zu sein.

Alles begann mit dem Tod ihrer Mutter bei ihrer Geburt. Und acht Jahre später kam der Tod ihres Vaters, der niemals über seine Familie oder ihren Onkel gesprochen hat.

Nur warum?

Weshalb hat er sie von seinem Bruder ferngehalten? Eine Frage, die über die Jahre, wie so vieles, in den Hintergrund getreten ist.

Doch Wanda hat alles in sich drinnen gespeichert.

Der Zahnputzbecher mit den Beruhigungstabletten steht vor Wanda auf dem kleinen Nachttisch.

Trink nicht daraus!, spricht er leise. Nur eine Sekunde später ist er bereits leer. Sein Inhalt benebelt Wanda stärker als gedacht. Ihr Hotelzimmer verschwimmt. Wanda reibt sich die Augen, aber ihr Blick wird dadurch auch nicht klarer.

»Seht sie euch an, die Neue. Mode macht sie, wenn ich nicht lache!«, hört Wanda plötzlich jemanden rufen.

Ihre Farbe im Gesicht weicht.

Ihr Herz beginnt bis zum Hals zu schlagen.

Erste Wassertropfen rinnen augenblicklich die Fensterscheibe des Hotelzimmers herunter und verschwimmen mit den Wassertropfen in Wandas Erinnerung, die damals aus dem Duschkopf strömten.

Sie sieht die Gefängnisduschen genau vor sich.

Schwaches Licht. Deckenhohe eierschalenweiße Fliesen – wie in einem Schlachthof.

Dunkle Fugen.

Sie gehören zu einem unschönen Ausschnitt aus ihrer Anfangszeit im Gefängnis. Eingebrannt in ihr Gedächtnis, zeigt der Ausschnitt, was es bedeutet, im Zuchthaus eine privilegierte Frankfurterin aus gutem Hause zu sein.

»Zier dich nicht so!«, ruft jemand. Dieses Mal ist es Wanda jedoch klar, woher der Ruf stammt. Fünf Insassinnen lachen bereits lauthals auf, so wie damals auch.

»Du kennst die Regeln wohl noch nicht, was? Bei uns gibt es nämlich keine schützende Zweiklassengesellschaft, es gibt nur uns. Und bei uns wird geteilt!«

Wanda zittert am ganzen Körper.

Sie friert plötzlich.

Ihre Haut versucht sich, durch Gänsehaut davor zu schützen, vergebens. Ihr Erinnerungsvermögen lässt kein Detail aus. Die psychische Abhängigkeit steht ihren Mitinsassinnen wie ein Brandmal ins Gesicht geschrieben.

»Modepuppe, wir zertrümmern dein hübsches Gesicht, brechen dir jeden einzelnen Knochen«, schallt es dröhnend durch den Duschraum. Ein Faustschlag folgt, trifft Wanda, verfehlt nur knapp das Nasenbein. Warmes Blut strömt über ihre Lippen, tropft von ihrem Kinn. Die deckenhohen Fliesen werfen die Drohungen der Frauen wie einen Spielball hin und her, als wären sie zu Hunderten im Waschraum.

»Modepuppe, wo hast du den Stoff versteckt? Etwa in deinem luxuriösen, mageren Hinterteil? Bück dich! Wir holen es uns auch selbst, wenn es sein muss! Wir wissen, dass Schickimickis aus der Modebranche immer etwas dabeihaben!«

Es ist nicht zu übersehen: Die Frauen haben das begehrte Rauschstadium mit seinen schönen Halluzinationen schon des

Längeren nicht mehr erlebt. Ihre Depressionen und Angstzustände stehen ihnen ins Gesicht geschrieben, ebenso eine hohe Gewaltbereitschaft. Auch jetzt, in Wandas Fantasie, versuchen sie, das Gleiche mit ihr in der Dusche anzustellen wie damals vor zehn Jahren: eine Leibesvisitation, die Wanda lange im Gedächtnis bleiben würde.

Statt wie damals, mit heftigen Schmerzen und inneren Verletzungen auf die Krankenstation zu kommen, »erwacht« Wanda rechtzeitig aus ihrem Albtraum. Sie hat es der immer lauter werdenden Stimme in sich zu verdanken: Spritz dir kaltes Wasser ins Gesicht!, brüllt diese. Du musst wieder klar werden!

Und Wanda gehorcht.

Hauptsache, es hört auf! Die Tränen, die Wanda damals tagelang vergossen hatte, sind heute Vergangenheit – jedoch nicht der Verlust ihrer Fruchtbarkeit. Denn Wandas Hoffnung sollte damals im Abguss verschwinden, so wie jetzt das klirrend kalte Wasser, das ihr im Badezimmer ihres Hotelzimmers über die Hände läuft. Sie hält ihr Gesicht unter den Hahn.

Nie mehr!, sagt die Stimme zu ihr erneut, als Wanda in den Badspiegel über dem Waschbecken schaut.

Wanda weiß, dass die Stimme recht hat.

Nie wieder wird Wanda krampfhaft ihre Finger in ihre verschränkten Oberarme krallen, um zu verhindern, dass noch einmal alles von ihr im Abfluss verschwindet.

Wanda war damals nach dem Vorfall in einen anderen Trakt verlegt worden. Auch wenn es keine Einzelzelle war, wie man es ihr eigentlich zugesichert hatte, war es doch so, als habe ihre Freundin Tita nur auf sie gewartet.

Wanda tropft Wasser von der Nasenspitze. Sie wischt es mit dem Handrücken weg und verlässt das Badezimmer. Sie läuft zum Fenster neben dem Bett und beobachtet ein Sicherheitsfahrzeug auf dem Flughafengelände. Wanda vermisst das Gefühl, wenn sie abends ab zwanzig Uhr in ihre Zelle gesperrt wird. Ebenso das laute Knarren im Schloss, das Klirren der Schlüssel am Schlüsselbund.

Etwas fehlt Wanda ganz besonders: Tita.

Sie war ihr Anker, Sprachrohr, Schwester und Verbündete – wie ein Zwilling, so undenkbar anders und doch so gleich. Ihr hatte sie sogar die peinliche Tatsache anvertraut, dass sie ihre Lieblingspuppe erst kurz vor dem Studium »ad acta« gelegt hatte. Wanda vermisst Titas gelocktes, tiefschwarzes Haar. Sie trug es kurz, sodass sich die Locken geradezu widerspenstig in alle Richtungen drehten. Ihre Augenbrauen waren dicht und ihre Gesichtszüge verhärtet, wie es Wanda bislang bei einem jungen Menschen nur selten gesehen hatte. Wenn Wanda nur lange genug ihre eigenen Umrisse im Hotelfenster betrachtet, kann sie Tita sogar sehen. Ihr schweres Päckchen, dessen Inhalt sie ständig belastete. Ihre traurigen Augen, die voller Wut waren. Denn auch Wanda hat sich mit den Jahren in einen grauen Mantel gehüllt, der ihr im Leben alle Farbe und Luxus genommen hat.

Was für ein Mensch würde Wanda wohl sein können, wenn sie es endlich schafft, sich reinzuwaschen und ihre Vergangenheit hinter sich zu lassen? Wie würde sich ihr Leben verändern, wenn die Staatsanwaltschaft Anklage erheben wird, dieses Mal jedoch gegen die richtige Person? Wenn die Gerechtigkeit endlich siegen und Wanda ihre Unschuld tatsächlich beweisen könnte?

Ein melancholischer Blick schweift durch den Raum, als suche auch er nach einer Antwort. Er fällt auf die Packung mit den Beruhigungstabletten. Sie sind ganz sicher nicht der Weg.

***

Berger Straße, Coco's Café

Zur selben Zeit versperrt auf der Berger Straße ein großer Lastwagen die schmale Einbahnstraße, während es wie aus

Eimern gießt. Der Verkehr kommt zum Erliegen. Fahrradfahrer nutzen die Gelegenheit und überholen die wütenden Autofahrer, die eine immer länger werdende Schlange bilden. Konrad Kümmer folgt ihr, so weit seine Blicke reichen, während er bequem im warmen Coco's Café lungert. Seine Beine sind entspannt übereinandergeschlagen und ausgestreckt, was sich jedoch gleich ändern soll. Konrad erblickt nämlich einen schlanken Typen in dünner Jacke, der an einem der hupenden Autos vorbeihuscht. Er trägt eine dunkelgraue Mütze und verschwindet in einem Ladengeschäft.

»Keiner rührt mein Koffein an!«, ruft Konrad und stürmt ohne Jacke auf die gegenüberliegende Straßenseite.

Es schüttet und es ist kalt.

Gefühlte minus zwanzig Grad.

Konrad bleibt vor der Ladentür stehen. Er blickt sich links und rechts um und beschließt abzuwarten, bis der Typ wieder herauskommt. Der Detektiv will schließlich nicht mit der Brechstange an die Sache herangehen. Doch endlich geschieht mal etwas Ungewöhnliches, denkt er schmunzelnd. Als sich nach zwei, drei Minuten nichts tut, außer dass Regen von seiner Nasenspitze tropft, ändert Konrad den Plan und öffnet die Ladentür. Es bietet sich ihm ein bizarres Bild. Denn er sieht niemanden, der eine dunkelgraue Mütze trägt. Zudem keinen einzigen Typen. Nur Frauen.

Hat der Laden etwa einen Hinterausgang?

Die nächste Ladentür, die Konrad pitschnass öffnet, ist dann wieder die des Coco's. Erst jetzt bemerkt er den Zettel, der ankündigt, dass am nächsten Morgen das Café wegen eines Trauergedenktages geschlossen bleibt.

»Trauergedenktag?«, ruft er vorwurfsvoll, als habe man vergessen, ihn – Konrad Kümmer – darüber in Kenntnis zu setzen. Dabei fällt ihm auf, dass Natascha heute gar nicht da ist.

Sein Bauch schlägt Alarm.

Aber nicht, weil er und Natascha letztes Jahr etwas miteinander hatten, was in Freundschaft auseinandergegangen ist, sondern wegen einer Vorahnung.

»Natascha ist ... tot!«, verkündet die junge Bedienung mit zittriger Stimme, als Konrad sich bei ihr nach der russischen Kollegin erkundigt. »Es ist so furchtbar, Konrad, aber Natascha ...!« Prompt vergräbt das Mädchen ihr Gesicht in den Händen und stürmt zu den Personalräumen.

»Natascha ist was?« Konrad kann nicht glauben, was er da hört. Schwindel überkommt ihn. »Wie? Wieso ...? Was ist passiert?«

Konrad hat Natascha damals bei der Wohnungssuche geholfen und ihr anschließend sogar den Job hier im Café beschafft. Sie haben gemeinsam für ihren nachzuholenden Schulabschluss gepaukt und kannenweise Kaffee getrunken, bis spät in die Nacht hinein. Noch immer denkt er gerne an die Zeit zurück.

»Sie wurde gestern Nacht aus dem Main gezogen, Konrad! Die Polizei war schon hier«, erklärt eine andere Bedienung kühn, die hinter der Theke steht. Sie ist neu und scheint etwas gefasster zu sein.

»Aus dem Main?« Konrad schlägt betreten die Augen nieder. »Heilige Sch...!« Er greift sich an den Hinterkopf. Sein Herz schlägt kräftig gegen seinen Brustkorb. »Du willst mich hoffentlich auf den Arm nehmen. Ich müsste sonst glauben, dass sie die Frau aus der Zeitung ist!«

»Nein, da kann ich dich beruhigen!«, antwortet die Bedienung. Ein anderer Gast blickt neugierig auf. »Sie wird die aus der nächsten Ausgabe sein!«

Konrad brennt es die Speiseröhre hoch.

Na prima.

Den Rest von seinem Koffein kann er für heute vergessen. Er würde gerne etwas Aufheiterndes sagen, doch er bekommt nicht einen Ton heraus. »Der Mord neulich war also doch keine einmalige Sache. So ein Schweinehund!«, murmelt er nach einer Weile. Seine Augen verkleinern sich zu finsteren Schlitzen. Da wird ihm klar: Er hat viel zu lange herumgetrödelt. Er greift nach seinem Handy.

»Ich schätze, so machen wir es. Ich werde pünktlich heute Nachmittag bei Ihnen in der Siesmayerstraße vorbeischauen, Herr von Eichenborn. Bis dann!«

Die junge Bedienung, die sich wieder beruhigt hat, schaut Konrad mit kleinen, rot unterlaufenen Augen über die breiten Schultern. »Etwa wieder mal ein Vorstellungsgespräch?« Sie legt Konrad die Rechnung auf den Tisch.

»Sieht ganz so aus! Stimmt so«, sagt er. »Als ich noch Taxi gefahren bin, war ich auch froh um jeden Cent, der aufgerundet wurde. Doch das wird sich hoffentlich bald ändern.«

Nachdem er seine Lederjacke übergezogen und das Handy wieder in die Innentasche gesteckt hat, verlässt er nach diesem beschissenen Tagesstart mit einer neu gewonnenen Zuversicht das Café. So hat er sich das bereits am Vorabend ausgemalt: Koffein in den Adern, ein gutes Frühstück im Bauch, keine Caro weit und breit – und ein Treffen mit seinem alten Chef von Eichenborn!

Doch das mit Natascha wird er nicht so schnell vergessen können.

Er macht die Sache jedoch auf seine eigene Art mit sich aus.

***

Siesmayerstraße, Frankfurt-Westend

Das seit dem Vormittag andauernde Gewitter ist weiter gezogen. Als Konrad vor Jahren zum ersten Mal mit seinem Taxi in der eindrucksvollen Siesmayerstraße vorgefahren war, faszinierte den allseits Interessierten die Architektur im Nobelstadtteil Westend. Und auch, dass auf vier Etagen nur zwei Menschen leben. Die Begeisterung für die Gründerzeit hat seitdem sicher nicht nachgelassen, würde er sich nur die Zeit nehmen, sich zu erinnern. Der Palmengarten auf der linken Straßenseite, herrschaftliche Stadtvillen mit geschwungenen Elementen im Jugendstil auf der rechten Straßenseite. Es sieht aus wie damals. Als hätte ihnen die Zeit nichts anhaben können. Was man von Konrad Kümmer nicht behaupten kann. Seine Haut ist mittlerweile das ganze Jahr über leicht gebräunt, was zur Folge hat, dass die kleinen Lachfalten um die Augen zu Krähenfüßen wurden.

Konrad hört Schritte hinter sich.

Er hört sie schon eine ganze Weile. Doch jetzt, wo die Schritte irgendwie bedrohlich schneller werden, verspürt er den Drang, sich umzudrehen.

Er sieht auf der Palmengarten-Straßenseite eine Frau gehen – und läuft unbeeindruckt weiter. Reiche, hübsche Frauen sieht man hier öfter. Auf den letzten Metern klingen ihre Schritte dann allerdings mehr wie ein Rennen, als würde sie von jemandem gejagt. Das Finanzamt wird es wohl nicht sein!, denkt Konrad. Er dreht sich erneut zu ihr um.

Doch die Frau ist verschwunden! Als habe sich ein großes Loch im Boden aufgetan, in das sie hineingefallen ist.

»Konrad Kümmer! Was sagt man dazu? Als wäre es erst gestern gewesen!«

Ein beachtlicher Mann mit spitzem Kinn erwartet Konrad bereits sichtlich ungeduldig im Türrahmen der denkmalgeschützten Stadtvilla. Er hat weißes, dichtes Haar, einen schmalen gepflegten Oberlippenbart, hält sich gerade und ist schlank für sein Alter. Konrad schaut sich noch einmal vergebens nach der verschollenen Frau um, ehe er ganz wie in alten Zeiten über den edlen, aber niedrigen Gartenzaun steigt, um Herrn von Eichenborn zu begrüßen.

Tatsächlich!

Der Alte trägt noch immer sein buntes Einstecktuch in seinem feinen Sakko. Gekleidet wie der Frankfurter Adel, und sein Händedruck ist trotz des fortgeschrittenen Alters überraschend kräftig, bemerkt Konrad. Nur der Gehstock, den er in der linken Hand hält, ist dem Detektiv fremd.

»Kommen Sie herein, Konrad, bevor das Haus auskühlt.«

Haus?, denkt Konrad.

Es ist ein Frevel, diesen Palast Haus zu nennen.

Herr von Eichenborn geht voran und schlürft dreibeinig über ewig lange Flure bis ins Wohnzimmer.

Die Villa scheint wie erwartet unverändert; sie ist immer noch sehr nobel eingerichtet. Kostbare Gemälde an den Wänden, antike Möbel aus dunklem Holz, die in den großen Räumen verschwindend klein wirken. Die hohen Decken beeindrucken und sind mit aufwendigem Stuck veredelt.

»Wie geht es Ihnen, Konrad?«, beginnt Herr von Eichenborn zu plaudern, während er seinem Gast in dem gemütlich eingerichteten Raum einen Platz auf dem Sofa anbietet und sich seine soeben gestopfte Pfeife ansteckt. Behutsam saugt er an ihr. An seinem Finger glänzt ein goldener Siegelring, der das Familienwappen der von Eichenborns zeigt. Eine Rose, umgegeben von grünen Kelchblättern.

»Na ja, Herr von Eichenborn, ich will es mal so ausdrücken: Die verkaterten Tage und auch die langen Nächte sind in den letzten Jahren erfreulicherweise weniger geworden.«

»Das ist wahrhaftig erfreulich, alter Freund.« Die Augen des Alten funkeln schelmisch unter den noch immer dunklen, dichten Augenbrauen hervor. »Und wo wir gerade so nett plaudern, Konrad: Wie geht es meinem alten Gärtner, Ihrem Herrn Vater, denn so? Man sieht ihn gar nicht mehr.«

»Bestens. Er schlägt sich wacker. Seine Frau ist froh, dass er nicht mehr wie ein herrenloser Köter durch die Gärten anderer Frauen streunt.«

Konrad zieht die Mundwinkel weit nach oben und verschweigt den Bandscheibenvorfall und weiteren Krankheitsverlauf seines Vaters bewusst. Er möchte ungern, dass die Stimmung in den Keller fällt. »Ansonsten glaubt mein Vater immer noch, dass das einzig Richtige in meinem Leben war, sein Haus zu verlassen.«

»Konrad, ich sehe, es hat sich nichts geändert!« Der Alte lacht ein wenig gekünstelt auf. Bis das Lachen sich in ein Husten verwandelt. Erneut zieht er an seiner Pfeife. »Aber kommen wir zum Geschäftlichen«, schlägt er vor, als er wieder Luft bekommt. »Ich suche jemanden für meinen Garten. Nach Ihrem Vater hört nun auch sein Nachfolger Salva auf. Ein großer Verlust! Doch was will man machen. Er geht zurück nach Italien.«

»Italien also«, nickt Konrad. »Na ja. Wer will es ihm verübeln. Jeder Vierte ist Immigrant in Frankfurt und macht irgendwann einmal die Fliege. Zumindest, wenn er schlau ist.« Und schade, dass mein Vater nicht auch Italiener ist, denkt Konrad angesichts der Situation. Verkneift es sich, aber es laut auszusprechen.

Ein blasshäutiges Hausmädchen betritt den Raum. Ihre schmalen Schultern hängen leicht nach vorn, ihr Blick ist auf den Boden gerichtet. Sie trägt ein silbernes Tablett in der Hand, auf dem zwei hübsche Porzellantassen mit Kaffee stehen. Konrad kann sich an deren kitschig goldenes Blumenmuster sogar noch erinnern.

»Kaffee, Herr von Eichenborn.« Ihre Sprechgeschwindigkeit ist langsam. Ein Dialekt schwingt mit, und ihre Stimme ist leise, als fühle sie sich in diesem Haus nicht wohl. Oder in ihrer eigenen Haut. Dabei ist ihr rotes Haar hübsch anzusehen.

»Konrad, auch wenn ich nicht jünger geworden bin, wie Sie unschwer erkennen können, kann ich mich noch gut daran erinnern, auf welch ungewöhnliche Art und Weise Sie Ihren Kaffee trinken! Schwarz mit zehn Stück Zucker, richtig?«

Konrad lacht laut auf. Dass sich der Alte tatsächlich daran erinnert? »Mittlerweile reichen mir auch schon neun Würfelzucker. Ich muss auf meine Linie achten. Wir wohnen in einer absoluten Singlehochburg, wenn Sie wissen, was ich meine.«

Das Hausmädchen schenkt Konrad zaghaft Kaffee ein, während Herr von Eichenborn seine Pfeife wieder ansteckt, die in der Zwischenzeit ausgegangen ist. Dann lehnt der alte Mann sich zurück, schlägt die Beine übereinander und sagt: »Nun erinnere ich mich aber nicht nur daran, wie Sie Ihren Kaffee getrunken haben, sondern auch, wie Sie gearbeitet haben. Gewissenhaft, wie Ihr Vater es tat! Deswegen habe ich mich sehr über Ihren überraschenden Anruf gefreut, Konrad Kümmer!«

Die beiden Männer kommen sehr schnell auf den Punkt. Sie besprechen den Umfang der Arbeit und auch das Finanzielle und werden sich in allen Punkten verdächtig schnell einig. Konrad freut sich schon jetzt, diesen ausgesprochen guten und kostenfreien Kaffee, den er gerade mit Genuss schlürft, nun wieder regelmäßig trinken zu dürfen. Dazu wird er von jetzt an, bis zum Wintereinbruch, gleich mehrfach die Woche Gelegenheit haben. Seine Suche nach einem Zweitjob scheint wohl abgeschlossen!

Vorerst, zumindest.

***

Flughafenhotel Frankfurt

»Wo habe ich Internetzugang?«, fragt Wanda.

Der Herr hinter dem Hotelempfang deutet auf eine Tür. »Auf welche Zimmernummer darf ich das schreiben, junge Dame?«

»163!« Um die Bezahlung würde sie sich später Gedanken machen.

»Ich sehe gerade, dass ein Brief für Zimmer 163 abgegeben wurde.« Der Mann holt einen weißen Umschlag hervor und überreicht ihn seiner Empfängerin.

»Für mich?« Wanda schiebt die Brauen zusammen. Sie knickt den Brief einmal in der Mitte und steckt ihn in die Tasche. »Danke!«

In dem kleinen Internetraum ohne Fenster setzt sich Wanda gleich an den erstbesten Computer. Die Neonröhrenlampe über ihrem Kopf flackert vertraut. Sie erinnert Wanda an die Neonröhren in der JVA. Irgendeine hatte dort auch immer geflackert.

Wanda holt den Briefumschlag hervor und öffnet ihn. Eine weiße Karte, ohne Gruß oder Anrede, kommt zum Vorschein. Es steht darauf handschriftlich »Lissner Organisation« geschrieben.

Weiter nichts.

Wanda dreht die Karte um.

Sie ist leer.

Wer könnte bloß der wortarme Verfasser sein? Ob es eine Verwechslung ist? Wanda tippt L-I-S-S-N-E-R-O-R-G-A-N-I-S-A-T-I-O-N in die Suchmaschine ein. Sie öffnet überrascht den Mund, als sie die ersten Ergebnisse sieht. Sogleich schreibt sie die Adresse in ihr kleines schwarzes Büchlein und ist sich auch ohne Absender auf der Karte sicher, dass sie nur von ihrer Zellengenossin Tita stammen kann. Sie lächelt.

Als Wanda nur wenig später das Haus aus der Jahrhundertwende im Osten Frankfurts erreicht, bleibt sie eine Weile stehen und lässt es auf sich wirken. Das große Gebäude sieht unbewohnt aus, so, als könne es nicht nur einen neuen Anstrich gebrauchen. Das Geschäft im Erdgeschoss steht auch leer. Seine Scheiben sind so schmutzig, dass man nicht hindurchsehen kann. Ein Scheinwerfer von einem blauen Lieferwagen blendet auf. Doch Wanda interessiert sich nicht für Autos. Sie schenkt dem Lieferwagen weiter keine Beachtung. Stattdessen läuft sie in den Hinterhof und klingelt bei »Organisation Lissner«.

»Ja bitte?«, ertönt eine tiefe Frauenstimme aus der Freisprechanlage. Als es über der Tür zu summen beginnt, packt Wanda den Türgriff und drückt die Tür auf.

Oben, im vierten Stock des Mehrfamilienhauses, angelangt, wartet die Inhaberin der Organisation bereits im Türrahmen auf sie. Groß, schlank, fast androgyn und mit einer derart kleinen Brille auf der großen Nase, dass man sich fragen muss, ob sie überhaupt einen Nutzen hat.

»Sorry, Kindchen, der Lift ist schon seit Monaten defekt! Und meinen Vermieter, dem übrigens die halbe Straße gehört, schert es einen Dreck. Der wartet doch nur darauf, bis ich ausziehe und er das leer stehende Haus an einen Investor verscherbeln kann. Doch darauf kann er lange warten.«

Wanda spürt die markante Aura, die diese Frau umgibt. Wenn man sie in Farben hätte ausdrücken müssen, wäre sie psychedelisches Lila. Beruhigend, wie ihre tiefe Stimme, und doch kräftig, wie ihr schriller Lippenstift.

Die Fremde ist Eva Lissner, die Leiterin der Organisation. Weitere Mitarbeiter scheint es nicht zu geben. Wanda schätzt den optischen Paradiesvogel auf Ende fünfzig. Sie wird sich während der gesamten Zeit nahezu minütlich das zu lange Pony aus dem Gesicht streichen. Bisher sind Wanda jedoch nur die winzig kleine Brille und ihre tiefen Falten auf der Oberlippe aufgefallen, die auf einen hohen Zigarettenkonsum hindeuten.

»Kommen Sie rein, Kindchen! Doch bevor wir in mein Büro gehen und quatschen: Möchten Sie einen Kaffee? Ich wollte mir gerade einen machen. Ich schlafe sonst noch ein. Herbstdepression! Oder die Wechseljahre!«

Wohl eher die Wechseljahre, denkt Wanda und antwortet: »Ja, wieso nicht!«

Sie lächelt dabei zaghaft. Die beiden Lachfältchen um Wandas schmalen Mund vertiefen sich, und sie bemerkt dabei selbst, dass sie nicht sehr oft lächelt. Zudem weiß Wanda selbst nicht, wieso sie dem angebotenen Kaffee zugestimmt hat. Eigentlich würde sie jetzt viel lieber Tee trinken. Doch Frau Lissner, die sich als Ansprechpartnerin für ehemalige Gefangene in dieser Organisation vorstellt, verschwendet nicht viel Zeit damit, Wanda nach ihren Vorlieben zu fragen. Sie schenkt in ihrer kleinen improvisierten Küchenecke im Flur der Altbauwohnung großzügig Kaffee ein und bittet Wanda, ihr zu folgen.

Rauch hängt in der Luft.

In ihrem kleinen Büro setzt sie sich hinter den großen Schreibtisch und deutet auf einen Stuhl. Wanda zieht ihn an den Schreibtisch ran und nimmt darauf Platz. Es wirkt alles ein wenig spartanisch auf den ersten Blick. Der Raum, die Einrichtung, das Büro an sich. Frau Lissner sieht hinter ihrem Schreibtisch auf, auf dem das blanke Chaos herrscht, und rührt hektisch in ihrem Kaffee.

»Stört es Sie, wenn ich rauche?«, fragt sie und streift sich den Pony aus dem Gesicht. Wanda schüttelt den Kopf. Die Frau steckt sich eine Zigarette an, ehe sie beginnt, die verschiedenen Möglichkeiten aufzuzeigen, die es für ehemalige Häftlinge gibt.

»Es sind Einstiegsmöglichkeiten. Was nicht heißt, dass es leicht sein wird!«

Eva Lissner sieht streng über ihren Brillenrand hervor. Sie bemerkt Wandas scharfsinnigen Blick, die sich gerade über etwas klar wird: Die kleinen Brillengläser sind bestimmt aus Fensterglas und mehr Schein als Sein!

»Doch Sie bekommen die Starthilfe«, versichert die Inhaberin ihrem neuen Schützling und schiebt ihre winzige Brille nun ein Stück höher. »Ich hole Ihnen gleich die Schlüssel zum Appartement. Aber vergessen Sie nicht meine Worte: Nach drei Monaten fliegen Sie dort wieder raus.«

Eva Lissner drückt ihre Zigarette im vollen Aschenbecher aus, ehe sie sich erhebt.

Die Lissner-Organisation hat sich darauf spezialisiert, Häftlingen den Wiedereinstieg zu erleichtern, indem sie die klassische Schleife zu durchbrechen versucht: ohne festen Wohnsitz keinen Job, ohne Job keinen festen Wohnsitz. Man ist für drei Monate in einem Appartementhaus gemeldet, das man als Anschrift auf seinem Bewerbungsbogen nennen darf. Finanziert wird das Ganze vom Amt für Bewährungshilfe.

»Hier sind die Schlüssel, Wanda! Ebenso ein paar Waschmarken vom nahe gelegenen Waschsalon und Einkaufsgutscheine vom Supermarkt. Aber Schätzchen: Finger weg vom Alkohol! Der ist teuer!«

Wanda sticht es für einen kurzen Moment ins Herz. »Ich trinke nicht!«, entgegnet sie mit erhobener Stimme und fragt sich selbst, weshalb sie sich bloß immer so verbissen zeigt. Ihre Kränkung ist dabei nicht zu übersehen.

Eva Lissner hat Mitleid mit ihrem Gegenüber. Sie sucht auf ihre Weise ein paar tröstende Worte. »Ex-Knackis haben nun mal einen Ruf, der ihnen selbst durch das stärkste Mauerwerk vorauseilt! Ich hoffe, Ihr Fell ist dick, Wanda!«

»Das weiß ich längst!«

»Sicher tun Sie das. Aber Sie werden das schon schaffen.«

»Danke«, sagt Wanda, bemüht, ein wenig Enthusiasmus in ihre Stimme zu legen.

»Und geben Sie auf sich Acht, Kind. Es treibt ein Serienkiller sein Unwesen auf Frankfurts Straßen. Er scheint es auf alleinstehende, hübsche Frauen wie Sie abgesehen zu haben. Keine der beiden Opfer war wohl älter als Mitte dreißig.«

»Tatsächlich?«

»Ich sage Ihnen, Wanda, ich habe immer schon eine Gänsehaut, noch bevor ich die Zeitung überhaupt aufgeschlagen und das Statement der Polizeipressesprecherin gelesen habe.« Eva Lissner reibt sich die schlaffen Oberarme, als fröstle es sie plötzlich. »Er zieht seinen Opfern eine Plastiktüte über den Kopf und murkst sie dann mit einem Bolzenschussgerät ab. Das muss man sich mal vorstellen. Eines der beiden Opfer ist bis heute noch nicht identifiziert worden. Weder ihre Fingerabdrücke haben einen Hinweis ergeben noch die aktuellen Vermisstenanzeigen. Einen Ausweis hatte sie wohl nicht bei sich. Vielleicht war sie eine Bordsteinschwalbe. Laut Presse soll sie aber wie gesagt zwischen Mitte zwanzig und

Mitte dreißig sein. Ich sage Ihnen, Wanda, ich höre in meinem Job so etwas nicht zum ersten Mal.«

***

Spät am Abend, Kriegkstraße, Frankfurt-Gallus

Wandas neue Bleibe liegt in einem in die Jahre gekommenen vierstöckigen Mehrfamilienhaus im Frankfurter Gallus. Wanda steht vor dem Eingang, steckt gespannt den Schlüssel ins Türschloss und tastet an der Wand nach dem Lichtschalter. Das düstere Treppenhaus verrät auf Anhieb, dass dort Menschen leben, die nicht sehr lange bleiben wollen. Als Wanda ein paar Sekunden später über die frisch gebohnerten Stufen das erste Obergeschoss erreicht und ihre Wohnungstür aufschließt, ist sie jedoch positiv überrascht: Es ist sauber.

Und riecht nach Tannenzweigen.

Der Geruch erinnert sie stark an das Rasierwasser ihres Onkels, als hätte er sich vor wenigen Minuten noch hier aufgehalten. Natürlich kann das unmöglich sein. Weder er noch andere Menschen, die zur finanziellen Oberschicht gehören, hätten einen Anlass, dieses einfache Haus zu betreten. Außer, um es an ihresgleichen zu verkaufen oder verteuert an Menschen wie Wanda zu vermieten.

Das neue Heim – zumindest für die nächsten drei Monate – besteht aus einem winzigen Raum zum Wohnen, Schlafen und Kochen, einer Kitchenette, einem Tisch mit zwei Stühlen, einem schmalen Einzelbett und einem alten Holzkleiderschrank sowie einem schmalen Fenster, durch das der kleine Raum Licht empfängt. Wanda löst die Haken am Fenster und drückt mit aller Kraft gegen den Rahmen. Erst beim zweiten Versuch schwingt das Fenster endlich auf. Kalte Luft strömt in den Raum. Die alten Holzdielen knacken. Sie sind stumpf und voller unzähliger Rillen.

Wanda geht ein paar Schritte durch das Appartement. Dann öffnet sie die Tür zum Badezimmer. Auch wenn es kein Fenster hat und streng genommen mehr an eine winzige »Nasszelle« erinnert, ist es doch ihr eigenes. Wanda muss es mit niemandem teilen. Doch die Gespräche mit Tita fehlen ihr schon jetzt. Dann muss ich alleine zu Ende bringen, was wir hinter Gittern geplant haben, Tita!, denkt Wanda.

***

Am nächsten Morgen, Kiosk, obere Berger Straße

»Du hattest wirklich recht«, gesteht Konrad und verzieht gequält den Mund. Er ist schon als Kind kein guter Verlierer gewesen.

»Danke, aber womit?«, fragt der Kioskbesitzer und schaltet sein Radio leiser. Die Langeweile steht ihm wie immer ins Gesicht geschrieben.

»Mit deinem Scheißgefühl, dass da noch etwas auf uns zukommt. Mich hat es überrollt wie eine Lawine.« Konrad neigt beim Gedanken an Natascha zerknirscht den Blick.

Oskar holt die Zigarette hinter seinem Ohr hervor und zündet sie sich an. »Du kanntest das zweite Opfer?«

Konrad schaut überrascht auf, den Blick unverwandt auf den Leitner Oskar gerichtet. »Woher weißt du das?«

»Nur so ein Gefühl.« Der Pfundskerl bläst den Rauch durch die Nase aus. »Kanntet euch wohl etwas besser, was?«

Konrad antwortet nicht auf die Frage. Als ein anderer Kunde in das Geschäft geschlürft kommt, um Tabak zu kaufen, lässt er ihm den Vortritt, ehe er wieder Oskars Worten Gehör schenkt.

»Mal schauen, wie es weitergeht«, sagt dieser leidenschaftslos, mit kehliger Stimme und legt nun die Zeitung vom Vortag für seinen Lieblingskunden bereit. »Ich meine, Konrad, alle guten Dinge sind drei, und ich sehe noch lange nicht, dass die Polizei schon so weit ist, das zu verhindern. Die

Anzahl der toten Mädchen beweist zwar nicht, dass der Killer immer hungriger wird, aber sie verrät etwas über das Ausmaß seiner Demütigung, die er erfahren haben muss. Und, dass er eine gehörige Persönlichkeitsstörung hat, durch die er soziale Regeln ignoriert und wenig Empathie für andere empfindet. Auch nicht für seine Opfer. Wie ich also vermutet hatte, haben wir es hier mit einem intelligenten Soziopathen zu tun. Der weiß ganz genau, was er tut und auch, wie er es tut. Er mordet wie ein Profi zu Zeiten, wo die Straßen voll sind, kennt sich mit Betäubungsmitteln aus. Man unterscheidet in der Dosis zwischen vollem Bewusstsein und Stupor, einer Körperstarre und Koma. Der Sozio ebenfalls. Er injiziert millimetergenau und wäscht alle Spuren an den Leichen ab, in dem er sie im Main versenkt. Irgendetwas sagt mir, dass er ausgezeichnete medizinische Vorkenntnisse hat. Und wenn du mich fragst: Ich glaube, dass der Mörder seine Opfer gekannt hat. Es ist erstens nicht ungewöhnlich, dass ein Mörder sein erstes Opfer aus dem Umfeld wählt, und zweitens waren, so viel ich weiß, keine Spuren vorhanden, die auf eine gewaltsame Entführung hinweisen.«

»Woher willst du das wissen?«

»Keine Hautpartikel unter den Nägeln. Keine Stofffasern. Aber das hast du nicht von mir.«

Konrad starrt die Zeitung vor sich sekundenlang abweisend an. Er fühlt, als würde jemand auf seinem Brustkorb stehen und nur darauf warten, ihm in die Visage treten zu können, sobald er die Zeitung aufschlägt.

»Oskar, mich würde mal interessieren, woher du all die Informationen hast. Nataschas Tod ist erst wenige Stunden her.«

Oskar senkt die Stimme. »Ich war mal einer von denen.«

»Einer von den Bösen?«

»Einer von den Guten. Zumindest so lange, bis mein Spezialfreund mich beim Kriminaldirektor angezinkt hat und der plötzlich anfing, das anders zu sehen und mich an den Schreibtisch verbannt hat.«

»Lass mich raten. Dein Spezialfreund war ein Schäferhund!«

»Fast. Der erste Kriminalhauptkommissar.«

»Warum hast du bei der Polizei aufgehört?«

»Tatortphobie. Aber das erkläre ich dir ein andermal.«

»Das hast du mir nie erzählt.«

»Du hast auch nie gefragt.«

»Das stimmt. Dabei habe ich mich schon immer gefragt, wie man es zum Kioskbesitzer bringt. Jetzt weiß ich es. Und du glaubst wirklich, Natascha, ich meine das zweite Opfer, kannte den Schweinehund, der ihr das angetan hat?« Konrads Augen werden schmaler. Sie funkeln sein Gegenüber misstrauisch an. Der Druck in der Brust wird größer.

»So sehe ich das, ja! Er hat sie kalt erwischt. Rache serviert man schließlich immer am besten kalt.«

Konrad neigt den Blick wieder. »Die Ärmste! Sie war eine gute Freundin.«

»Und der Arme!«

Konrad sieht überrascht auf. »Wieso der?«

»Der Kerl, der die Leiche gefunden hat. Er soll sich vorgebeugt haben, um seine Kippe in den Main zu schnipsen, als er geglaubt hat, etwas gefunden zu haben. Er holte einen Haken und musste dann feststellen, dass es bloß eine Tüte mit Müll ist. Zumindest dachte er das.«

Konrad runzelt angewidert die Stirn. Der Druck auf der Brust hat sich nun auf seinen Magen ausgebreitet.

»War es natürlich nicht«, fährt Oskar fort. »Es war eine Tüte mit einem Kopf, der ihn mit offenen Augen angeguckt hat. Und das auf nüchternen Magen.«

***

Kriegkstraße, Frankfurt-Gallus

Essengeruch liegt in der Luft. Er ähnelt dem in der JVA-Kantine, und die Regentropfen haben aufgehört, gegen die bodentiefen Scheiben des überfüllten »mediterranen« Imbisses zu prasseln.

Wanda sitzt an einem von vier kleinen Tischchen, direkt am Eingang des Imbisses. Der Laden liegt in ihrem neuen Viertel, nur ein paar Hundert Meter von ihrem Appartement entfernt. Verbissen blättert sie in den Stellenanzeigen einer alten Tageszeitung. Die Titelseite, die über einen grausamen Mord berichtet, hat sie zügig überblättert. Von schlimmen Schicksalen hat sie die Nase voll.

Wanda hat außer einem abgebrochenen Modestudium nichts vorzuweisen und stöhnt auf. Wieder und wieder. Der Weg raus aus dieser Perspektivlosigkeit, zurück in das pulsierende Leben der Reichen und Schönen ist ein weiter.

»Kann ich den Teller mitnehmen?«

Ein junger Mann mit kindlichen Gesichtszügen steht ungeduldig neben Wanda am Tisch. Sie nickt, ohne aufzublicken.

»Willst du noch etwas? Einen Chai, oder so?«

Ein nasser Lappen gleitet über ihren Tisch. Und ehe sie sich versieht, passiert es plötzlich: Der junge Mann stößt den Wassereimer um, den er ungeschickt auf dem Tisch abgestellt hat. In Sekundenschnelle saugt sich die Zeitung mit Wasser voll. Die Buchstaben der Anzeige »Gärtner gesucht – Siesmayerstraße« verlaufen mehr und mehr. Bis man sie kaum noch entziffern kann.

»Zum Teufel! Pass doch auf!«

Man kann Wandas Stimme ihren wachsenden Ärger entnehmen. Bis auf das rechte untere Ende ihrer Zeitung hat sie von der Stellenanzeige nichts retten können. Prompt reißt sie den Lappen des Jungen an sich und wischt das Wasser auf ihrer Zeitung auf. Seiner Irritation schenkt sie dabei keine Aufmerksamkeit.

»Fantastisch! So wird das ganz sicher was mit einem Job!«, bemerkt sie.

»Sorry, war keine Absicht!«

»Das macht es jetzt viel besser, vielen Dank!«

Der junge Mann druckst. »Ich bin Momo.«

Wanda sieht zu ihm auf, kräuselt die Stirn.

»Die Abkürzung für Mohamed. Du bist auf Jobsuche?«

Sie schluckt ihren Zynismus herunter und nickt kurz. Momo deutet auf einen Aushang an der Eingangstür, der um eine Putzhilfe wirbt.

»Der Laden gehört meinem Vater. Ich könnte ein gutes Wort für dich einlegen, wenn du willst. Als Wiedergutmachung sozusagen.«

»Blendende Idee. Wieso bin ich nicht selbst darauf gekommen?«

»Der Job ist kein Traumjob«, gesteht Momo und zieht die Augenbrauen hoch. »Aber es gibt viel zu tun.«

»Wer kann davon leben?«, forscht Wanda. »Ein fastender Mönch?«

»Bisher ein fastender Moslem. Wenn auch mehr schlecht als recht.« Dann lacht er. »Also, reich wirst du damit nicht.«

Wanda verstummt.

Sie wollte ihn nicht beleidigen. Und sie will es nicht politischer machen, als es ist.

»Wir suchen echt dringend eine Putzhilfe. Egal ob Mönch oder Moslem. Die Arbeit ist alleine einfach nicht zu schaffen. Ich schmeiße den Laden zurzeit sieben Tage in der Woche und musste jetzt eigentlich anfangen, den Boden zu wischen. Morgen, wenn ich den Imbiss wieder aufschließe, muss alles sauber sein.«

Wanda ziert sich sichtlich.

Spielt den Gedanken einmal durch.

Sie sieht zu dem Aushang an der Tür und wieder zurück zu - Momo. Seine Augen sehen müde aus. Vielleicht ein wenig wie ihre. Hab dich nicht so! Du hast keine große Wahl!, sagt ihre innere Stimme.

Und sie hat recht.

Zwölf Wochen vor Prozessbeginn

Berger Straße, Coco's Café

»Ein Putzjob also!« Eva Lissner steckt den schrillen pinkfarbenen Lippenstift wieder zurück in ihre Handtasche. Ihre betonten Lippen schmatzen laut auf, bevor sie im Coco's Café an der Zigarette saugen.

»Sie haben den Vertrag schon unterschrieben, nehme ich an?«

»Sozusagen. Wir haben ihn per Handschlag geschlossen. Ich wollte es Ihnen als Erste erzählen, wegen der Zuschüsse. Außerdem, wem sonst hätte ich es ...«

Eva Lissner lugt unter ihrer winzigen Fensterglasbrille hervor und zieht erneut an ihrer Zigarette. Ihre Oberlippe schiebt sich schrumpelig zusammen.

»Ich hoffe, Sie konnten wenigstens einen guten Stundenlohn aushandeln?«

Wanda vernachlässigt die Frage. Die fünfzigtausend Arbeitslosen in dieser Stadt, die allesamt Wandas neue Nachbarn im Viertel zu sein scheinen, würden den Lohn vielleicht sogar als gut empfinden.

Sie haben auch keine andere Wahl. Wanda auch nicht.

Schlussendlich zählt jeder Cent für ihren geplanten Prozess. Auch wenn sie weiß, dass der Putzjob nicht ansatzweise ihren Fall finanzieren kann. Doch das behält sie erst einmal für sich.

»Wie sind Ihre Arbeitszeiten, Wanda?«

»Um einundzwanzig Uhr schließt der Imbiss. Dann muss ich ran.«

Wandas Gegenüber lächelt breit. »Es ist allemal ein Anfang.« Eva Lissner rührt in ihrem extra großen Kaffee. »Auch wenn Sie weiterhin auf die Zuschüsse angewiesen sein werden. Wird Ihnen Ihre Familie noch zusätzlich finanziell unter die Arme greifen?«

Wanda antwortet nicht.

»Wanda, deute ich Ihr Schweigen richtig, dass Sie versuchen, Ihre Wut dahinter zu verbergen?« Sie drückt ihre Zigarette aus, kramt in ihrer Handtasche und zaubert allerlei hervor, ehe sie ein besticktes Stofftaschentuch erwischt, mit dem sie ihre winzigen Brillengläser zu putzen beginnt.

»Die Stickereien auf Ihrer Jacke gefallen mir übrigens ausgesprochen gut«, wirft Eva Lissner ein, als wolle sie das Mädchen aufmuntern. »Die sind mir schon bei unserem ersten Kennenlernen in der Organisation aufgefallen.«

Wanda sieht an sich herunter. »Die Stickereien habe ich mal selbst gemacht. Ist aber schon Jahre her.«

»Tatsächlich? Ich habe als junges Mädchen auch so furchtbar gern gestickt.« Eva Lissner hält ihr Stofftaschentuch hoch. »Das hier ist eines meiner letzten Werke. Sehen Sie die Blumenmuster? Jetzt werden Sie mich sicherlich für altmodisch halten ...« Eva Lissner lacht laut auf. »Ich wollte immer Mode studieren, doch meine Eltern waren dagegen und wollten, dass ich etwas Anständiges lerne!«

Die Frau verdreht die Augen und streicht sich eine Haarsträhne aus dem Gesicht.

Das macht sie fast alle fünf Minuten.

»Das wollte ich auch«, antwortet Wanda verlegen und erwärmt sich immer mehr für die schrille Erscheinung vor sich. »Und zwar, seit ich denken kann. Wir sind uns da vielleicht ein wenig ähnlich.«

Wanda hat den Satz kaum ausgesprochen, schon überkommt sie ein merkwürdiges Gefühl: Die Frau mit dem schrillen Lippenstift und den stark geschminkten Lidern sieht plötzlich sehr vertraut aus. Als habe Wanda sie in ferner Vergangenheit einmal gekannt. Doch gleichzeitig weiß Wanda, dass sie sie in Wirklichkeit nur einmal zuvor gesehen hat. Doch Eva Lissner spricht eine ihr vertraute Sprache. Und lässt ein leises Bedürfnis nach Nähe erwachen.

Wie zu einer Mutter.

»Die Blumenmuster sind außerdem gut gearbeitet«, lobt Wanda verlegen, ein Versuch, ihre Zuneigung zu zeigen, und versteckt sich hinter ihrer Teetasse. Sie ist nicht besonders geübt im Austauschen von Nettigkeiten.

Die Unterhaltung plätschert dann so dahin, Belanglosigkeiten. Höflichkeiten.

Der Serienkiller, der Frauen mit dem Bolzenschussgerät abmurkst und im Main versenkt.

»Aber zurück zu Ihrer Familie, Wanda. Wird Sie Ihnen nun helfen?« Eva Lissner setzt die frisch geputzte Brille wieder auf.

»Es gibt keine Familie. Zumindest keine, die mir nahesteht.« In Wandas Stimme liegt ein Hauch Bitterkeit. Die Floskel verwendet sie seit ihrer Jugend, in der Hoffnung, von ihr geschützt zu werden, wie ein Krieger von seinem Schutzschild.

»Das tut mir wirklich leid zu hören! Ich betreue schon seit vielen Jahren junge Exsträflinge, und gerade so sensible Küken wie Sie brauchen eine Familie!«

»Danke für Ihr Mitgefühl, Frau Lissner. Aber es ist schon okay. Auch vor meiner Haft hatte ich nur meinen Onkel«, erklärt Wanda tonlos. Sie möchte darüber wirklich nur ungern sprechen.

Dass sie ihre Mutter und ihren Vater schon sehr früh verloren hat und ihren Familienstammbaum väterlicherseits noch nie in seiner Ganzheit kennenlernen durfte, erwähnt sie daher nicht. Sie wird den Teufel tun und erzählen, dass sie eine Vollwaise ist. Sie ist erwachsen und keine zehn Jahre mehr. Auf diese Form von Mitleid kann sie getrost verzichten.

»Ich lebe ganz gut damit«, erklärt sie daher, um das Thema abzuschließen.

Eva Lissner legt den Kopf schräg. »Menschenskinder. Niemand lebt gut damit, alleine zu sein. Sie sollten Ihre Bindungsunfähigkeit nicht über Ihren Wunsch nach Nähe siegen lassen. Wanda, wissen Sie, was eine Trauerweide ist?«

Wanda nickt.

Natürlich weiß sie das.

»Passen Sie bloß auf, Kindchen, dass ihre Wurzeln in Ihrem Gefühlsgarten nicht alles um sich herum zerstören. Für so ein Leben sind Sie weiß Gott noch zu jung. Ich weiß, wovon ich spreche.«

Eva Lissner sieht Wanda einfühlsam an, fasst ihr sanft an den Unterarm. Von ihrer Hektik ist nun keine Spur mehr zu bemerken. Sie beugt sich vor und zieht die Augenbrauen hoch. »Wanda, schon mal darüber nachgedacht, ob es nicht vielleicht an der Zeit ist, auszusprechen, was Sie so blockier und die Trauerweide in Ihrem Herzen immer größer werden lässt? Erzählen Sie es mir ruhig. Ihre verstorbene Mutter hätte das bestimmt so gewollt!«

Verstorbene Mutter?

Woher weiß sie das?

Zwiegespalten zieht Wanda ihren Arm unter der Hand der Frau zurück.

Denn Wanda hat es nicht erwähnt. Ob sie sich vielleicht doch von früher kennen?

Nur woher?

Doch noch ehe Wanda das herausgefunden hat, drängt sich Eva Lissner in ihre Gedanken: »Kindchen, nenn mich bitte einfach Eva! Frau Lissner macht mich so alt.«

Doch Wanda hat andere Sorgen. Sie strafft die Schultern. »Woher wissen Sie das von meiner Mutter?«

Eva Lissners Augenbrauen zucken kurz hoch, sie denkt nach, ehe sie antwortet. »Das war nur so eine Vermutung von mir gewesen.« Die Frau beginnt zu lächeln. »Wenn Sie wüssten, Wanda, was ich manchmal weiß, ohne dass ich überhaupt den Hauch einer Ahnung habe, dass ich es weiß! Erst letztens wieder hatte ich ein Erlebnis ...«

Wanda ist abgetaucht.

Sie hat dichtgemacht. Die Angst hat ihr plötzlich den bekannten Schmerz in Erinnerung gerufen.

Sie beißt die Zähne zusammen, während ihr Leben wie ein ICE zurück in ihre Vergangenheit rast und sie wieder zu dem kleinen, zarten Mädchen macht, das einsam mit seiner Lieblingspuppe am Grabrand steht.

Dem Grab ihrer Mutter, die sie nie kennenlernen durfte.

Dem Grab ihres toten Vaters.

Auch der Verlustschmerz gegenüber ihrem Onkel ist plötzlich von Neuem allgegenwärtig. Die Trauerweide in ihrem Herzen ebenfalls.

Wanda ist wieder eine bindungsunfähige Vollwaise.

Doch schon als Kind hat sie resignierend die Welt so hingenommen, wie sie ist.

Wanda schiebt die Augenbrauen zusammen. Und schluckt unmerklich. Sie hat schließlich über zehn Jahre auf den Moment gewartet, um der Trauerweide in ihrem Garten endlich einen Namen zu geben. Nur hat sie noch immer nicht vor, zu vergeben. Der richtige Zeitpunkt, die Trauerweide zu fällen und das Verbrechen von vor zehn Jahren zu rächen, ist noch nicht gekommen.

***

Siesmayerstraße, Frankfurt-Westend

Die Zeit, in der Konrad Kümmer in den Tag hineinlebt, ohne großartig darüber nachzudenken, scheint also ganz plötzlich seit Nataschas Tod abgelaufen zu sein. Eine Sanduhr hätte das zweifelsohne bestätigt. Das letzte Sandkorn für sein altes Leben ist bereits hinabgerieselt.

Doch liegt es wirklich an Natascha?

Oder ob ihn vielleicht eine Art Midlife-Crisis heimgesucht hat?

Während Konrad hofft, dass die Krise wieder so schnell verschwinden wird, wie sie auch gekommen ist, steckt er mit den Händen in der Erde und mit der Seele an der frischen Luft. Es ist sein erster Tag in der Siesmayerstraße. Er steht auf Herausforderungen. Es duftet nach Regen und feuchter Erde.

Der Sommer ist vorüber, ebenso das Bienensummen. Die Tage werden bereits kürzer und die Lücken im Beet des beachtlichen Gartens der Stadtvilla größer. Konrad hat sich nach kurzem Überlegen für die Chrysantheme entschieden – Goldblumen mit großen, dichten Blütenblättern.

Ob ihn die Kaffeetassen dazu inspiriert haben?

Er hat bereits die meiste Erde umgegraben, als er die letzte Pflanze einsetzt: halb im Schatten, halb in der Sonne. Und mit ihr vergräbt er auch irgendwie ein Stück Vergangenheit von sich.

Frau von Eichenborn!, schießt es ihm wie ein Blitz durch den Kopf. Er stoppt, setzt sich auf und klopft sich die erdigen Finger sauber. Er hat die Frau des alten von Eichenborn auch heute wieder nicht gesehen. Bei seinem ersten Besuch vor ein paar Tagen war ihm das nicht weiter aufgefallen. Er hatte offen gesagt völlig versäumt, sich nach ihr zu erkundigen. Doch jetzt, wo sie heute schon wieder nicht da ist, tut sich in ihm eine traurige Vermutung auf. Ob sie wohl verstorben ist?

Konrad kniet im Vorgarten, haucht immer wieder auf seine vor Kälte starren Finger und verfällt in alte Erinnerungen. Er geht zurück in die Zeit, in der sein Vater noch den Garten der von Eichenborns in Schuss hielt. Konrad besuchte ihn oft mit seinem Taxi. Für eine Dosis Koffein hatte er immer Zeit. Zudem war Frau von Eichenborns Kaffee einer der besten in der ganzen Stadt. Man konnte die ganzen Bohnen aus der grandiosen Bohnenmischung förmlich schmecken, die sie bei dem stadtbekannten Frankfurter Kaffeeröster, am Kornmarkt nahe der Hauptwache gelegen, kaufte und mit ihrer kleinen Kaffeemühle liebevoll selbst mahlte.

»So verlieren sie nicht ihr wertvolles Aroma«, hatte sie erklärt und frische Milch zum Kaffee gekocht. Es war kein Geheimnis gewesen, dass Konrads Vater sie so am liebsten mochte. Frau von Eichenborn brachte ihnen den Kaffee in den Garten und setzte sich manchmal, wenn die Zeit es zuließ, für einen kurzen Moment zu ihnen. Sie schwärmte dann von ihren geliebten Blumen, wie eigentlich nur ein Teenager zu schwärmen fähig war. Der Garten war ihr Leben.

Erfüllend.

Etwas, worum Konrad sie immer beneidet hat.

»Die Blumen sehen wirklich wunderschön aus!« Eine sanfte, zittrige Frauenstimme!

Frau von Eichenborn?

Konrad sieht, aus seinen Gedanken herausgerissen, auf.

»Ich mache dann Feierabend«, sagt das Hausmädchen schüchtern in seinem sympathischen Dialekt und zieht das Gartentor hinter sich zu. »Bis ... morgen!«

Konrad nickt ihr wortlos zu. Das Mädchen scheint wirklich ein Problem mit dem Selbstbewusstsein zu haben, sinniert er, während seine Gedanken im nächsten Augenblick durch das Klingeln seines Handys abgeschnitten werden. Konrad zieht den Quälgeist mit zwei Fingern aus der Hosentasche und wirft einen kurzen Blick auf das Display, bevor er das Gespräch annimmt. Er hat schon eine Befürchtung, wer das sein könnte. Die Geschichte mit dieser Frau strengt ihn an - dabei bedauert er auch, dass das Verhältnis mit ihr für ihn nie mehr bedeutet hat.

»Ja?«

Stille.

»Hallo?«

»Ich bin's.«

»Ich bin's kenne ich nicht.«

»Dann rate – und jetzt tu nicht so, als hättest du mich nicht erkannt.«

Konrad verdreht die Augen. »Ich bin zu alt für solche Spielchen, Caro!« Hat er das mit seinem Alter etwa gerade laut gesagt?

Spätestens jetzt wird es deutlich: Konrad Kümmer steckt in einer Krise.

Nur wie würde er eine Trennung ausdrücken, der nicht einmal eine wirkliche Beziehung vorangegangen ist?

»Caro, du hast bestimmt nicht angerufen, um ein Ratespiel zu veranstalten, bei dem ich nix gewinnen kann. Also, spuck schon aus, was gibt es?«

»Hast du heute Abend Zeit für mich, Konrad?«

»Lass mich kurz nachdenken - nein!«

»Nein? Falsche Antwort. Denk noch mal eine Sekunde darüber nach.«

Konrad stöhnt leise auf. »Das habe ich, Caro. Sogar zwei Sekunden.« Und ganz plötzlich wird es ihm klar. Er kniet noch immer im Vorgarten in der Siesmayerstraße und lässt seinen Blick über die frischen Chrysanthemen schweifen. Sein Vater würde jetzt sagen, dass Konrad sich nicht ohne Grund für diese Blumenart entschieden hat.

Die Chrysantheme steht symbolisch betrachtet schon seit dem 18. Jahrhundert für »Mein Herz ist frei«.

Die Sache mit Caro ist durch.

Ein für alle mal.

»Hallo? Bist du noch dran, Konrad? Du musst schon mit mir reden. Gedanken kann dein Handy leider noch nicht übertragen. Ganz besonders nicht dein hundert Jahre alter Knochen.«

Jetzt ist auch schon sein Handy ... alt. »Tut mir leid, Caro. Aber ich hab wirklich keine Zeit!«

Er legt auf, ohne sich zu verabschieden. Und hat jetzt Feierabend! Zeit, nicht nur das Telefon für heute abzuschalten.

Was früher mit Joints und seinem besten Freund Jack Daniels ganz einfach war, ist heute schon schwieriger. Sein Haar ist kürzer als vor zwanzig Jahren und sein Herz bei genauerer Betrachtung vielleicht doch gar nicht so frei, wie es die Chrysantheme ausdrücken will – zumindest nicht mehr. Etwas ist heute darin eingezogen, als er im Garten beschäftigt war. Vielleicht eine Antwort auf diesen großen Gegendruck, den er im Leben so plötzlich spürt?

***

Zwei Tage später, Grüneburgpark

Hoffnungslosigkeit versucht wieder einmal, über Wanda zu siegen. Ein Kampf, den sie schon ihr Leben lang kämpft.

Ob er wohl kommen wird?

Wanda bläst nervös die Wangen auf. Dann lässt sie die Luft wieder langsam nach draußen. Zusammen mit ein paar herbstlichen Sonnenstrahlen trifft sie pünktlich im Grüneburgpark ein, eine große Parkanlage im begehrten idyllischen Frankfurter Westend.

Hier ist ihr vereinbarter Treffpunkt.

16 Uhr die vereinbarte Uhrzeit.

Die erste Parkbank sollte es sein. Genauso hatte sie es ihm in ihrem Brief kurz vor ihrer Entlassung aus der JVA geschrieben. Und auch am Telefon vor ein paar Tagen, von der Flughafen-Hotel-Lobby aus, noch einmal wiederholt.

Nervös läuft Wanda den Schotterweg entlang, bis sie die verabredete Bank erreicht. Hat sie von hier aus auch den Parkeingang gut im Blick? Sie möchte ihn auf keinen Fall verpassen!

Erst nach zwei, drei Minuten schafft es Wanda, sich ein wenig zu entspannen. Sie bemerkt, dass der Tag bei genauer Betrachtung seit Langem mal wieder majestätisch schön ist.

Blauer Himmel.

Kaum eine Wolke.

Gleißendes Herbstlicht.

Wanda kann die Kräfte der wärmenden Sonne bis in die Fingerspitzen fühlen. Ein böiger Westwind aus dem Taunus bläst ihr sanft durch das Haar und lässt für eine Sekunde alles in Vergessenheit geraten. Die Aufregung. Die stellenweise Kahlheit der Bäume. Sogar ihren geplanten Prozess.

Als Wanda von der Sonne geblendet ihre Augen schließt und zweimal tief einatmet, lässt sie sich hemmungslos in einen Tagtraum fallen. In diesem wirkt alles ein bisschen leichter.

»Entschuldigung, ist hier noch frei?«

Wanda reißt erschrocken die Augen auf. Wie lange war sie weggetreten gewesen? Sie starrt in das Gesicht eines Fremden. Hektisch sieht sie auf ihre Armbanduhr. Anschließend zum Parkeingang. Erneut stiert sie in das fremde Gesicht vor sich. »Hab ich ihn etwa verpasst?«, ruft sie aufgebracht. Doch sie ist stark im Ertragen und Verzichten.

»Wie bitte?« Der Fremde, ein Mann mit hochgeschlagenem Mantelkragen, als wolle er eine hässliche Gesichtsnarbe verdecken, hat offensichtlich nur die Hälfte verstanden. »Ich hatte Sie gefragt, ob neben Ihnen noch frei ist!«, wiederholt er eindringlich.

»Es sollte nicht frei sein!«, ruft Wanda. »Es darf einfach nicht!«

Doch da – ein großer, schlanker Mann läuft auf den Parkeingang zu. Und Wanda ist sich sicher: Er ist es!

Prompt springt sie von der Bank auf. Übermannt von ihren Gefühlen, steigen ihr Tränen in die Augen. Ohne zu wissen, weshalb. Vielleicht, weil sie seit Langem wieder ein vertrautes Gesicht sieht? Auch wenn sie dieses eigentlich zutiefst verabscheut, geht sie dem Mann zwei zaghafte Schritte entgegen, bemüht, ihr Gesicht wiederherzustellen. Dann stoppt sie.

»Wieso hast du mich letzte Woche am Telefon an der toten Leitung lauschen lassen und so schnell aufgelegt? Und von wo aus hast du überhaupt angerufen? Das klang ja bei dir im Hintergrund wie eine überlaufene Bahnankunftshalle«, raunt der Mann schon von Weitem. »Wanda, Zeit ist Geld, und ich habe keine Zeit für solche Spielchen!«

Bernhard Müller.

Er sieht heute noch immer so aalglatt aus wie damals, als er Wandas Pflichtverteidiger war. Sichtlich in Eile, läuft er auf Wanda zu. Den kleinen, alten Aktenkoffer hält er fest in der rechten Hand.

Wie würde sie Müller nun gleich begrüßen?

Mit einer Umarmung?

Ihr Magen krampft, beim bloßen Gedanken daran.

Mit einem Händedruck?

Doch selbst das wäre zu viel.

Bernhard Müller winkt indes schon ab. Er hat Wandas Unsicherheit wohl wie ein scharfer Pitbull gerochen und will ihnen beiden die große gespielte Begrüßung ersparen. Der Anwalt legt seinen Aktenkoffer neben dem fremden Mann auf der Parkbank ab, um keine Zeit zu verlieren.

»Wanda, ich weiß nicht, ob du mal hinter deinen schwedischen Gardinen einen Blick in die Zeitung geworfen hast, aber ein Wahnsinniger, bewaffnet mit einem Bolzenschussgerät, vergeht sich reihenweise an jungen Frauen. Zwei Leichen, eine davon noch immer nicht identifiziert, und es ist nicht gesagt, dass es bei zwei Opfern bleiben wird. Alles bei der Staatsanwaltschaft, der Frankfurter Kripo und der Mordkommission tappt im Dunklen. Sie sind momentan wenig kooperativ und tierisch auf hundertachtzig! Was ich sagen will: Mehr konnte ich auf die Schnelle nicht besorgen. Die paar abgegriffenen Aktenordner aus dem Archiv werden jedoch nicht reichen, um deinen Fall neu aufzurollen, falls du das vorhattest. Ich rate dir: Lass die Sache einfach ruhen!«

Wanda öffnet empört den Mund. Sie ringt nach Worten. Sie bringt jedoch keinen Ton heraus.

»Es ist vorbei, Wanda! Die zehn Jahre sind abgesessen! Das kannst du nicht mehr ungeschehen machen. Sei froh, dass du wegen guter Führung früher rausgekommen bist.«

Der fremde Mann auf der Parkbank schielt neugierig über den Rand seiner Zeitung.

Sie ringt noch einmal nach Luft und blickt gequält um sich. Es dauert eine gefühlte Ewigkeit, bis sie die Sprache wiedergefunden hat. »Mehr hast du nicht zu sagen?«, brüllt sie zurück. »Du fängst tatsächlich wieder dort an, wo du vor über zehn Jahren aufgehört hast?« Wanda schnappt noch einmal nach Luft.

Als Bernhard Müller sie vor Gericht vertreten und als auch die Revision ihr nicht zur versprochenen Freiheit verholfen hatte, sagte er damals so etwas Ähnliches.

»Lass es gut sein, Wanda. Die Sache ist gegessen.«

Wanda bäumt sich auf.

Sie ist erhitzt. »Das wäre sie nicht, wenn du dich damals lieber mehr auf meinen Fall als auf meine Brüste konzentriert hättest!«

Stille.

Die augenblickliche Empörung ist auf beiden Seiten zu spüren. Der Fremde hebt seine Zeitung nun wieder ein Stück höher, als sei seine Neugier damit gestillt. Wandas Gefühl im Bauch, das ihr noch ein paar Sekunden zuvor die Tränen in die Augen steigen ließ, ist lange dahin. Sie nimmt die Mappen an sich, ohne sich zu bedanken, und wendet sich zum Gehen ab.

»Du bist mir etwas schuldig!«, ruft Bernhard Müller ihr kalt nach. Doch Wanda läuft los, sieht starr zum Parkausgang und wechselt die Mappen von der linken in die rechte Hand.

»So läuft das nicht, hörst du?«, brüllt Müller wütend.

Doch Wanda läuft weiter.

Sie benötigt nicht viel Fantasie, um die Wölbung in seiner Hose und sein widerwärtiges Gesicht vor ihrem inneren Auge zu sehen. Die Duftwolke seines furchtbar abstoßenden Parfums, vermischt mit kaltem Schweiß, hat sie von damals noch immer in der Nase.

»Einen Dreck schulde ich dir!«, murmelt sie.

***

Einige Stunden später, Berger Straße

Der klare Herbstabend ändert auch nichts daran, dass der Nachhauseweg sich heute ganz besonders in die Länge zieht.

In Bornheim leben mit Konrad knapp siebenundzwanzigtausend Menschen. Gefühlt die Hälfte von ihnen tummelt sich soeben in der Dämmerung auf dem Wochenmarkt am Uhrtürmchen. Würde Konrad sich im Leben nur auf seine Nase verlassen, wäre es jetzt schwer, nicht zu glauben, in Marrakesch auf dem Markt zu sein.

»Äpfel, Birnen, Mirabellen! Heute im Angebot, Äpfel, Birnen und Mirabellen!«, ruft ein Marktschreier energisch. Konrad winkt ab und kämpft sich weiter durch die Menge. »Zu gesund für meinen Geschmack!«

Doch dann stoppt etwas seinen Vorwärtsdrang. Allerdings nicht die Mirabellen. Er schaut um hundertachtzig Grad zurück und hat richtig gesehen: Mütze! Als dieser sieht, dass Konrad ihn bemerkt hat, hat er es plötzlich verdächtig eilig. Er rennt los und verschwindet hinter einem Obststand.

»Hey!«, ruft Konrad und läuft ihm nach. Er rempelt versehentlich den Marktschreier an, der sich aufzuregen beginnt und ihm einen beleidigenden Ausdruck nachbrüllt. Das kann er wahrlich gut – brüllen.

Doch Konrad hat andere Probleme.

Er springt hinter den Verkaufswagen über ein Anhängerteil nach dem anderen. Mütze ist ihm jedoch drei oder vier Wagen voraus.

»Halt!«, ruft Konrad erneut. Zu mehr bringt er es nicht. Sein Puls steigt sofort auf hundertachtzig. Sein Atem geht schnell und stoßweise. Mütze dreht sich kurz zu ihm um, läuft jedoch ohne zu stoppen weiter. Zwischen dem Käsewagen und dem Wurstwagen taucht er unter, wieder zurück in die Menge. Er verschwindet für kurze Zeit aus Konrads Blickfeld. Als Konrad nur drei Sekunden später an dem Käsewagen ankommt, ist Mütze zwanzig Meter weiter, hinter einem anderen Wagen, verschwunden.

Konrad keucht.

Die kalte Luft brennt in den Lungen. Seine Ohren schmerzen.

»Verdammt!«, stöhnt er und stützt sich mit beiden Händen auf seine Oberschenkel, um zu verschnaufen. Sein Hemd klebt ihm unter der Lederjacke am Rücken, und die Flecken unter den Armen sind sicherlich mehr als mirabellengroß. »Scheiße!« Mütze ist zwar schmächtig, aber schnell, denkt er. Und so langsam geht ihm das Spielchen gehörig auf den Zeiger.

Was will der verdammte Hänfling bloß von ihm?

Ob er ein Langfinger ist, den Konrad mal kassiert hat und der sich nun an ihm rächen will?

Die letzten Meter, die Konrad jetzt noch von seiner Mansardenwohnung trennen, kann er glücklicherweise in ruhigerer Gangart zurücklegen. Er möchte einfach nur zu Hause ankommen.

Kurz darauf lässt Konrad dann seine Tasche im Flur fallen. Die Tür knallt laut ins Schloss. Er ist zu erschöpft von dem Sprint und der Doppelschicht heute, um auf seine geräuschempfindlichen Nachbarn Rücksicht zu nehmen.

Verdammter Dreck! Ich muss was für meinen Rücken tun!, denkt er mit schmerzverzerrtem Gesicht und biegt den Rücken durch.

Hat er tatsächlich vergessen, wie anstrengend die Arbeit im Garten ist? Besonders jetzt, wo seine körperliche Verfassung nicht mehr die eines Zwanzigjährigen ist, fällt es ihm auf jeden Fall wieder ein.

Konrad legt seinen Wohnungsschlüssel auf dem kleinen Küchentisch ab. Er nimmt die Geldbörse aus seiner hinteren, rechten Hosentasche und wirft einen kurzen Blick hinein.

»Tja, Kümmer! Was hast du auch anderes erwartet.« Konrad seufzt. Er hat es schon immer gewusst: Er wird noch mal enden wie sein Vater!

Die Geldbörse fliegt im hohen Bogen auf das Sofa, als sei sie schuld daran. Unter der heißen Dusche schrubbt Konrad seine schmutzigen Fingernägel. Maennel, sein aufbrausender Chef im Kaufhaus, sollte besser nichts von dem Zweitjob erfahren. Auf seine sadistischen Rachespielchen kann Konrad verzichten. Als es an der Tür klingelt, stöhnt er auf.

»Es ist heute wirklich nicht mein Tag!«

Nass und nur mit einem Handtuch bedeckt, blickt er durch den Spion. Jemand hält von außen den Finger auf das Guckloch.

Etwa Mütze?

Konrad reißt die Tür auf.

»Überraschung! Hunger auf Pizza?«

Caro! »Hunger ja, Appetit nein.« Das Wasser tropft ihm vom nassen Oberkörper. »Du siehst außerdem vielleicht, dass ich beschäftigt bin.«

Es dauert nicht lange, und auf den alten Holzdielen bildet sich eine kleine Pfütze unter seinen nackten Zehen.

»Wir könnten doch auch zusammen beschäftigt sein, oder nicht?«, haucht Caro verführerisch.

***

Kurz darauf in der Kriegkstraße, Frankfurt-Gallus

Wanda liegt in Pulli und Socken auf ihrem schmalen Bett in der Kriegkstraße. Die Nachbarn unter ihr streiten, und die Lampe über ihr brennt nicht besonders stark. Wandas Kopf wirft trotzdem einen dunklen Schatten auf die Papiere, die vor ihr liegen. Sie hat keine Ahnung, wie oft sie bereits die Unterlagen von Bernhard Müller durchgesehen hat. Noch immer ist sie auf der Suche nach Abschnitten, Sätzen, Worten, die ihr oder der Staatsanwaltschaft im neuen Prozess dienlich sein könnten.

Wanda findet auch diesmal beim Durchblättern der Unterlagen nichts.

Sie ist zu erwartungsvoll an die Sache herangegangen. Etwas, das sie sonst nicht tut, im Gegenteil. Ab einem gewissen Punkt in ihrem Leben hat sie immer mit dem Schlimmsten rechnen müssen.

»Scheiße!«, faucht sie im Rahmen eines Wutanfalls. »Scheiße, scheiße!« Schnaubend schmeißt Wanda den Stapel vom Bett. Ihre Augen verengen sich. »Verdammt!«

Aufgebracht richtet sie sich auf, stellt die Beine auf den Boden und erlaubt sich den Wutausbruch. Ungehalten stürmt sie durch ihr Appartement. Außer ihrer eigenen Aussage und ein paar Anträgen, die zur Verfahrenswiederaufnahme bei Gericht eingereicht wurden, ist nichts Brauchbares dabei. Wütend über sich selbst, auf Bernhard Müller, den Großhändler, ihren Onkel und auf das Leben an sich, geht sie ins Badezimmer, um sich eine Abkühlung zu verschaffen.

Sie spritzt sich kaltes Wasser ins Gesicht.

Dann stützt sie sich mit beiden Händen am Waschbeckenrand ab und lässt für einen Moment ihren Kopf in den Nacken fallen.

Komm wieder runter!, ermahnt sie sich.

Bereits etwas geruhsamer versucht sie sich, erneut zu konzentrieren. Sie muss etwas übersehen haben.

Eine Kleinigkeit.

Ein Wort. Irgendetwas.

Wanda sortiert ihre Gedanken, und dann passiert es. Irgendwo tief in ihr drinnen fügt sich das eine mit dem anderen – und da, ein Gedankenblitz. Ihr gelangt etwas in das Bewusstsein, das sie eben ohne große Beachtung überflogen hat. Sie läuft ins Zimmer zurück, kniet sich auf den Boden und wühlt gehetzt in den lose durcheinander fliegenden Blättern herum. Wie eine Katze, die eine lang gejagte Maus in eine Sackgasse zu treiben versucht. Der alte Heizkörper gluckert laut neben ihrem Ohr.

»Verdammt, wo ist es? Wo hatte ich das bloß gelesen?«

Und dann endlich findet sie die Textpassage. Sie liest sie sich erneut durch. Einmal, zweimal und sogar ein drittes Mal. Der Druck in ihrer Brust lässt nach.

»Das ist es doch! Das ist der Beweis!«

Neun Wochen vor Prozessbeginn

Kanzlei Fürstenbergerstraße, Frankfurt-Nordend

Gründerzeitfassaden, breite Alleen und viele verkehrsberuhigte Einbahnstraßen. Die Kanzlei Philipis & Kollegen liegt in der Fürstenbergerstraße und direkt am Holzhausenpark, in einem noblen Altbau. Er ist vor ein paar Jahren kernsaniert worden und eines der teuersten Wohnhäuser in der Straße.

Wanda ist erst an der frühmorgendlichen stark befahrenen Holzhausenstraße, Ecke Hansaallee aus der U-Bahn ausgestiegen. Trotz des Windes hängen die Wolken geradezu regungslos tief.

Sie sehen wieder einmal aus, als würden sie sich jeden Moment ihrer Regenlast entledigen wollen – was sie auch auf einmal tun.

»Verflixt! Doch nicht jetzt!«

Wanda stürmt die Eschersheimer Landstraße entlang, biegt die nächste Straße links rein und läuft sie bis zum Ende entlang. Und blickt geradewegs auf den Holzhausenpark. Kurz darauf öffnet sie die Tür der Kanzlei. Sie spricht, nass bis auf den Slip, ein wenig kurzatmig, bei der Empfangsdame vor, die auf das Wartezimmer deutet.

Die Kanzlei ist modern eingerichtet. Die Möbel sind sicherlich von einem Designer entworfen und einem Innenarchitekten zusammengestellt worden. Einige kubistische Bilder hängen an den Wänden im Flur, frisch und lebendig. Als Wanda das Wartezimmer erreicht, findet sie einen großen Raum mit überwältigend hohen Decken vor. So hohe Räume hat Wanda schon lange nicht mehr gesehen. Das Gefühl der Überwältigung findet jedoch erst dann seinen Höhepunkt, als ihr Blick über die wunderschönen, großen Altbaufenster wandert. Sie haben die Kernsanierung unbeschadet überlebt und sind mehr als drei Meter hoch und aus buntem Glas. Ihr

Motiv fasziniert. Wanda betrachtet sie so lange, bis sie sich in farbloses Glas aufzulösen scheinen.

»Kaffee?«

Wanda schreckt auf, als habe sie mit offenen Augen geschlafen. Die Stimme, die sie geweckt hat, gehört zu einem jungen, hübschen Mädchen, das soeben den Kopf zur Tür hereingesteckt hat. »Oder eine Tasse Tee, während Sie warten?«

»Tee bitte.«

Wanda setzt sich in einen der komfortablen Ledersessel, schlägt die Beine eng übereinander und faltet die Hände. So, wie sie es als junges Mädchens einst beigebracht bekommen hat. In den nächsten Sekunden wird sie das Gefühl haben, in einem luftleeren Raum zu sitzen, anstatt in einem Wartezimmer.

Keine Luft.

Kein Laut.

Nervös richtet sie ihr Haar, das vom Regen an ihren Schläfen klebt. Sie weiß: Die nächsten Minuten sind entscheidend. Das Blatt in ihrer Hand hält sie verdeckt, wie einen Bluff, den man nicht offen legen will. Wanda fröstelt es, wenn sie daran denkt, was alles von diesem Gespräch mit dem Staranwalt abhängt.

Die Tür geht erneut auf.

»Herr Philipis und Ihr Tee warten bereits in seinem Büro auf Sie. Die zweite Tür links.«

Wandas Herz klopft schneller, als sie sich erhebt. Tita, wenn du bloß hier wärst! Von da an geht alles wie von unsichtbarer Hand gesteuert.

»Vielen Dank, dass Sie sich Zeit für mich nehmen konnten, Herr Philipis«, sagt Wanda kühl lächelnd, noch bevor sie überhaupt den Weg von der Tür bis zu seinem Schreibtisch gelaufen ist, um ihm standesgemäß die Hand zu reichen.

»Gerne doch. Nehmen Sie Platz und erzählen Sie mir, wie ich Ihnen helfen kann«, erwidert der Anwalt ihr Lächeln geradezu ritterlich. Er ist ein groß gewachsener, ausgesprochen gut aussehender Mann, glatt rasiert, mit schwarzem, vollem

Haar, das an den Schläfen schon ein wenig ergraut ist. Wanda fühlt sich nicht nur von seiner Autorität stark angezogen, sondern auch von seinem unverkennbaren »George-Clooney-Look«. Sie nimmt in dem braunen Sessel vor dem Schreibtisch des Anwalts Platz und antwortet langsam und wohlüberlegt.

»Sie können mir helfen, mein Hundertmillionen-Euro-Erbe zurückzuholen.«

Wanda spricht nicht weiter.

Sie lässt die Zahl ein wenig bei ihrem Gegenüber wirken – auch wenn es ihr schwerfällt. Doch sie hat sich unter Kontrolle.

Herr Philipis sieht das ähnlich, beginnt sie wohlwollend zu mustern, während er die Zahl verdaut. Er stellt fest: Vor ihm sitzt eine zweifelsohne adrett in Schwarz gekleidete, attraktive Frau um die dreißig, mit eng aneinander gelegten Beinen, gefalteten Händen, und spricht von einer großen Stange Geld.

»Das ist eine hübsche Summe. Doch verraten Sie mir erst mal, wie Sie auf mich aufmerksam wurden?« Philipis Worte kommen tonlos und zögerlich, als wolle er sich langsam an die Sache herantasten.

»Durch eine Freundin.«

»Sie hat mich Ihnen also empfohlen?«

»Sie bezeichnete Sie als einen Schnösel mit Villa im Taunus.«

Nun ist es gesagt, und ihre Anklage hallt von den hohen Wänden des noblen Büros wider. Und schon wieder fragt sich Wanda, weshalb sie in Anwesenheit von gut aussehenden Männern so kratzbürstig und emanzipiert tut. Eigentlich nicht nur bei gut aussehenden Männern, sondern immer.

Bei jedem.

Ob sie ihre geradezu zwanghafte Selbstbeherrschung auch mal irgendwann ablegen können wird? Wanda zweifelt stark daran.

»So, das hat sie Ihnen erzählt? Ein Schnösel mit Villa also. Ich bin beeindruckt.« Der Anwalt schmunzelt selbstherrlich, lehnt sich zurück und nimmt die Designerbrille ab.

Tita hatte hoffentlich recht! »Wieso beeindruckt Sie das?«, fragt Wanda, bemüht, dabei zu lächeln.

»Gegenfrage, meine Liebe. In meinen Kreisen pflegt man Personen wie Sie vor die Tür zu setzen. Nennen Sie mir einen Grund, weshalb ich das nicht tun sollte?«

»Weil Sie jeden zehnten Fall umsonst übernehmen!«

Der Anwalt bricht in schallendes Gelächter aus. »Das wird ja immer amüsanter. Welchem alten Interview haben Sie das denn entnommen?«

Hat Wanda sich in ihren Recherchen vertan?

»Meine Liebe, das ist nämlich schon eine ganze Weile her, dass ich kostenfrei ein Mandat übernommen habe.«

Wanda lächelt kühl.

Ihre Augen werden zu Schlitzen. »Verstehen Sie mich bitte nicht falsch, Herr Philipis. Ich will Sie nicht um Ihr Honorar bringen. Persönlich mache ich mir nicht allzu viel aus dem Erbe. Hier geht es um einen übergeordneten Zweck. Ich dachte bloß, wir hätten ähnliche Ansichten. Deshalb wählte ich Sie aus! Ich besitze zwar keine Villa im Taunus, dafür aber ein kleines, bescheidenes Anwesen in Italien. Ein Zweitwohnsitz, den mir meine verstorbenen Eltern hinterlassen haben – Gott habe sie selig. Das genügt vorerst meinen Ansprüchen. Nur ich möchte gerne meine Rechte vertreten wissen. Doch da bin ich hier vielleicht doch an der falschen Adresse.«

Der Anwalt hüllt sich in Schweigen und scheint für einen kurzen Augenblick nachzudenken. »Wie kann ich Ihnen genau behilflich sein?«, fragt er und neigt sich wieder ein wenig vor. Und Wanda spürt es: Der Fisch hat den Köder geschluckt.

»Ich mache Ihnen hier und jetzt ein Angebot, Herr Philipis. Ich wurde wegen eines großen Missverständnisses enterbt, und Sie sollen mir dabei helfen, dieses Missverständnis aufzuklären. Das Erbe meines vermögenden Onkels wird schon bald an mich fließen und davon eine nette Summe an Sie. Die Bedingung: Bezahlung am Ende, zudem keine Presse und absolute Diskretion!«

Wanda rückt elegant ihren Stuhl zurück, noch ehe sie den Satz zu Ende gesprochen hat, und erhebt sich. Herr Philipis macht es ihr nach, knöpft gehetzt den oberen Knopf seines teuren, maßgeschneiderten Sakkos zu und lauscht Wandas letzten Worten, die sie zum Abschied sagt: »Überlegen Sie es sich. Ich werde Sie morgen anrufen und mich erkundigen, wie Sie sich entschieden haben. Auf Wiedersehen, Herr Philipis.«

***

Berger Straße, Coco's Café, am nächsten Morgen

Die Sonne über den Dächern Frankfurts hat ihre vorgeschriebene Bahn bereits betreten. Die vielen Autos schlängeln sich durch den dichten Verkehr auf der Berger Straße, und Konrad sitzt zu dieser untypisch frühen Zeit bereits in Coco's Café. Er weiß, dass es glatter Wahnsinn ist, um diese Zeit aufzustehen. Doch er hat ausnahmsweise Frühschicht im Kaufhaus. Caro, die langsam zum Dauergast wird und leider auch diese Nacht bei ihm verbracht hat, musste er wohl oder übel mitnehmen.

Der Duft von frischem Brot liegt in der Luft - doch ganz unterschwellig ist die allgemein herrschende Trauerstimmung um die Bedienung Natascha noch immer zu spüren. Laut ihrer Kollegin soll die Beisetzung mit anschließender Trauerfeier im kleinen Kreis bereits am kommenden Wochenende stattfinden. Das Gefühl von Trauer vermischt sich mit dem Aroma von nussig duftendem Kaffee. Eine Eintracht, die Konrad den Tag schon jetzt vermiest, ehe er überhaupt so richtig begonnen hat.

»Vergiss das deutsche Gewohnheitsrecht, gewöhn dich besser erst gar nicht dran«, sagt er und schiebt Caro widerwillig den Latte macchiato rüber. Konrad macht nun mal kein Geheimnis um sein allmorgendliches Ritual – Koffein und Zeitung, aber alleine, bitteschön.

Doch Caro, die Klette, in seiner Wohnung ohne Aufsicht zurückzulassen, schien ihm keine gute Alternative zu sein.

Wir sind nun mal kein Paar!, sagt er sich. Nie gewesen und keine Chance auf eine gemeinsame Zukunft.

Er ist frei.

Konrad nimmt einen Schluck Kaffee, während er in seinen Gedanken durchspielt, wie er Caro diese Erkenntnis mitteilt. Sogleich bezweifelt er seine Freiheit wieder.

»Was ist das eigentlich für ein Getöse heute?«, ruft er geladen. »Wenn ich eins noch weniger leiden kann als löslichen Kaffee, dann ist das Getöse am Morgen. Geht das denn nicht auch eine Spur leiser?«

Leute reden. Tassen klappern. Gläser klirren. Gereizt schaut Konrad durch das volle Café und zischelt: »Das ist ja grausam.«

»Und normal für acht Uhr«, wirft die junge Bedienung zurück. Dann deutet sie verwundert auf Konrads weibliche Begleitung. Konrad zuckt nur mit den breiten Schultern. Als wäre all das am frühen Morgen nicht schon genug, plappert Caro schon seit der Früh wie wild. Wie immer, ohne Punkt und ohne Komma.

»Weißt du eigentlich, Konrad, was mir heute ein wenig gefehlt hat, als ich neben dir aufgewacht bin?« Sie hat den Kopf auf ihre Hand gestützt. »Versteh mich nicht falsch. Es war im Grunde alles perfekt. Du warst da. Ich war da. Aber irgendwie keine Vögel.«

Konrad sieht sie strafend an. Er spart sich einen Kommentar, dass sie, um Vögel zwitschern hören zu können, zu sich nach Niederdorfelden fahren müsse, das irgendwo zwischen Frankfurt und der Pampa liegt. Caro bemerkt den Blick.

»Guck mich nicht so an, Konrad, als sei ich pervers.«

»Ich wohne in Bornheim, Caro. In der geschäftigsten Straße überhaupt, und du erwartest Vogelgezwitscher?« Konrad verdreht die Augen.

»Jeder mag Vogelgezwitscher am Morgen!«, verteidigt sich Caro mürrisch. »Und du tust gerade so, als sei das eine Todsünde.«

»Lass das Thema, von Tod habe ich die Nase voll nach den zwei Frauen, die aus dem Main gefischt wurden. Ist also nicht gerade der beste Gesprächsstoff heute früh.«

»Aber wenigstens werden die nie wieder neben einem wie dir aufwachen müssen!«

Konrad wirft Caro einen vernichtenden Blick zu. »Einem wie mir?«

»Du hast schon richtig gehört.«

Konrad schüttelt kaum feststellbar den Kopf. »Ich kann Vogelgezwitscher einfach nicht ausstehen. Genau genommen kann ich alle Arten von Geräuschen am Morgen nicht ausstehen. Es erinnert mich nur wieder daran, etwas in der Nacht getan zu haben, das ich bereuen werde!«

Ein kurzer, niederschmetternder Caro-Blick. Sonst nichts.

Sie hält ihre Zunge im Zaum?

Zum ersten Mal?

Und es wirkt.

Konrad bereut das, was er gesagt hat, bereits. Zu allem Übel klingelt auch noch sein Handy. Konrad Kümmer ist überfordert.

»Du könntest ruhig etwas einfühlsamer zu mir sein, Konrad.«

Unkraut vergeht nicht!, denkt dieser und sagt: »Lass uns nicht streiten!«

»Ich streite nicht.« Sie greift versöhnlich nach seiner Hand. »Vielleicht bin ich einfach nur etwas empfindlich. Jetzt, nachdem wir eine Mitarbeiterin an diesen Wahnsinnigen verloren haben, gehen meine Nerven mit mir durch. Es hätte schließlich genauso gut mich treffen können.«

Konrad glaubt, sich verhört zu haben. »Eine Mitarbeiterin verloren?« Er kraust säuerlich die Stirn. »Caro, ich bin um diese Uhrzeit wirklich nicht zum Scherzen aufgelegt. Meine Gehirnzellen arbeiten nur auf halber Kraft.«

»Hast du gestern denn keine Zeitung gelesen, Herr Kümmer?«

»Wie denn? Die hatte ich eigentlich heute früh auf dem Programm.« Der Hauch eines Vorwurfs liegt in seiner Stimme. »Doch das wird wohl nix mehr.«

Caro zieht ihre Hand zurück und verschränkt die Arme unter der Brust. »Sie haben auch die erste Leiche identifizieren können, die im Main gefunden wurde«, übergeht sie Konrads indirekten Vorwurf. »Da sie weder einen Ausweis noch sonst etwas bei sich trug und sie auch keiner als vermisst gemeldet hatte, dauerte es wohl ein paar Tage länger als bei der zweiten Leiche.« Caro schluckt schwer. Dann neigt sie den Blick. Ihre harte Fassade bröckelt. »Es ist die Meyer. Elisabeth Meyer von Kasse fünf.«

Konrads Kinnlade fällt herunter.

»Elisabeth Meyer, die seit Tagen nicht auf der Arbeit erschienen ist und deren Briefkasten überquillt?« Seine Augenbrauen sind hochgezogen. Sie wandern nun noch etwas weiter nach oben, bis zum Anschlag. »Das kann nicht ...«

Es ist bis vor zwei Sekunden nur eine unbekannte Leiche ohne Namen gewesen, nur ein weiteres Opfer neben Natascha. Aber mit einem Schlag verdichtet sich das Bild.

Konrad weiß, dass es eine Bedeutung hat.

Stille Ergriffenheit.

Sie dauert so lange, dass die nächsten Worte erschreckend klar wirken.

»Es kann!«, widerspricht Caro beherrscht. »Da verschlägt es dir wohl die Sprache! Endlich hast du dem, was ich sage, nichts entgegenzusetzen. Ich werte das mal als eine Entschuldigung für vorhin.«

»Höchstens für die Art und Weise. Nicht für den Inhalt«, sagt Konrad und erhebt sich, reibt sich das unrasierte Kinn, dann die Augen, als schlafe er noch und hoffe, endlich aus diesem Albtraum aufzuwachen!

»Ich weiß, Konrad, ihr standet euch ... nahe. Zumindest erzählt man sich das.« Caro hat noch immer die verschränkten Arme unter der Brust und begegnet Konrads fassungslosem Blick in Verteidigungsposition. Eine teilnahmslose Art, die sicher eine tiefe Furcht und Bestürzung verbirgt.

»Und ... und das sagst du mir jetzt erst?«, fragt Konrad scharf und merkt, dass er sich im Ton vergriffen hat.

Wieder mal.

Mit gedämpfter Stimme fährt er fort: »Seit wann weißt du davon? Etwa schon gestern Abend? Oder gestern Nacht?«

»Reg dich ab, Konrad. Ich habe es heute Morgen im Teletext gelesen, als du im Bad warst.«

Die nächsten Minuten herrscht eisige Stille.

Eine überlange Schweigeminute, die Konrad seiner Kollegin und Verflossenen Elisabeth Meyer von Kasse fünf widmet. Sie hatten sich ein paar Mal verabredet, nachdem sie hier hergezogen war und niemanden kannte.

Er mochte sie.

So wie auch Natascha, die Bedienung aus Coco's Café.

Aus seiner kleinen, intimen Trauerfeier unsanft herausgerissen, klingelt plötzlich erneut das Telefon in der Hosentasche.

»Es reicht!«, brüllt er, ohne zu wissen, ob es mehr dem Serienkiller oder seinem Handy gilt, und wirft einen Blick auf das Display. Genervt steht er auf, um das Telefonat draußen anzunehmen.

»Ich brauche sowieso dringend frische Luft.«

Dass Caro ihn eindringlich mustert, ihm finster und ein wenig beleidigt nachsieht, lässt ihn in dieser Sekunde kalt.

»Ja?«, raunt er in den Hörer.

Er läuft aufgebracht ein paar Schritte vor dem Coco's auf und ab. Der Wind bläst eisig in die Hörmuschel und lässt es beim Teilnehmer an der anderen Leitung rauschen.

»Spreche ich mit Konrad Kümmer?«

»Wer will das wissen?« Konrad kennt die Stimme an der anderen Leitung nicht. Da kommt ihm ein Gedanke. Er nimmt das Handy in die andere Hand, als er spürt, wie sich seine Nackenhaare aufstellen.

»Ist etwas mit meinem Vater?«

»Nein. Nichts dergleichen. Ich habe Ihre Nummer aus dem Internet.«

»Und weiter?«

»Ich habe einen Job für Sie. Sie sind doch Privatdetektiv?«

Privatdetektiv?

Konrad grübelt und erinnert sich an eine Anzeige, die er mal vor Jahren im Internet veröffentlicht hat. »Ich bin leider nicht mehr aktiv.«

Kaum hat Konrad diesen Satz ausgesprochen, beißt er sich auch schon auf die Zunge. Seine Absage war unüberlegt. Er kann die Kohle nun mal gebrauchen - und schwenkt noch einmal um. »Wobei. Kommt ganz auf den Fall an. Worum geht es denn?«

»Treffen wir uns!«

Elisabeth Meyer kommt Konrad in den Sinn. Dann Natascha. Und dass das Leben von jetzt auf gleich als aufgequollene Wasserleiche im Main enden kann.

Er versucht, den Gedanken beiseitezuschieben und sagt, ohne länger darüber nachzudenken: »Einverstanden. Machen Sie einen Vorschlag!« Dann schaut er erneut auf das Display. Eine Frankfurter Festnetznummer. »Ihre Nummer habe ich ja jetzt. Sie haben mir aber Ihren Namen noch nicht verraten.«

»Treffpunkt im Wantis an der Hauptwache, bei der Katharinenkirche. Montagabend um acht!«

Konrads Schicht endet um halb acht.

Das passt. »In Ordnung«, sagt er. »Wie ist Ihr Name?«

Doch statt einer Antwort ertönt das Besetztzeichen. Er lauscht demnach bereits der toten Leitung. Es war vielleicht nicht von dem Anrufer geplant, aber auch nicht ganz zufällig.

»Anrufe um diese Uhrzeit? Kenne ich sie?«, fragt Caro mit hochgezogener Augenbraue. Sie scheint noch immer nicht genug zu haben und macht mich noch fertig, denkt Konrad. Dabei fragt er sich gleich mehrfach, wie seine alte Anzeige so plötzlich wieder in Umlauf geraten sein kann. Er hat seit Jahren keine Anfragen mehr als Privatdetektiv erhalten. An sich hatten nur zwei, drei eifersüchtige Ehefrauen, die für ein Taschengeld ihre Männer beschatten lassen wollten, damals auf die Anzeige reagiert. Was Konrad auch tat. Das war die Zeit, in der er stundenlang vor irgendwelchen Bordellen in der Kaiserstraße - der Straße im Frankfurter Rotlichtmilieu - in der Nähe des Frankfurter Hauptbahnhofs zubrachte. Es ließ sich hervorragend mit seinem Taxijob verbinden. Sein Gefühl sagt ihm, dass es sich bei diesem Anrufer nicht um Eifersucht handelt.

Und Elisabeth Meyer von Kasse fünf?

Den Gedanken schiebt er vorerst in die letzte Ecke seines Gehirns. Und auch, dass er unheimlicherweise zwei Opfer des Killers kennt – und das nicht nur freundschaftlich. Er verbietet sich jegliches Grübeln darüber, ob ein solcher Zufall in einer Stadt wie Frankfurt überhaupt möglich sein kann.

Vorerst mit Erfolg.

Achteinhalb Wochen vor Prozessbeginn

Hauptwache Frankfurt

Die Straßen um die alte Katharinenkirche leben langsam auf.

Die In-Bar Wantis ebenfalls.

Man sitzt auf eleganten Sitzmöbeln und schlürft aus großen Weingläsern Prosecco-Aperol.

Konrad, der zu diesem Zeitpunkt noch immer keine Idee hat, wer ihn erwartet, betritt gerade die In-Bar. Eigentlich nicht seine Art von Schuppen, in dem er sich sein Feierabendbier schmecken lässt. Er bleibt kurz im Eingang stehen, sieht sich um und reibt seine kalten Hände, ehe er zum Tresen schlendert.

»Ein Bier bitte. Das Glas können Sie sich sparen.«

Konrad steht mit dem Rücken zum Raum. Die suchenden Blicke der Frau, die als Einzige alleine am Tisch sitzt, hat er aber längst entdeckt. Ihre Wohlgestalt ist ihm dabei nicht entgangen. Als ihre Blicke sich treffen, bleibt kein Zweifel offen. Auch wenn kein Erkennungsmerkmal verabredet war: Doch sie ist genau sein Fall! Auch wenn ihr verhaltenes Lächeln ein wenig zu puppenhaft für seinen Geschmack ist. Doch vielleicht ist gerade ihre zierliche, zaghafte Erscheinung der Auslöser für den plötzlichen Gedanken, dass dieses Treffen eine Wende in seinem Leben darstellen könnte. Zumal ihm irgendetwas sagt, dass sie nicht nur finanzieller Natur sein wird.

»Ich glaube, Sie warten auf mich.«

»Wenn Sie Konrad Kümmer sind!« Die Frau presst ein Lächeln auf ihr Gesicht. Um ihre Mundwinkel bilden sich zarte Grübchen, zu denen sich im Laufe der Jahre kleine Fältchen gesellt haben.

»So wird es behauptet. Und mit wem habe ich die Ehre? Am Telefon wollten Sie mir Ihren Namen ja bislang nicht verraten.«

Konrad zieht belustigt eine Augenbraue hoch. »Vielleicht haben Sie Ihre Meinung zwischenzeitlich geändert?«

»Bitte, setzen Sie sich doch, Herr Kümmer.« Die Frau fügt hinzu: »Ich wusste nicht, ob jemand bei Ihnen war, als wir telefonierten. Vielleicht ein ungebetener Zuhörer. Nennen Sie mich Wanda.«

»Nennen Sie mich Konrad! Wer sollte sich denn so für Ihren entzückenden Namen interessieren, dass Sie ihn verheimlichen müssen?«

Ein kurzes Schweigen folgt. Wanda bemerkt währenddessen das Leuchten Konrads tiefblauer Augen, das ihr die Hitze ins Gesicht steigen lässt.

Konrad reibt sich die Nase. »Sie mögen es also geheimnistuerisch. Soll mir recht sein. Doch verraten Sie mir wenigstens, wie Sie auf mich gekommen sind!« Konrad brennt diese Frage schon seit dem Telefonat unter den Nägeln.

»Wieso? Habe ich auf das falsche Pferd im Rennen gesetzt?«

»Das wird sich erst zeigen, wenn der Startschuss gefallen ist! Es interessiert mich nur, wie Sie auf mich aufmerksam geworden sind. Weiter nichts.«

»Ich hatte eben Glück.«

»Glück?« Konrad stellt sich vor, wie die schöne Frau vor ihm das Telefonbuch aufschlägt und zufällig mit dem Finger auf K wie Kümmer, Konrad Kümmer, deutet.

»Glück, dass ich Sie gefunden habe, meine ich«, ergänzt Wanda. Und bemerkt, dass sie nicht leugnen kann, dass ihr Gegenüber etwas hat und zugegebenermaßen unverschämt gut aussieht. Wahrscheinlich ist sie deshalb mal wieder reserviert und kühl. Irgendwann wird ihr diese andauernde Selbstbeherrschung noch mal alles kaputt machen.

»Geheimnistuerisch und selbstbewusst!«, stellt Konrad fest. »Sie sagen das so entschlossen, als sei bereits alles geritzt. Noch kenne ich Ihren Fall nicht einmal.« Doch insgeheim mag Konrad die Spur Zynismus in ihrem Tonfall. Höflichkeiten waren noch nie sein Ding gewesen.

»Sie kennen den Fall besser, als Sie annehmen«, beichtet Wanda unüberlegt.

»Wanda, vielleicht hören wir zwei Hübschen mal langsam auf mit unserem Eiertanz. Sie haben mich sicherlich nicht zum Vergnügen herbestellt.«

»Sie wollen meine Geschichte, Konrad?«

»Deswegen, dachte ich, bin ich hier.«

»Ich strebe einen Prozess an, und dafür brauche ich Sie! Sie müssen jemanden ausfindig machen!« Wandas braune Mandelaugen wirken plötzlich heldenhaft und doch hilflos, wie die eines übermutigen Kindes. »Ohne Sie kann ich den Prozess nicht gewinnen!«

»Ohne mich?«

Wanda löst sich ein wenig aus ihrer geraden, unnatürlich aufrechten Haltung. »Ohne Ihre Hilfe, Konrad, werde ich das Gefühl in mir nie mehr los, das mich beherrscht.« Wanda neigt ihren Blick. »Seit über zehn Jahren schon. Wissen Sie, was es bedeutet, jahrelang in einer erstickend stillen Zelle zu verbringen? Der Herzschlag ist da das Einzige, das Sie innerlich noch zu fühlen fähig sind – und diese fürchterliche Ohnmacht. Ich bin nicht nur die Gefangene in dieser Sache. Ich bin auch die Wärterin.«

Wanda schluckt ihre Gefühlsbombe herunter, ehe sie ganz explodiert. »Konrad, was ich damit sagen will, Gedanken verselbstständigen sich in einer JVA, bilden grausame Fantasien, die drohen, Realität zu werden. Irgendwann, nach ein paar Wochen, Monaten, Jahren, begreifen Sie dann, dass sie längst Realität sind.«

Tränengefüllte Augen sind auf Konrad Kümmer gerichtet. Wandas Stimme wird eine Spur dünner. »Dieser lähmende Schmerz in mir bestimmt mein Leben schon zu lange. Doch jetzt ist Schluss damit! Ich rolle alles noch einmal auf!« Verlegen wischt sich Wanda mit dem Handrücken eine kleine Träne weg und stellt zügig ihr Gesicht wieder her. Sie sagt mit ernster Miene: »Und dafür brauche ich Sie! Ich brauche Sie für den Beweis, dass ich niemanden umgebracht habe! Ich sage es nur ungern, aber Sie sind meine letzte Chance!«

»Mord? Was ist bloß los mit dieser verdammten Stadt?«, fragt Konrad überrascht, dem noch Natascha und Elisabeth Meyer schwer in den Knochen stecken.

Die seichte Musik und die Gespräche der Nachbartische reichen zwar bis zu ihrem Tisch heran, vermögen aber trotzdem nicht die plötzliche peinliche Gesprächslücke zu schließen, die gerade entsteht. Konrad hebt bedächtig seine Bierflasche an. Seine Schlucke werden immer großzügiger. Gefühlsgeladene Ansprachen sind nicht gerade sein Spezialgebiet – und diese hier scheint ihren Höhepunkt noch nicht mal erreicht zu haben. »Ich dachte, Wanda, ich beschatte ein wenig Ihren Lover, oder suche eine alte Sandkastenfreundin, aber Mord?« Er räuspert sich. Der Frosch in seinem Hals ist gigantisch. »Außerdem, wie haben Sie sich das in Ihrem hübschen Köpfchen vorgestellt? Ich bin Detektiv und nicht die Kripo oder so. Was ich damit sagen will: Die Nummer ist eindeutig zu groß für mich.«

»Im Gegenteil!«, fällt ihm Wanda ins Wort. »Nur Sie können meine Unschuld beweisen!«

»Was macht Sie da so sicher, dass ich der Richtige für diesen Job bin? Habe ich was verpasst? Ich stelle mein Licht ja nur ungern selbst unter den Scheffel, aber ich bin ein unbedeutender ...«

»Ich bezahle Sie überdurchschnittlich gut!«

Konrad stockt, schwankt. »Sie akzeptieren tatsächlich kein Nein.« Ihre leicht überhebliche Art, der strenge Unterton, die leicht gehobenen Augenbrauen - Konrad spürt nicht nur ein immer stärker werdendes Interesse an dieser Frau, sondern auch eine gewisse Neugier.

»Sind wir im Geschäft, Konrad?« Eindringlich stechend sieht Wanda ihr Gegenüber an und schiebt nach: »Ich bitte Sie kein zweites Mal!«

»Geben Sie mir eine Sekunde.«

»Ich brauche jetzt eine Entscheidung.«

»Spitze. Dann lasse ich meine Blase eben platzen. Wenn Sie mich kurz entschuldigen.«

Konrad erhebt sich, nicht ohne vorher sein Bier zu leeren, und sucht das stille Örtchen auf und geht für einen Moment in sich. Dabei weiß er längst, dass die unbekannte Schöne etwas in ihm geweckt hat. Ist sie vielleicht sein Wendepunkt, sein kleines Rätsel, das er zur Aufgabe hat? Ein Rätsel, das er lösen muss, um so das Große lösen zu können?!

Scheiße!, denkt er sich, kommt wieder zurück an den Tisch geschlurft, parkt sich auf dem Stuhl und lehnt sich zurück.

»Ich mach es!«

»Wirklich?«

»Hab ich denn eine andere Wahl?«

Und Konrad meint damit mehr seine finanzielle Situation.

»Versprochen?«

»Sie haben mein Wort, das reicht für den Anfang.«

»Danke!« Wandas Augen blitzen. »Danke! Vielen Dank!«

Konrad stand schon immer auf Frauen, die selbstbewusst sind und wissen, was sie wollen. Schon in der Grundschule flog er auf das wildeste, lauteste Mädchen in der Klasse. Doch diese Frau ist zerbrechlich und stark. Zudem ist sie gescheit. Nicht unbedingt eine Eigenschaft, die bislang zwingend in sein Beuteschema fiel.

»Einen Tequila!«, ruft er zum Barkeeper herüber. Er wendet sich wieder zu Wanda. »Die Zeit für einen Verdauungsschnaps lassen Sie mir aber wohl noch, oder? Den brauche ich jetzt nach der schweren Kost.«

»Sie können so viel trinken, wie Sie wollen. Machen Sie einfach, was Leute wie Sie so machen, solange Sie nächste Woche loslegen können.«

Kaum hat die Bedienung Konrad den Schnaps gebracht, hat Wanda auch schon beflügelt zwei neue bestellt.

Konrad grinst breit.

»Wanda, mein Chef Maennel nennt das anpassungsfähig. Wir scheinen uns ja doch noch zu verstehen!« Konrad gibt sein gewinnendes Lächeln zum Besten. Dann kippt er den ersten Schnaps in einem Zug herunter.

»Also Wanda, dann verraten Sie mir mal, womit ich nächste Woche beginnen soll.«

»Ich möchte, dass Sie jemanden für mich aufspüren. Sie kennen die Person. Doch Ihr Job heißt, lediglich ausfindig machen! Den Rest überlassen Sie mir.«

»Ich kenne viele Leute in dieser Stadt«, entgegnet er abschätzig. Dann blickt er Wanda tief in die Augen.

Eine plötzliche Ahnung überkommt ihn.

Er sieht etwas in ihren Mandelaugen aufblitzen, das er zuvor noch nicht darin erkannt hat – dabei hatte er sie genau beobachtet. Es wäre ihm nicht aufgefallen, würde er nicht jemanden kennen, dessen Augen auf ähnliche Weise wie ihre funkeln.

Nur wessen Augen?

Er schiebt nachdenklich die Augenbrauen zusammen. Das Gefühl, sie schon einmal gesehen zu haben, verunsichert ihn. Wie wurde sie noch mal gleich auf ihn aufmerksam?

Wanda bemerkt seinen zweifelnden Blick und auch, dass er sich fragend über die Nasenspitze streicht.

»Konrad, mein ganzes Leben, meine Vergangenheit und meine Zukunft hängen von Ihnen ab, denken Sie immer daran.«

»An dem Punkt waren wir bereits. Sie waren gerade dabei, mir zu offenbaren, wen ich ausfindig machen soll.«

Wanda schluckt und schiebt nervös eine Haarsträhne hinter ihr Ohr. Sie versucht, sich zusammenzureißen, ihre Stimme zu kontrollieren, was ihr aber nur kümmerlich gelingt. Mit aller Überzeugungskraft sagt sie: »Sie müssen die Person ausfindig machen, für die ich zehn Jahre unschuldig im Gefängnis gesessen habe.«

»Ich soll den Täter zu einem verjährten Mord aufspüren?« Konrad lacht kopfschüttelnd laut auf und verschränkt die Arme auf der Brust.

»Die Anklage lautete auf Totschlag. Und außerdem verjährt Mord nicht«, verbessert Wanda den Detektiv. »Sie sollen bloß eine Frau ausfindig machen, die damals ohne Skrupel gegen mich als Hauptzeugin einen Meineid geleistet und damit mein Schicksal besiegelt hat. Und dann haben Sie auch die eigentliche Täterin.«

Konrad beugt sich weit vor. »Um nicht wieder in unseren Eiertanz zurückzufallen: Ich brauche Namen! Wen soll ich ausfindig machen?«

Wanda schürzt die Lippen. Sie braucht einen Moment, um letzten Endes den Namen auszusprechen, der ihr schon so lange auf der Seele brennt.

Ihre Augenlider zucken.

Ihre Pupillen springen aufgeregt von links nach rechts. Das leichte Beben in ihrer Stimme verrät vollends ihren inneren Aufruhr.

»Eine einfache Antwort genügt mir. Wen soll ich ausfindig machen?«

Er will es so.

Gerade heraus.

Also bekommt er es. »Ihr Name ist Sofia. Sofia von Eichenborn.«

***

Am nächsten Tag, Siesmayerstraße, Frankfurt-Westend

Die Nacht war kurz.

Konrad trennen nur noch wenige Schritte vom Haus der von Eichenborns, als sein Handy in der Hosentasche erneut losgeht. Er sieht auf das Display und verzieht den Mund. Es ist eine Frankfurter Nummer. Schon zum dritten Mal heute. Die Wahrscheinlichkeit, dass es Wanda ist, die wissen will, wie es nun nach dem Abend im Wantis weitergeht, ist groß. So langsam beginnt er, diese Vehemenz sogar zu bewundern. Doch die Annahme, dass »Glück« der Grund für ihr Zusammentreffen war, stimmt wohl nicht.

Ganz im Gegenteil.

Dieser inszenierte »Zufall«, jemanden aufspüren zu sollen, für den er bereits arbeitet, hemmt Konrad in seiner Euphorie. Geld hin, Geld her. Doch da ist noch etwas, das ihm schwer im Magen liegt: Die Tatsache, dass er in diesem Fall befangen ist!

Nur wie kommt er aus der Sache wieder heraus? Sorry, Frau von Eichenborn macht tollen Kaffee, ich bin befangen und lehne den Fall und die Kohle ab? Das scheint Konrad nicht gut durchdacht zu sein.

Pleitezugehen, auch nicht.

Seinen Vermieter wird er nämlich nicht mehr allzu lange hinhalten können.

Die Anspannung hat Konrad mit ausgeatmet, noch ehe er über den Gartenzaun in den Vorgarten der von Eichenborns steigt. Dort sammelt er in einem über Treppenstufen von außen begehbaren Kellerräumchen sein Werkzeug zusammen, wie er es immer tut.

Doch irgendetwas fühlt sich heute anders an.

Der Detektiv hat das Gefühl, jemand durchbohre ihn von hinten mit seinen Blicken durch die offene Kellertür.

Etwa schon wieder der Typ mit Mütze?

Aber es ist nichts Ungewöhnliches auf der Straße zu sehen, bis etwas Merkwürdiges geschieht. Eine Gestalt verschwindet gehetzt hinter einem blauen Lieferwagen, der am Straßenrand parkt.

Konrad zieht die Stirn in Falten.

Ein lautes Knarren ertönt umgehend. Es klingt, als schleiche jemand über morsche Dielen. Doch bis auf eine alte Dame, die die Ausgangsdrehtür des Palmengartens schwingt, ist niemand zu sehen.

Wieder seinem Werkzeug zugewandt, hört Konrad es erneut. Dieses Mal krächzend. Nun scheint es auch näher gekommen zu sein. Und dann haben Konrads Augen eine Bewegung erfasst. Blitzartig, in nur wenigen Metern Entfernung, huscht etwas vom Lieferwagen hinter einen parkenden Jaguar, der direkt vor dem Haus steht.

»Wer ist da?«

Konrad spürt ein Brennen in seiner Kehle.

Die Sinne sind geschärft.

Er versucht, das Geräusch zu orten. Seine Muskeln sind angespannt. Er lässt den Jaguar nicht aus den Augen. Entschlossen setzt er sich in Gang und steigt erneut über das Gartentor. Die Gartenschaufel hat er fest umgriffen. Er dreht sich langsam um die eigene Achse.

Keine Menschenseele!

Doch dann kommt etwas unter dem Wagen hervorgeschossen, schnell wie eine scharfe Kanonenkugel. Konrad taumelt getroffen zwei, drei Schritte zurück.

»Verdammt!«, brüllt er.

Seine Schaufel geht laut zu Boden.

Sein Puls rast und braucht einen Moment, um sich wieder zu normalisieren.

Der runde, dicke Kater, der sich nicht weniger erregt zeigt, faucht und stellt seine Nackenhaare auf, als gehe es um sein Leben.

»Mistvieh! Hier im Westend sind sogar schon die Kater großschnäuzig und von sich eingenommen.«

Konrad vergewissert sich, ob jemand diesen peinlichen Zwischenfall gesehen hat. Dabei macht er eine neue Feststellung: Jemand rückt hastig die Küchengardine im Haus nebenan zurecht.

»Wie der Herr, so sein Gescherr, sagt man! Nur wieso machen Sie deshalb so einen Lärm auf der Straße?«

Die Frage ist berechtigt – und stammt von Herrn von Eichenborn. Konrad hat Gewissensbisse. Und der Moment, in dem er den Auftrag im Wantis angenommen hat, ist schuld daran.

»Ich gehe jetzt zum Friedhof, Konrad. Wenn ich zurück bin, hoffe ich, dass das Gartentor nicht mehr quietscht.«

Friedhof?, fragt sich Konrad und hat schon wieder Oberwasser. »Es quietscht?«

»Wenn Sie es benutzen würden, wie jeder andere auch, wüssten Sie das!«

Friedhof.

Unweigerlich kombiniert Konrad »Friedhof« mit seiner ersten Vermutung, die er in Bezug auf Frau von Eichenborn hatte. Der Fall »Frau von Eichenborn« ist vielleicht schneller gelöst als gedacht.

Ein Lächeln überkommt ihn.

»Sie gehen also zum Friedhof?«, wiederholt er. Der Alte stoppt. Er hat bereits das Tor hinter sich geschlossen und steht nur zwei Meter von Konrad und dem Jaguar entfernt. »Vielleicht wollen Sie ein paar Blumen mitnehmen, Herr von Eichenborn? Die sind natürlich umsonst.«

Konrad deutet auf den Rosenstrauch im Vorgarten, der noch in seinen Endzügen ein paar Rosenköpfe hervorgebracht hat. »Das wollte ich Ihnen übrigens schon vor ein paar Tagen sagen«, druckst er und fährt sich mit der rechten Hand durch sein Haar. »Wegen Ihrer Frau, meine ich. Also, mein Beileid, oder was auch immer man sagt.«

Als Konrad »Beileid« gesagt hat, findet er, dass es sich dämlich angehört hat. Aber es ist eben seine Art, die Dinge auszusprechen. Er startet einen weiteren Versuch.

»Also, mir ist natürlich aufgefallen, dass Ihre Frau die letzten Tage nicht anwesend war. Da habe ich mir gleich gedacht, dass ...«

»Was haben Sie sich gedacht?«

Konrad hat den unerwartet scharfen Unterton seines Gegenübers deutlich vernommen. Auch seinen Blick, der kurz den Gejagten durchschimmern lässt.

»Na ja, ich habe mir gedacht, dass sie wohl wahrscheinlich ...«

»Halten Sie die Klappe!«, fährt ihm der Alte unvermittelt über den Mund. Seine Unterlippe zittert. »Sie sind völlig auf dem Holzweg mit Ihrer Vermutung!« Sein Tonfall zeigt, dass Konrad einen wunden Punkt getroffen hat. »Sind Sie nun fertig mit Ihrer neugierigen Fragestunde, Konrad? Dafür bezahle ich Sie nämlich nicht!«

Der Alte wendet sich erbost ab.

Auf seinen Stock gestützt, geht der schlanke Mann weiter den Bordstein entlang.

»Nichts für ungut. Ich wollte nicht ...«, entfährt es Konrad, gefolgt von einer beschwichtigenden Handbewegung. Herr von Eichenborn schaut über die Schulter zurück zu seinem Gärtner. Diesen trifft ein eisiger Blick, der ihn erschauern lässt.

***

Kurz darauf an der Bushaltestelle, Konstablerwache

Der Blinker leuchtet auf, der Wagen schert an der Bushaltestelle Konstablerwache auf die Busspur ein, und es wird zögerlich die Fensterscheibe heruntergekurbelt.

»Entschuldigung, ich glaube, ich bin irgendwie auf der Busspur gelandet!«

Eine Frau Ende zwanzig tritt einen Schritt an den Wagen heran, beugt sich vor und sieht in das offene Fenster, hin zum Fahrer.

»Sie sind tatsächlich auf der Busspur gelandet. Wo wollen Sie denn ...?« Die Mundwinkel des brünetten Mädchens ziehen sich leicht nach oben. »Ach, Sie sind es!« Sie lacht. »Wo müssen Sie denn hin? Wohl nicht auf die Busspur.«

»Nein, nicht auf die Busspur«, sagt der Fahrer charmant. Plötzlich sieht er im Rückspiegel, wie ein Bus der Linie 30 näher kommt und Lichthupe gibt.

»Herrje«, stammelt er nervös. »Auch das noch. Ich bin nicht geübt hinter dem Steuer, wie Sie sehen. Kann ich Sie vielleicht ein Stück mitnehmen und Sie lotsen mich hier raus?«

Die junge Brünette zaudert. »Eigentlich ist es mir nicht so recht.«

Als der Bus bedrohlich die Hupe betätigt, ohne seine Geschwindigkeit zu verringern, springt sie jedoch wortlos in den Wagen. Nach einer Weile fragt der Fahrer: »Wo kann ich Sie denn rauslassen?«

»Ich muss in die Atzelbergstraße, zu meinen Eltern. Ich hatte eben ein Gespräch mit der Dame aus der Personalabteilung vom Kaufhaus, deshalb war ich heute an meinem freien Tag hier. Ich habe meinen Arbeitsvertrag unterschrieben.«

»Gratuliere!«

»Danke. Wobei: Ein wenig makaber ist es schon.«

Der Fahrer lächelt bedächtig. »Weshalb?«

»Das Mädchen, Elisabeth Meyer, die ich an Kasse fünf die letzten Wochen vertreten habe, ist ...« Sie stockt. »Sie ist ermordet worden. Na ja, jetzt hat mir die Personalabteilung ihren alten Job angeboten.«

»Sie werden ihn schon gut machen«, antwortet der Fahrer und fährt die Friedberger Landstraße entlang, parallel zu den Straßenbahnschienen, vorbei am Hessendenkmal und weiter in Richtung Frankfurt-Seckbach.

»Würden Sie bitte mal im Handschuhfach nachsehen, ob meine Brille dort liegt?«, fragt er.

»Sie tragen eine Brille? Das wusste ich gar nicht.«

»Nur wenn es sein muss. Und jetzt muss es sein«, antwortet der Fahrer und greift auf die Rückbank, ertastet, was er gesucht hat, und wartet den richtigen Moment im Verkehr ab, um zuzustechen.

Das Mädchen sagt: »Hier ist leider keine ...«

»Tut mir leid!«

»Wieso? Was tut Ihnen ...«

Zu mehr ist die Brünette nicht gekommen.

Sie hat den treffsicheren, geübten Stich nicht kommen sehen. Die dünne Nadel, die sie geradezu detailversessen und unmittelbar in die Halsschlagader getroffen hat, sorgt dafür, dass es ihr augenblicklich schwarz vor Augen wird, sich ihr Herzrhythmus verlangsamt und sich ihre Gedanken unkontrollierbar im Nichts auflösen, als ihr Bewusstsein schwindet.

Ihre Augen sind vor Entsetzen weit aufgerissen. Und sie bleiben es, bis der Fahrer keuchend vor Aufregung auf Höhe der Friedberger Warte frühzeitig links auf die A 661 aufgefahren ist und hinter Frankfurt sein Ziel erreicht hat.

»Da wären wir«, sagt er und greift auf die Rückbank des Wagens.

Ein Lederriemen, eine Einkaufstüte, Bolzenschussgerät, Klebeband, Langhaarschneider und ein Ladyshaver.

»Aufwachen, meine Liebe, wir sind da!« Der Fahrer tätschelt der jungen Frau sanft die linke Wange. »Kannst du mich hören? Aufwachen!«

Die junge Frau rührt sich nicht. Die Stimme des Fahrers klingt wie Watte in ihren Ohren, weit weg.

»Diesmal ist die Dosis etwas höher gewesen. Tut mir leid. Deine Chancen zu überleben, stehen schlechter als die der anderen. Bitte nimm es nicht persönlich. Aber dafür sparen wir uns die Lederriemen heute, einverstanden?«

Kein Laut kommt aus der Kehle der jungen Frau. Auch nicht, als ihr braunes Haar in den Fußraum rieselt und der Fahrer ihr die Plastiktüte über den kahlen Schädel stülpt. Sie trägt das Logo eines bekannten Kaufhauses; des Kaufhauses, wo die einst Brünette kurz zuvor einen Arbeitsvertrag unterzeichnet hat.

»Wahrhaftig! Wie makaber!«, murmelt der Fahrer, bevor er das Klebeband eng um den schmalen Hals der Frau wickelt.

»Du wirst gleich etwas Kaltes an deiner Stirn spüren. Dann ein Pochen in deinem Schädel, das zu einem starken Druckgefühl anschwellen wird. Wenn alles gut geht, wirst du sofort hirntot sein und das warme Blut in deinem Gesicht nicht mehr merken. Wenn nicht, bist du aber auf jeden Fall betäubt. Wie eine starke Narkose. Ich hoffe aber für dich, dass es dich gleich erlöst und du nicht leiden musst.«

Ohne zu zögern setzt der Fahrer das Bolzenschussgerät an.

»Es ist seine Schuld, dass du sterben musst, nicht meine!«

Er legt das Bolzenschussgerät wieder ab.

»Du glaubst mir wohl nicht, was?«

Der Fahrer lehnt sich zurück, blickt aus dem Fahrerfenster in die Weite, als würde etwas zu ihm durchdringen, das ihn abhält, es zu vollenden.

Sekunden vergehen.

Doch sein Lächeln zeigt, dass rein gar nichts zu ihm durchgedrungen ist.

»Es war wirklich nett, mit dir zu plaudern. Ehrlich.« Er dreht sich zur Brünetten um. Betrachtet die Tüte auf ihrem Kopf, unter der ihre Luft bereits dünner geworden ist. Ihr kahler Schädel sieht abstoßend aus, ihre noch immer geöffneten Augen schreien und sagen mehr als tausend Worte. Sie sprechen und flehen um ihr Leben. Betteln um Sauerstoff.

»Ich habe doch gesagt, dass ich keine Zeit mehr habe, mich länger mit dir zu unterhalten, und du auch nicht«, wiederholt der Fahrer energisch und setzt das Bolzenschussgerät erneut an. »Und sei froh, dass ich nicht die klassische Methode für deinen Tod wähle. Würde ich es richtig machen, müsste ich dich mit einem Schuss betäuben und dich dann mit einem Hohlstechmesser aufschlitzen. Und weißt du, warum? Um deine Blutgefäße an der Halsunterseite zu öffnen und dich wie ein zum Sterben verdammtes Zuchtschwein ausbluten zu lassen.« Der Fahrer fährt mit dem Zeigefinger leicht die besagte Stelle unterhalb des Halses entlang. »Doch nicht immer gelingt der Stich. Und ausblutende Leichen sind auch nicht gerade einfach loszuwerden.«

Der Fahrer richtet das Bolzenschussgerät abschließend und sorgsam in die richtige Position aus, korrigiert noch einmal nach. Ein starker Ruck durchfährt das Mädchen und lässt sie zusammenfallen, mit dem zeitgleichen Klicken des Bolzenschussgerätes auf ihrer Stirn und dem Geräusch des Schädelknochens, der durchschlagen wird.

Augenblicklich zeichnet sich frisches Blut unter der Tüte ab. Doch der Fahrer will auf Nummer sicher gehen und presst der Frau schließlich mit seinen Händen die letzte Luft aus den Lungen. Er betrachtet das kleine Loch auf der Stirn der Frau, das sein Schuss verursacht hat, mit gewohnter Ungerührtheit, bevor er die Handbremse löst und den Motor des Wagens krachend startet.

»Und jetzt gehen wir schwimmen.«

***

Zur selben Zeit in der Siesmayerstraße, Frankfurt-Westend

Nachdem Konrad nun endlich ohne weitere Vorkommnisse seine Gartenarbeit aufgenommen hat, streckt das Hausmädchen den Kopf zur Haustür heraus.

»Konrad, wollen Sie vielleicht ... Kaffee?«

Er nickt heftig. »Seit wann können Sie Gedanken fremder Männer lesen? Ich dachte, das funktioniert nur bei Herrn von Eichenborn.«

Er folgt dem rothaarigen Mädchen widerstandslos ins Haus. In der Küche nimmt er dann einen kräftigen Schluck Kaffee; schon der dritte heute.

»Ich will nicht neugierig sein, Konrad. Ich habe vorhin nur zufällig mitbekommen, wie Sie sich nach der Frau von Herrn von Eichenborn erkundigt haben.«

Das Mädchen mit den jadegrünen Augen bereitet das Mittagessen vor, während es spricht. Ihre Sprechgeschwindigkeit ist zwar wie immer langsam, auch ihr Dialekt schwingt mit, aber Konrad ist über die Lautstärke ihrer Stimme verwundert. Sie spricht auf einmal so laut wie jeder andere auch.

»Konrad, können Sie ein Geheimnis für sich behalten?«

»So lange es nichts mit großschnäuzigen Katern zu tun hat. Gegen die bin ich allergisch.«

»Was?«

»Das heißt auch in Hessen: Wie bitte? – Vergessen Sie es. Welches Geheimnis?«

Sogleich bereut Konrad seine Frage. Er hat innerlich doch längst beschlossen, heute nicht weiter auf das Thema »Frau von Eichenborn« einzugehen.

Die Jadeaugen werden schmal. »Als ich damals hier angefangen habe, weihte meine Vorgängerin mich in das Geheimnis zu Herrn von Eichenborns Frau ein. Ich dachte, Sie wüssten davon.«

Konrad steht mit gekreuzten Beinen am Küchenschrank gelehnt. Er nimmt einen weiteren Schluck aus seiner Kaffeetasse. »Und was hat sie Ihnen erzählt?«

Das Hausmädchen sieht kurz um sich, ehe es flüsternd antwortet: »Meine Vorgängerin hat gesagt, jemand habe dem Alten von Eichenborn seine Frau weggenommen! Das sei wohl auch nicht zum ersten Mal in dieser Familie vorgekommen! Schon vor Frau von Eichenborn wären zahlreiche Frauen in dieser Familie verschwunden und nie mehr aufgetaucht.« Eindringlich wirft sie Konrad einen vielsagenden Blick zu. »Ein anderer Mann sei es aber nicht gewesen. Der liebe Gott auch nicht!«

»Sondern?« Konrads Augenbrauen zucken in die Höhe, und sein innerer Spürhund hat die Spur gewittert und aufgenommen.

»Das weiß ich leider nicht. Es hieß nur: Seine Frau sei ein absolutes Tabuthema, und ich solle bloß keine Fragen stellen!«

Keine Fragen stellen?, wiederholt Konrad im Geist und stellt seine Kaffeetasse auf der Küchenplatte ab. Wie gut, dass er seinem Chef gerade sein Beileid für seine Frau ausgesprochen hat und diese eventuell nicht mal verstorben ist.

Und das mitten auf der Straße.

Das würde auch die merkwürdige Reaktion seines Chefs erklären. Konrad reibt sich seufzend mit den Händen das Gesicht.

»Ich glaube, Sie lesen zu viel Zeitung. Die ist von Leuten da oben für Leute wie uns hier unten gemacht, um uns einzuschüchtern. So passen wir besser in deren Spur«, sagt Konrad und sperrt den Spürhund gedanklich wieder hinter verschlossene Türen. »Und das, wie ich sehe, sehr erfolgreich.«

Die Augen des Hausmädchen blitzen auf, sie flüstert geheimnisumwittert: »Wo Sie es gerade ansprechen. Es ist so furchtbar, was den jungen Frankfurter Frauen passiert ist!« Ihr Blick verändert sich. Unsicherheit liegt auf ihrem schneeweißen Gesicht. »Ich verfolge das schon sehr lange. Darf ich offen zu Ihnen sprechen, Konrad?«

Noch offener?

Er nickt achselzuckend.

Vielleicht sollte er die Tür für den Spürhund doch besser angelehnt lassen, um sie im richtigen Moment aufzustoßen.

»Ich schäme mich zwar, das zuzugeben, Konrad, aber für einen kurzen Moment hatte ich sogar darüber nachgedacht, ob das Verschwinden der Frauen von Eichenborn damals nicht etwas mit dem Verschwinden der Frankfurter Frauen heute zu tun hat.«

Konrad kräuselt die Stirn.

Sollte er daran vielleicht auch schon mal kurz gedacht haben? Würde es da etwa einen Zusammenhang geben?

In Windeseile spielt er den Gedanken einmal durch. Dann verwirft er ihn wieder.

»War das eben die Tür?«, fragt das Hausmädchen erschrocken und greift schnell nach dem Schneidemesser vor sich. Ihre Stimme klingt nun wieder auf die gleiche Art leise und verunsichert wie die Male zuvor. »Vielleicht sollten Sie besser wieder an die Arbeit gehen, Konrad.«

Konrad Kümmer ist verwundert. Hat sie etwa tatsächlich Angst vor dem alten von Eichenborn?

Dem alten Kauz?

Sie hält ihn doch nicht wirklich für den ...

»Bitte, gehen Sie, Konrad!«

***

Kurz darauf im Imbiss, Frankfurt-Gallus

»Mist, verdammter!« Wanda knallt den Hörer auf die Gabel. Auch dieser Anrufversuch bei Konrad Kümmer ist kläglich gescheitert. Die Frage, wie es nun nach dem gestrigen Abend im Wantis weitergeht, quält Wanda schon seit zwölf Stunden. Wieso hatte sie bloß so viel getrunken? Sie weiß nicht einmal mehr genau, wie sie nach Hause gekommen ist.

Ob sie die Loyalität des Detektivs für die von Eichenborns unterschätzt hat?

Wanda seufzt, ballt eine Faust.

Verbissen kneift sie die Augen zusammen. Kümmer ist nicht nur der Schlüssel zu Sofia von Eichenborn und ihrem Aufenthaltsort, sondern auch vielleicht zu der quälenden Frage, warum ihr Onkel sich damals vor Gericht verhalten hatte, als halte er Wanda für schuldig.

Eine blonde Frau betritt den Imbiss. Sie ist groß, vollschlank und vielleicht Mitte vierzig. Und gehört ganz offensichtlich nicht in dieses Viertel. Wanda hat sie aus dem Augenwinkel hereinkommen sehen, schenkt ihr jedoch keine weitere Beachtung. Die Frau trägt eine Motorradjacke und legt ihren Helm auf dem erstbesten Tisch ab.

»Wanda. Sie soll hier arbeiten ...«

Momo deutet auf die gefragte Person, die am Tresen den Telefonhörer an ihr Ohr hält und dem Freizeichen lauscht – in der Hoffnung, Konrad Kümmer würde diesmal abheben. Nur ein Freizeichen später steht die blonde Frau schon neben ihr und legt den Kopf schräg – wie ein treuer Dackel.

»Sie müssen Wanda sein. Komme ich ungelegen?«, flüstert sie und sieht Wanda durch ihre neugierigen, tief liegenden Augen an. Wanda bemerkt ihren leicht amerikanischen Dialekt, der mitschwingt. Er ist sympathisch, was man von der Person, zu der er gehört, jedoch nicht gerade sagen kann. Ihre Augen sitzen nicht nur tief, sondern auch zu nah aneinander.

Und ja, sie kommt ungelegen.

Wanda legt widerwillig den Hörer auf.

»Und Sie sind?«, fragt Wanda argwöhnisch.

»Gespannt, was Sie die letzten vierzehn Tage so gemacht haben«, sagt die Blondine. »Ich bin Tina, Tina Mc Carthy. Ihre Bewährungshelferin.«

Meine Bewährungshelferin?, denkt Wanda erschrocken. Ihre Nerven spannen sich.

»Nennen Sie mich aber einfach Mc Carthy. Das macht jeder so. Können wir uns einen Moment setzen?«

Sie schütteln sich die Hände. Wanda nickt und deutet auf einen freien Tisch in der Ecke. Mc Carthys Gang ist auffällig schlaksig, ihr Blick gründlich, als mache sie einen Rundgang durch eine Zelle.

»Wir haben gehört, Wanda, dass Sie Ihren Weg in die Freiheit vor zwei Wochen gut alleine gefunden haben.«

»Ja, wie Sie sehen.«

»Wo wohnen Sie zurzeit?«

»In einem Appartement in der Kriegkstraße. Die Lissner Organisation hat sich darum gekümmert«, antwortet Wanda zurückhaltend. Dass bereits fünf Wochen vergangen sind, seitdem sie frei ist, spart sie sich.

»Die wer?«

»Die Lissner Organisation! Sie arbeitet doch mit Ihnen zusammen, oder nicht?«

Wanda ist überrascht darüber, dass Mc Carthys überfragtes Gesicht sich noch immer nicht auflöst.

»Ich kenne diese Organisation nicht.« Mc Carthy macht ein ungerührtes Gesicht. »Doch das hat nichts zu bedeuten. Hauptsache, Sie haben ein Dach über dem Kopf, das uns nichts kostet.« Sie lacht.

Doch wie kann das sein?

Hatte Eva Lissner nicht selbst erwähnt, dass sie eng mit der Bewährungshilfe zusammenarbeite? Und über diese auch ihre Gelder beziehe, für die Appartements?

Wie auch immer.

Wanda beschließt: So oder so will sie Mc Carthy loswerden. Eine neugierige Bewährungshilfe passt ihr gerade überhaupt nicht ins Konzept.

***

Siesmayerstraße, Frankfurt-Westend

Kurze Zeit später, draußen an der frischen Luft, kühlt Konrads Spürnase wieder ein paar Grad herunter. Doch er sieht die Gefahr, sich in dem Fall Sofia von Eichenborn in etwas hineinzusteigern und Grenzen zu überschreiten. Wahrscheinlich ist das auch bereits geschehen - auch wenn er nicht genau sagen kann, in welcher Sekunde es passiert ist.

Immerhin beschuldigt er nicht nur die Frau des Chefs einer Falschaussage mit weitreichenden Konsequenzen, und irgendwie auch des Mordes, sondern jetzt scheint diese auch noch auf mysteriöse Art und Weise verschwunden zu sein. Vielleicht sogar aus dem Weg geräumt, von ihrem eigenen ...

»Haben Sie etwas vergessen?«, fragt das Hausmädchen überrascht an der Tür, ohne die Türklinke loszulassen. Und Konrad spürt sehr wohl die Beklommenheit in ihrer Stimme.

Er deutet zum Eingangstor. »Haben Sie etwas Öl übrig? Das Gartentor quietscht.«

Das Mädchen nickt und verschwindet über die langen Flure zurück in die Küche. Als sie mit dem Öl und einem Tuch zurückkommt, versucht Konrad, ein paar Fragen loszuwerden.

»Geht Herr von Eichenborn öfter alleine zum Friedhof?«

»Ja. Das macht er für gewöhnlich sonst immer frühmorgens, bevor die Sonne aufgeht. In letzter Zeit ist er jedoch spät dran. Wieso? Wollten Sie ihn sprechen?«

»Ja - das heißt nein.«

»Er müsste bald zurück sein. Er bleibt nie länger als eineinhalb Stunden weg.«

»Ist schon okay. Es hat Zeit bis zum nächsten Mal. Dann habe ich wenigstens einen Grund, mich auf etwas zu freuen.«

»Sie werden ihm doch nichts von dem erzählen, worüber wir in der Küche geredet haben, oder etwa doch?«, fragt das Mädchen besorgt.

»Worüber sollen wir denn geredet haben?« Konrad zwinkert und springt den gemauerten Treppenabsatz herunter. Er hält erneut kurz inne und blickt über die Schulter zurück zur Haustür der Stadtvilla.

»Sagen Sie mal, wie heißen Sie eigentlich? Hausmädchen ist ja wohl nach zwanzig Uhr nicht mehr Ihr Name.«

»Was?«

»Es heißt immer noch wie bitte.«

»Verzeihung. Ich - ich heiße Helen. Helen Winter.« Das Mädchen errötet, bis sich ihre Gesichtshaut ihrer Haarfarbe angeglichen hat.

»Helen, und Sie sind sich wirklich sicher, dass Frau von Eichenborn auf dem Friedhof nicht die Blümchen von unten betrachtet? Ich frage mich nämlich, warum sonst sollte Herr von Eichenborn regelmäßig den langen Weg dorthin auf sich nehmen.«

Sie rümpft die Nase. »Sicher bin ich nicht. Wie gesagt, ich meide das Thema. Aber wieso interessiert Sie das so? Kannten Sie seine Frau etwa?«

Konrad übergeht ihre Frage. Im Begriff, sich wieder an die Arbeit zu machen, ruft das Hausmädchen plötzlich: »Warten Sie!«

Sie läuft erneut ins Haus zurück. Als sie wiederkommt, hat sie eine frische Tasse mit duftendem Kaffee dabei.

»Da Sie Ihren vorhin nicht zu Ende trinken konnten. Kommen Sie doch rein! Natürlich nur, wenn Sie wollen!« Verlegen suchen ihre Augen seine Zustimmung.

Und finden sie.

Er folgt widerstandslos der Einladung und lässt sich dieses Mal ins Wohnzimmer geleiten.

Der alte von Eichenborn ist noch immer nicht zurück, das große Haus leer und still. Konrad wittert die Chance, sich jetzt etwas genauer umsehen zu können.

Eine große Bücherwand, die deckenhoch wie in einer alten Bibliothek Hunderte von Büchern verwahrt, erfrischt mit ihren bunten Buchrücken das düstere Wohnzimmer. Besonders jetzt im Herbst, wo die Sonne tief steht, ist es trotz der hohen Fenster erdrückend. Als läge etwas Schauriges in der Luft.

Konrads zweiter Blick fällt auf eine gut sortierte Bar. Die Whiskyflaschen sind nicht nur in einem herkömmlichen Laden eher selten zu finden, sie sind auch allesamt gut geleert.

»Konrad, möchten Sie ein paar Kekse zum Kaffee? Ich habe sie heute Morgen selbst gebacken.«

»Nein, ich bin Single und muss auf meine Linie achten.«

Das Mädchen steht noch immer im Türrahmen. Die Hand auf der Türklinke.

»Helen Winter, ich will Sie nicht von Ihrer Arbeit abhalten. Sie haben bestimmt Wichtigeres zu tun, als Babysitter für mich zu spielen.«

Auffordernd blickt Konrad zur Tür.

»Natürlich«, antwortet sie, fast ein wenig eingeschnappt – was auch immer sie sich durch die Kekse erhofft haben will.

Kaum hat sie das Wohnzimmer verlassen, hat Konrad eine Kommode ins Visier genommen und geht ein paar Schritte auf sie zu. Die alten Fotos darauf steigern seine Neugier. Er studiert Details und Gesichter. Plötzlich macht er eine Feststellung und schüttelt ungläubig mit dem Kopf, während er mit dem Zeigefinger über einen der Silberbilderrahmen fährt.

»Was bitte macht das Hausmädchen bloß den ganzen Tag? Putzen wohl nicht.«

Wahrscheinlich hat sie ihre Geschwindigkeit beim Putzen ihrem langsamen Sprechstil angepasst. Die Angst des Mädchens vor dem alten von Eichenborn kann angesichts des zentimeterhohen Staubs wohl noch nicht groß genug sein.

Die Rahmen zeigen alte Bilder vom Herrn des Hauses mit Jagdgewehr, gewohntem Einstecktuch, gepflegtem Oberlippenbart, Siegelring und erlegtem Wild. Den Bildern nach zu urteilen, muss es sehr viel totes Vieh in den letzten Jahrzehnten gewesen sein.

Ob er auch in verbotenen Jagdgründen gewildert hat?

Möglicherweise könnte das die alles entscheidende Frage sein. Doch Moment.

»Wo ist eigentlich das Gewehr?«

Konrad schaut sich strategisch im Raum um. Nachdem er es nicht entdecken kann, sieht er es sich auf den Bildern etwas genauer an.

»Beachtenswert. Immer dasselbe alte Gewehr! Über Jahrzehnte. Nur das Wild wechselt.«

Konrad fragt sich anlässlich dieser Feststellung, ob es Sinn hätte, dieses scheinbare Schmuckstück erst so lange aufzubewahren und dann einfach wegzugeben? Und das, nachdem es so viele Jahre im Einsatz war?

Es hat keinen Sinn, wie er findet.

Es sei denn, man musste es loswerden.

Dann entdeckt Konrad, was er eigentlich gesucht hat. Nur auf einem einzigen Bild ist das Gesicht einer Frau zu sehen. Frau von Eichenborn sieht direkt in die Kamera und lächelt.

Als Konrad sie betrachtet, stellt er fest, dass sie älter und verändert aussieht. Er kombiniert, dass ihr Verschwinden erst wenige Jahre zurückliegen dürfte. Ob sie den Alten vielleicht einfach nur verlassen hat? Durchgebrannt ist? Dem Detektiv fällt noch etwas auf. Das Bild von Frau von Eichenborn ist das einzige, das nicht eingestaubt ist.

Ob es jemand kurzzeitig herausgenommen hat? Oder vielleicht etwas in den Rahmen hinter dem Bild versteckt hält? Einen Zettel etwa oder einen Brief?

Konrad tritt interessiert einen Schritt näher. Nach einem verstohlenen Blick zur Wohnzimmertür, mit dem er feststellt, dass die Luft rein ist, stellt er seine Kaffeetasse auf der Kommode ab und nimmt vorsichtig den besagten Bilderrahmen an sich. Er dreht ihn auf die Rückseite, um einen kurzen Blick auf den Inhalt zu werfen.

»Störe ich?«

Eine tiefe Männerstimme.

Sie unterbricht Konrad in seinem Tun. Erschrocken blickt er auf. Herr von Eichenborn nimmt den Bilderrahmen wortlos an sich. Ein sehr ernster Blick streift Konrad daraufhin, dem er jedoch unbeirrbar standhält.

»Falls nicht, trinke ich ein Glas mit Ihnen, Konrad - aber etwas für Männer, etwas für die spätere Stunde, anlässlich des ...«

Der alte Mann hält inne, sieht zur Decke und streicht sich mit dem Finger sanft über die Lippen. »Anlässlich unseres guten Verhältnisses.«

»Gerne«, lächelt Konrad eingeübt und hält seine Kaffeetasse in die Höhe. »Ihr Hausmädchen hatte mir freundlicherweise schon etwas angeboten.«

»Das war sehr aufmerksam von ihr.«

Herr von Eichenborn lenkt Konrad freundlich, aber bestimmt von der Kommode weg. Er lässt den Bilderrahmen ungeachtet zurück. Er bewegt sich dreibeinig, schlurfend zur Bar, greift zwei Gläser und füllt sie mit Eis.

»Nehmen Sie bitte den bequemen Armlehnenstuhl«, fordert er Konrad auf, der gedanklich nach einer plausiblen Erklärung sucht, weshalb er den Bilderrahmen öffnen wollte - auch wenn er es eigentlich selbst nicht mehr weiß.

»Ich gehe davon aus, Konrad, ich darf Ihnen einen guten Whisky mit einschenken?« Der Alte schenkt großzügig ein, ohne eine Antwort abzuwarten und lässt den teuren alten Whisky über die Eiswürfel laufen.

Acht Wochen vor Prozessbeginn

Frankfurt-Stadtmitte

Endlich hat Wanda Kümmer erreicht. Mit der Frankfurter Skyline im Rücken, die markante Akzente der Finanzierungsunternehmen zeigt, sitzt die junge Frau mit einem von Momo geborgten Fotoapparat in der Bahn in Richtung »altes Leben«. Fotos soll sie schießen, hat Konrad Kümmer bei ihrem Telefonat verlangt. Die Frage danach, wen oder was sie fotografieren soll, war ihr fast im Hals stecken geblieben. Doch seine Antwort kam wie aus der Pistole geschossen: »Den Tatort, also das Haus Ihres Onkels, die Umgebung und Ihren Onkel selbst.« Ihm ein Foto von Frau von Eichenborns zu beschaffen, sagte er, könne sie sich hingegen sparen.

Der Gedanke an den Moment, in dem sie die Bilder Konrad zeigen würde, gleicht einer Offenbarung mit weitreichenden Konsequenzen. Eine große Hürde, die ihr Fall noch nehmen muss. Denn wie im Wantis Konrad Kümmer gegenüber bereits erwähnt: Er steckt in diesem Fall schon tiefer drin, als er bislang glaubt.

Als Wanda kurze Zeit darauf die Bahn verlässt, ist es nicht mehr weit bis zum Haus ihres Onkels. Sie schaut sich um, als wolle sie prüfen, dass ihr keiner folgt.

Der Frühnebel ist allgegenwärtig. Er hat sich zwischen die Häuser und bis in die Gassen gelegt.

Wanda läuft die Strecke von der Bahnstation bis zum Haus, wie die vielen Jahre vor ihrer Verurteilung auch. Es kommt eine Vertrautheit auf, die so friedvoll ist, als sei nie etwas vorgefallen. Wanda fühlt eine alte Liebe, die plötzlich nicht mehr vom Schmerz dominiert wird, sondern für sich steht. Bis auf einen Mann mit elegantem Trenchcoat und Hundeleine ist niemand auf der Straße zu sehen.

Als würden lang vergessene Bilder aufleben, muss Wanda an ihren ersten Trenchcoat denken, den sie entworfen hatte.

Sie erinnert sich noch gut an den leichten Stoff. Gedankenversunken tastet sie über ihre Jackenoberfläche, als könne sie die Popeline von damals, ein besonders dichtes Stoffgewebe aus Baumwollgarnen und leichten Querrippen, heute noch immer spüren.

Ob ihr Onkel den Mantel noch trägt?

Ihn aufbewahrt hat?

Wanda trennen nur noch wenige Schritte von ihrem alten Leben. Tapfer macht sie einen Schritt vor den anderen. An der Stelle, die einen ersten Blick auf das Haus ihres Onkels erlaubt, hält sie kurz inne.

Etwas hat sich verändert. Die junge Frau sieht nicht ihr altes Leben, sondern einen Tatort. Dort haben Menschen Entscheidungen getroffen, die alles verändern und etwas über die Wünsche und Absichten des Täters aussagen. Wanda stiert auf die tiefen Furchen im Apfelbaum im Vorgarten, die durch ihre alte Kinderschaukel verursacht wurden. Sie erzählen noch immer von ihren geheimen Wünschen.

Auch davon, dass sie ihrer Tante oftmals den Tod an den Hals gewünscht hat.

Und sie es heute bereut.

***

Zur selben Zeit auf der Berger Straße

»Das Betäubungsmittel, das den Opfern verabreicht wurde, war hochkonzentriert gewesen, in dieser Dosis wird es oft bei Pferden eingesetzt. Die gerichtsmedizinischen Untersuchungen sind jedoch noch nicht abgeschlossen«, liest Konrad laut in der Zeitung. Er unterdrückt ein Gähnen und spart sich die ermüdenden Ausführungen darüber, dass Bolzenschussgeräte zur Hinrichtung von Schweinen verwendet werden. Und wie Oskar gesagt hat, wird noch immer nichts von rasiertem Kopfhaar erwähnt.

Wie heißt diese Masche gleich noch mal auf Latein?

Auch egal.

Die Überschrift in der Zeitung hat Konrad gereicht.

»Der Täter ein Erlöser! Das ist widerwärtig.«

Konrad schlägt die Zeitung zu, als wäre es ein Schmuddelheftchen. Ausgelaugt sitzt er auf dem Sofa, ein Bein auf der Tischkante, und denkt an gar nichts, und falls er doch irgendwelchen Gedanken nachhängt, ist es ihm nicht anzusehen.

Es klingelt.

Ein Schub von Ärger und Missmut durchfährt ihn. Langsam erhebt er den Kopf und nimmt das Bein vom Tisch. Es ist eingeschlafen. Während es zu kribbeln beginnt, reibt sich Konrad das Gesicht wach, knöpft sein Hemd zu und schlurft zur Tür. Er rechnet mit wenig Anlass zur Freude.

»Du? Ich wusste nicht, dass du vorhast zu kommen.«

»Es lag zufällig auf meinem Weg. Deinem Blick nach zu urteilen, hast du aber wohl jemand anderen erwartet«, sagt Caro zynisch. »Ich hoffe, nicht diesen Serienkiller. Da muss ich dich nämlich enttäuschen. Ein Bolzenschussgerät wirst du in der Handtasche einer Vegetarierin sicherlich nicht finden.«

»Du bist Vegetarierin? Ich weiß nicht, was mich mehr verwundert, dein Galgenhumor oder dass du eine Körnerfresserin bist.« Konrad knöpft die ersten drei Knöpfe seines Hemds wieder auf.

»Bist du fertig, Konrad Kümmer?«

»Fertig mit den Nerven. Wieso?«

Caro steht zurechtgemacht im Hausflur, als wolle sie in die Frankfurter Oper gehen. Ihr blondes Haar sieht toll aus, ihr Make-up ist perfekt, und sie duftet verführerisch.

»Konrad, du glaubst doch nicht wirklich, ich habe mich nur zufällig so in Schale geworfen? Hast du unser Date etwa vergessen?«

Konrad legt die Stirn in Falten. »Sieht ganz so aus.«

Das meint er bitterernst.

Und auch, dass Caro genau diese Art von Überraschung ist, die er zurzeit am allerwenigsten gebrauchen kann. »Schade!« Caro seufzt und zieht einen Schmollmund. »Egal! Ich verzeihe dir! Dann bleiben wir eben zu Hause und gucken fern.«

Nachdem Konrad nicht gleich geschafft hat, ihren Vorschlag abzuwenden, schiebt sein Gast ein wenig ungeduldig nach: »Zum Fernsehen musst du mich allerdings schon hereinbitten.«

Caro tritt an Konrad vorbei, hält mitten im Raum inne und sieht mit einem fragenden Blick zur Tür zurück. »Wonach riecht es denn hier?«

»Nach einer Dreizehn-Stunden-Schicht.«

»Dann ist es an der Zeit, sich zu entspannen. Was stehst du denn noch da wie eine Salzsäule? Du kannst die Tür ruhig wieder schließen.« Beschwingt steigt sie aus ihren Stöckelschuhen, bindet ihr zuvor aufwendig frisiertes Haar zu einem bequemen Pferdeschwanz zusammen, lässt sich auf dem Sofa nieder und zieht das rechte Bein unter sich. »Oder erwarten wir heute Abend noch jemanden?«

Konrad wirft die Tür ins Schloss, stammelt etwas schlecht Verständliches und verstummt dann für die nächste Stunde. So lange sitzen er und Caro nämlich schweigend nebeneinander auf dem Sofa und sehen fern. Der Fernsehapparat läuft zwar, aber Konrad nimmt nicht wahr, was passiert. Denn während Caro seine Nähe sucht, rettet er sich mit seinen Gedanken in die Ferne.

»Bevor ich's vergesse, wir sollten über uns reden, Caro«, hört er sich plötzlich sagen.

»Reden? Wie Frauen reden oder wie Männer reden?« Caro kichert belustigt, als hätte sie schon ein paar Gläschen getrunken.

»Ich weiß nicht, wie ich es dir am besten sagen soll, Caro, aber ...«, Konrad ist gerade einmal bis zur Mitte des Satzes gekommen, als es unerwartet erneut an der Tür klingelt. Caros Gesichtsausdruck verheißt nichts Gutes, und Konrad hat keinen Schimmer, wie er die Kuh jemals wieder vom Eis bekommen soll.

Zeit!

Er braucht mehr davon und beschließt erst einmal, die Tür zu öffnen.

»Wanda?« Konrads Knie werden weich.

Von jetzt auf gleich.

»Darüber wolltest du also sprechen, verstehe!«, schlussfolgert Caro übereifrig, springt vom Sofa auf, als sie die spontan zur Konkurrentin ernannte Unbekannte mit den dunklen Mandelaugen im Türrahmen sieht, und steigt wieder in ihre Stöckelschuhe. Sie greift nach ihrer Tasche und stürmt zur Wohnungstür.

»Caro! Ich kann dir das erklären«, ruft Konrad mit einer beschwichtigenden Handbewegung. Doch seine Kollegin starrt ihn mit einer Miene an, die verzweifelt nach einer Hintertür sucht.

Allerdings eher für Konrad!

Dann läuft die Blondine, ohne Wanda eines weiteren Blickes zu würdigen, aus der Wohnung und bleibt erst stehen, als sie an ihrem Wagen vor dem Ladengeschäft angelangt ist. Konrad und Wanda kommen nicht darum, mit anzuhören, wie sie energisch die Autotür zuschlägt und den verdreckten hellblauen Fiat Panda laut aufheulen lässt. Es klingt dem verzweifelten Jaulen eines Hundes zum Verwechseln ähnlich. Und es bedarf nicht allzu großer Fantasie, sich auszumalen, was Konrad Caro soeben angetan hat. Auch nicht, wie ihr kleiner Wagen mit quietschenden Reifen auf nass glänzender Fahrbahn um die Kurve gejagt wird.

»Tut mir leid. Das ist meine Schuld«, sagt Wanda mit gesenkter Stimme, die immer noch wie angewurzelt im Hausflur steht. Sie fügt murmelnd hinzu: »Es war keine gute Idee, einfach so unangemeldet vorbeizukommen, was?«

Wanda ist gerade im Begriff zu gehen, da handelt Konrad schon zum zweiten Mal unüberlegt an diesem Abend.

»Warten Sie! Caros Abgang wäre auch ohne Sie sehr wahrscheinlich nicht besser verlaufen.«

Er fährt sich durch sein Haar, reibt sich über den Zweitagebart und schaut Wanda für einen kurzen, aber intensiven Moment an.

Das hätte er besser nicht tun sollen.

Als eine Etage unter ihm sich eine Wohnungstür öffnet, aus der eine Nachbarin energisch »Ruhe!« durch das Treppenhaus brüllt, handelt er nämlich schon zum dritten Mal aus dem Bauch heraus – und bittet Wanda unüberlegt herein. Sie folgt der Einladung, tritt an ihm vorbei, wie kurz zuvor Caro. Sie wirkt melancholisch, wie Konrad bemerkt, als er sie eingehend betrachtet.

»Ich sag es aber gleich: Ich kann nichts Großartiges anbieten. Aufgeräumt ist auch nicht.« Konrad lässt die Tür ins Schloss fallen. Schon zum zweiten Mal an diesem Abend, an dem er eigentlich keinen Besuch erwartet hat.

»Das ist okay.« Wanda nimmt auf dem Sofa Platz. Ihre Hände liegen ruhig in ihrem Schoss.

»Wollen Sie ein Bier?« Konrad schaltet den quakenden Fernseher aus und begibt sich in die Küche.

»Haben Sie Tee?«, ruft Wanda ihm nach. Noch immer ist sie unsicher, ob es richtig ist zu bleiben. Verlegen sieht sie sich in seiner kleinen Mansardenwohnung um.

»Tee? Nein! Aber Wasser. Doch ich muss Sie warnen: Das Bornheimer Wasser ist so hart wie Bier.«

»Bier ist in Ordnung.«

Im nächsten Augenblick bereut sie diese Antwort prompt – Alkohol ist noch immer ein rotes Tuch nach ihrem Absturz im Wantis neulich. Konrad kommt allerdings bereits mit zwei gekühlten Flaschen zurück.

»Das mit Ihrer Freundin tut mir wirklich leid, Konrad! Wenn ich es für Sie aufklären soll, werde ich das ...«

»Sie ist nicht meine Freundin!«, fegt Konrad die Behauptung energisch und mit einem bösen Blick beiseite. Er bemerkt selbst, dass es etwas zu emotional war – eine völlig neue Art an ihm. Umso wertneutraler schiebt er hinter her: »Caro ist nur eine Arbeitskollegin.«

»Verstehe.«

Wanda beschließt, seine Aussage nicht weiter zu kommentieren.

Sie möchte die Sache nicht noch peinlicher werden lassen, als sie sowieso schon ist.

Konrad, der nicht lange darüber grübeln muss, weshalb Wanda vorbeigekommen ist, lässt sich mit den Bierflaschen neben ihr auf dem Sofa nieder. Sein Gast verschwendet auch keine Zeit und schießt gleich los. »Ich sollte doch Fotos machen.« Hektisch kramt Wanda in ihrer Tasche. »Sie sind nicht besonders professionell, aber ich denke, sie erfüllen ihren Zweck. Ich sollte jedoch ein paar Worte dazu sagen, bevor ...«

Konrad reißt die Arme hoch, stoppt ihre Ausführungen. »Wanda, genießen Sie Ihr Bier, erzählen Sie mir von Ihrem Tag, aber für heute will ich offen gestanden nichts mehr von Arbeit hören! Geben Sie mir einfach noch ein paar Tage Zeit, dann kann ich Ihnen auch schon etwas berichten.«

»Aber ...«

»Wanda, kommen Sie einfach am Donnerstag zu mir ins Kaufhaus. Dann weiß ich vielleicht schon mehr über unseren Fall.«

»Unser« Fall?, denkt Wanda.

Denn es hat merkwürdig geklungen, das aus Konrad Kümmers Mund zu hören.

Irgendwie gefällt es ihr.

Ob er das auch noch nach ihrer ausstehenden Offenbarung so sehen wird? Heute wird sie das ganz offensichtlich nicht mehr herausfinden. Sie gibt daher geknickt klein bei. Und nickt schwer.

»Na gut. Reden wir.«

»Fein. Reden wir.«

Doch beide schweigen.

»Und jetzt?«, fragt Wanda nach einer Weile. Vielleicht sieht er ja ein, dass das hier mehr als peinlich ist, und ändert seine Meinung und sie sprechen doch noch mal über den Fall. Doch Konrad nimmt stattdessen einen großen Schluck. »Na ja,«, sagt er lächelnd und zupft an dem Etikett seines Biers wie an einer Gitarrensaite herum, »noch vor ein paar Jahren hätte ich gesagt, betrinken wir uns und machen wir das Frankfurter Nachtleben unsicher.«

»Sie wollen feiern gehen?«

»Machen Sie Scherze? Ich bin abgekämpft und werde heute keine Schlacht mehr gewinnen können.«

Sieben Wochen vor Prozessbeginn

Morgens in der Kriegkstraße, Frankfurt-Gallus

Wandas rechtes Bein zappelt unaufhaltsam unter dem schmalen Tisch bei dem Gedanken an sie: Konrads blonde Freundin!

Die eifersüchtige Ziege gefährdet meinen Fall!, denkt sie angespannt und würde am liebsten Nägel kauen. Denn Wanda hat im Laufe ihres Lebens einen guten Riecher für Dritte entwickelt, die ihr etwas wegnehmen wollen!

»Es ist unhöflich, zu grübeln, wenn man einen Gast hat, und ihn vor Langeweile fast umkommen zu lassen«, merkt Eva Lissner an, die vor einer knappen halben Stunde mit Frühstücksbrötchen bei Wanda zu Hause aufgekreuzt ist und ihr gegenüber sitzt. Wanda versucht, ihrem durchdringenden Blick standzuhalten, während Konrad, Philipis und die Ziege von gestern in ihrem Kopf herumgeistern.

»Wenn du weiter so mit den Beinen zappelst, hebt der Tisch gleich ab. Du grübelst und zappelst! Hast du mich überhaupt heute früh schon bemerkt?«

Die Art und Weise, wie Eva Lissner die Frage stellt, lässt Wanda annehmen, dass Eva sie ihr bereits zum zweiten Mal gestellt hat. Wandas Blick, als schlafe sie mit offenen Augen, ist für ihren Gast jedoch Antwort genug. Sie stellt ihre Kaffeetasse ab, stemmt die Hände in die Hüften und schüttelt den Kopf.

»Du bist heute wirklich weit weg, Wanda.«

»So ein Quatsch. Ich sitze dir doch direkt gegenüber. Mitten im Gallusviertel. Von hier kommt man nicht so ohne Weiteres weg, wie du weißt.«

Eva Lissner prustet los. »Mir liegt ja viel an dir – doch ich lasse mir keinen Bären aufbinden. Die Nächte waren wohl etwas zu kurz gewesen, dass du am helllichten Tage mit offenen Augen schlafen musst.«

Ist das ein Verhör?

Wanda erinnert Evas forschende Art an ihre alte Lehrerin im Mode-College. Und verwendet sie kurzerhand als Alibi.

»Ich musste nur gerade an Frau Quievreux denken, eine begnadete Schneiderin«, sagt Wanda, um von sich abzulenken. Von ihren nächtlichen Aktivitäten und Pläneschmiedereien wird sie Eva Lissner vorerst besser noch nichts erzählen.

»Chievr... was?«

»Quievreux! Eine tolle Frau! Ihr französischer Akzent war unverkennbar. Sie hätte dir gefallen. Sie war ein bunter Paradiesvogel, ein wenig wie du.«

»Bevor du wieder in Trance fällst, Kindchen, erzähl mir mehr von deiner Lehrerin!«

Wanda kräuselt die Stirn. »Lehrerin? Woher weißt du, dass sie meine Lehrerin war?«

»Das hast du gerade selbst gesagt. Erinnerst du dich nicht?« Eva Lissner schiebt ihren Pony aus dem Gesicht.

»Das habe ich nicht!«

»Woher sollte ich es sonst wissen? Erzählst du mir nun von ihr, oder nicht?«, fragt Eva Lissner mit einem vor dem Spiegel geübten Lächeln.

Doch Wanda fragt sich ernsthaft, ob sie tatsächlich erwähnt hat, dass sie ihre Lehrerin war? Sicher ausschließen kann sie es nicht.

»Kindchen, du machst es ja schon wieder!«, stöhnt Eva theatralisch auf. Die Zigarette hängt in ihrem Mundwinkel, sie zündet sie an und saugt daran. »Hat dir denn keiner Manieren beigebracht?«

Wanda schlägt die Augen nieder. »Ich habe jemanden kennengelernt, der eine Verbindung zu meinem alten Leben darstellt und doch irgendwie auch nicht«, erzählt Wanda plötzlich.

»Ein Mann?«

Doch noch bevor Wanda Zeit hat, darauf einzugehen, klingelt es plötzlich an ihrer Appartementtür. Eigentlich erwartet Wanda niemanden. Es würde sich doch nicht etwa das Schicksal wiederholen – und diesmal Konrad unangemeldet vor ihrer Tür stehen?

Ob man ihr die plötzlichen Stressflecken bereits ansieht?

Nachdem Wanda auch auf das zweite Klingeln an der Haustür nicht reagiert, fragt Eva Lissner mit hochgezogener Augenbraue und messerscharf: »Erwartest du jemanden? Ich hoffe jedoch nicht, diesen Lady-Killer, der wahllos attraktive Frauen im Main versenkt. Ich habe meine Beine heute nicht rasiert.«

»Ich erwarte eigentlich überhaupt niemanden«, gesteht Wanda.

»Das haben die armen Mädchen aus der Umgebung auch nicht, Herzchen. Erst heute wieder habe ich im Lokalteil der Zeitung gelesen, dass es schon wieder ein armes junges Ding erwischt hat. Sie ist nun schon die Dritte. Schrecklich!«

Es klingelt erneut.

Widerwillig erhebt sich Wanda, läuft zur Wohnungstür und blickt durch den Spion – und lächelt erleichtert.

Der Druck in Kopf und Brust verschwindet.

»Hallo Mc Carthy, Sie habe ich nicht erwartet – hatten wir etwa eine Verabredung?«

Erst einen Tag zuvor war sie mit ihrer Bewährungshelferin gemeinsam bei der Arbeitsagentur gewesen und hatte Papierkram erledigt sowie einen Pflichttermin vor Gericht wahrgenommen.

»Ich war zufällig in der Gegend und wollte Ihnen nur schnell noch ein paar Papiere vorbeibringen.«

»Zufällig?«

»Zufällig!«

Als Mc Carthy bemerkt, dass Wanda nicht alleine ist, sagt sie wie auswendig gelernt: »Ich sehe schon, ich störe.«

Wanda durchschaut das Spielchen sofort. Doch wer weiß, wofür es noch gut sein wird. »Sie stören doch nicht. Haben Sie schon gefrühstückt?«

Gespannt, wie die beiden Frauen sich verhalten werden, die erst angeblich zusammenarbeiten und dann plötzlich doch nicht, registriert Wanda jedoch schnell, dass sich die allgemeine Freude in Grenzen hält - besonders bei Eva Lissner.

»Hallo Eva! Lange nicht gesehen«, ruft Mc Carthy mit einem seltsamen Klang in der Stimme. »Ich wusste gar nicht, dass du noch in der Branche bist?«

»Sie kennen Eva Lissner und die Organisation also doch?«, fragt Wanda überrascht.

»Wir waren sogar mal Kolleginnen«, plaudert Mc Carthy aus. »Doch da hieß Eva noch Baumann.«

Zu mehr Konversation kommt es an diesem Morgen nicht. Der Wind fegt bereits durch alle Ritzen. Nur diesmal kommt er nicht aus dem Taunus. Wandas Appartement hat sich innerhalb von Sekunden in einen zugigen Hühnerstall verwandelt. Auch wenn es albern ist – aber bei drei Personen ist wohl eine zu viel. Besonders, wenn es um zwei Hennen aus zwei unterschiedlichen Ställen geht.

»Möchte vielleicht noch jemand ein Brötchen?«, fragt Wanda. Doch Eva Lissner kann es ganz plötzlich nicht schnell genug gehen zu verschwinden. Sie greift nach ihrer Jacke.

»Lasst es euch mal schmecken. Ich wollte sowieso gerade gehen.«

***

Abends im Kaufhaus auf der Zeil

»Ich habe Caro heute nicht gesehen, hat sie sich freigenommen?«, fragt Konrad beiläufig im Personalraum. Ein groß gewachsener, bärtiger Mann, der mit dem Rücken zu ihm steht, dreht sich zu ihm um.

Es ist Maennel. Der Filialleiter.

Und man sieht ihm an, dass es Wochenanfang und kurz vor Schichtende ist.

»Caro?«, faucht er scharf, lässt sich in den Stuhl fallen und legt die Beine über die Tischecke. Seine Stoffhosen liegen inmitten alter Brotkrümel vom Mittag. »Die hat sich für die Woche krank gemeldet. Den ganzen Einsatzplan hat sie mir durcheinandergebracht. Ich könnte Pferde kotzen!« Er stöhnt schwerfällig auf, greift sich ans Herz. »Wobei sie sich wenigstens abmeldet. Die Neue hat es bis heute nicht für nötig gehalten, sich bei mir zu melden! Schöne Augen machen, Arbeitsvertrag einsacken und sich nicht mehr blicken lassen. Ich hasse Frauen!«

»Die Neue?«

»Die adrette Brünette, die ich für die abgemurkste Meyer ersatzweise für Kasse fünf eingestellt habe. Tu nicht so, als hättest du nicht schon längst ein Auge auf sie geworfen.«

»Die Abgemurkste hieß Elisabeth! Elisabeth Meyer!«, korrigiert der Detektiv säuerlich. »Und die Neue hat wohl einen besseren Job gefunden«, kommt es nun leidenschaftslos aus Konrads Mund. »Vielleicht in diesem neuen Modehaus an der Hauptwache. Wie heißt das gleich noch mal, Chef?«

»Einen was? Wenn ich das rausbekommen sollte, kann sie sich warm anziehen. Pharisäer. Frauen sind alle Pharisäer. Und jetzt lass mich in Ruhe, Kümmer. Ich versuche, ein Problem zu lösen, und das während die Brünette wahrscheinlich gerade mit irgendeinem Macker rummacht. Schon nach einer Woche habe ich das Gerücht gehört, dass die doch für jeden im Haus die Beine breitgemacht hat. So wie die Meyer, ihre Vorgängerin.«

»Elisabeth!«, korrigiert Konrad ausdauernd und verdreht die Augen. Doch dann tröstet er sich mit dem Gedanken, dass Elisabeth sich jetzt gerade irgendwo von »dort oben« über den schonungslosen Maennel ins Fäustchen lacht.

Wo auch immer sie gerade sein mag.

Ungehemmt grinst Konrad zufrieden. Der Filialleiter greift daraufhin schnaubend nach der aktuellen Tageszeitung, die vor ihm auf dem Tisch liegt, als wolle er das Thema beenden.

Dann plötzlich reißt er die Augen weit auf und ruft mit einer seltsam schrillen Stimme: »Kümmer, hast du heute schon die Zeitung gelesen? Ich wette, da vergeht dir dein beschissenes Grinsen gleich wieder.«

Konrad schüttelt unbeeindruckt mit dem Kopf.

Er hat die letzten zwei Tage schon die Titelseiten gemieden. Besonders, seitdem Natascha, die Bedienung, nicht nur abgeknallt wurde wie ein Schwein, sondern auch in der Presse ausgeschlachtet wird wie eins. Alles wurde ans Licht gezerrt. Ob es wahr ist oder nicht. Und das wird so weitergehen, bis sich die Geschichte nicht mehr verkaufen lässt.

»Nein, Chef, die letzte Ausgabe habe ich mir für morgen früh aufgehoben. Verrate mir also bloß nicht, wie es ausgeht.«

Konrad macht Anzeichen zu gehen.

Maennel springt jedoch vom Stuhl auf und packt ihn am Arm, flucht mit gesenkter Stimme vor sich hin, ehe er in einem seltsamen Tonfall sagt: »Ich sage nur: Verena M.! Regt sich da was bei dir?«

Regen?

Konrad legt ein gleichgültiges Gesicht auf. Der Name sagt ihm nichts.

»Die brünette Verkäuferin von Kasse fünf, Verena Meissner, Elisabeth Meyers Vertretung, du weißt schon!«, brüllt der Filialleiter. »Wir haben eben gerade von ihr gesprochen, hast du etwa Alzheimer, Kümmer?«

Die Neue, dessen Namen er sich nicht merken kann? »Was ist mit ihr?« Konrads Stimme klingt nun ernst.

»Es ist wie verhext, sage ich dir, Kümmer! Womit habe ich das verdient? Wenn ich es nicht besser wüsste, würde ich ja vermuten, dass meine verflixte Exfrau hinter all dem steckt.« Jetzt wird auch der aufgebrachte Filialleiter plötzlich ganz totenstill. Er greift sich an den Kopf, als habe er vor, sich jedes Haar einzeln auszureißen. »Verena Meissner ist am Sonntagabend von einem Hafenarbeiter aus dem Main gefischt worden. Wasserleichenblass und mausetot das Ding! Hier steht es! Schwarz auf weiß!«

»Was?« Konrad erbleicht. Er spürt mit einem Mal etwas Schweres in seinem Nacken. Als wolle er es ausfindig machen und eliminieren, streicht er sich entsetzt über den Hinterkopf. Den Oberkörper fassungslos über die Zeitung gebeugt. »Nummer drei? Sie etwa auch?«

»Wieso drei, verdammt? Es sind nur zwei aus unserem Haus«, brüllt Maennel, seine Augen sind weit aufgerissen. »Zwei Pferde aus meinem Stall reichen mir auch, das ist ein Skandal! Ein Skandal für unser Kaufhaus! Und wird durch alle Medien gehen.«

Doch es sind drei.

Drei Frauenleichen, die Konrad privat kennt.

Und er kann diese Tatsache nicht länger verdrängen. Natascha aus Coco's Café. Elisabeth Meyer von Kasse fünf und nun auch die Brünette, Verena Meissner, die Vertretung von Kasse fünf.

Drei Leichen.

Sie alle wurden Opfer dieses Schweinehunds, und sie alle hat Konrad näher gekannt.

Kann das Zufall sein?

»Ich muss gehen«, brummt der Detektiv und zieht zügig seine Lederjacke über.

***

Siesmayerstraße, Frankfurt-Westend

Schon etwas gefasster kniet Konrad bereits am Tag darauf im kalten Beet. Heute kümmert er sich um die alten Eukalyptuspflanzen, die über die Jahre zu einem fast sechzig Zentimeter hohen Stamm herangewachsen sind, und hängt seinen Gedanken nach.

»Den Eukalyptus liebte meine Frau immer ganz besonders«, sagt Herr von Eichenborn, der sich mit dem Gehstock ein wenig schlurfend die Beine auf dem großen Anwesen vertritt.

Er spricht seine Frau von sich aus an?

Das Tabuthema?

Konrad nutzt die Chance, auch wenn er noch immer etwas neben der Spur ist wegen des Tods der hübschen Brünetten.

»Frauen und Blumen«, entgegnet er und legt eine kleine Pause ein. »Meine Mutter liebte die Ranunkeln ganz besonders – karminrot mussten sie sein.«

»Wie ich Ihren Vater kenne, Konrad, wird er sie sicherlich reichlich mit Blumen verwöhnt haben.«

»Ja, seine zweitgrößte Leidenschaft konnte mein alter Herr tatsächlich gut mit seiner größten vereinen - den Frauen. Schade, dass ich ein Junge geworden bin.« Konrad schmunzelt gequält in seinen Viertagebart hinein, auch wenn es ihm heute besonders schwerfällt.

»Sind Sie denn auch so ein Schürzenjäger, wie Ihr Vater es war?«, fragt Herr von Eichenborn und schiebt seine dunklen, buschigen Augenbrauen zusammen, während sein Mund sich zu einem breiten Grinsen formt.

»Nein, keine Sorge, ich habe es weniger auf Ihr Hausmädchen abgesehen, als vielmehr auf Ihre Blumen. Schon als Kind kannte ich mehr Pflanzen- als Mädchennamen.«

»Das dürfte sich ja im Laufe Ihrer Karriere geändert haben!« Der Alte lacht kehlig. Doch das Erste, an das Konrad sich aus seiner Kindheit erinnern kann, ist tatsächlich der Blumen-Großmarkt in Frankfurt. Der süßliche Duft der Blumen und ihre bunte Farbenpracht; er war oft mit seinem Vater dort gewesen.

»Das halte ich für ein Gerücht«, fährt Konrad fort. »Aber jetzt können Sie sich vorstellen, wie jemand wie mein Vater eine so hübsche Frau wie meine Mutter rumbekommen hat.«

»Mit einer Blume etwa?«

»Wo wäre dann da die Pointe?«, fragt Konrad mit einer hochgezogenen Augenbraue. Dann lächelt er. »Aber Sie haben recht. Es gibt keine Pointe. Es war tatsächlich eine Blume. Eine karminrote Ranunkel. Die Lieblingsblume meiner Mutter.«

Dann vergeht Konrad das Lächeln wieder. Es war klar, dass er sich nicht ewig etwas vormachen kann. Die Tatsache, dass von drei seiner Verflossenen eine bereits unter der Erde und zwei kalt in einem Leichenschauhaus liegen, bereitet ihm Kopfzerbrechen.

Und was, wenn das nur der Anfang einer langen Serie ist?

Wenn der Leitner Oskar recht behalten würde?

Alle guten Dinge sind drei, hatte er gesagt. Und dass der Soziopath wahrscheinlich ein Profi ist. Doch jetzt meldet sich Konrads Bauch zu Wort: Was, wenn es nicht bei drei Leichen bleibt?

Der erste Mord soll bekanntlich der schwierigste sein, hatte der Kioskbetreiber erklärt. Doch nach mehreren Morden werde es einfacher – zumindest sei das anzunehmen. Dem Täter bleibt aber auch möglicherweise weniger Zeit für die Planung der Folgemorde, sodass er anfängt, Fehler zu machen.

Hat er denn bisher schon Fehler gemacht?

Konrad nimmt sich vor, die Berichte in den Zeitungen noch einmal zu studieren. Und auch Oskar nachher aufzusuchen. Er muss irgendwie einen sechsten Sinn haben.

Vielleicht würden sie beide ja eine entscheidende Entdeckung machen? Der Leitner Oskar hat das Bauchgefühl und Konrad das Magengeschwür. Und kennt die Opfer. Es wäre doch denkbar, dass er auch den Täter kennt.

Oder nicht?

Pleitegeier Kümmer und Schnapsdrossel Leitner überführen Killer, würde die Pressetante aus Frankfurt verkünden.

Konrad lacht in sich hinein. Das hätte eine Pointe!, denkt er, auch wenn man das Galgenhumor nennt. Wenigstens den hat er nicht verloren.

Herr von Eichenborn hängt scheinbar noch immer gedanklich der Ranunkelgeschichte nach und lächelt vergnügt.

»Konrad, das ist wahrlich eine erheiternde Geschichte. Kommen Sie, erzählen Sie mir noch mehr ohne Pointe, vielleicht bei einer starken Tasse Kaffee!«

Der Alte setzt sich dreibeinig, mit seinem schlurfenden Schritt in Gang. »Aber waschen Sie sich die Hände, bevor Sie ins Haus kommen. Das Hausmädchen hat heute seinen freien Tag.«

Bingo!

Vielleicht wird der Tag doch noch besser als gedacht. Konrads Gedanken schalten sofort um. Die Gelegenheit lasse ich mir nicht entgehen, sagt er sich und lässt das klirrend kalte Wasser aus dem Außenzapfhahn über seine erdigen Finger laufen.

»Wir setzen uns ins Wohnzimmer«, sagt der Alte, der von Mal zu Mal schlechter auf den Beinen zu sein scheint. Er läuft Konrad langsamen Schrittes, gestützt auf seinen Gehstock, voran.

»Setzen Sie sich, Konrad. Das Haus ist so bedrückend ruhig, wenn niemand da ist, dass ich mich über ein wenig Gesellschaft freue.«

Herr von Eichenborn greift ein wenig zittrig zur Kaffeetasse. Die Untertassen hat er vergessen zu decken, was sich prompt rächt.

Eiserne Stille überfällt die Männer, während sie beide etwas abwesend in ihren Kaffeetassen rühren. Außer dem kriechenden Ticken der alten Wohnzimmeruhr ist es totenstill. Jetzt weiß Konrad, was der Alte mit »bedrückend ruhig« gemeint hat. Er schüttelt das Gefühl ab und will dem vermeintlichen Verschwinden von Frau von Eichenborn nun nachfühlen.

Und startet einen unverblümten Versuch.

»Herr von Eichenborn, verstehen Sie meine Frage nicht falsch, aber seit wann jagen Sie wieder als freier Mann?« Die

Frage ist raus. Auch wenn er sie sogleich wieder bereut – sie scheint ihm nun doch ein wenig rüpelhaft gewesen zu sein. Gespannt wartet er die Reaktion des Alten ab. Der rührt teilnahmslos geduldig zu Ende, nimmt den Löffel aus der Tasse und legt ihn auf die Tischdecke. Ein weiterer brauner Fleck zeichnet sich ab.

»Sie wollen wissen, wie lange ich schon alleine lebe, Konrad?« Der Alte lächelt verzeihend. »Sehr lange schon. Vor allem, wenn man bedenkt, dass die Zeit in meinem Alter wie im Flug vergeht.«

Er erwähnt ihren Tod nicht!, bemerkt Konrad. Wäre sie es, hätte der alte von Eichenborn es sicherlich jetzt erwähnt. Das könnte bedeuten, dass ihm das Hausmädchen keinen Bären aufgebunden hat.

»Gut, dass Sie Ihr Hausmädchen haben. Sie ist eine kleine Augenweide.«

Das war natürlich gelogen.

Die Strafe folgt auf den Fuß, denn Konrads Lachen bleibt unerwidert.

»Ich kann mich nicht über sie beklagen. Sie ist anständig und loyal. Etwas, das man von ihrer Vorgängerin nicht gerade behaupten konnte. Sie musste ich leider entlassen.«

»Lassen Sie mich raten: Sie war nicht Ihr Geschmack gewesen?« Konrad lacht. Dann verstummt sein Lachen. »Das war natürlich ein Scherz. Ich war Ihnen noch eine Pointe schuldig.«

»Nein, das war nicht der Grund gewesen. Sie schnüffelte mir zu viel!« Ein eindringlicher Blick, dann hebt Herr von Eichenborn die buschigen Augenbrauen an. An der Art und Weise, wie er es tut, kann Konrad ablesen, dass er etwas zurückhält.

Während Konrad sich darüber das Hirn zermartert, was es wohl sein könnte, kehrt das Schweigen zurück.

Tick, tick, tick – der Zeiger der alten Uhr ist wirklich laut, wie Konrad feststellen muss.

»Ich könnte jetzt einen Drink vertragen. Wie sieht es mit Ihnen aus, Konrad?« Der Alte erhebt sich und steuert die Bar an. Ein zweiter Versuch!, denkt Konrad. Das Thema muss am Leben erhalten werden.

Zeit für einen Tonfallwechsel.

»Sie scheinen ab und an auf den Friedhof zu gehen, wie ich mitbekommen habe. Wenn Sie mal ein paar frische Blumen mitnehmen wollen – mein Angebot von neulich steht. Ich sitze, wie Sie wissen, zurzeit an der Quelle.«

Herr von Eichenborn blickt geradezu erschrocken von der Bar auf, den Whisky in der Hand, als fühle er sich überführt. Er sieht über die Schulter, zurück zu Konrad.

»Das ist nett – aber unnötig.«

Nett, aber unnötig? Konrads Augenbrauen zucken hoch.

Herr von Eichenborn besucht kein Grab dort? Wieso nimmt er dann den langen Weg auf sich? Er ist nicht gerade gut zu Fuß.

Eine Sache mehr, die keinen Sinn ergibt. Um der Stille nicht schon wieder den Vortritt zu lassen, unternimmt Konrad einen dritten Versuch, um den Ball im Spiel zu lassen. Das Einzige, das ihm in diesem Zusammenhang mit Blumen und Frau von Eichenborn im Gedächtnis geblieben ist, ist der Verschnitt.

Verschnitt. Nie wollte sie, dass er einfach auf dem Kompost landet. Schon sein Vater musste Blümchen und Zweige, die noch gut erhalten waren, beiseitelegen und zu einem kleinen improvisierten Strauß zusammenbinden.

»Es ist übrigens wieder viel Verschnitt zusammengekommen.«

Konrad schwenkt seinen letzten Schluck Kaffee durch den zuckrigen Tassenboden. Der edle Tropfen eines teuren Gesöffs aus dem Jahre 75 steht bereits vor ihm. Der Alte setzt sich wieder, nippt an seinem dreifachen Whisky und streift Konrad mit einem Blick, der Bände spricht.

»Was soll ich mit dem Verschnitt anstellen, Herr von Eichenborn? Und zwingen Sie mich nicht, ihn wegzuwerfen.

Ich habe schon oft von dem Gerücht gehört, dass die oberen Zehntausend zur Wegwerfgesellschaft gehören sollen. Sagen Sie mir bitte, dass das nicht stimmt.« Konrad lächelt. »Weil Ihre Frau nicht zu dieser Klientel gehört.«

Herr von Eichenborn krallt die Finger in seine Stuhllehne. Konrad glaubt, seine schwachen Muskeln beben zu sehen. Die Missbilligung steht dem Mann deutlich in das schmale Gesicht geschrieben.

Habe ich schon wieder etwas Falsches gesagt?, fragt sich Konrad verwundert über die Reaktion seines Chefs. Als habe dieser seine Gedanken lesen können, sagt er: »Konrad, das hat nichts mit Ihnen zu tun. Aber die Zeiten haben sich geändert, in denen meine Frau noch Wert darauf gelegt hat, irgendwelche Reste sinnvoll zu verwenden.«

Der alte und sonst so kontrollierte von Eichenborn atmet schwer ein, als bekomme er nicht genug Luft.

Doch er spricht weiter. »Die Menschen sind nicht mehr das, was sie einmal waren. Und auch ich bin nicht mehr das, was ich einmal war!« Seine Stimme und der Gesichtsausdruck verdüstern sich. »Die Menschen sind alle zu Verbrechern verkommen. Alle miteinander.«

Konrad schiebt die Brauen zusammen.

Eine kleine senkrechte Falte bildet sich zwischen seinen Augen. »Wie meinen Sie das, verkommen? Waren sie denn je besser?«

»Ich meine das so, wie ich es sage!«

Die Antwort des Alten ist - kurz und knapp. Entspannung ist jedoch noch immer nicht eingekehrt. Herr von Eichenborn erhebt sich erneut, greift mit der einen Hand seinen Stock, mit der anderen sein Whiskyglas und läuft vor das Fenster. Den Blick in den Garten gerichtet, nimmt er einen großen Schluck, ehe er mit dem Rücken zu Konrad zu erzählen beginnt.

»Konrad, die Menschen sind nie mit dem zufrieden, was sie haben. Es muss immer noch ein wenig mehr sein. Genügsamkeit ist heute ein Fremdwort!« Er blickt über die Schulter, zu Konrad, als suche er seine Zustimmung. »Oder würden Sie sich als genügsam bezeichnen?«

Konrad überhört die Frage, in ihm kommt ein Verdacht auf. Ob Frau von Eichenborn ihrem Mann vielleicht tatsächlich weggelaufen ist?

Er nimmt auf diese Idee hin erst einmal selbst einen großen Schluck von dem guten Whisky.

Der Whisky brennt.

Konrad kneift die Augen zusammen.

»Niemand ist mehr vor den Auswirkungen der Mitmenschen sicher, junger Freund! Sie nehmen sich einfach, was sie wollen und wen sie wollen.«

Ein anderer Mann?, schießt es Konrad wie ein Gedankenblitz in den Kopf. Er nimmt gleich noch einen Schluck. Ist sie etwa durchgebrannt, mit einem anderen? Was hatte sich der alte Kauz bloß zuschulden kommen lassen, dass seine Frau ihn verlässt? Außer einer anderen Frau, fällt Konrad keine plausible Erklärung ein. Eine Affäre, zum Beispiel mit dem letzten Hausmädchen.

Herr von Eichenborn schnauft schwer, als er sagt: »Doch wem erzähle ich das. Wer ist denn heutzutage in dieser Stadt nicht mit allen Wassern gewaschen.«

»Wenn ich immer nur das machen würde, was ich machen darf, würde ich nie etwas machen. Ich würde natürlich niemanden für Koffein vor die Straßenbahn schubsen, aber es muss eben manchmal weitergehen«, sagt Konrad gelassen.

Herr von Eichenborns funkelnder Blick zeigt, dass er diese Ansicht wohl nicht mit ihm teilt.

»Also, verstehen Sie mich nicht falsch, natürlich gibt es auch bei Kaffee für mich moralische Grenzen«, rudert Konrad zurück, »ich wohne nicht umsonst sehr bescheiden in einem Studentenviertel, in dem die Leitungen im Haus noch über Putz laufen. Geld bedeutet nicht alles.« Konrads Zunge wird bereits etwas schwer vom Alkohol.

Seine Gedanken erlahmen.

Er fragt sich, wieso er dieses beschissene Thema überhaupt angeschnitten hat, und beschließt den Rückzug. »Aber nichts für ungut. Danke für den guten Whisky. Aber ich sollte vielleicht besser wieder an meine Arbeit gehen.«

»Abgesehen von Ihrem offensichtlichen Humor müssen Sie tatsächlich noch viel lernen, Konrad. Wissen Sie, weshalb Sie sich erst gar nicht die Mühe machen sollten, einem Toten Blumen ans Grab zu bringen? Weil der Tote sie sowieso nicht mehr sehen kann und es somit keinen Wert haben würde. Wenn nicht einmal ein Menschenleben eine Bedeutung hat, dann haben es auch nicht die Blumen auf seinem Grab! Das gemeinsame Leben mit meiner Frau gibt es für mich nicht mehr, wie Sie sehen. Nicht, weil jemand dort oben es für die richtige Zeit hielt, sondern jemand hier unten.«

***

Kiosk, obere Berger Straße

Neuer Tag, neues Glück.

Oder aber auch nicht.

Der verdammte Mist geht weiter.

Es ist drei Mal dieselbe Spritze verwendet worden. Drei Mal dieselbe Rasierklinge. Und das gleiche Betäubungsmittel. Es ist somit sicher: Frankfurt hat einen Serienkiller.

»Der Größenwahn des Soziopathen hat es dir wohl angetan, Kümmer. Deine Nase steckt nämlich sonst nur immer dann so tief im Lokalteil der Zeitung, wenn die Eintracht gespielt hat«, stichelt der Leitner Oskar, die Schiebermütze tiefer ins Gesicht ziehend. »Mich persönlich interessiert grundsätzlich immer viel mehr der Minderwertigkeitskomplex, der dem vorausgegangen ist.«

»Ich weiß nicht«, stammelt Konrad abwesend, ohne Oskar Beachtung zu schenken. »Ich kann den Fehler nicht finden.«

»Es gibt jetzt Such-den-Fehler-Bilder im Lokalteil?«

Natürlich nicht.

Konrad zieht eine Grimasse. Und schüttelt den Kopf. Jedoch nicht wegen Oskar, sondern wegen des Pferdebetäubungsmittels und des Bolzenschussgeräts.

Irgendetwas ist merkwürdig daran. »Welcher Profi wählt schon ein Bolzenschussgerät als Mordwaffe aus?«, fragt er. »Außer vielleicht ein Metzger.«

Oskar lässt schmunzelnd eine Zigarette durch seine Finger wandern.

»Ein Schlachter«, entgegnet er gelassen. »Die kennen sich aus mit kleinen runden Löchern auf der Stirn. Für die ist es keine Überraschung mehr, wie ein so winziges Loch so viel Schaden anrichten kann.«

»Das vermutet die Presse auch! Einen Schweinezüchter schließt sie auch nicht aus«, berichtet Konrad druckfrisch.

»Gute Idee, Kümmer. Das klingt nach einem fantastischen Rundum-sorglos-Paket. Und um seine medizinischen Fertigkeiten noch mit in das Paket zu packen, ist der Schlachter wahrscheinlich zusätzlich Frauenarzt gewesen. Die einzige Sorte Mann, die einer hübschen Frau so nah kommen darf, ohne dass diese misstrauisch wird.« Er schüttelt lachend den Kopf. »Vielleicht denken die alle in die falsche Richtung«, sagt er sodann, seine gerötete Knollennase leuchtet auf. »Ich meine, nehmen wir mal an, es stimmt, was die Presse verlauten lässt. Der Killer kennt sich mit Tieren aus, hat beruflich mit ihnen zu tun und daher Zugang zu den Mordwaffen gehabt. Vielleicht schlachtet er die Tiere aber nicht, sondern rettet sie.«

Konrad kräuselt die Stirn und sieht von der Zeitung auf. »Lass mich raten. Der Killer ein Erlöser! Oskar, ich glaube, du hast hier in deinem Kiosk zu viel Druckerschwärze geschnüffelt. Du klingst schon wie diese Pressefuzzis da draußen.«

»Schnüffeln kann bewusstseinserweiternd sein und ist in vielen Ländern sehr angesagt. Und ich meine ja auch nur, was wäre, wenn es tatsächlich der Job des Täters wäre, das Leben von Tieren zu retten? Wie ein Tierarzt zum Beispiel.«

»Vom Frauenarzt zum Tierarzt also«, spottet Konrad und fragt sich, ob das Sinn ergibt.

Seine Augen verengen sich derartig beim Nachdenken, dass die Buchstaben auf der Zeitung verschwimmen. Er fährt sich über sein stoppeliges Kinn. »Aber warum dann ein Bolzenschussgerät?«, fragt er und fährt angespannt fort. »Ich meine, Schlachter benutzen sie. Sie sind auch stark genug, um einen reglosen Frauenkörper in den Main zu werfen. Aber benutzen Tierärzte Bolzenschussgeräte? Das passt nicht zusammen.«

»Die Frage sollte anders lauten. Beim ersten Blick auf das Täterbild würde man Demütigung oder Eifersucht vermuten. Auf den zweiten Blick muss man darüber hinaus weitere Faktoren wie schwere Psychopathie, Verlustängste und negative Bindungserfahrungen des Täters heranziehen. Schließt das Tierärzte aus? Nein. Zudem kennen die sich mit Pferdebetäubungsmitteln und Injektionen aus. Vielleicht auch mit Bolzenschussgeräten, wenn sie einen landwirtschaftlichen Betrieb haben. Wäre doch denkbar. Ein gehörnter Tierarzt, der sich an den Frauen rächt, für die er vorher gerne und viel Kohle in einem bestimmten Kaufhaus auf der Zeil gelassen hat. Die Tüten, die den Frauen über den Kopf gezogen wurden, wechseln zwar, stammen jedoch alle aus ein und demselben Kaufhaus: deinem Kaufhaus übrigens.«

Konrad reißt die Augen weit auf, senkt die Zeitung. Eindringlich sieht er dem Kioskbesitzer in die runden Knopfaugen.

»Die Presse hat davon noch nie ein Sterbenswörtchen erwähnt. Woher weißt du das dann?«

Lässiges Schulterzucken. »Wenn Gott dir einen Ball zuwirft, Konrad, musst du ihn auch fangen. Ein Bulle von der Kripo kommt öfter mal vorbei in seiner Pause, um Kippen zu kaufen und - zu quatschen.«

Ein vor die Tür gesetzter Tierarzt mit Liebeskummer, der Viehzucht betreibt.

Und in Frankfurt bei ihm einkaufen geht.

Konrad schlägt die Zeitung zu, als habe er genug gehört. Doch vielleicht ist es ein erstes verschwommenes Bild des Killers. Aber auch nur vielleicht.

»Der Kerl ist ein seit Jahren gut angepasster Soziopath und wohnt in einem netten Frankfurter Vorort. Doch dann wurde er von einer Frau verlassen, vielleicht auch einer weiteren, und übt nun Rache an jungen, hübschen Dingern aus der Großstadt, die er wegen Romeos wie dir verloren hat«, sinniert Oskar weiter bei der Suche und Ausarbeitung seines Motivs.

Übt Rache?

Ob er sich wohl unwissentlich regelmäßig mit einer verheirateten Frau getroffen hat?

Oder aber auch nur sporadisch?

Vielleicht hat der Killer es deshalb auf seine Verflossenen abgesehen. Er will ihm, Konrad Kümmer, zeigen, wie es sich anfühlt, Hörner aufgesetzt zu bekommen und einen geliebten Menschen zu verlieren. Oder aber er will ihm die Sache anhängen. Vielleicht.

»Und noch etwas wäre denkbar«, sagt Oskar in bedeutungsvollem Tonfall. »Rate mal, wieso der Sozio ausgerechnet eine Tüte aus deinem Kaufhaus wählt? Und auch die Frauen von dort?«

»Weil er mir etwas sagen will?«

»Und was will er dir sagen?«

»Dass nicht die Frauen das Ziel sind, sondern ich.«

Oskar nickt zufrieden. »Wäre denkbar, Romeo. Und vielleicht bist du nicht nur die eigentliche Zielscheibe, die er treffen will, sondern auch der Schuldige in seinen Augen, weswegen die Frauen sterben müssen. Zumindest ist eines schon mal klar geworden«, schlussfolgert der Kioskbetreiber und steckt die Zigarette zurück in die Zigarettenschachtel, als wäre ihre Zeit noch nicht gekommen. »Modus operandi, die Vorgehensweise des Täters. Der Sozio hat nicht nur Haare rasiert, er hat auch unwissentlich einen Fehler begangen. Er hat durch die Wahl seiner Waffen eine Unterschrift hinterlassen. Ich bin mir nur noch nicht sicher, ob sie so offensichtlich ist, wie die Polizei das annimmt. Doch es ist zweifelsohne eine Spur, keine große, aber es ist eine. Ein erster kleiner Ansatzpunkt. Das sagte auch mein Kumpel aus dem Präsidium.«

Konrad nickt wortlos.

»Und dir, Konrad, auch wenn du glaubst, ins kalte Wasser gestoßen worden zu sein, sage ich aus meiner Erfahrung als Bulle: Zieh dich besser warm an. Du hast gerade mal den kleinen Zeh hineingesteckt.«

***

Kaufhaus auf der Zeil am Mittag

»Irgendetwas sagt mir, dass jemand wie Sie nicht als zahlende Kundin hier ist!«

Wanda fährt zusammen und dreht sich, erschrocken von der Strenge im Tonfall der tiefen Stimme, um.

Konrad! Zum Teufel, dieser Mann hat die blausten Augen auf der Welt. Um ihre Verunsicherung nicht zu verraten, überspielt sie sie mit einem kühlen Lächeln und verschränkt die Arme vor der Brust.

»Doch, Herr Privatdetektiv, in gewisser Weise bin ich das sehr wohl! Außerdem waren wir verabredet – Sie erinnern sich? Heute ist Donnerstag. Und das Kaufhaus ein echtes Labyrinth.«

»Wenn Sie sich das nächste Mal darin verlaufen, halten Sie einfach nach dem Ausgangsschild Ausschau«, entgegnet Konrad und denkt: Da ist er wieder! Der leichte Unterton, die geschwollene Aussprache und die graziös hochgezogenen Augenbrauen. Konrads In-sich-Hineinlachen geht in ein beharrliches Mustern über, als wolle er sogleich eine Beschreibung von Wanda durch sein Funkgerät geben, das er in der Hand hält. »Sie sind witzig, Wanda. Auf Ihre Art!« Er steckt sein Funkgerät in die hintere Hosentasche und schaut kurz um sich. »Haben Sie Hunger?«

»Ein wenig. Ja.«

»Kommen Sie, ich kenne da eine mittelprächtige Currywurst.«

Unter normalen Umständen wäre eine Currywurst nicht seine erste Wahl für ein gemeinsames Essen gewesen. Eine Frau wie Wanda erweckt nicht den Eindruck, Currywurst sonderlich zu mögen.

Womit er auch recht hat.

Denn besonders Wanda zeigte sich schon als Kind auffallend wählerisch beim Essen. Aber der Gefängnisfraß wird sie vielleicht geläutert haben. Doch da hat er sich geirrt.

»Wie meinen Sie das, mittelprächtig? Schmeckt die Wurst nicht?«, fragt sie auf dem Weg nach draußen und verzieht das Gesicht.

»Über Geschmack kann man streiten. Aber keine Sorge. Russisches Roulette soll weitaus gefährlicher sein. Wo wir essen werden, ist nur etwa jede zehnte Wurst tödlich.«

»Tödlich? Wieso essen wir dann überhaupt dort?«

»Und wieso stellen Sie so viele Fragen? Ich bin sicher, Sie haben als Frankfurterin dort schon mal gegessen. Und wie ich sehe, überlebt.«

Wanda reißt die Augen auf. »Momos Imbiss?«

»Viel besser!«

Auf dem Bauernmarkt an der Konstablerwache, gegenüber dem stadtbekannten Bienenkorbhaus, gibt es seit zehn Uhr kleine Leckereien und Handgemachtes zu kaufen, was auch erfahrungsgemäß vor zwanzig Uhr kein Ende nehmen wird. Es riecht betörend nach gegrilltem Fleisch.

»Halten Sie sich besser die Ohren zu, wenn die Marktbeschicker loslegen!«, warnt Konrad, als sie durch die Marktgänge schlendern. »Und wenn ich Ihnen einen Tipp geben darf: Rempeln Sie diese bulligen Typen niemals an.«

»Wieso sollte ich das auch tun?«

»Tun Sie es einfach nicht!«

Der Fleischgeruch und ein großer Schwenkgrill am anderen Ende des Ganges laden dazu ein zuzuschlagen, was sie auch unverzüglich tun. Als Konrad Wanda die dampfende Currywurst reicht, berühren sich ihre Fingerspitzen für einen kurzen Moment.

Beide sehen erschrocken auf.

Wanda zieht ihre Hand als Erste wieder weg. Der kleine Stromschlag, der sie durchfahren hat, lässt bei ihr jedoch eine leise Vermutung aufkommen: Ob Konrad Kümmer wohl mit ihr flirtet?

»Mittelprächtig«, bestätigt Konrad erneut.

Wanda runzelt irritiert die Stirn. »Wie bitte? Ich darf doch wohl bitten!«

»Die Wurst. Sie ist mittelprächtig.«

Wanda bekommt wieder dieses Flackern in den Augen, das Konrad in gleicher Weise verzaubert wie verängstigt. Es lässt ihn alles und zugleich nichts fühlen. Das ist ihm schon lange nicht mehr passiert.

»Wir wollten über den Fall reden. Also reden wir«, sagt er und beißt beherzt in seine Wurst. Er schreckt nicht davor zurück, mit vollem Mund weiter zu sprechen. »Haben Sie eigentlich die Fotos dabei, wie letztes Mal besprochen? Die brauche ich, außerdem alle wichtigen Namen und Adressen.« Er kaut zu Ende, ehe er weiter spricht. »Und als Nächstes benötigen Sie dann etwas.«

»Ich?«, fragt Wanda überrascht und tupft sich mit einer Serviette die Lippen sauber.

»Ganz dringend sogar.«

»Und das wäre?«

»Man nennt es Handy!«

»Ein Handy. Ich habe schon seit über zehn Jahren kein Handy mehr besessen. Bisher habe ich immer ein Münztelefon benutzt oder vom Imbiss aus telefoniert.«

»Ich weiß. Deshalb ja. Dann kann ich auch mal entspannt zurückrufen, ohne in einem Imbiss im Gallus zu landen, wo ich aus Verlegenheit jedes Mal eine Großbestellung Fritten aufgeben muss.« Konrad grinst. »Und wer ist eigentlich Momo?«

»Mein – mein junger Chef. Sozusagen.«

»Aha. So genau wollte ich es auch wieder nicht wissen. Aber das mit dem Handy ist wirklich unabdingbar, Wanda – es muss eine ausreichende Vernetzung zwischen uns beiden gesichert sein.« Er schiebt sich das letzte Stück Wurst in den Mund. »Und als Nächstes brauchen wir Internet«, fährt er fort. »Sie wissen, was das ist? Im Internet recherchieren wir nach der Gesuchten und nach ihrer derzeitigen Adresse.« Konrad wischt sich mit einer Serviette über Hände und Gesicht. »Na ja, kugelsichere Westen werden wir ja wohl erst mal nicht brauchen«, mutmaßt er. »Die streichen wir also wieder von der Liste. Falls aber doch, erhöht das meinen Preis!«

Wanda muss lachen.

Tief aus dem Bauch heraus.

Ein Stück Currywurst verirrt sich dabei in ihre Luftröhre und lässt sie husten. Als sie sich wieder gefangen hat, steigt Konrad in ihr Lachen ein. Doch das Risiko, sich in dieser Sache zu verlieren, wird nun sichtbar für ihn. Aber auch die Chance, etwas zu bewegen und damit etwas für sich zu tun. Endlich würde etwas in seinem tristen Leben passieren!

»Apropos Preis: Wäre nur noch das Finanzielle zu klären«, sagt er abschließend, nun wieder etwas ernsthafter.

Wanda zieht die rechte Augenbraue hoch und schürzt die Lippen. »Ich hoffe, Sie sind nicht so bissig, wie Sie tun, Konrad?«

»Man sagt mir ja viel nach, aber bissig? Nein.«

»Gut. Ein bissiger Dracula, der mir das Blut aussaugt, hätte mir auch nicht als Antwort gefallen.« Wanda grinst.

»Das war witzig. Sie werden immer besser.« Konrad wirft die zu einem Ball geformte Serviette treffsicher neben sich in die Mülltonne. »Doch über das Finanzielle reden wir ein anderes

Mal weiter. Ich fasse zusammen: Sie machen, was jemand wie Sie so macht, und ich mache das, was ich eben so mache. Wenn Sie bereit sind, bin ich es auch. Ich habe vielleicht auch schon eine kleine Spur, die es lohnt, weiter zu verfolgen.« Wie gerne würde er das auch von der Mordserie »Schweinehund« behaupten können. Doch dort hat er weder eine Ahnung, welche Rolle er in der beschissenen Sache spielt, noch, wie er dazu gekommen ist. Geschweige denn, wie er da wieder rauskommen soll. Streng genommen ist die Liste von Frauen, mit denen er intim war, lang. Und er kennt weder Schlachter noch Züchter. Er nimmt sich vor herauszufinden, ob die Opfer zufällig oder gezielt ausgewählt wurden. Und falls gezielt – was er spätestens seit der dritten bekannten Leiche befürchtet –, was der Killer damit sagen will.

Vor allem, wem.

Wandas Blick ist während Konrads gedanklichem Ausflug aufmerksam auf ihn gerichtet. Noch immer hat sie ein Lächeln auf den Lippen und knabbert an ihrer Wurst. Ein auffälliger Mann in Trenchcoat, dessen Gesicht durch einen hochgeschlagenen Mantelkragen verdeckt ist, läuft an ihnen vorbei. Schon zum zweiten Mal innerhalb einer geschlagenen Minute. Und irgendwie ist er weder Wanda noch Konrad so ganz unbekannt. Verstohlen tauschen die beiden vielsagende Blicke aus.

»Der Kerl da ist mir etwas zu anhänglich und sieht uns jetzt besser mal von hinten. Wir sprechen ein anderes Mal weiter. Meine Pause ist sowieso gleich vorbei. Wie passt Ihnen heute Abend? Ich könnte nach meiner Schicht bei Ihnen vorbeikommen«, schlägt Konrad, der den Mann im Trenchcoat mit seinen Blicken verfolgt, bis er in der Menge nicht mehr zu sehen ist, angesichts der Situation vor.

»Konrad? Kann ich Sie etwas fragen?«

»Wenn es mit dem Fall zu tun hat!«

Wanda schwimmt plötzlich innerlich.

Schlägt die Augen nieder. »Wieso helfen Sie mir tatsächlich?«

Konrad sieht die junge Frau vor sich eindringlich an. Natürlich hat es eine Rolle gespielt, dass er in ihren Augen Not sieht und er eigentlich ein guter Kerl ist, der sich bloß hinter einer kühlen Fassade versteckt.

Vielleicht wie sie auch.

Und natürlich hat sich daraufhin irgendwo in seinem Kopf eine letzte einfühlsame und ebenso einsame Hirnzelle verselbstständigt. Stattdessen erklärt er jedoch: »Weil ich Ihnen glaube!« Er räuspert sich verlegen. »Zumindest glaube ich, dass irgendetwas an dem Fall Sofia von Eichenborn faul ist. Sie hätten mich wohl auch nicht beauftragt, wenn es bei der Suche mit einem Anruf bei der Telekom oder dem Einwohnermeldeamt getan wäre. Da steckt mehr hinter der Geschichte. Ich weiß noch nicht was, aber ich werde es herausfinden.«

Wandas Augen blitzen auf. Sie ist dazu entschlossen, sich zu revanchieren. »Danke für Ihr Vertrauen, Konrad!«

»Danken Sie mir, wenn es so weit ist! Doch bis dahin muss ich alles wissen, was es über diesen Fall und seine blaublütigen Beteiligten zu wissen gibt. Ich bin da auf ein paar Ungereimtheiten gestoßen und habe so ein dumpfes Gefühl, dass ich noch lange nicht alles weiß.«

Wandas Augen blicken bestätigend in Konrads.

Ja, es gibt Ungereimtheiten.

Und ja, er weiß noch lange nicht, was alles auf ihn zukommen wird.

***

Siesmayerstraße, Frankfurt-Westend

Konrad sieht schnaufend auf die Uhr.

Sein Rücken schreit nach Feierabend! Nachdem er bei sich zu Hause geduscht und sich umgezogen haben wird, will er sich auf den Weg zu Wanda machen, um sich mit ihr wie geplant in wilde Spekulationen zu stürzen. Konrad ist zum Glück neben finsteren Gestalten aufgewachsen. Er hat daher als Mann die Dunkelheit im Gallusviertel nicht zu fürchten. Viel gefährlicher werden Wandas Fragen nach seinen bisherigen Rechercheergebnissen zu Frau von Eichenborn sein. Die Schöne einzuweihen und über den Stand der Dinge zu informieren, wird nämlich bedeuten, dass er zugeben muss, ganz am Anfang zu stehen!

So wie im Fall Schweinehund.

Für den hat er sich in Unkosten gestürzt und die Berichte sämtlicher Zeitungen aufgesaugt wie ein Schwamm.

Man hat nach einem Anruf beim Landeskriminalamt ausschließen können, dass diese Art Mord schon mal in Hessen vorgekommen ist, und nun Listen vom Gewerbeamt angefordert. Sie zeigen Besitzer und Verkäufer von Bolzenschussgeräten auf, die überprüft werden. Zahlreiche Schlachter und Züchter aus dem Rhein-Main-Gebiet und der Wetterau werden befragt und auf mögliche Verbindungen zu den Frankfurter Frauen untersucht. Und die Kripo hat sogar eine winzig kleine Spur gefunden. Zwei Schlachthöfe seien ins Visier der Ermittler geraten – einer, dessen Betreiber wegen sexueller Nötigung ein Jahr zuvor bereits aufgefallen sei, und ein weiterer, der regelmäßig seine Frau vermöbelt hat, bevor diese mit einem anderen durchgebrannt sei. Um die laufenden Ermittlungen nicht zu gefährden, wurden jedoch keine weiterführenden Informationen über die beiden Verdächtigen preisgegeben, als wolle man, dass sich der Schweinehund in Sicherheit wiegt. Lediglich zur Mithilfe von Augenzeugen wurde aufgerufen und davor gewarnt, sich spätabends alleine draußen aufzuhalten.

Besonders in der Nähe von Bus- und Bahnstationen.

Denn dort, so vermutet die Polizei, wurden die Frauen abgefangen. Allesamt nicht weit voneinander entfernt.

In einem anderen Blatt hat die Pressesprecherin der Polizei zudem durchsickern lassen, dass sie bei den Mordwaffen einen Schritt weitergekommen wären. Es sei einem Fehler des Killers zu verdanken. Natürlich hat sie nicht aufgeklärt, um welchen es sich handelt. Oskar nannte es Taktik, um den Killer unter Druck zu setzen, sodass er vielleicht einen Fehler begeht. Er will zudem gehört haben, dass es etwas mit dem Bolzenschussgerät zu tun hat.

Und somit ist tatsächlich eine kleine Spur zum Mörder entstanden.

Konrad wird die Theorie des gehörnten Schlachters, der entweder für ihn eine eindeutige Botschaft hat oder ihm etwas anhängen will, immer wahrscheinlicher. Auch wenn es ihm gleichzeitig völlig unrealistisch vorkommt.

»Herr von Eichenborn, Sie wollten mich sprechen?«

Konrad bleibt im Türrahmen zum großen Wohnzimmer stehen. Herr von Eichenborn, der wie versteinert vor dem Fenster steht, schaut hinaus in den Garten. Er sieht aus, als habe er sich seit dem letzten gemeinsamen Gespräch nicht einmal von der Stelle gerührt.

Er wirkt schmal und in sich gekehrt.

Das Whiskyglas auf dem Tisch ist leer.

Ein Tabakbeutel und eine Pfeife liegen daneben.

»Setzen Sie sich, Konrad!«

Konrads Augenbraue zuckt hoch.

Er ahnt Schlimmes. Und es ist gefährlicher als das Gallusviertel oder die Antoniusstraße.

»Herr von Eichenborn, sollte ich Ihnen bei unserem letzten Gespräch auf den Schlips, oder besser gesagt auf das Einstecktuch getreten sein …«

»Seien Sie einfach einmal still!« Der Alte dreht sich zu Konrad und wirft ihm einen strengen Blick zu. »Ich habe Sie außerdem gebeten, sich für einen Moment zu setzen! Das wird wohl nicht zu viel verlangt sein. Es dauert auch nicht lange.«

Konrad folgt knurrig.

Alter vor Schönheit. Der mürrische Alte würde sowieso das letzte Wort haben.

»Konrad, als ich damals nach Hause kam – an einem vermeintlich normalen Tag, wie jeder andere, war nichts mehr so, wie es einmal war.«

Der Blick des Alten ist voller Hass und Verachtung – und Konrad kann sich ausmalen, was es bedeuten würde, die Gunst dieses Mannes zu verlieren.

»Die ganze Straße war damals abgesperrt gewesen, mit rot-weißen Markierungsbändern und einem Dutzend Polizeiwagen. Die Schaulustigen versperrten mir den Weg zu meinem Haus.«

Konrad sitzt wie eine Gipsfigur auf der Sofakante.

Und hört zu.

»Als ich mich endlich als Hausbesitzer ausweisen konnte und die Polizei mich durchließ, war meine Frau bereits mit einem weißen Tuch abgedeckt worden. Fast zeitgleich mit meinem Eintreffen schlug sich der Bestatter mit ihr durch die Menge der Gaffer. Mir blieben kaum zehn Sekunden, um mich von ihr zu verabschieden.« Der Alte seufzt vernehmlich und bekommt ein melancholisches Lächeln.

»Doch was hätte ich ihr auch sagen sollen, selbst wenn es zwanzig Sekunden gewesen wären? Oder eine Minute? Was würden Sie Ihrer toten Frau zum Abschied sagen, Konrad?«

Eine erdrückende Stille überfällt den Raum.

Sie wiegt schwer, wie ein unsichtbarer Felsbrocken, der Konrad langsam überrollt. Schließlich war er es gewesen, der die letzten zweiundsiebzig Stunden am Sterbebett seiner Mutter gesessen und einfach nur ihre Hand gehalten hatte. Doch auch vor dem alten Mann scheint der Gefühlsstau keinen Halt zu machen. Von Minute zu Minute fällt Herr von Eichenborn mehr und mehr in sich zusammen. Er ringt um Luft, ehe sie ihm durch das Gewicht auf der Brust ganz genommen wird.

»Ich konnte im ersten Moment nicht glauben, was meine Augen mir vorgaukelten. Sie mussten sich irren, sie haben im

Leben schon vieles gesehen – Unrecht, Elend und auch Mord. Es musste ein Missverständnis sein. Doch als der Polizist mir unaufhörlich Fragen stellte, dämmerte es mir mehr und mehr: Es war kein Traum, sondern ein bitterböser Albtraum, aus dem man nie mehr im Leben aufwacht.«

Das Licht im Wohnzimmer verdunkelt sich.

Ein paar Wolken, die sich bereits vor Stunden am Himmel zusammengezogen haben, beginnen sich zu entleeren. Der Regen prasselt laut gegen die großen Fensterscheiben im Wohnzimmer. Konrad wagt nicht, einen Mucks von sich zu geben. Regungslos, wie eine Salzsäule, sitzt er einfach nur da und hört zu.

Der Alte geht zwei Schritte auf ihn zu. Und bleibt abrupt stehen, als habe er es sich anders überlegt. Mit ausgestrecktem Arm zeigt er richtend auf einen alten Holzschrank mit Glastüren.

»Mein altes Jagdgewehr sollte an diesem Tag seinen letzten Schuss abfeuern. Er traf meine Frau tödlich zwischen den Augen. Ein Loch auf ihrer Stirn, direkt zwischen den Augen, das ihren Schädel aufplatzen ließ. Sie hatte keine Chance zu überleben.«

Konrad sagt noch immer nichts, ihm hat es sprichwörtlich die Sprache verschlagen.

Was nur sehr selten vorkommt.

Stattdessen jagen wilde Gedanken durch seinen Kopf.

Ein Schuss zwischen die Augen?

Die gleiche Stelle, die auch der Serienkiller bereits drei Mal ausgewählt hat?

Kann das Zufall sein?

Wie kann er das herausfinden?

Frau von Eichenborn, Natascha, Elisabeth Meyer und die Brünette - sie alle mussten dem Täter in die Augen sehen, bevor sie ihre für alle Zeiten geschlossen haben. Als letzte Erinnerung seine Fratze mit in das Jenseits nehmen.

Sollte das Hausmädchen etwa recht behalten – und es war vier Mal dieselbe Fratze gewesen? Und es besteht tatsächlich eine Verbindung zwischen dem Fall Sofia von Eichenborn und dem Frankfurter Serienkiller?

Falls ja, würde das bedeuten, dass Frankfurt eine grausame Fortsetzung von etwas erlebt, das schon vor langer Zeit begonnen hat. Und das würde Konrads Theorie des gehörnten Ehemannes natürlich niederschmettern. Es sei denn, es handele sich bei dem Killer um einen Trittbrettfahrer.

Doch wie wahrscheinlich würde das sein, wenn er es statistisch auswertete?

Oskar würde sagen, er müsste die Signifikanz berechnen, um herauszufinden, ob die Wahrscheinlichkeit sich im Rahmen des Möglichen bewegt. Doch Konrad hat keine Ahnung von Wahrscheinlichkeitsrechnung. Nicht, dass man es ihm auf der Hauptschule nicht zugetraut hätte – doch wagten sich die wenigsten Lehrer an seine Förderung heran. Die Angst, sein Wissen könne größer werden als ihr eigenes, war wohl der Grund dafür. Dabei hatte es Konrad niemals auf ihre Jobs abgesehen.

Doch es gibt vielleicht noch einen einfacheren Weg!

Modus operandi.

Wurde Frau von Eichenborn das Haar abrasiert?

Damit die Stille nicht gänzlich die Überhand gewinnt, beendet Herr von Eichenborn das Gespräch ähnlich vehement, wie er es begonnen hat.

»Ich wollte, dass Sie das wissen. Und jetzt gehen Sie wieder an Ihre Arbeit.« Er wendet sich von seinem Gärtner ab, als wolle er eine Träne vertuschen. Er geht die zwei Schritte zurück zum Fenster, um nach draußen zu sehen, als habe das Gespräch nie stattgefunden.

Konrad löst sich aus seiner Starre und erhebt sich schwerfällig. Er verlässt wie verlangt den Raum, ohne sich zu verabschieden – was hätte er auch sagen sollen?

Danke für das Gespräch?

Schönen Feierabend?

Er spürt, dass er einen alten gebrochenen Mann zurückgelassen hat, der nur ein paar Minuten später plötzlich mit Mantel und Hut zum Gartentor hinaus läuft. Vermutlich in Richtung Friedhof – in der linken Hand mit ein paar Eukalyptuszweigen, Verschnitt, den Konrad an den Wegrand gelegt hat, und in der rechten mit einem wunderschönen Strauß Blumen.

Der alte Mann scheint seine Meinung über Grabblumen wohl geändert zu haben.

Und Konrad ist erleichtert, endlich Frau von Eichenborn gefunden zu haben.

***

Kurz darauf, Kriegkstraße, Frankfurt-Gallus

»Sie sind unpünktlich, Konrad. Ich rechne jedes Mal mit dem Schlimmsten. Kommen Sie rein.«

Spät, und wie immer leger in Lederjacke, Jeans und Hemd, betritt Konrad Wandas winzige Wohnung. Er sieht sich aufmerksam darin um.

Wanda, die ein wenig Wangenrouge aufgetragen hat, deutet auf das schmale Bett, das sie durch eine Tagesdecke zum Sofa umgewandelt hat. Ein richtiges hat sie eben nicht. »Setzen Sie sich doch.«

»Ich nehme den Stuhl«, entgegnet Konrad und zieht ihn sich ran. Er behält seine Lederjacke an, als habe er nicht vor, lange zu bleiben.

»Möchten Sie vielleicht etwas trinken?«, fragt Wanda.

»Ich mache es kurz. Was würden Sie sagen, wenn ich Sofia von Eichenborn gefunden hätte?«

Konrad weiß, dass diese Frage wie aus der Pistole geschossen gekommen sein muss, oder aus einem Bolzenschussgerät. Dass sie Wanda unvorbereitet erwischen und in die Knie zwingen wird. Vielleicht sogar ihre Rüstung ganz zum Fallen bringt. Auch wenn Konrad diesen Job noch nicht allzu oft gemacht hat, weiß er doch, dass dieser Teil hier der beschissenste wird.

Wer wohl den Angehörigen von Natascha, Elisabeth Meyer und der Brünetten von Kasse fünf die folgenschwere Nachricht überbracht hat?

Konrad möchte nicht in der Haut dieser Boten stecken. Aber auch nicht in der, denen die Botschaft überbracht wird.

Doch es lässt sich manchmal nicht vermeiden.

Irgendwann muss man es ihnen sagen.

Auch Wanda ist getroffen, wie vermutet. Ihre Worte kommen stockend: »Was ...? Haben Sie? Ich meine ...«

Ihre Atmung wird schneller. Wanda verliert ihre Selbstkontrolle. Ihre Gedanken überschlagen sich. Und ihr kommt alles und nichts in den Sinn. Wie aus dem Maschinengewehr abgefeuert.

Zur selben Zeit.

»Haben Sie Sofia wirklich ...?«, fragt sie erneut und reißt Konrad damit aus seinen Gedanken. Ihre Unterlippe zittert.

»Ja, das habe ich wohl«, sagt er in bedeutungsvollem Ton. »Ich habe doch gesagt, ich werde etwas zu berichten haben.«

Er macht eine Pause und öffnet den Reißverschluss seiner Lederjacke.

Er schwitzt.

Und Wanda knickt ein paar Zentimeter ein. Zitternd holt sie tief Luft. »Sie haben Sofia wirklich gesprochen?«

»Wanda, das, was ich Ihnen gleich sagen werde, wird Ihnen nicht schmecken!«

Wanda wird heiß in der Magengegend. Der innere Druck lässt ihren Kopf gleich zerspringen. Ihr Augenlid hat längst nervös zu zucken begonnen. Die junge Frau sieht nur noch verschwommen. Konrad bemerkt ihre glasigen Augen und schaltet einen Gang zurück. Er fürchtet, mit seinem Spannungsaufbau zu weit gegangen zu sein.

Unverzüglich pfeift er sich zurück.

Er schiebt ihr einen Stuhl rüber. »Wanda, setzen Sie sich besser!«

Doch Wanda steht noch immer wie angewurzelt da.

»Wanda, ich meine es ernst!«

»Sofia weigert sich mit Ihnen zu sprechen, habe ich recht?«

»Nein.«

»Sie hat also mit Ihnen gesprochen?«

»Nein, das auch nicht, also ...« Konrad versucht, die Sache auf die lange Bank zu schieben. Nach einem kurzen Päuschen sagt er: »Ich würde den Part hier wirklich gerne übergehen und Sie gleich nach einer Zigarette fragen, aber das geht nicht. Wanda, hören Sie mir jetzt gut zu.« Konrad bemüht sich um eine überzeugende, tiefe Stimme. »Sofia ist tot.«

Wanda bekommt einen mächtigen Schreck. »Was? Das ist unmöglich.« Ihr schießen die ersten Tränen in die Augen. Sie kämpft mit allen Mitteln dagegen an, versucht, das Vibrieren ihres Kinns zu unterbinden, um sich nicht noch obendrein zum Affen zu machen. Sie hält sich die Hand vor den Mund, damit ihr Schluchzen nicht ertönt. Doch bei aller Scham: Sie kann nicht glauben, was Konrad da behauptet.

»Nein! Nein! Seit Beginn meiner Haft habe ich im Gefängnis die Todesanzeigen der regionalen Anzeiger studiert: Frankfurt, Bad Vilbel, Bad Homburg, Königstein, Hanau – und niemals Sofia von Eichenborn darin gelesen!«, schluchzt sie leise. »Niemals! Sie kann unmöglich tot sein!«

»Es tut mir leid!« Konrad schiebt ihr auffordernd den Stuhl ein Stück näher ran, schimpft sich selbst, dass er es derartig auf die Spitze getrieben hat. Und fühlt sich plötzlich mies. »Wir können darüber reden, Wanda.«

»Es muss ein Missverständnis sein. Sie müssen sich irren, Konrad, zum Teufel!«

Sofia tot – damit hatte Wanda nicht gerechnet.

Es würde alles verändern. Alles auf der Stelle zunichtemachen. Ihren Deal mit Konrad. Ihre Zukunft.

Ihre Unschuld.

Und sie würde nie mehr herausfinden, warum ihr Onkel sie für etwas bestraft, wovon er ganz genau weiß, dass sie es nicht verdient hat.

Konrad, der Wandas Gefühlschaos in ihrem Gesicht lesen kann, ist bemüht, die Sache abschließend und phlegmatisch über die Bühne zu bringen. Er ringt um Erklärungsversuche, um Wandas Enttäuschung aufzuhalten, doch er findet keine. Er ist eindeutig zu weit gegangen. Doch die Frage, wie er es ihr hätte schonender beibringen sollen, ist schwer zu beantworten. Er zieht resignierend den Stuhl wieder ein Stück näher zu sich herüber.

»Herr von Eichenborn ist wohl schon eine ganze Weile Witwer«, ergreift er als Erster das Wort, den Blick auf den Boden gerichtet. »Das herauszufinden war nicht gerade leicht gewesen, auch wenn das natürlich kein Trost ist, das ist mir schon klar. Wegen der Bezahlung ... Wie soll ich sagen. Da komme ich Ihnen natürlich entgegen.«

»Witwer? Was meinen Sie?« Wanda stellt das Schluchzen ein.

»Seine Frau ist schon vor ein paar Jahren ums Leben gekommen. Die Details möchte ich Ihnen ersparen.«

Wanda blickt Konrad konfus an.

Ihre Tränen stoppen auf Knopfdruck.

»Was ist los? Habe ich wieder mal etwas verpasst?«, fragt er, da er den Wandel in ihrem Gesichtsausdruck nicht nachvollziehen kann. Und Wanda atmet erleichtert auf – und lässt sich endlich auf den Stuhl neben Konrad fallen.

Und beginnt zu lächeln.

Es erreicht in Sekundenschnelle ihre Augen.

»Konrad, Sie haben mir einen riesigen Schrecken eingejagt.« Sie greift sich an den Kopf. »Dabei bin ich selbst dran schuld. Ich brauche jetzt etwas zu trinken!«

Sie springt wieder auf und läuft zum Kühlschrank - und greift nach einer noch ungeöffneten Whiskyflasche. Ein Fusel. Den hat sie sich beim letzten Einkauf gegönnt.

»Konrad, möchten Sie auch ein Glas? Ich kann jetzt zumindest eins gebrauchen.«

Konrad steht der Mund offen – er ist noch immer verwirrt.

»Wanda, eben dachte ich noch, Ihnen das Herz herausgerissen zu haben. Ich bin sensibel. Ich habe Ihnen aus Mitleid sogar einen Preisnachlass angeboten, und im nächsten Moment lassen Sie die Korken knallen?« Konrad schüttelt überfordert den Kopf. »Entweder, Sie sind schizophren, oder Sie lieben Gegensätze! Lassen Sie mich raten: Bungee-Jumping ist öde!« Konrad fährt sich nach diesem Wechselbad der Gefühle durch die Haare - und ist zugegebenermaßen trotz der Situation bewegt – oder besser gesagt, gerade deswegen.

Wanda, die mit den Drinks beschäftigt ist, antwortet nicht gleich. Was Konrad nicht verwundert. Ihn würde wahrscheinlich rein gar nichts mehr so schnell verwundern. Es wird sicherlich nicht die letzte Überraschung gewesen sein, die sie parat hält. Diese Frau vor ihm ist unbeschreiblich aufregend. So aufregend, wie er schon lange keine Frau mehr empfunden hat.

Als Wanda ihm sein Glas überreicht, erhebt sie ihres, um mit ihm anzustoßen.

»Auf unseren noch immer ungelösten Fall?«, fragt sie feierlich.

Konrad lächelt konfus. »Sieht wohl so aus!«

Während sie die ersten Schlucke ihres Drinks schlürfen, ist es still im Zimmer. Keiner sagt ein Wort, und man hat den Eindruck, je länger dieser Zustand andauert, umso schwieriger wird es für beide, ihn wieder aufzuheben.

Konrad hebt die Augenbrauen an. »Vielleicht klären Sie mich mal auf, Wanda?«

Er ist gespannt wie ein Flitzebogen – und rechnet mit allem.

»Ich muss Sofia von Eichenborn finden, da sie der Schlüssel zu allem ist – zu meiner Vergangenheit und zu meiner Zukunft. Aber vor allem zu meiner Unschuld. Sie hat mich damals bei der Polizei bewusst belastet, obwohl sie wusste, dass ich zu solch einem Verbrechen niemals imstande wäre. Sie selbst hingegen schon - ein Motiv hatte sie auch. Aber das ist jetzt egal. Läge sie begraben unter der Erde, wäre mit ihr auch meine Unschuld begraben worden.«

»Das habe ich kapiert.« Konrad macht eine Handbewegung, als wolle er diesen Teil der Geschichte überspringen. »Sie glauben also nicht, dass Sofia tot ist? Wanda, das ist doch Irrsinn!«

Konrad streicht sich ungläubig die Haare aus dem Gesicht. Wobei die Idee, dass Sofia Herrn von Eichenborn nur verlassen hat und sie gar nicht verstorben ist, ihm im Grunde genommen nicht ganz so fremd ist. Doch Herr von Eichenborn würde etwas derartig Makaberes nicht behaupten, wenn es nicht stimmte.

Wanda nippt an ihrem Drink und nutzt den Moment ein wenig für sich. Sie hat sich selbst aufs Glatteis geführt – und lächelt kopfschüttelnd darüber. Sie schlägt gemächlich die Beine auf dem Stuhl übereinander, ehe sie weiter spricht.

»Die Frau von Herrn von Eichenborn ist tot«, bestätigt sie mit kühler Stimme. »Aber nicht Sofia von Eichenborn.«

»Bitte?« Konrad lacht kurz auf, als habe sie einen Scherz gemacht, und fasst sich wie ein kleiner Junge verlegen an den Hinterkopf. Würden Sie etwa nicht von ein und derselben Person sprechen? »Um Sie ausnahmsweise mal richtig zu verstehen, Wanda, und weitere Missverständnisse auszuschließen: Sofia von Eichenborn ist nicht Herr von Eichenborns Frau?«

»Sofia ist nicht seine Frau!«

»Das ist doch ein schlechter Scherz! Nur lachen kann ich darüber ...«

»Es ist die Wahrheit, Konrad. Sofia ist Herrn von Eichenborns Stiefschwester.«

Sein ulkiger Blick bestätigt es. Jetzt versteht Konrad Kümmer nur noch Bahnhof.

Frau, Stiefschwester – es wird ihm alles ein wenig undurchsichtig.

Wanda erhebt sich von ihrem Stuhl und geht fünf Schritte zum Fenster, um nach draußen zu sehen, als sehe sie in eine andere Zeit.

»Ich habe mich erst nicht getraut, Ihnen das zu erzählen. Und wollte damit abwarten, bis Sie die Fotos kennen. Aber seine Frau hieß Nelli«, erklärt Wanda überlegt. »Die Kurzform von Antonella.«

»Sie haben mich angelogen? Wieso?«

»Es schien mir als der klassische Ausweg. Doch es geht noch weiter. Antonella und ich haben uns nie gut verstanden. Ich war irgendwie ein Fremdkörper in ihrer heilen Welt, in der alles perfekt sein musste. Da passte eine Vollwaise wie ich natürlich nicht ins Bild.« Wanda sieht über die Schulter, zurück zu Konrad. »Sie ist vor zehn Jahren erschossen worden, in ihrem eigenen Haus. Mit dem Gewehr ihres Mannes, also Herrn von Eichenborns Gewehr. Seine Stiefschwester Sofia lebte direkt in dem Haus nebenan – und war indirekt Hauptzeugin dieses grausamen Verbrechens.«

Das Haus nebenan?

Wo neulich die Küchengardine zurückgezogen wurde?

Konrads Augen werden zu Schlitzen. Sein Mund steht weit offen, ohne einen Ton herauszubringen. Doch es dämmert ihm langsam. Eindringlich mustert er Wanda, vom Scheitel bis zum Fuß und wieder zurück.

»Wer sind Sie, Dr. Jekyll, dass Sie das alles wissen? Oder soll ich sagen, Mr. Hyde?«

Wanda wendet sich wieder ab von Konrad, schaut aus dem Fenster als gehe sie erneut zurück in die Vergangenheit, zurück in eine andere Zeit, in ein anderes Ich.

Nach einem kurzen Zögern sagt sie verbittert lächelnd: »Mein Name ist Wanda. Wanda von Eichenborn. Ich bin die Nichte von Herrn von Eichenborn und die Nichte seiner ermordeten Frau Antonella.

Und ich bin diejenige, die fälschlicherweise für den Mord an ihr für lange Zeit im Gefängnis war.«

Sechs Wochen vor Prozessbeginn

Kanzlei Fürstenbergerstraße, Frankfurt-Nordend

Der Fall Sofia von Eichenborn ist in Gang gekommen. Es gibt nun keine Geheimnisse mehr, und Konrad ist der richtige Mann für den Job. Wer sonst würde so selbstverständlich in Wanda von Eichenborns altes Zuhause in der Siesmayerstraße marschieren und schnüffeln können – wenn nicht er als Gärtner? Und Wanda weiß: Dort gibt es eine Menge herauszufinden. Sie hat Konrad aufgrund seiner Nähe zu ihrem Onkel gezielt ausgewählt. Philipis aufgrund seiner Geldgier.

Das verlockende Erbe hat schlussendlich ausgereicht, die Gier in dem Staranwalt zu wecken und Wanda zumindest zu einem zweiten Gespräch einzuladen und sich ihr gesamtes Anliegen anzuhören. Und wenn sie sich in den nächsten Minuten nicht ganz ungeschickt anstellen wird, müsste der Staranwalt ihren Fall übernehmen.

Kontrolliert und verhalten sitzt Wanda mit übereinandergeschlagenen Beinen Philipis gegenüber. Sie trägt aufreizend schwarze Seidenstrümpfe, die oberhalb des Knies unter ihrem dunklen Rock verschwinden.

Ihre Bluse ist hochgeschlossen.

»Geschmackvolle Manschettenknöpfe.«

Der Anwalt sieht nach Wandas plötzlichem Kompliment kurz von seinem Notizblock auf und schmunzelt. »Vielen Dank. Fahren Sie bitte fort.«

»Ihr Einstecktuch passt gut zu Ihrem Hemd. Eine gute Wahl. Ich tippe auf Chiffonseide.«

Philipis blickt erneut auf. Seine Lippen formen sich zu einem breiten Grinsen. »Danke. Ich meinte allerdings: Fahren Sie mit Ihrer Geschichte fort.«

Wanda stellt ihr Wasserglas ab, die Kohlensäure darin scheint nicht weniger aufgewühlt zu sein als ihr Inneres. Nach außen hin ist ihr jedoch nichts anzumerken, als sie an dem

Punkt anknüpft, an dem sie kaum eine Minute vorher aufgehört hat zu erzählen.

»Ich war keine zwei Minuten in der Siesmayerstraße, im Haus meines Onkels, gewesen, da hatte ich schon verstanden, dass meine Tante wieder einmal grundlos verärgert war.« Wanda schielt auf das Diktiergerät, das mitläuft. Dass sie sich immer wieder mit dem Zeigefinger besänftigend über den Handrücken fährt, registriert das Gerät natürlich nicht - Philipis hingegen schon.

Das ist sein Job.

Er bringt seinen Designerledersessel in eine bequemere Position. »Was war der Anlass für den Ärger Ihrer Tante?«

»Das hat die Polizei damals auch wissen wollen.«

Philipis zieht fordernd die rechte Augenbraue hoch.

Wanda zuckt mit den Schultern. »Es hatte mich damals, an dem besagten Tag, nicht weiter interessiert. Und nachher hatte ich leider keine Gelegenheit mehr, meine Tante zu fragen. Sie war ja tot.«

»Spekulieren Sie!«

Wanda denkt kurz nach. Blickt aus dem Fenster, nach draußen auf den Holzhausenpark. »Ich wollte meinen Onkel sprechen. Es ging um viel Geld. Vielleicht störte es meine Tante aber auch, dass ich unangekündigt vorbeikam.« Wanda beißt sich auf die Unterlippe. Ihre Augen bekommen einen besonderen Ausdruck. »Oder meine Haarfarbe. Meine Stimme. Mein Outfit. Alles störte sie an mir, das war nie anders.«

»Ich höre seelische Qualen heraus! Ständige Kritik! Das wird man natürlich herausstellen müssen. Ihr Täterprofil müsste ausradiert werden und Sie als das Opfer dastehen.« Herr Philipis beugt sich wieder über seinen Block. Er gibt Wanda ein Zeichen fortzufahren. Die Lampe des Diktiergerätes leuchtet blutrot.

»Die Nachbarin aus dem Haus nebenan - die zur Hauptzeugin wurde - hatte gesehen, wie ich das Haus meines

Onkels nach ein paar Minuten wieder verlassen habe. Ende der Geschichte.«

»Sie waren somit die Letzte, die Ihre Tante lebend gesehen hat?«

»So wird es behauptet.« Wanda räuspert sich, sie hat ganz plötzlich einen Frosch im Hals – oder ist ihr Rachen einfach nur trocken? Sie greift zu ihrem Wasserglas und nippt daran. Verlier jetzt bloß nicht die Fassung!, mahnt ihre innere Stimme.

»Weshalb waren Sie überhaupt in die Siesmayerstraße gefahren?«

»Das habe ich Ihnen doch schon erzählt«, antwortet Wanda leicht erschöpft, die an dieser Stelle am liebsten nach einer kleinen Pause verlangen würde.

»Gewöhnen Sie sich daran. Das werden Sie auch vor Gericht mehrfach gefragt werden.«

Wanda stellt das Wasserglas wieder ab. Die Kohlensäure scheint unermüdlich.

»Ich kam aus einem kleinen Café in Bornheim, in dem ich mich mit einem Großhändler getroffen hatte. Er war bereit, ein paar meiner Modelle in Kommission zu nehmen und unter anderem in die Edelboutiquen auf der Goethestraße zu bringen.«

»Kannten Sie beide sich schon länger?«

»Wer?«, fragt Wanda überrascht.

»Na, Sie und dieser ... Händler.«

»Nein. Wir hatten nur einmal zuvor auf Empfehlung telefoniert.«

»Und schon war er bereit, Ihnen zu helfen?« Philipis reibt sich das Kinn. »Ich will Ihr Können nicht bezweifeln, aber von solch einem Glücksfall hört man nicht alle Tage. Ich kenne mich ein wenig aus in der Modeszene.« Der Anwalt richtet demonstrativ den Kragen seines teuren Designerhemds.

»Herr Philipis, Sie verdächtigen den Falschen, wenn Sie glauben ...«

»Ich verdächtige niemanden. Ich stelle nur Fragen. Das ist mein Job. Und stelle mir bloß einen Mann vor, der mehr von Ihrem Familienvermögen als von Ihrem Können angetan ist und ...« Er reibt sich erneut das Kinn und lächelt. »Es war nur eine Frage. Also, wo waren wir stehen geblieben?«

***

Siesmayerstraße, Frankfurt-Westend

Konrad hat auch die letzte kälteempfindliche Topfpflanze vor dem baldigen Wintereinbruch ins Haus getragen. Er entdeckt den alten von Eichenborn im Esszimmer und streckt den Kopf zur Tür herein.

»Konrad, würden Sie mich bitte in die Innenstadt fahren? Ich bin diesen unzuverlässigen Taxifahrer leid! Er hätte schon vor zehn Minuten hier sein sollen!« Der Alte schiebt den leeren Kuchenteller von sich, um sich am Tisch abzustützen, greift nach seinem Stock und erhebt sich langsam. »Wir nehmen selbstverständlich den Jaguar«, sagt er, ohne Konrads Antwort abzuwarten.

»Den Jaguar?«

Und kurz darauf sitzt Konrad Kümmer auch schon neben Herrn von Eichenborn in dem klasse Wagen mit historischem Kennzeichen.

»Ist das ein Jaguar Daimler V8 250?«, fragt Konrad. »Er sieht aus, als sei er erst kürzlich eingefahren worden. Schwarze Ledersitze. Schwarze Lackierung. Ich kann die Politur und den Lack immer noch riechen.« Konrad fährt zärtlich mit der flachen Hand über die Armaturen des Oldtimers, bevor er den Schlüssel in die Zündung steckt. »Wo sind diese Rennfahrerhandschuhe mit Luftlöchern? Etwa im Handschuhfach?«

»Wieso? Haben Sie Ihre Hände denn nicht gründlich gewaschen, bevor Sie Ihre Fingerabdrücke in meinem Wagen hinterlassen haben?« Die Stirn des Alten ist gekräuselt. »Wir nehmen die Bockenheimer Landstraße!«

Konrad dreht den Schlüssel im Zündschloss um. Der Wagen schnurrt wie ein junges Kätzchen unter ihm auf, als er ihn aus der Einfahrt fährt.

»Jetzt müssen Sie schon dem Gärtner Ihren Oldtimer anvertrauen. Welches Baujahr ist er? 68?«

Herr von Eichenborn ignoriert, was er hört, und sitzt kerzengerade auf dem Beifahrersitz, trägt seinen Hut auf dem Kopf und schaut auf die Straße vor sich.

»Wobei ich mich nicht darüber beklagen will«, schiebt Konrad fröhlich nach. »Und ich hoffe nicht, dass Sie erwarten, dass ich deshalb ein schlechtes Gewissen habe. Das habe ich nämlich nicht.«

Kaum ist Kümmer verstummt, liegt ein bedrückendes Schweigen in der Luft. Konrad schaltet das Autoradio ein. Doch Herr von Eichenborn schaltet es unverzüglich wieder aus. Die ermahnenden Worte seines Vaters klingen Konrad bereits im Ohr: »Herr von Eichenborn ist ein ehrbarer, einflussreicher Mann! Begegne ihm mit Respekt!« Doch Konrad hatte nicht nur als Teenager gespürt, dass er seinen Weg einschlagen muss.

Es ist Zeit, in seinem eigenen Fall voranzukommen.

Seine Rechnungen werden nicht weniger.

»Wer hat Sie eigentlich früher durch die Gegend gefahren? Ich meine, im Haus waren doch sicher mal mehr Familienmitglieder, die ...«

»Es gab nur meine Frau und mich. Uns war der Kinderwunsch unerfüllt geblieben. Keine Kinder. Keine Enkelkinder«, erstickt Herr von Eichenborn Konrads Redeschwall im Keim. »Auch wenn organisch bei ihr und auch bei mir alles in bester Ordnung war, wollte meine Frau keine eigenen Kinder. Die Gründe hierfür zu nennen, würde jetzt jedoch zu weit führen. Ich hoffe, die Antwort genügt Ihnen und stillt Ihre Neugier.«

»Hm.« Konrad denkt kurz nach. »Und Ihre Schwester Sofia? Hat sie denn wenigstens blaublütige Ableger mit Führerschein? Vielleicht eine Tochter, jung, hübsch und ledig?« Hat er das tatsächlich laut gefragt?

Konrad schluckt schwer.

Sofias Name ist ihm kaum über die Lippen gekommen, beginnt sein Herz schon zu pochen, als spreche er von seiner Jugendliebe.

»Wir fahren die nächste rechts rein«, befielt sein Beifahrer emotionslos, als habe er Konrads Frage nicht gehört.

Doch er hat.

Nur eine Kurve später erwidert er: »Sofia? Wie in Gottes Namen kommen Sie denn auf sie?«

»Na ja, ich habe mich bloß gefragt, ob Sie wohl Kontakt gehalten haben, nachdem sie nicht mehr nebenan wohnt.«

»Mit der alten Jungfer?«, murrt es vom Beifahrersitz herüber. »Weiß der Geier, wo die sich aufhält. Ich weiß es auf jeden Fall nicht.«

»Sie kennen Ihren Aufenthaltsort nicht? Und ich dachte, ich wäre der Einzige, der Abstand zur buckeligen Verwandtschaft hält.«

»Nein, Konrad, ich kenne ihn nicht. Haben Sie etwas an den Ohren? Wieso interessiert Sie das überhaupt? Konzentrieren Sie sich lieber auf den Verkehr, anstatt Ihre Nase in Angelegenheiten zu stecken, von denen Sie nichts verstehen!« Der Alte räuspert sich. »Wir fahren die nächste links.«

Dann nimmt Herr von Eichenborn plötzlich den Hut ab und sagt: »Zudem wäre sie mir auch keine Unterstützung gewesen, falls Sie darauf hinauswollten. Verwirrtes Weib.«

»Sie ist also dement?«

»Nein! Dafür ist sie noch zu berechnend.«

Aha!

Jetzt ist der Augenblick gekommen, dem Thema ein wenig näher zu kommen. Konrad will gerade seine nächste Frage loswerden, als Herr von Eichenborn plötzlich verkündet: »Wir halten hier! Sie warten. Ich bin gleich zurück.«

Konrad fährt, wie befohlen, rechts ran und hält vor einem Frankfurter Geldhaus.

»Achten Sie ja darauf, dass diese rothaarige Politesse Sie nicht erwischt!«, droht ihm der Alte mit dem Zeigefinger und öffnet die Wagentür. »Ich will keine Beschwerden, wenn ich zurück bin.«

Wieso?, brennt es Konrad auf der Zunge.

Ob sie das wohl nicht überleben würde?

Doch er zügelt seinen Galgenhumor besser.

Zudem ist es noch lange nicht klar, dass es sich bei den Frauenmorden heute wirklich um einen Schweinehund handelt, der bereits mit etwas angefangen hat, was er zehn Jahre später glaubt, zu Ende bringen zu müssen. Und Konrad mit hineinzieht.

Nachdem Herr von Eichenborn seinen Hut wieder aufgesetzt hat und ausgestiegen ist, bemerkt Konrad, dass er etwas auf dem Beifahrersitz hat liegen lassen.

Es ist ein Überweisungsträger.

»Mist!«

Konrad schaut in den Seitenspiegel, ehe er die Autotür öffnet. Ein Wagen nach dem anderen. Dann zieht er den Schlüssel ab und hält brav nach einer Parkuhr Ausschau.

»Doppel-Mist!«

Es ist keine in Sicht.

»Scheißegal! Tut mir leid für dich, Politesse. Ich hoffe, Sie überleben den Strafzettel und können ohne Schwimmhäute zwischen den Fingern Ihre roten Haare noch eine Weile behalten.«

Schnellen Schrittes läuft Konrad die Treppenstufen des Geldhauses hinauf. Er nimmt immer gleich zwei Stufen auf einmal, um Herrn von Eichenborn hinter der Drehtür noch abpassen zu können.

Doch zu spät.

Im Inneren des Gebäudes ist Herr von Eichenborn wie vom Erdboden verschluckt. Helle Marmorböden glänzen stattdessen und geben die Schritte und Stimmen vieler Schlipsträger wieder. Nur nicht die seines Chefs.

»Kann ich Ihnen irgendwie behilflich sein?«

Konrad folgt der tiefen Stimme und blickt geradewegs in das finstere Gesicht eines massigen Security-Mitarbeiters.

»Ich weiß, jemanden wie mich siehst du hier nicht alle Tage. Doch das hier hat der nette alte, reiche Mann, der vor mir durch die Drehtür gekommen ist, im Wagen vergessen.« Konrad wedelt mit dem Überweisungsträger vor der Hakennase des Mannes herum.

»Und was soll das sein?«, brummt dieser.

»Wonach sieht es denn deiner Meinung nach ...« Konrad stoppt. Und sieht sich den Überweisungsträger jetzt selbst etwas genauer an. Der Name des Begünstigten lässt ihn tatsächlich stocken. Doch noch ehe Konrad großartig darüber sinnieren kann, sieht er auch schon Herrn von Eichenborns Hutspitze in der Menge aufblitzen. Ein Mann mit hochgeschlagenem Mantelkragen schüttelt ihm beharrlich die Hand.

Der auffällige Kerl vom Bauernmarkt neulich!, bemerkt Konrad.

Denn wenn seine grauen Gehirnzellen eins können, dann ist es, sich Gesichter zu merken. Für irgendetwas muss ein überdurchschnittlich hoher IQ ja auch gut sein. Die Fratze des Mannes war damals zwar nicht sonderlich gut zu erkennen gewesen, so auch heute nicht, aber wie ein Mitarbeiter des Geldhauses sieht er für Konrads Empfinden jedenfalls nicht aus. Konrad beobachtet, wie er Herrn von Eichenborn auffordert, ihm den Gang entlang zu folgen.

»Herr von Eichenborn!«, ruft Konrad mit halber Kraft und läuft drauflos.

Der Mann von der Security ermahnt ihn, ruft ihm etwas nach, das jedoch in der Geräuschkulisse untergeht.

Herr von Eichenborn und der andere Mann haben das Ende des Flures fast erreicht, als Konrad den Anfang beschreitet.

Es trennen sie knapp zwanzig Meter.

Konrad sieht, wie ein dunkelbrauner Umschlag den Besitzer wechselt, ehe er, gemeinsam mit den Männern, hinter der Tür verschwindet.

Doch wer hat wem den Umschlag übergeben?

Und was ist da drin? Doch hoffentlich keine Bilder, die ihn zusammen mit Wanda auf dem Bauernmarkt zeigen.

Konrad peilt zügig die Tür am Ende des Flures an, durch die die Herren verschwunden sind. Der Gedanke, dass ihn dieser Mann beschattet haben könnte und nun mit Herrn von Eichenborn anbandelt, beunruhigt ihn. Wenn er von seinem Job, Sofia von Eichenborn zu suchen, weiß, würde das vielleicht nicht nur sein finanzielles Ende bedeuten.

An der besagten Tür angekommen, schaut Konrad unauffällig um sich, ehe er sein rechtes Ohr fest an die Tür drückt, leicht vornübergebeugt wie jemand, der über eine steile Klippe sieht.

Er hört Stimmen.

Ebenso seinen eigenen Puls, der ihm bis zu den Schläfen schlägt.

Plötzlich ertönen Schritte.

Die Stimmen im Raum werden lauter. Konrad schafft es gerade noch, seinen Kopf zurückzuziehen, als sich auch schon die Tür vor seinen Füßen öffnet.

»Konrad? Was machen Sie denn hier?«, fragt Herr von Eichenborn überrascht und bleibt im Türrahmen des vermeintlich menschenleeren Büroraums stehen.

»Sie haben etwas vergessen.« Konrad hält das kleine, rechteckige Papier hoch. »Ich dachte, das brauchen Sie wohl in einem ... Geldhaus.« In Konrads Stimme schwingt eine gewisse Zweideutigkeit mit. Er versucht zudem, einen Blick durch den Türspalt zu werfen. Doch Herr von Eichenborn schließt die Tür zügig hinter sich, als wolle er das gerade verhindern.

»Das war sehr aufmerksam von Ihnen.« Der Alte greift nach dem Überweisungsträger. »Warten Sie nun aber bitte im Wagen auf mich!«

Konrad sieht dem alten von Eichenborn nach, wie er dreibeinig, auf seinen Stock gestützt, den Flur zurückläuft.

Konrad greift nach seinem Handy, steckt es aber sogleich wieder ein.

Und verdreht die Augen.

Er hat vergessen: Wanda hat kein Handy. Außerdem ist sie bestimmt noch bei ihrem Gespräch mit dem vermeintlichen Schnösel von Staranwalt, dessen Kontoguthaben soeben wohl um ein paar Tausende erhöht wird.

***

Zur selben Zeit, Kanzlei Fürstenbergerstraße, Frankfurt-Nordend

»Gut«, sagt Philipis und tippt mit seinem goldenen Kugelschreiber mit weißem Stern auf seinen Notizblock. Dann kritzelt er etwas darauf. Die Masche wendet er regelmäßig an, wenn er Mandanten befragt. Wenn er den Blick von ihnen abwendet und so tut, als langweilen ihn ihre Antworten, bemühen sich die Befragten, etwas zu finden, das ihn vielleicht interessieren könnte. »Ich fasse zusammen, Frau von Eichenborn: Sie haben also mit diesem eigenartigen, für Sie völlig unbekannten Großhändler im Café gesessen. In Bornheim. Er wollte Sie selbstlos bei Ihrer Karriere unterstützen. Wie ging es dann weiter?«

»Ich brauchte eine große Stange Geld für die Stoffe, denn ...«

»Stopp, stopp, stopp!«

Wanda zuckt zusammen.

Das war ein Stopp zu viel. Ihre Augen sind weit aufgerissen und schreien förmlich: Was soll das Ganze? Und wieso unterbrichst du mich ständig? »Ja bitte, Herr Philipis?«, fragt Wanda beherrscht und spielt mit zwei Fingern an der Naht ihres Rocksaums.

»Meine Liebe, sagen Sie das bloß niemals vor Gericht!«

»Was?«

»Ich brauchte Geld. Sagten Sie nicht eingangs, Sie wollen beweisen, dass Sie unschuldig sind? Doch das war gerade das ultimative Motiv auf einem silbernen Tablett für die Gegenseite!«

»Das bin ich auch!« Wanda schluckt. Denn er hat recht! Darauf hätte sie selbst kommen müssen!

»Das wäre dann wohl geklärt. Sollten Sie und ich eine Chance haben, müssen wir beide noch etwas näher zusammenrücken – natürlich nur, um aus einem Mund zu sprechen.« Philipis Mundwinkel biegen sich leicht nach oben. »Aber fahren Sie fort«, bittet er nach einer Weile. Sein Blick wandert von Wandas Beinen wieder auf seinen Notizblock zurück, in der Hoffnung auf etwas Ereignisreicheres.

»Meine Tante sagte mir damals im gewohnt unhöflichen Tonfall, dass mein Onkel nicht zu Hause sei.«

»Wie viel Uhr war es da?«

Klick.

Wanda und Philipis blicken auf das kleine Diktiergerät, das der Anwalt hat mitlaufen lassen. Er seufzt vernehmlich, legt seinen Kugelschreiber beiseite und verdreht die Augen. »Sekunde bitte.« Er greift zum Hörer. »Bringt mir mal jemand freundlicherweise ein neues Tape? Das wäre sehr zuvorkommend und äußerst förderlich für meine Arbeit.« Er legt den Hörer wieder auf. »Erzählen Sie weiter!«

Wanda befeuchtet ihre Lippen mit der Zunge. »Es war vielleicht halb vier gewesen – wenig später wurde ich bereits von der Polizei abgeführt.«

»Verstehe. Wie lange fährt man von dem Café in Bornheim bis zur Siesmayerstraße?«

»Vielleicht zehn Minuten mit dem Auto – je nachdem, wie der Verkehr ist.«

Philipis ringt sich ein Lächeln ab. »Und wie war der Verkehr?«

Frankfurt eben, denkt Wanda.

Diese Frage scheint ihr mehr als überflüssig, zumal er mit seinen drei bis vier Luxuskarossen, die jemand seines Standes zu halten pflegt, ja wohl ein Teil der Pkw-Dichte dieser Stadt ist.

Was soll sie ihm da noch groß erzählen?

Wanda verschränkt die Arme unter der Brust und malt mit ihrer Fußspitze zur Beruhigung Kreise in die Luft. Als die Tür aufgeht und ein junges Mädchen seinen Kopf zur Tür hereinsteckt, nutzt Wanda den Moment der Unterbrechung, um durchzuatmen. Je hektischer die Sekretärin und der Anwalt an dem zickigen Diktiergerät fummeln, desto mehr entspannt sie sich. Und stellt sich einen durchsichtigen Vorhang vor, den sie einfach zwischen sich und ihnen zuzieht.

Doch Philipis reißt ihn schonungslos wieder auf.

***

Siesmayerstraße, Frankfurt-Westend

Dass Herr von Eichenborn auf der Rückfahrt keinen Ton spricht, lässt die seltsame Begegnung mit diesem Mann im Geldhaus nicht weniger verdächtig wirken. Jetzt ist Konrad gerade Mütze losgeworden, schon hat er einen neuen Fan an der Backe kleben. Er beschließt, dem Schweigen ein Ende zu machen, während er mit dem Jaguar in die Bockenheimer Landstraße einbiegt. Der Verkehr stockt sowieso.

»Bankidioten«, sagt er. »Man sollte sie alle durch Bankautomaten ersetzen, finden Sie nicht auch?«

»Interessante Vorstellung. Danke, dass Sie mich daran teilhaben lassen«, antwortet der Alte.

»Wieso haben Sie Ärger?«, fragt Konrad, ohne den Blick von der Straße zu lösen, beide Hände sind am Lenkrand.

Herr von Eichenborn dreht überrascht den Kopf zu ihm. »Wie kommen Sie denn darauf?«

»Wozu sonst sollten Sie einen Winkeladvokaten bezahlen?«

Herr von Eichenborn wendet den Blick wieder ab. Bis sie die Bockenheimer Landstraße verlassen und in die Siesmayerstraße eingebogen sind, sagt keiner der Männer auch nur einen Ton.

Also ein Treffer, schlussfolgert Konrad.

Als Herr von Eichenborn sich kurz darauf vor seiner Villa aus dem Wagen schält, sagt er plötzlich mit hochgezogenen Augenbrauen an Konrad gerichtet: »Ich habe mich vorhin wohl nicht klar genug ausgedrückt. Stecken Sie Ihre Spürnase nicht in Angelegenheiten, von denen Sie nichts verstehen!«

Konrad fährt leicht zusammen unter diesen Worten, als hätte ihn eine Ohrfeige erwischt, dann nickt er schonungsvoll. Denn deutlicher konnte sein Chef es nicht sagen. Dieser schlägt daraufhin behutsam die Autotür zu, dass Konrad den Wagen in die richtige Parkposition bringen kann. Konrad zieht kurz darauf den Schlüssel ab und lässt für einen Moment den Kopf in den Nacken fallen.

Und schließt die Augen.

»Wollen Sie mal kosten?«

Konrad sieht erschrocken auf. Er muss eingenickt sein.

Die Fahrertür ist noch immer angelehnt, den Türgriff hält er mit der linken Hand fest umschlossen, als halte er eine Waffe. Er stößt die Tür ganz auf, steigt aus, reibt sich mit beiden Händen das Gesicht. Das Hausmädchen hält ihm ihre Küchenschürze entgegen, mit kleinen roten Beeren. »Wollen Sie wirklich nicht kosten? Die habe ich gesammelt. Von den Sträuchern.«

»Nein, danke. Ein andermal vielleicht. Wie spät ist es?«

Konrad lächelt innerlich wegen des unermüdlichen Engagements dieses Mädchens und nimmt sich fest vor, sie das nächste Mal unter vier Augen zu befragen, weshalb sie glaubt, dass das Verschwinden der Frauen in der Familie von

Eichenborn etwas mit dem Serienkiller zu tun haben könnte. Irgendetwas sagt ihm, dass sie mehr darüber weiß, als sie zugibt.

»Gehen Sie zurück ins Haus, Fräulein Winter.« Diese Stimme ist um einiges tiefer als die des Hausmädchens. Der alte von Eichenborn steht direkt hinter ihnen.

»Herr von Eichenborn! Ich habe Sie gar nicht kommen sehen.« Konrad wirft seinem Chef die Wagenschlüssel rüber.

Der Alte fängt sie geschickt. »Sie sollen mich ja auch nicht beobachten, Konrad.«

Der Detektiv ringt sich ein Lächeln ab. »Wer sagt denn, dass ich Sie beobachte?« Er wendet sich zum Gehen ab.

»Warten Sie kurz. Es dauert auch nicht lange«, bittet Herr von Eichenborn, während das Mädchen wie befohlen ins Haus verschwindet, als wolle es sich in Sicherheit bringen, bevor das Feuer eröffnet wird.

»Verraten Sie mir, Konrad, was das alles soll!«

Konrad zieht gespielt ahnungslos die Augenbrauen hoch.

»Konrad, ich war davon ausgegangen, Sie und ich, wir würden dieselbe Sprache sprechen?«

»Komisch. Tun wir das denn nicht?«

Der Alte deutet grimmig auf etwas vor sich. Und Konrad atmet schwer durch.

Mulch.

Herr von Eichenborn erhebt mahnend die Finger.

»Ich sagte doch: Kein Mulch am Gartenzaun! Welchen Teil davon haben Sie nicht verstanden?« Der Alte sieht seinen Gärtner eindringlich an, als erwarte er, dass dieser trotz Feierabend das sofort wieder in Ordnung bringt. »Es wartet doch zu Hause niemand auf Sie, oder doch?«

Zum ersten Mal bedauert Konrad Kümmer die Antwort, die er gleich geben wird. »Nein!« Und er ahnt schon, was jetzt kommt. Und krempelt die Ärmel bereits hoch.

»Dann geben Sie mir noch ein paar Minuten Ihrer überaus kostbaren Zeit. Ich lege nur geschwind die Wagenschlüssel im Safe ab. Dann können wir gehen.«

Verwundert schiebt Konrad die Ärmel wieder runter. »Gehen? Wir sind doch eben erst wiedergekommen.«

***

Kanzlei Fürstenbergerstraße, Frankfurt-Nordend

»Was sagten Sie, wie war der Verkehr von Bornheim ins Westend an dem besagten Tag gewesen? Verzeihen Sie meine Beharrlichkeit, aber ich muss mir nicht nur ein ganz genaues Bild von Ihnen, sondern auch von der Sachlage machen, um Ihre Chancen abschätzen zu können.«

Philipis klingt in Wandas Ohren wie ein schlüpfriger Schuldirektor. Das Diktiergerät scheint auch wieder zu laufen. Das blutrote Auge leuchtet bedrohlich.

»Es war Rushhour«, antwortet Wanda etwas gereizt.

Philipis macht sich eine Notiz, diese Angabe später noch einmal ausführlicher zu durchleuchten. Die Zeitangaben sind ihm nicht konkret genug. »Wo genau hatten Sie sich im Haus Ihres Onkels aufgehalten?«

Wanda ist müde.

Sie spürt, wie ihre Aufmerksamkeit schwindet und auch die Kohlensäure im Wasserglas ein wenig an Intensität verliert. Ein leichter Kopfschmerz zeichnet sich zudem unter ihrer Schädeldecke ab. »Meine Tante und ich waren im Wohnzimmer gewesen.«

»Wo befand sich die Mordwaffe?«

»Das alte Gewehr war in einem Holzschrank, im Wohnzimmer.«

»Was war es für ein Gewehr?«

»Ein altes Modell aus dem Ersten Weltkrieg«, antwortet Wanda. Sie trinkt den letzten Wasserschluck aus. Tatsächlich, nur noch wenig Kohlensäure. »Eine Mauser, Modell 98, um genau zu sein.«

»Sehr detailliert geschildert für einen Laien«, entgegnet der Anwalt. »Verzeihen Sie, dass ich das so sage oder voraussetze - aber ich schätze nicht, dass eine so zierliche Erscheinung wie Sie einen Waffenschein besitzt. Oder doch?«

Wanda schüttelt kurz den Kopf.

»Haben Sie das Gewehr denn jemals in den Händen gehalten?«, fragt der Anwalt.

Wanda zögert, ehe sie antwortet.

Ihr Rachen ist schon wieder trocken. Sie weiß schließlich, worauf Philipis hinauswill. Er will wissen, ob Fingerabdrücke von ihr auf dem Gewehr waren.

Eine Frage, die sie mit Ja beantworten muss.

Und auch, dass sie bis heute noch immer nicht weiß, wie Schmauchspuren an ihren Fingern festgestellt werden konnten, ohne dass welche hätten da sein können.

»Ja!«, hallt es laut und deutlich durch den Raum. Wanda pausiert kurz, um ihre Lethargie abzuschütteln, ehe sie fortfährt: »Das Gewehr war ein Stück Familiengeschichte. Ich hatte es ein oder zwei Mal gehalten - deshalb waren auch meine Fingerabdrücke darauf zu finden. Es ist ein Erbstück meines Großvaters, Heinrich von Eichenborn. Mein Onkel war sehr stolz auf das alte Gewehr seines Vaters.«

Wanda kann in diesen Minuten nicht ausdrücken, wie stolz er darauf gewesen war. Es hatte die Weltkriege überstanden und schon das eine oder andere Wild erlegt. Doch Wanda hatte bereits damals erkannt, dass es noch viel mehr in sich trug – nämlich eine Verbindung zu Heinrich von Eichenborn, dem einstigen Familienoberhaupt der Dynastie. Er muss ein stattlicher Mann voller Stolz und Ehrbewusstsein gewesen sein. Wanda kennt ihn nur aus Erzählungen.

»Wo genau wurden Ihre Fingerabdrücke denn auf dem Gewehr gefunden, wenn es zu einer Verurteilung kam?«, fragt

Philipis skeptisch. »Dafür müssen die Stellen doch schon sehr eindeutig gewesen sein.«

Wanda seufzt leise in sich hinein.

Diese Frage musste ja kommen. Sie hat auch nichts anderes erwartet. »Wie würden Sie ein Gewehr halten?«, fragt sie kühl.

»Ist das eine rhetorische Frage?«

»Ich habe das Gewehr gehalten, wie man ein Gewehr eben hält. Mit Finger auf dem Abzug, wenn Sie es genau wissen wollen.«

Philipis zieht beide Augenbrauen hoch und lehnt sich tiefer in seinen Sessel. »Hatten Sie es auch an dem besagten Nachmittag in den Händen gehalten? Mit Finger auf dem – Abzug?«, fragt er schließlich tonlos und sieht Wanda prüfend tief in die Augen.

Diese schüttelt heftig den Kopf.

»Nein!«

»Wer hatte Zugriff zu diesem Schrank?«

Wanda überlegt nicht lange. »Das Hausmädchen. Der Gärtner. Meine Tante. Mein Onkel. Und ich auch.«

Der Anwalt schweigt sich daraufhin einen Moment aus, ehe er fragt: »Was ist an dem besagten Tag vor zehn Jahren im Wohnzimmer passiert?«

»Nichts. Ich hatte erst gar nicht versucht, mit meiner Tante über das Geld für den Großhändler zu sprechen, da sie es sowieso nicht verstanden hätte, und habe nur ...«

»Die seelischen Verletzungen«, unterbricht Philipis und macht sich eine kurze Notiz. »Verzeihen Sie die ständigen Unterbrechungen, das mache ich privat natürlich nicht. Da kann ich sehr charmant und zuvorkommend sein. Fahren Sie einfach fort!«, bittet er.

»Meine Tante war wie gesagt nicht gerade gastfreundlich gewesen. Ich wollte daher nicht im Haus auf meinen Onkel warten und verließ es nach drei, vielleicht vier Minuten wieder.«

»Und sind dabei von der Nachbarin gesehen worden«, ergänzt Philipis. »Was können Sie mir über diese Frau sagen?«

Wandas Lippen formen sich zu einem Grinsen.

Ihre Augen blitzen auf.

Sie schlägt die Beine erneut übereinander. Ihre dunklen Strümpfe glitzern – wie ihre Augen. Jetzt ist sie wieder hellwach. »Was genau wollen Sie über sie wissen?«

»Am liebsten alles, das ihr Ansehen und ihre Glaubwürdigkeit in den Schmutz zieht.«

Nichts leichter als das, denkt Wanda. »Ihr Name ist Sofia – Sofia von Eichenborn. Sie war es, die damals den Meineid vor Gericht geleistet hat. Sie ist die Stiefschwester meines Onkels.« Wanda sieht Philipis prüfend an - in der Hoffnung, er würde vielleicht schon jetzt begreifen, was sie bereits vor Jahren begriffen hat.

»Jetzt wird es wohl interessant?«, fragt ihr Gegenüber aufgrund der dramatischen Sprechpause, legt den Kugelschreiber beiseite, lehnt sich tief in seinen Ledersessel und scheint tatsächlich kurz nachzudenken. »Sie unterstellen also einen Meineid, der Sie in das Gefängnis gebracht hat. Ich nehme an, Sie wissen bereits, dass dieser nicht so schnell verjährt wie eine Falschaussage und auch heute noch eine Straftat darstellt?«

Wanda nickt.

Der Anwalt steigt mit ein. »Das habe ich mir gedacht. Nur warum sollte Sie eine Verwandte so stark belasten? Was ist hier das Motiv?«

Wanda würde diese Frage am liebsten überhören und an Philipis vorherige wieder anknüpfen. Es ist noch lange nicht alles über Sofia gesagt. Schon bei ihrer ersten Begegnung damals, bei der Beerdigung ihres Vaters, spürte Wanda, dass sie beide niemals Freundinnen werden würden. Sie war trotz des traurigen Ereignisses kühl und reserviert gewesen, und man sagte sich, sie meide alle Frauen aus der Familie von Eichenborn wie der Teufel das Weihwasser.

Und nachdem Sofia das Testament ihres Stiefbruders in die Finger bekommen hatte, umso mehr.

Philipis schenkt Wanda nun seine volle Aufmerksamkeit. Kein Block, kein Stift. Nur er und Wanda.

Und das Diktiergerät.

Philipis wiederholt die Frage, auf die ihm Wanda noch eine Antwort schuldet. »Warum sollte eine Verwandte Sie so stark belasten?«

Wanda neigt ihren Oberkörper ein Stück nach vorne und spricht mit gedämpfter Stimme, als wolle sie das Tonband vor sich austricksen: »Aus demselben Grund, weshalb Sie mich für heute zum erneuten Gespräch eingeladen haben.« Wanda lehnt sich wieder zurück und spricht in normaler Lautstärke weiter. »Wegen des Erbes natürlich.«

***

Siesmayerstraße, Frankfurt-Westend

»Konrad Kümmer! Ich wäre dann so weit. Danke, dass Sie kurz gewartet haben. Ich werde mich dafür erkenntlich zeigen.«

Kurz? »Ich werde es meiner Geldbörse ausrichten.«

Herr von Eichenborn verlässt lahmend, aber zielstrebig das Grundstück. Er fordert seinen Gärtner mit einer Handbewegung dazu auf, ihm entlang der Siesmayerstraße zu folgen.

»Nehmen wir denn nicht wieder den Jaguar?«, fragt Konrad enttäuscht, während er sich die Erde von den Händen klopft. Er hat die Gunst der Stunde genutzt und sich am Mulch ausgelassen, während der adelige Alte noch mal für eine gefühlte Ewigkeit in sein Schloss verschwunden war.

»Nein, dieses Mal brauchen wir den Jaguar nicht! Sagen Sie, Konrad, haben Sie eigentlich einen Smoking?«

»Wieso? Wollen Sie mich ausführen?«

»So ähnlich.«

Erst nachdem sie eine gute halbe Stunde gelaufen sind, wagt Konrad erneut zu fragen: »Wohin gehen wir eigentlich?«

Konrad ist überrascht, wie verhältnismäßig gut der Alte zu Fuß ist. Nur gelegentlich steigt er in den holperigen Schritt des Mannes ein, als würde er heruntergefallene Blätter auf dem Gehweg zertreten. Als sie etwas später auf den Eingang des Hauptfriedhofs zusteuern, hat sich die Frage erübrigt.

»Dieses schmiedeeiserne Tor steht für das Leid und den Schmerz all jener, die es passieren müssen.« Der Alte wirft Konrad einen eindringlichen Blick zu, ehe er das Tor öffnet.

»Das widerwillige Quietschen gleicht dem verzweifelten Kinderschrei meiner Nachbarin«, sagt Konrad und verzieht das Gesicht. »Ich hoffe nur, es hält nicht auch genauso lange an.«

»Das tut es. Einmal hier, gibt es kein Zurück mehr, Konrad! Kommen Sie, bevor die Dämmerung einsetzt.« Der Alte schlurft auf seinen Stock gestützt, voraus.

Konrad betrachtet die Grabsteine. »Und was machen wir hier?«, fragt er.

Herr von Eichenborn spart sich auch diese Antwort auf. »Sie wissen doch, weshalb die Grabsteine auf den Gräbern liegen, oder, Konrad?«

»Ich schätze, ich werde es gleich erfahren.«

»Damit die Seelen in den Gräbern darunter nicht umhergeistern.«

»Nette Geschichte!« Er stellt sich Natascha, Elisabeth und die Brünette vor, wie sie in kurzen, weißen Spitzenkleidchen rastlos durch die Gegend fliegen. »Wirklich nett!«

Als ihnen eine alte, gebrechliche Dame mit ein paar Blümchen in der Hand entgegenkommt, bleibt der Alte stehen und hebt standesgemäß seinen Hut zum Gruß. Konrad blickt der Frau noch für einen Moment nach, ehe er feststellt, dass Herr von Eichenborn bereits weitergegangen ist und sich soeben an einem kleinen, schwarzen Privattor zu schaffen macht.

»Kommen Sie wohl endlich?«, ruft er ungeduldig. Verstohlen blickt der alte Mann um sich, als wolle er verhindern, dass jemand beobachtet, wie sie durch das Tor schlüpfen; als hüte es ein Geheimnis.

Konrad entgehen die seltsamen Bemühungen des Alten nicht.

Sie verwundern ihn von Minute zu Minute mehr.

Hinter dem Tor liegt ein schmaler Weg, dicht bewachsen, der bloß wenige Schritte breit ist. Er verläuft abseits der anderen Gräber und endet vor einer monumentalen Trauerweide. »Oh, gratuliere, der Luxus setzt sich im Jenseits also fort. Manch einer würde Sie darum sicher beneiden, Herr von Eichenborn.«

Ein wunderschöner Grabstein, aus liebevoll gearbeitetem Sandstein, der oben am Kopf mit einem Rosenkopf veredelt ist, zieht alle Aufmerksamkeit auf sich. Die Gräber darum verblassen neben diesem. Ein Grablicht steht davor sowie eine Eukalyptuspflanze, die Herr von Eichenborn vor ein paar Tagen dort abgelegt hat.

Konrad vergräbt beim Anblick des großen von Eichenborn Familiengrabes ehrfürchtig seine Hände in den Taschen. Es kostet ihn nicht viel Fantasie zu erahnen, welcher Name auf dem größten und schönsten Grabstein zu lesen sein wird. Zudem hat es bereits das kleine, liebevoll in den Grabstein eingearbeitete Foto verraten. Konrad bedauert, Frau von Eichenborn auf diese Weise wiederzusehen. Sein Chef scheint das bemerkt zu haben.

»Werden Sie jetzt bloß nicht sentimental, Kümmer, hören Sie? Dafür habe ich Sie weiß Gott nicht hierher gebracht.«

Erleichterung macht sich in Konrad breit. »Keine Sorge, Herr von Eichenborn. Es war bloß Neid!«

»Gut, denn ich will Ihre Meinung!«

»Meine Meinung? Wozu?« Konrad schaut zurück zu Antonella von Eichenborn.

Und lächelt.

Da bist du also! Wie ganz zu Beginn vermutet, bist du lediglich auf den Friedhof umgezogen, denkt er und stellt fest, dass ihr Grab wie eine Perle eingebettet unter dieser schönen Trauerweide liegt. Der Jahreszeit entsprechend ist es mit ein paar Laubblättern bedeckt und sehr gepflegt. »Ich kann nicht meckern«, erklärt Konrad daraufhin lax. »Ich sage es ja nur ungern, aber mein Vater hätte es nicht besser machen können.«

»Das weiß ich selbst«, drängelt der Alte, »aber für diese überflüssige Einschätzung habe ich Sie auch nicht hier her bemüht!«

»Sie wissen, wie man einen Spannungsbogen aufrechthält, was?«

»Sind Sie denn wirklich so begriffsstutzig?«

Konrad zieht die rechte Augenbraue an. Er hofft mehr denn je, dass der alte von Eichenborn nichts mit dem unnatürlichen Ableben der drei jungen Frauen zu tun hat. Oder dem seiner Frau. Er möchte wirklich ungern den fein rasierten Oberlippenbart und das bunte Einstecktuch seines Chefs als letztes Bild mit ins Jenseits nehmen müssen.

***

Kanzlei Fürstenbergerstraße, Frankfurt-Nordend

Wanda lächelt versonnen, als würde sie noch mal zurück in die Vergangenheit blicken. Sie erzählt Philipis, wie unbeliebt Sofia in der Familie gewesen sei. Sie erklärt, dass ihr Onkel, der von Beginn an mit in der Geschäftsführung des Stahlunternehmens ihres Großvaters Heinrich von Eichenborn gearbeitet hatte, dafür frühzeitig gesorgt habe, ein besonders großes Stück vom Kuchen der Firma abzubekommen.

»Mein Vater hat sich hingegen nichts aus Geld gemacht«, fährt Wanda tonlos fort. Sie erzählt, wie ihre Stieftante Sofia damals, gemeinsam mit ihrer Mutter, der zweiten Ehefrau Heinrichs, zu den von Eichenborns nach Frankfurt gezogen sei. Sofia sei noch ein Kind und etwa im selben Alter wie ihre

Stiefbrüder gewesen und habe sich bereits nach kürzester Zeit aufgeführt, als sei sie Heinrichs leibliche Tochter.

»Mein Großvater, Heinrich, hatte nie Unterschiede zwischen seinen beiden Söhnen und seiner Adoptivtochter Sofia gemacht. Doch Sofia sah das wohl anders.«

Philipis verschränkt die Arme vor der Brust. »Ich suche noch immer ein Motiv. Auch für den Meineid.« Philipis macht eine entschuldigende Handbewegung, als sehe er spätestens hier an diesem Punkt keine Chancen für seine schöne Mandantin. »Geld kann hier wohl nicht die treibende Kraft gewesen sein. Ihre Stieftante Sofia dürfte zwischenzeitlich sicher von ihrem Adoptivvater, Heinrich von Eichenborn, geerbt haben. Oder nicht?«

Wanda schmunzelt. Schön, er denkt mit. »Nach dem Tod meines vermögenden Großvaters Heinrich geschah etwas Merkwürdiges. Das Erbe wurde als sein letzter Wille ausschließlich auf seine beiden leiblichen Söhne verteilt, auf meinen Vater und auf meinen Onkel. Und Sofia ging bis auf einen Pflichtteil leer aus.« Wanda verkneift sich ein schadenfrohes Lachen. Dann fährt sie fort. »Wie ich erst viel später erfahren habe, ist das so üblich in meiner Familie, die Frauen zu benachteiligen. Ich kenne den Grund dafür zwar nicht, aber scheinbar hat sich noch nie eine von Eichenborn darüber ausgelassen. Bis auf Sofia. Ihre Stiefbrüder zeigten sich entgegen der Tradition großherzig gegenüber Sofia und kauften ihr ein ehemaliges Botschafterhaus in der Siesmayerstraße. Es liegt direkt neben dem Haus meines Onkels. Doch auch das hatte ihr nicht gereicht!« Wanda atmet tief ein. »Sie wollte sich über ihren Pflichtanteil hinaus ihr Drittel zurückholen. Das Ganze! Doch dies war auf legalem Wege nicht mehr möglich. Jahre vergingen, und nachdem sie durch Zufall mitbekommen hatte, dass nun auch ihr Stiefbruder sie testamentarisch nicht berücksichtigt hatte, wollte sie nicht ein zweites Mal im Leben leer ausgehen. Und nahm die Sache selbst in die Hand!«

Der Anwalt sieht demonstrativ auf seine teure Armbanduhr. »Kommen Sie bitte auf den Punkt. Ich bin noch zum Abendessen verabredet.«

Wanda rutscht mit dem Stuhl ein Stück näher an den Schreibtisch des Anwalts heran. Sie sieht Philipis achselzuckend an. »Das Motiv liegt doch wohl auf der Hand: das Erbe. Dafür musste Sofia nur dafür sorgen, dass man mich als gesetzmäßige Erbin und Adoptivtochter des Totschlags bezichtigt, aufgrund dessen enterben und wegsperren würde. Man wird doch enterbt, wenn man sich sittenwidrig verhält und jemandem nach dem Leben trachtet und dies auch in die Tat umsetzt, nicht wahr?«

»Fahren Sie fort.« Der Anwalt nimmt nun doch ein wenig neugierig auf das große Finale die rahmenlose Brille ab.

»Das bedeutet, wenn das Erbe meines Onkels nicht mehr an seine Frau gehen kann, da diese tot ist, und infolgedessen auch nicht mehr an mich, seine Adoptivtochter und letzte mögliche Verwandte, da ich als Mörderin enterbt wurde, bleibt nur noch ein letzter naher, gesetzmäßiger Verwandter übrig, der das mächtige Erbe antreten könnte. Können Sie mir folgen?«

Philipis zieht wortlos gespannt die Augenbrauen hoch.

»Und das ist seine Stiefschwester. Sofia selbst.«

»Aufschlussreich«, murmelt der Anwalt.

»Aufschlussreich?«

Wanda springt auf, wühlt nach dem alles entscheidenden Beweis in ihrer Handtasche und hält ihn zum Abschluss wie einen Pokal in die Höhe. Ihre großen, braunen Mandelaugen funkeln und sind dicht vor denen des Anwalts.

»Und so hat Sofia es angestellt. Auf dieses Papier baut alles auf!« Wandas Stimme vibriert, als sie es Philipis vor die Nase hält. »Alles steht und fällt mit Sofias Zeugenaussage damals. Und ich habe es schwarz auf weiß. Den Beweis! Sehen Sie selbst!«

Philipis nimmt das Papier an sich.

Sichtlich angetan von Wandas Inbrunst. Und liest.

»Verstehen Sie denn nicht, Herr Philipis? Sofia will nicht nur gesehen haben, wie ich als Letzte den Tatort verlassen habe, sondern auch, dass ich es im Streit getan habe!

Im Streit!

Über diese Behauptung hat damals niemand weiter nachgedacht – schließlich hatte sie auch irgendwie recht. Doch diese Aussage beweist noch etwas anderes: Sie wirft eine alles entscheidende Frage auf.« Wandas Herz pocht bis zu den Schläfen. Sie reißt sich zusammen und schiebt gehetzt nach: »Nur wie um alles in der Welt konnte Sofia von dem Streit wissen?« Ihre Stimme bebt, doch sie fährt ungehalten fort. »Ich werde es Ihnen verraten, Herr Anwalt. Das Opfer, meine Tante Antonella, muss es Sofia selbst erzählt haben. Nur müsste sie nicht zu diesem Zeitpunkt schon längst tot gewesen sein?«

Philipis entgegnet nichts.

Seine Gesichtsmuskulatur entspannt sich nach einem kurzen Zucken des linken Augenlids sogleich wieder. Er setzt die Brille erneut auf, während Wanda noch immer wie gebannt vor seinem Schreibtisch steht. Die Arme darauf gestützt, als wolle sie ihn auffressen. Als sie es bemerkt, setzt sie sich wieder.

»Verstehen Sie denn nicht, Herr Philipis?« Wandas Tonfall wird flehend. »Sofia musste nur, kurz nachdem ich das Haus verlassen hatte, ungesehen das Haus betreten, das Gewehr aus dem Holzschrank nehmen und auf meine Tante schießen. Ihre Aussage bei der Polizei, ich habe als Letzte, im Streit, das Haus verlassen, war ihr wasserdichtes Alibi – und mein Untergang.«

Philipis beginnt schweigsam, aber doch eifrig Notizen zu machen. Sollte die hübsche Dame vor ihm tatsächlich mit ihrer Vermutung richtig liegen, ginge es nicht um einen Meineid, sondern um Mord. Und wäre Sache der Staatsanwaltschaft. Jedoch nicht mit Indizienbeweisen.

Während der Anwalt seine Notizen überfliegend kurz in sich geht, nutzt Wanda den Augenblick.

Ausgelaugt lehnt sie sich zurück.

Ihr Zustand kommt irgendwie einem Rausch gleich – sie ist aufgekratzt und müde zugleich. Aufmerksam und abwesend. Der rote Vorhang ist gefallen und mit ihm Wandas innere Anspannung. Jetzt würde sie nichts mehr tun können, als auf den Applaus zu warten. Sie ist guter Dinge: Wenn sie diesen Staranwalt überzeugt hätte, dann wird auch er es schaffen, den Staatsanwalt zu überzeugen. Und sie würde endlich ihre Unschuld beweisen können – ein für allemal.

Doch der Moment wird gestört.

Es klopft.

Die Tür geht auf.

Erneut steckt ein blutjunges Mädchen den Kopf zur Tür herein. Ein Nicken des Anwalts gebietet ihr einzutreten. Das Mädchen kommt um seinen Schreibtisch herumgelaufen, beugt sich vor und flüstert ihrem Chef etwas ins Ohr.

Dieser nickt mehrfach.

Betrachtet Wanda eindringlich. Das Mädchen begibt sich wieder nach draußen.

»Sie entschuldigen mich für einen Moment?«, fragt er und folgt seiner jungen Angestellten.

Hat das etwas mit mir zu tun? Mit meinem Fall?

Als Philipis nur zwei Minuten später wieder zurückkommt, fragt er überraschend: »Sagen Sie, Wanda, haben Sie Interesse, mich morgen zu einer Charity-Veranstaltung in der Innenstadt zu begleiten? Es wird Ihnen gefallen.«

Wanda macht ein überraschtes Gesicht. »Sie laden mich ein?«

»Das klingt aus Ihrem Munde wie ein Verbrechen!«, lächelt der Anwalt. »Ich verbinde gerne die schönen Dinge mit den nützlichen. Und natürlich hat Ihr Fall meine Neugier geweckt. Ich sehe vielleicht eine kleine Chance. Ich würde gerne mehr erfahren, um zu prüfen, ob die Sache hieb- und stichfest genug ist für die Staatsanwaltschaft. Nur dann wird sie Anklage erheben. Und nur dann können Sie als Nebenklägerin auftreten. Einen Schadenersatzanspruch haben Sie leider nicht mehr, da dieser bereits verjährt ist. Doch das erkläre ich Ihnen bei einem Glas Champagner. Sie mögen doch Champagner?«

»Wie Sie sicherlich nachvollziehen können, war ich die letzten zehn Jahre ... in gewisser Weise unpässlich und hatte nicht sehr oft Gelegenheit dazu, Champagner zu schlürfen.«

»Dann wird es allerhöchste Zeit, das nachzuholen!«

***

Hauptfriedhof Frankfurt

»Konrad«, beginnt Herr von Eichenborn feierlich und betrachtet das Grab seiner Frau, »wenn es erst einmal so weit ist, bleibt keine Zeit mehr, sich um die kleinen, unwesentlichen Dinge zu kümmern.«

Zeit wofür?

Schädel zu rasieren?

Neue Opfer ausfindig zu machen, in einem Pool von Frauen, die mit dem Gärtner Konrad Kümmer intim waren?

»So sollte man nicht nur die wichtigen Dinge rechtzeitig geregelt haben, sondern auch die unwichtig geglaubten.« Herr von Eichenborn sieht Konrad streng an, ehe er weiter spricht. »Wissen Sie, meine Tage sind gezählt. Ich möchte sicher sein, dass alles geklärt ist, für den Tag, an dem ich nicht mehr mit Ihnen auf dieser Seite des Grabes stehen werde.«

Konrads Gefühl zu diesem Gedanken steht ihm ins Gesicht geschrieben. Immer tiefer vergräbt er seine Hände in den Hosentaschen, die Schultern hochgezogen. Verlegen starrt er auf den Boden. Glücklicherweise – und vielleicht gerade aus diesem Grund – hat Herr von Eichenborn es vermieden, ihn an dieser Stelle anzusehen.

»Also«, stammelt Konrad, das Gefühl verspürend, reagieren zu müssen – worauf auch immer. Doch Herr von Eichenborn hat zu seiner Entlastung längst schon wieder das Wort ergriffen.

»Lassen Sie mich zu Ende sprechen, Konrad. Ich möchte das Ganze hier nicht unnötig in die Länge ziehen.«

Der Detektiv nickt erleichtert und versucht, ein Lächeln auf sein Gesicht zu bringen. Doch mehr als eine Grimasse ist nicht daraus geworden.

»Das Grab neben meiner Frau wird mal mein Grab sein. Finden Sie sich damit ab, ich habe es auch vor langer Zeit getan.« Der Alte strahlt auf einmal, als habe er sich einen Scherz erlaubt. Es verwandelt seine Miene in die eines kleinen, frechen Jungen.

In Momenten wie diesen kann sich Konrad gut vorstellen, wie Herr von Eichenborn einmal gewesen sein muss, als er noch in der Blüte seines Lebens stand. Die vielen Gräber um sie herum, die allesamt den Namen »von Eichenborn« tragen und Bilder adretter junger Männer zeigen, lassen Konrad auch schon eine Idee dazu im Kopf haben. Volles, dunkles Haar, tief stehende dunkle Augen, dichte Augenbrauen, gerade, weiße Zähne.

»Ich möchte, dass meine Frau es weiterhin gut hat. Sie soll nach meinem Tod noch immer ein Grablicht leuchten haben, das sie vor der Dunkelheit beschützt.«

Konrad betrachtet das schwach flackernde Licht in der roten Kerze vor dem Grab.

Das sind nicht gerade die Worte eines Mannes, der etwas mit dem Verschwinden von jungen Frauen zu tun hat. Oder eines Trittbrettfahrers, der nach zehn Jahren plötzlich Rache nimmt. Das sind die Worte eines trauernden, müden Ehemannes, der seinen ganz persönlichen Frieden sucht.

Die Annahme vom Leitner Oskar, ein gehörnter Soziopath, der mit einem Bolzenschussgerät umgehen kann, wolle Rache an den Frauen ausüben, und Konrads Idee, es könnte hierbei eventuell eine Verbindung zu seinem Chef geben, beginnt etwas zu wackeln.

Klar ist jedoch, dass der Mörder Rachegelüste hegt. Und sie nicht nur junge, hübsche Frauen spüren lässt, sondern auch einen alten Bock aus Bornheim, der zufällig ein glückliches Händchen mit jungen hübschen Frauen hat. Doch Herrn von Eichenborn gelüstet es allem Anschein nach nach etwas ganz anderem – nicht nach dem Tod anderer, sondern nach seinem eigenen.

Die alten Eichen auf dem Friedhof lassen den Herbstwind an ihren kahlen Ästen rütteln, als applaudierten sie Konrads stiller Schlussfolgerung.

Alles wirkt plötzlich endgültig und vorhersehbar.

Endgültigkeit - etwas, das zu Konrads Leben nicht passt. Er hat sich immer Möglichkeiten offengehalten und sich zu nichts verpflichten lassen. Doch der Mörder wird darauf mit Sicherheit keine Rücksicht nehmen – und ist vielleicht sogar, verdammte Kacke, gerade erst warm gelaufen, um Konrad das auch immer wieder spüren zu lassen.

Wie eine Lektion.

Konrad dreht es den Magen um.

Hat der Schweinehund das nächste Opfer etwa schon auf dem Schirm?

Caro kommt ihm in den Sinn.

Noch immer ist sie krankgeschrieben, und Konrad hat auffällig lange schon nichts mehr von ihr gehört. Und das sieht seiner Kollegin gar nicht ähnlich.

Ob es ihr gut geht?

Und Wanda?

Ob der Killer von ihr weiß? Konrad schluckt unwillkürlich.

»Konrad, ich möchte die Pflege der Gräber unserer Familiendynastie nicht irgendjemandem überlassen. Mein Vater, mein Großvater und auch mein Bruder liegen hier, Onkel und Vetter sowie ihre Frauen. Es sollte also jemand übernehmen, der unseren guten Namen zu schätzen weiß. Unsere Familien kennen sich nun schon ein paar Tage, und ich möchte, dass Sie die Pflege übernehmen.«

Konrad hört seinen Vater schon zu ihm sprechen. »Du bist zu unnütz, scheust Verantwortung.« Doch Konrad verscheucht diesen Gedanken. Jedoch kann er nicht den Hochverrat ignorieren – das Vertrauen dieses ehrbaren Mannes auszunutzen, ihn auszuhorchen wie einen Verbrecher und auszuquetschen wie eine Apfelsine. Der Alte würde es, da ist er sich jetzt ganz sicher, umgekehrt auch nicht tun. »Dass das mal aus meinem Mund kommt! Aber Sie können sich, auch wenn der Tod uns scheidet, auf mich verlassen, Herr von Eichenborn!«

Das Lächeln des alten Mannes verändert sich – es spiegelt jetzt das Lächeln eines müden Geistes wider, der erleichtert ist. Er klopft Konrad auf die Schulter, als habe er auch nichts anderes erwartet. Wortlos läuft er zurück zu dem kleinen Tor. Nachdem er es hinter ihnen wieder verschlossen hat – ohne zu wissen, für wie lange -, laufen sie den Kieselsteinweg weiter, vorbei an den fremden Gräbern, bis zum Haupttor. Es quietscht auch jetzt wieder, als sie es öffnen. Es ist irgendwie ein besonderer Ausflug gewesen, und Konrad möchte ihn mit Worten gar nicht stören und schweigt ebenso, wie Herr von Eichenborn es tut.

Und auch das Tor schweigt widerwillig, nachdem es leise ins Schloss gefallen ist. Ohne zu wissen, für wen von beiden – und für wie lange.

Fünfeinhalb Wochen vor Prozessbeginn

Berger Straße, Frankfurt

»Es ist bei Ihnen kälter als im Gefängnis«, murrt Wanda und schiebt es noch immer auf, ihren Mantel in der kleinen Mansardenwohnung abzulegen. Den Reißverschluss hat sie bis zum Kinn hochgezogen.

»Sagen Sie das dem Hausmeister. Und ich sitze hier schon ein Vierteljahrhundert ein, ohne Hoffnung auf Entlassung.« Konrad dreht an dem Heizungsventil. Er spart sich zu erklären, dass es nicht viel bringen wird, solange er nicht die Nebenkostenabrechnung vom Vorjahr beglichen hat.

»Und Sie haben noch nie darüber nachgedacht, umzuziehen?«, fragt Wanda.

»Nur mit einer Kanone an meinem Kopf. Doch ich weiß, wo sie Ihre leicht mürrische Art herhaben.«

Wandas Blicke verlagern sich von der Heizung auf Konrad und verlangen nach einer Antwort. Konrad wirft der Frostbeule eine Decke zu und schaltet Musik ein.

»Erzählt er denn manchmal von mir? Mein Onkel, meine ich.«

»Bestimmt.«

Wanda sieht verwundert auf. »Ja oder nein?«

»Mir gegenüber hat er bislang noch kein Wort über eine Nichte verloren. Seine Schwester interessiert mich offen gesagt zurzeit auch etwas mehr.«

Wanda zieht einen Schmollmund, als ordne sie ihre Gedanken. »Als ich damals auf dem Frankfurter Polizeipräsidium in dieser kleinen, ungemütlichen Zelle einsaß, bis man mich dem Haftrichter vorgeführt hat, kam er nicht, um mich zu besuchen. Auch nicht, als ich später in die JVA Preungesheim überführt wurde.«

»Ist ja auch nicht gerade ein toller Ort für einen Plausch, finden Sie nicht?«, lächelt Konrad. Das Lächeln erstirbt jedoch, als er Wandas finstere Miene bemerkt.

»Bei der Urteilsverkündung ist er jedoch gekommen«, fährt Wanda fort. »Die hat er sich nicht entgehen lassen.«

»Das war doch nett von ihm.«

»Nett?« Wanda klingt spöttisch. »Er zuckte nicht mal mit der Wimper, als das Urteil gefällt wurde.«

»Er war in Trauer. Er hatte seine Frau verloren. Es gibt Gegenden auf der Welt, da verlassen manche für viele Monate nicht einmal ihr Haus.«

»Richtig. Er war in Trauer.« Wanda lächelt gequält. Sie neigt den Blick. »Doch wieso war ihm nicht ein einziges Mal der Gedanke gekommen, dass er auch seine Nichte verloren hat? Die zufällig ganz unten gewesen ist?«

»Sie und ganz unten? Schade, dass ich das nicht miterlebt habe«, sagt der Detektiv vorwitzig und zwinkernd.

»Sie können sich ja in meinen Albträumen die Wiederholung ansehen.«

Konrad lacht und streicht sich über den Sechstagebart. Und bemerkt dabei, dass er überfällig ist. »Sagen Sie, Wanda, würden Sie Ihrem Onkel ein Verbrechen zutrauen? Ich meine, ein schwerwiegenderes, als Sie nicht im Knast besucht zu haben.«

Wanda schiebt die Augenbrauen zusammen. »Wieso fragen Sie mich das?«

Konrad zieht die breiten Schultern an, dass sein Hemd um die Brust spannt. »Seit wann beantwortet man eine Frage mit einer Gegenfrage? Würden Sie nun, oder nicht?«, fühlt er nach und denkt sich, dass die Schilderungen zum Ableben seiner Frau von Herrn von Eichenborn neulich zwar alles in allem plausibel geklungen haben; ein Schuss zwischen die Augen, rot-weiße Absperrbänder, Schaulustige und ein Leichenwagen, eine Verdächtige, die wegen Totschlags verurteilt wird, jedoch immer noch die eine oder andere Frage aufwirft.

Besonders durch die Annahme des Hausmädchens, dass mehr dahintersteckt.

Mehrere Frauen derer von Eichenborn.

Das zu glauben, fällt Konrad schwer. Dafür fehlen ihm auch die eindeutigen Beweise. Nur auf Indizienbeweise lässt sich das Kartenhaus nicht aufbauen, wie Oskar immer sagt. Die Geschichte des Mädchens aber als bloßes Gerücht abzutun, fällt Konrad ebenso schwer.

Das sagt ihm sein Instinkt.

Nur liegt er nicht immer richtig. Er setzt auf Wandas Einschätzung.

»Ich weiß nicht, was ich nach all dem meinem Onkel zutrauen würde und was nicht. Doch ich weiß, dass er zu einigem fähig ist – und in meiner Sache etwas zu verbergen hat.«

Konrad nickt, als habe er befürchtet, dass solch eine Antwort kommt. »Wanda, auch wenn die nächste Frage seltsam klingen mag: Aber hat der Mörder Ihrer Tante damals vielleicht das Kopfhaar abrasiert, bevor oder nachdem er sie erschossen hat?«

Wandas angewiderter und verwunderter Gesichtsausdruck ist Antwort genug.

»Wechseln wir das Thema«, schlägt Konrad vor. »Sie sagten vorhin, dass der Schnöselanwalt Ihren Fall übernimmt? Und Sie bei der Polizei eine Anzeige gegen Sofia von Eichenborn erstattet haben? Gratuliere.« Konrad marschiert in die Küche.

»Das habe ich«, ruft Wanda ihm nach. »Beziehungsweise werde ich. Philipis sagte, eine Anzeige sei nötig, um wegen Mordes gegen Sofia vorgehen zu können. Er will bald schon alles in die Wege leiten, sodass ich neben der Staatsanwaltschaft als Nebenklägerin auftreten kann. Jetzt heißt es aber wohl erst mal abwarten, bis der Papierkram erledigt ist und die Staatsanwaltschaft den Köder geschluckt hat und in eigener Sache ermittelt. Und Philipis meinte, das kann dauern. Wir müssen trotzdem schleunigst unsere Suche nach Sofia verstärken.« Und ich muss meine Fragen wegen des seltsamen Verhaltens meines

Onkels von damals vielleicht noch mal für eine Weile hinten anstellen!, denkt Wanda den Satz zu Ende. »Doch Konrad, Sie wollten mir auch etwas ganz Dringendes zu Philipis erzählen?«

Konrad kommt mit zwei dampfenden Tassen aus der Küche zurück.

»Ich habe eine seltsame Feststellung gemacht«, beginnt er. »Hier, warmer Kakao gegen die Kälte. Ich kann nicht verantworten, dass Sie meinetwegen krank werden.«

Wanda bedankt sich mit einem Kopfnicken und nimmt sogleich einen beherzten Schluck - und verzieht das Gesicht. »Zum Teufel! Heiß!«

»Heiß? Täusche ich mich, oder war Ihnen nicht eben noch kalt?« Konrad schüttelt abfällig den Kopf. Kaum hat er sich neben Wanda auf das Sofa gepflanzt, beginnt er auch schon leise zu lachen. Jetzt jedoch wegen etwas anderem.

»Worüber lachen Sie? Etwa über mich? Das gibt bestimmt eine Brandblase an meiner Lippe«, sagt Wanda gereizt.

»Ich habe mir nur gerade Ihren Onkel im schwarzen Smoking mit einem seiner viel zu bunten Einstecktücher vorgestellt.«

»Wie kommen Sie denn jetzt darauf?«

Konrad wechselt die Tonart. »Er fragte mich heute, ob ich einen Smoking habe und morgen für ihn stellvertretend auf so eine Charity-Sache in der Innenstadt gehen würde.«

»Eine Charity-Sache? Sie?«

Wanda überlegt kurz.

Sie nimmt einen weiteren Schluck vom Kakao – und schmeckt den Rum darin. Er brennt in ihrer Kehle. »Dort werde ich doch auch sein«, bemerkt sie. »Philipis hat mich heute spontan eingeladen, ihn zu begleiten. Ich konnte nicht ablehnen. Er glaubt, diese Kreise seien noch immer meine. Dieses Bild soll auch so bleiben. Vielleicht wäre es eine gute Gelegenheit, Sie Philipis dort sogar vorzustellen.«

»Im Smoking mit Einstecktuch?« Konrad lacht erneut auf und hält sich den Bauch. Es scheint, als hätte er schon ein oder zwei solcher Kakaos gehabt.

»Mal im Ernst«, bremst ihn Wanda. »Wenn Sie da sind, und Philipis auch, schindet es vielleicht Eindruck, wenn er sieht, dass ich auf eigene Kosten einen Privatdetektiv beauftragt habe.« Sie nimmt einen weiteren Schluck Kakao. Er beginnt sie bereits zu wärmen. »Doch was wollten Sie mir über Philipis erzählen?«

Konrad stellt das Lachen ein.

Er stellt seine Tasse auf dem kleinen Beistelltisch ab und streicht sich mit beiden Händen über das abgespannte Gesicht. Dann reibt er sich zu guter Letzt die Augen, als wolle er damit wieder für einen klaren Blick sorgen. »Ich dachte bloß, ich wäre da auf etwas gestoßen. Wahrscheinlich hat es nichts zu bedeuten.«

»Wovon reden Sie?«

»Ich habe heute einen großzügigen Scheck gesehen, ausgestellt von Ihrem Onkel. Er war an diesen Schnöseladvokaten Philipis gerichtet.«

Wandas Blick verändert sich in ein großes Fragezeichen. Die Verwunderung, die diese Behauptung in ihr auslöst, ist nicht zu übersehen. »Warum sollte er das tun?«, fragt sie leise, als habe sie die Frage mehr sich selbst gestellt.

»Wir sind wohl Seelenverwandte. Das habe ich Ihren Onkel auch gefragt.«

Wanda ist sichtlich gespannt auf die Antwort, die hoffentlich noch folgen wird.

»Ihr Onkel verklickerte mir bei einem kleinen Ausflug, dass dieser Scheck nichts weiter als eine Spende für diese Charity-Feier gewesen sei.« Dann fügt Konrad hinzu: »Sagen Sie mal, war Ihr Onkel schon mal bei uns im Kaufhaus einkaufen? Ist nur so eine Frage. Oder im Coco's Café auf der Berger Straße?«

Wanda nickt erst zaghaft, dann immer heftiger, als werde ihr diese Annahme von Sekunde zu Sekunde plausibler.

»Natürlich!«, ruft sie.

Konrad zieht die Augenbrauen hoch. »Natürlich, was? Er war Gast oder natürlich, der Scheck war eine Spende?«

»Was genau sagte mein Onkel in Bezug auf den Scheck?«, fragt Wanda aufgeregt.

»Er sagte, dieser Philipis sei einer der Veranstalter. Und da er schon einen Spendenscheck ausgestellt habe, er aber nicht vorhat, zu dieser Party zu gehen, sollte ich wenigstens den gratis Champagner abstauben!« Konrad seufzt auf. »Wahrscheinlich wollte er mir damit sagen, dass es Gratis-Champagner, anstatt Weihnachtsgeld geben wird.«

Wanda nippt erneut an ihrem Kakao und lässt sich diese Idee einmal mehr durch den Kopf gehen. Und dann fällt ihr ein, dass nicht nur ihr Onkel Jahr für Jahr Einladungen zu dieser Veranstaltung erhält. Sie ruft: »Sie gehen hin! Und wenn Sie die Einladung meines Onkels bekommen, muss ich mir auch keine Gedanken mehr darüber machen, wie ich Sie auf die Gästeliste bekomme.«

»Dann haben wir zwei wohl ein Date!«, stellt Konrad erfreut fest.

»Nicht wir beide. Sie und Sofia! Sie bekommt auch jedes Jahr eine Einladung zu diesen Veranstaltungen. Zumindest war das bis zu meiner Inhaftierung so gewesen.«

»Also doch kein Date?«, fragt Konrad enttäuscht, als wolle er ihr die Chance geben, es sich noch einmal zu überlegen.

Wanda sieht von ihrer Tasse auf. Ihr Blick verändert sich, als sie in Konrads schmunzelndes Gesicht schaut. Doch auch sein Ausdruck verändert sich etwas. In Zeitlupe wandern seine blauen Augen zu Wandas schmalen Lippen. Und wieder zu ihren Augen. Ihre Blicke treffen sich wie ein kleines Feuerwerk, auf die gleiche explosionsartige Art und Weise wie neulich auf dem Bauernmarkt. Wandas Mandelaugen sind ganz plötzlich dicht vor seinen. Sie spürt eine innere Hitze aufsteigen, von Kälte ist tatsächlich keine Spur mehr.

Ob das am Rum im Kakao liegt?

Doch wenn Blicke töten können, dann können sie auch unter die Haut fahren – was Wanda soeben verspürt.

Als ob die Zeit stehen bleiben würde, hat sich auch Konrad unmerklich in Wandas Blicken verfangen.

Und zieht sie über sich.

Wanda erwidert ohne zu zögern.

Behutsames Vortasten. Ihre Herzen schlagen schneller.

Ihre zarten Berührungen verursachen beiden Gänsehaut, von der Haarspitze bis zum kleinen Zeh.

Ihre Küsse werden stärker, leidenschaftlicher, und ohne sie zu unterbrechen, zerren sie sich die Kleider vom Leib.

Und Wanda hört sie - diese zarte Melodie in ihrem Kopf. Die Töne sanft, aber doch eindringlich. Sie wirken auf sie ein und tragen sie in eine andere Welt. Plötzlich steigert sich ihr Rhythmus von einem anfänglichen weichen Mollakkord – ein Kompliment, das sie umschmeichelt – hin zu einem elektrisierenden Dur.

***

Berger Straße, Frankfurt, mitten in der Nacht

Es sind drei Stunden vergangen, in denen man keinen Mucks gehört hat. Es ist tiefe Nacht. Die Rollläden der Mansardenwohnung sind blickdicht geschlossen, sodass nicht einmal mehr die Straßenlaternen von draußen etwas Licht von der Berger Straße spenden.

»Konrad?«

Panik liegt in der Stimme.

Der Detektiv kann förmlich spüren, wie Wandas Adrenalinspiegel steigt und sie sich bereits in der ungewohnten Umgebung entlangtastet. Hier und da stößt sie gegen etwas, während sie wahrscheinlich ihre Klamotten sucht, die im Raum verteilt herumliegen.

»Ich – ich gehe dann besser mal.«

Konrad richtet sich in seinem Bett auf. Er schiebt sich eine Hand unter die Achsel, sodass seine Brustmuskeln ein wenig anschwellen. Die Gartenarbeit hat bereits erste Ergebnisse gebracht. Der Platz neben ihm ist noch warm. Zum ersten Mal seit Jahren genießt er diesen Tatbestand. »Es wird zu Fuß etwas weit sein. Und die Bahnen fahren erst wieder in ein oder zwei Stunden.«

»Dann nehme ich mir eben ein Taxi«, raunt es etwas patzig durch das Zimmer. Doch dann fällt der Aufgebrachten ein, dass sie nicht einmal genug Geld einstecken hat, um das Taxi zu bezahlen. Momo ist in Verzug gewesen mit der Bezahlung. Darauf war Wanda wirklich nicht vorbereitet. Konrad gähnt ausgiebig und stützt seinen Kopf auf das Kopfkissen.

»Das Taxigeld kannst du auch in mein Übernachtungsschwein werfen. Ich bin sowieso billiger als meine ehemaligen Kollegen. Für ein extra Trinkgeld gibt es morgens sogar eine Dosis Koffein.«

»Klingt irgendwie nach einem Honorar.«

»Interessanter Vorschlag.«

»Das ist nicht komisch.«

»Ist es doch.« Sogar so sehr, dass Konrad sich das Lachen verkneifen muss. Und er stellt wieder einmal fest, dass alles an Wanda von Eichenborn so anders ist als bei anderen Frauen - ihr ernster Gesichtsausdruck, ihre Haltung, ihre Ausdrucksweise, ihr Timing.

Wandas Gedanken kreisen noch immer.

Die nervösen Ameisen in ihrem Körper machen sich bereits auf den Weg und verschlimmern alles nur noch. Sie weiß bereits, wie das endet, wenn sie sich auf jemanden einlässt, vor allem auf den Mann, auf den sie angewiesen ist. Und das Alleingelassenwerden sich wieder wie ein Verlassenwerden anfühlt.

***

Kiosk, obere Berger Straße, Frankfurt

Selbst wenn die Straßenlaternen jetzt am Tag danach zur Mittagszeit noch immer brennen würden, wäre das niemandem aufgefallen.

Zumindest nicht Konrad Kümmer.

Es ist wieder einer dieser beschissenen Herbsttage, an denen es nicht richtig hell wird.

»Die Zeitung von gestern, nehme ich an«, lächelt Oskar, schiebt sein Kreuzworträtsel beiseite und stellt das Radio aus.

»War das etwa eben der Polizeifunk, der aus den alten Boxen getönt hat?«, fragt Konrad. Doch seine Frage bleibt natürlich unbeantwortet. Stattdessen bietet der Leitner Oskar ihm eine Zigarette aus seiner halb vollen Schachtel an, in der Hoffnung, es würde sich zur Bekämpfung der Langeweile ein Gespräch ergeben. Als Konrad kopfschüttelnd ablehnt, schiebt sich Oskar seine karierte Schiebermütze aus der Stirn und zündet sich alleine eine an. »Wie ich sehe, ist der Fall über Nacht nicht einfacher geworden.«

»Einfacher?«, entgegnet Konrad mit hochgezogener Augenbraue, lehnt sich an die Theke vom Kiosk und vergräbt seine Hände tief in den Jackentaschen und beobachtet durch die großen Schaufenster den grauen Schleier auf den Straßen. »Im Gegenteil. Es wird immer komplizierter.«

Oskar Leitner zieht schmatzend an seiner Zigarette. »Lass mich raten. Du kennst auch die dritte Meerjungfrau, die man aus dem Hafenbecken gefischt hat.«

»Wie kommst du darauf? Und erzähl mir nicht, dass dir das mal wieder dein Gefühl sagt.«

Der Betreiber nickt schmunzelnd und zieht wie ein Unschuldslamm die Schultern und Augenbrauen hoch.

»Tja, dann muss ich deinem sechsten Sinn ausnahmsweise recht geben, Oskar. Ich kannte sie tatsächlich. Doch das ist noch nicht alles.« Konrad seufzt kurz auf. »Ich kannte auch ...«

»... die erste Leiche, die sie erst nicht identifizieren konnten, da sie keiner als vermisst gemeldet hatte?«

»Woher weißt du das denn schon wieder?«

Oskars Lächeln schwillt zu einem Lachen an. Und Konrad ahnt, woher. »Wenn deine Bauchquote auch zu Aufstiegs- und Abstiegswetten der Eintracht so treffsicher wäre, würde ich keine Geldsorgen mehr haben.«

»Konrad, hast du mal darüber nachgedacht, ob du vielleicht eine verheiratete Frau in deinem Harem führst?« Der Kioskbetreiber atmet den Rauch seiner Zigarette ein und durch die Nase wieder aus.

»Deren Mann rein zufällig Schlachter ist und ein Bolzenschussgerät besitzt?« Konrad schnalzt abfällig mit der Zunge. »Nee, mein Lieber, das Szenario habe ich schon durchgespielt.«

»Schade. Denn ich weiß nicht, ob dir aufgefallen ist, dass die Wahrscheinlichkeit, in einer Stadt mit über 680.000 Einwohnern mit drei toten Frauen Sex gehabt zu haben - das Rotlichtmilieu mal ausgeschlossen –, statistisch gesehen, auffällig gering ist. Findest du nicht?«

Konrad sagt nichts.

Außerdem war außer einem Gutenachtkuss bei der Brünetten aus dem Kaufhaus nichts gelaufen. Zu einer Einladung zu mehr war es ja leider nicht mehr gekommen.

»Ich meine, auch dein Harem wird begrenzt sein, Kümmer. Ich würde mir langsam mal Gedanken machen. Ist nur so ein Tipp.«

Konrad schüttelt leicht mit dem Kopf. »Mein Vater hat vor Jahren schon befürchtet, dass es mal eines Tages zu so etwas kommen würde und böses Blut geben könnte. Und ich habe einen Notfallplan gemacht.«

»Wirklich?«

»Nein. Doch jetzt wünschte ich, ich hätte es.« Konrad seufzt. Das Gefühl der Überforderung bricht wie ein Wolkenbruch über ihm ein, denn er spürt, wie ihm die Zeit davonläuft. Das könnte zu einem unüberwindbaren Hindernis werden. Der ganze Fall Sofia von Eichenborn stagniert, ebenso nun dieser. Nur kann er den ersten Fall immer wieder verdrängen, den zweiten nicht.

Worauf kommt es jetzt an?

Wo, verdammt, muss er ansetzen?

Konrad schüttelt bereits heftiger mit dem Kopf und meint mit einem bitteren Unterton: »Fehlanzeige!«

»Fehlanzeige? Bist du dir da sicher? Keine Verflossene, die liiert ist oder verheiratet? Kein stalkender Ehemann, der dir auf Schritt und Tritt gefolgt ist und eine Szene gemacht hat? Eifersuchtsdramen? Irgendwas?«

Konrad antwortet nicht.

Seine Fassade absoluter Kontrolle bekommt einen weiteren Riss. Seine Stimme klingt belegt.

»Maennel, mein Chef aus dem Kaufhaus, ist nicht gerade mein Fan. Und so ein Hänfling mit dunkelgrauer Mütze taucht öfter mal dort auf, wo ich bin. Aber ich glaube nicht, dass er etwas mit dem Fall zu tun hat. Es wird ein durchgeknallter Langfinger mit zu engen Jeans sein, den ich mal irgendwann beim Klauen erwischt habe.«

Der Kioskbesitzer drückt seine Zigarette im Aschenbecher aus, wedelt den Rauch vor seiner Nase weg und sieht den verlorenen Blick seines Kunden nun ganz deutlich. »Du siehst beschissen aus. Ist alles in Ordnung bei dir?«

Konrad verzieht das Gesicht, als habe er ein Gespenst gesehen. »War das etwa Mitleid in deiner Stimme? Ich hasse Mitleid.«

»Kümmer, nimm die Sache einfach nicht zu persönlich. Auch wenn du ein Detektiv bist. Aber es kommt nicht selten vor, dass Angehörige jahrelang mit soziopathischen Mördern und Triebtätern zusammenleben, ohne ihre Verbrechen zu bemerken.«

Konrad lässt den Kopf hängen. »Ich dachte, ein guter Detektiv kennt wie ein Schachspieler die Züge seines Gegners, bevor der sie gemacht hat?«

»Konrad, der Täter hat ganz sicher ein schweres psychisches Problem. Eine tiefe Selbstwertminderung, die seine Kränkung verstärkt. Finde einfach den gehörnten Ehemann, und du hast den Fall gelöst, noch bevor für die Polizeikollegen auf der Adickesallee die Annahme als erwiesen gilt, dass ihr Mann ein Schlachter ist. Dafür nehmen die meines Wissens nach noch immer diese zwei Schlachthöfe bei Bensheim auseinander.«

Bensheim?

Konrad fährt sich mit beiden Händen durch das volle Haar. »Du hast leicht reden, Oskar. Und wie soll ich das anstellen?«

»Das ist kinderleicht. Zumindest nicht viel schwieriger, als ein Autoradio anzuschließen. Das habe ich übrigens erst gestern wieder gemacht.«

»Verstehe. Rotes Kabel auf rotes Kabel und gelbes auf gelbes.«

»So ungefähr. Und schon kannst du selbst den stillsten Eintracht-Fan plötzlich jubeln hören. Du musst nur richtig hinhören. Aber Spaß beiseite. Aus sicherer Quelle weiß ich, dass sie den Schlachtern bisher die Morde nicht anhängen konnten.«

»Anhängen? Du meinst nachweisen?«

»Ich sagte ganz bewusst anhängen.«

»Dem entnehme ich, dass dich das auch nicht großartig verwundert. Du glaubst also immer noch an deine Erlöser-Tierarzt-Theorie?«

»Ganz fest«, nickt Oskar.

Konrad Kümmer stöhnt leise auf. Er weiß nicht recht. Was man ihm auch deutlich ansieht.

»Konrad, der eine Schlachter aus Bensheim, der regelmäßig seine Frau zusammenfaltet, hat in den Büchern mehr Bolzenschussgeräte angegeben, als er tatsächlich nachweisen kann. An dem Strohhalm krallen sich die Kollegen vom Präsidium natürlich fest. Doch die Luft wird ihnen ausgehen.«

Konrad zieht die Nase hoch. »Die ungenauen Bücher sind Zufall, oder was willst du andeuten?«

»Ich meine nur, dass sich die Polizei an dem fehlenden Gerät festgebissen hat. Und es den Bensheimer zum Hauptverdächtigen gemacht hat. Doch mir ist die Sache zu aalglatt. Und mir fehlen bei dem prügelnden Schlachter die medizinischen Vorkenntnisse. Und noch etwas.« Er grinst breit.

»Und das wäre, wenn ich fragen darf?«

»Die Polizei glaubt, das körperliche Verhältnis zu den Frauen sei entscheidend für den Täter.«

»Seit wann siehst du als ganzer Kerl das anders?«

»Wie sagen meine Süßen immer: Sicherlich hat die Körperlichkeit in der Beziehung eine Bedeutung. Wichtig sind aber auch Bedürfnisse wie Geborgenheit und Ausschließbarkeit der Beziehung. Mein Bauch sagt mir einfach, dass unser Täter da besondere Bedürfnisse hat und wir noch eine überraschende Wende in diesem Fall erleben!«

***

Am Abend in der Kriegkstraße, Frankfurt-Gallus

Das einmalige Gastspiel am Vorabend ist vorüber und wirkt zweifelsohne noch nach. Die Frage, wie es hinter der harten Schale von Konrad Kümmer aussieht und sich anfühlt, ist nach dieser Nacht beantwortet. Nur nicht die Frage, wie es überhaupt dazu kam.

Wanda lächelt.

Dann erstirbt das Lächeln wieder. Auf der Charity-Party und als Begleitung eines angesehenen, reichen Staranwalts würde weniger nämlich sicherlich nicht mehr sein. Wanda hängt die helle Bluse wieder zurück auf den Kleiderbügel.

»Nein.«

Sie nimmt eine dunkle Bluse vom Bügel.
»Oh nein.«
Schlussendlich greift sie nach einem zusammengelegten dünnen Kleid in herbstlichem Orangeton.
»Auf gar keinen Fall!«
Und plötzlich greift die junge Frau etwas, das sie kurz innehalten lässt. Neue Hoffnung keimt auf.
»Das ist es!«
Sie hält sich den Hoffnungsträger an und stellt erschrocken fest, dass er über die Jahre gewachsen ist. Und beginnt ihn umzunähen. Noch immer sitzt jeder Handgriff. Ihre Arbeiten führt sie überlegt und geruhsam aus, obgleich ihr Inneres alles andere als ruhig ist. Immerhin würde sie heute eventuell Sofia wiedersehen.
Ob sie tatsächlich kommen wird?
Früher hatte sie keine Party in den etwas besseren Kreisen ausgelassen. Wanda schielt erneut zur Uhr – zehn Minuten sind verstrichen.
»Mist!« Sie legt einen Gang zu.
Ein Augenaufschlag später: »Fertig!« Als wäre es erst gestern gewesen, als sie das letzte Mal ein Kleid enger genäht hat.
Als es an der Tür klingelt, ruft sie erleichtert: »Du kommst wie gerufen, Eva! Wenn ich dich nicht hätte!«
»Dann hättest du jemand anderen, Kindchen!«
Hektisch zieht Wanda Eva Lissner in die Wohnung und zeigt auf das Bügelbrett. »Würde es dir etwas ausmachen? Im Imbiss war heute viel zu tun und ich bin spät dran.«
»Menschenskinder. Aber den Dackelblick kannst du dir sparen, der macht nur hässliche Falten«, sagt Lissner, krempelt die Ärmel hoch und beginnt zu bügeln.
»Du bist die Beste, Eva!«
Wanda drückt der guten Fee einen Schmatzer auf, ehe sie ins Badezimmer verschwindet. Die Tür lässt sie offen stehen und das Duschwasser laufen, als sie sich entkleidet. Als sie ihr

T-Shirt über den Kopf zieht, steigt ihr ein leichter Moschusgeruch in die Nase.

Sie hält kurz inne.

Und genießt.

»Der Mann muss wirklich heiß sein!«, ruft Eva Lissner ihr nach. »Das Kleid ist umwerfend. Hast du es etwa selbst entworfen? Es trägt deine Initialen.«

»Ja!«, brüllt Wanda gegen das Plätschern des Duschwassers an. »Also ich meine, ja, ich habe das Kleid genäht! Die Seide ist aus Persien. Ist schon Jahre her.«

»Und der Mann ist wohl nicht heiß?«

Wanda schweigt ertappt.

»Das Kleid sieht wirklich toll aus. In Preungesheim wirst du an so eine einzigartige Seide aber nicht rangekommen sein. Es sei denn, die schmuggeln heute auch schon teure Stoffe!«

»Nein, leider nicht! Ich habe dort höchstens gelernt, es als meine Fahrkarte raus aus dem Gallusviertel zu sehen.«

»Und deine Eintrittskarte zurück ins Westend, Herzchen.«

Wanda steigt unter die Dusche.

Das warme Wasser rinnt über ihren schlanken Körper. »Meine ersten Schnittmuster sind lange vor der Inhaftierung entstanden.« Eine extragroße Portion Shampoo landet auf ihrem nach Bratfett und Putzmittel duftenden Haar. »Da war ich neun Jahre alt und meine Lieblingspuppe - wie hieß sie bloß noch mal? - egal, sie war auf jeden Fall mein erstes Modell gewesen!«

»Und wozu brauchst du mich dann, Donatella Versace?«, ruft Lissner spöttisch.

»Für das Make-up!«

Wanda, die zwar unter die Kategorie natürlich schön fällt und sich nur selten schminkt, vertraut darauf, dass Eva nicht ohne Lippenstift und Rouge das Haus verlassen hat.

Womit sie goldrichtig liegt.

Wanda steht elf Minuten später im Flur und blickt an sich herunter. Das schwarze trägerlose Seidenkleid hat einen engen

Schnitt, eine definierte Taille und geht bis zum Boden – und passt wie angegossen. Wandas Kurven sind noch immer die eines jungen Mädchens, das plötzlich ganz gerührt ist.

»Der Typ ist heiß!«, grunzt Eva Lissner mit verschränkten Armen.

Doch Wanda schließt ergriffen für einen kurzen Moment die Augen. Das erneute Läuten des Fahrers an der Tür, der sie abholen kommt, ignoriert sie. Ihre Lippen lächeln, als sie ihren Vater vor ihrem inneren Auge sieht. Er kommt mit ausgestreckten Armen auf sie zugelaufen und bewundert sie fassungslos. »Ich bin überwältigt. Deine Mutter wäre unendlich stolz auf dich, Wanda«, sagt er und küsst seine geliebte Tochter liebevoll auf die Stirn.

Er lacht.

Seine Augen funkeln dabei wie Diamanten. Und Wanda lacht zurück. Sie nimmt sein Lachen mit in die Wirklichkeit, in ihr Appartement in die Kriegkstraße, wo es nun schon zum dritten Mal an der Tür läutet.

»Alles in Ordnung, Herzchen?«

Wanda öffnet die Augen und schlägt sie sogleich nieder. »Ja. Alles okay. Ich bin so weit.«

Doch eigentlich ist sie das nicht.

Es fehlt etwas.

Ein Motor, der immer lief. Und der es als Kind für sie unvorstellbar gemacht hat, dass er mal eines Tages ausgehen und nie mehr anspringen würde.

***

Siesmayerstraße, Frankfurt-Westend

Die Schienen rattern, als die U-Bahn an der Station »Westend« an der Bockenheimer Landstraße zum Stehen kommt. Konrad erhebt sich von seinem Platz, streicht sich die Stoffhose glatt und richtet den Kragen seines Smokings, den er sich geliehen hat. Ein kurzer Blick in sein Spiegelbild, das sich ihm im Bahnfenster darbietet, überzeugt ihn davon, sofort als Croupier in der Bad Homburger Spielbank arbeiten zu können, sollte mal nichts mehr gehen. Diesen Satz kann er sogar auf Französisch sagen.

Sein Leben verändert sich.

Und das liegt nicht nur an dem Anzug, den er heute trägt. Zum ersten Mal gestattet er sich den Gedanken an die gemeinsame Nacht mit Wanda.

Als das Klackern seiner einzigen Lackschuhe laut von dem glatten Bahnhofboden widerhallt, richtet das nicht nur Konrads eigene Aufmerksamkeit darauf, sondern auch die eines Knaben.

Zierlich.

Mittelgroß.

Dunkelgraue Mütze.

Er heftet sich an Konrads Fersen, folgt seinem rhythmischen Schritt und kommt von Sekunde zu Sekunde näher an ihn ran. Auf den Rolltreppen nach oben steht er nur zwei Köpfe hinter Konrad, als dieser sich gedankenversunken umdreht und ihm zufällig direkt in das Gesicht sieht. Der Verfolger zieht die Mütze reflexartig tiefer und versucht, in die andere Richtung zu fliehen - entgegen der Rolltreppenfahrtrichtung. Seitenhiebe treffen die Leute um ihn herum, um sich an ihnen vorbeizudrängeln. Konrad sieht kurz auf die Uhr.

Die Charity-Party. »Scheiße!« Herr von Eichenborn wird ihn umbringen.

Doch was zu viel ist, ist zu viel.

Mit einem Mal stürmt Konrad ebenso an den Leuten vorbei wie sein Verfolger - jedoch hoch, in Fahrtrichtung. Oben angekommen, nimmt er die Rolltreppe sogleich wieder nach unten. Seine Lackschuhe tänzeln über die Treppenstufen und klackern wie Tanzschuhe.

»Halt!«, brüllt er kehlig. Konrad ist nur wenige Meter von Mütze entfernt. Der Abstand zwischen ihnen wird immer kleiner. Doch Mützes Turnschuhe erreichen vier Sekunden eher als Konrads Lackschuhe den kalten Bahnhofsboden. Sie sprinten die Gleise entlang, weichen wartenden Fahrgästen aus, wie bei einem Hindernislauf. Nur dass es bei diesem Rennen kein Ziel gibt. Es bleiben nur noch wenige Meter, und das Ende des Gleises ist erreicht. Und der Verfolger in einer Sackgasse. Mit einem Sprung packt Konrad den Kerl grob am Arm, stoppt ihn und keucht: »Verdammt! Was soll das Spielchen? Haben wir zwei eine Rechnung offen, oder was? Dann bitte, begleichen wir sie, hier und jetzt!« Konrad hat Schweißperlen auf der Stirn und ist außer Atem. Er befürchtet, nicht ohne Schweißflecken auf dem weißen Hemd aus dieser Nummer herauszukommen. Als er eine Faust ballt, hält Mütze schnell die gekreuzten Arme vor sein Gesicht, um sie abzuwehren, bevor es zu spät ist. »Nein! Bitte«, fiepst er plötzlich leise. Konrad hält den Hänfling noch immer am Kragen fest, löst die Faust und nimmt ihn in den Schwitzkasten, um ihm anschließend endlich die beschissene dunkelgraue Mütze vom Kopf zu reißen.

Soll er doch seinen Schweiß riechen.

»Jetzt hast du plötzlich die engen Hosen voll, wenn ...« Konrad hält inne.

Die Mütze in seiner Hand.

Sofort lässt er seinen Verfolger los.

Und seine Muskelanspannung verliert sich. Seine Mundwinkel biegen sich steil nach unten.

»Du?«

Konrad taumelt geschockt drei Schritte zurück, einen wieder vor. Das Klackern seiner Schuhe hallt laut von den Betonwänden wieder. Er reibt sich mit beiden Händen fassungslos das verschwitzte Gesicht. »Du hast mich immer verfolgt? Was soll das Theater? Ist das vielleicht ein schlechter Scherz? Sind hier irgendwo versteckte Kameras?«

***

Zwanzigstes Stockwerk eines Wolkenkratzers, Frankfurt

Ein Mann, glatt rasiert, mit grauen Schläfen und das Paradebeispiel eines aalglatten Advokaten, betritt in Begleitung einer atemberaubend schönen Frau die Party; beide in eleganter Abendgarderobe. Sie haben das glamouröse Charity-Essen hinter sich gebracht und gehen nun mit einem Glas Champagner in den entspannten Teil des Abends über. Konrad hat vorsichtshalber sein Gesicht mit einem Programmheftchen verdeckt.

Doch diese Vorsichtsmaßnahme ist überflüssig: Die beiden haben keine Augen für ihn.

Anders jedoch das Hausmädchen Helen Winter – das spontan zur Party mitgekommen ist – sowie Herr von Eichenborn. Er hat es sich überraschenderweise anders überlegt. Es ging alles so schnell, dass Konrad Wanda nicht mehr vorwarnen konnte.

Wie auch.

Sie hat schließlich kein Telefon.

»So habe ich mein Studium damals schon im ersten Semester abbrechen müssen«, erzählt das Hausmädchen verlegen. Der Champagner scheint ihre Zunge gelockert zu haben. Ihre Stimme klingt klarer und lauter als sonst, auch wenn ihr Chef direkt neben ihr steht. Doch weder Herr von Eichenborn noch Konrad schenken ihrer langweiligen Geschichte Beachtung. Auch nicht ihrem Make-up, das sie extra für diesen besonderen Abend durch eine befreundete Kosmetikerin hat auftragen lassen.

Konrad macht seinen Hals lang.

Der Mann an der Seite der schönen Frau scheint sich kurz zu entschuldigen, wie er aus den Augenwinkeln beobachtet.

Die Schöne steht nun alleine da.

Wanda sieht wirklich fantastisch aus!, stellt er lächelnd fest. Selbst in dem schimmernden Licht kann er die feinen Fältchen um ihre zarten Lippen sehen.

»Fräulein Winter, Konrad, Sie entschuldigen mich?«, bittet Herr von Eichenborn plötzlich. Auf seinen Stock gestützt, flieht er förmlich vor ein paar älteren Herren, wie ein Investmentbanker vor der Bankenaufsicht, in Richtung Toiletten. In Richtung - Wanda!

»Sie entschuldigen mich auch mal«, stottert Konrad und läuft ihm eilig nach. Der liebe Gott allein mag wissen, wie die Begegnung zwischen Onkel und Nichte sonst ausgehen würde.

»Konrad, was laufen Sie mir hinterher? Sie sind kein Dackel und ich kein alter Greis, der nicht alleine zur Toilette gehen kann«, murrt der Alte, als er seinen anhänglichen Schatten bemerkt.

»Geht man auf Partys nicht immer zu zweit aufs Klo?«, fragt dieser. Und reckt seinen Kopf erneut in die Höhe. Doch Konrad kann Wanda nicht mehr sehen. Sein Blick fällt auf die jungen Hostessen am Eingang. Spontan macht er einen kleinen Abstecher zu ihnen.

»Ladys!«, ruft er. Zwei junge Hostessen in eleganten Abendkleidern drehen sich strahlend zu ihm um. Sie mustern ihn wohlwollend, vom Scheitel bis zur Schuhspitze.

»Ja, es ist ein Designeranzug! Und nein, er gehört mir nicht. Der ist nur geliehen! Sagt mir aber bitte, ob meine Begleitung schon da ist.«

Konrad sieht aus dem Augenwinkel, wie Schnöseladvokat und Wanda wieder an der Bar stehen.

Er raucht Zigarre.

Sie flirtet.

Doch der Kerl kommt Konrad nicht nur gelackt vor, sondern darüber hinaus auch nicht ganz sauber.

Charity hin, Charity her.

Und Konrad beobachtet auch, wie Wandas Mundwinkel ganz leicht nach oben zeigen.

»Wer ist denn Ihre Begleitung?«, fragt eine der Hostessen.

»Wanda! Nein, Sofia! Sofia von Eichenborn!« Die Hostessen sehen sich an und beginnen zu kichern. Konrad überhört es. Er hat nämlich Herrn von Eichenborn schon wieder im Blick, der ausgerechnet jetzt gerade die Herrentoilette verlässt und auf ihn zusteuert.

»Mist! Ladys, geht das auch ein bisschen schneller?«

Konrad schaut hektisch in Richtung Herrentoilette und wieder zurück zur Hostess, die ein paar Listen durchblättert.

»Machen Sie schon!«

»Sekunde«, bittet sie.

»Geht das nicht einen Zacken schneller?«

»Da, ich hab es!«

»Konrad, sie sind sogar noch viel treuer als ein Dackel!« Herr von Eichenborn klopft seinem Angestellten auf den Rücken. »Nur lässt man doch eine junge Frau nicht alleine auf weiter Flur.« Er deutet auf Helen Winter, das Hausmädchen, das gerade von einem Kellner mit einem weiteren Glas Champagner versorgt wird. Die beiden Männer laufen zu ihr, und Herr von Eichenborn zückt einen kleinen zusammengerollten Geldschein aus seiner Smokinginnentasche und bedankt sich damit bei dem aufmerksamen Kellner.

Jetzt stehen wir nur verdammte fünfzehn Meter von Wanda und Grauschläfe entfernt!, denkt Kümmer angespannt. Irgendwann werden sie sich über den Weg laufen! Das muss ich irgendwie verhindern.

»Mein Lieber, dass wir uns hier treffen. Was für ein Zufall!«, ruft eine helle Stimme. Sie gehört zu einer älteren, aber äußerst attraktiven Dame in einem Nerzschal mit Strass.

Konrad mustert sie.

Ist das Sofia?, fragt er sich.

Neugierig beobachtet er jede ihrer Gesten, ihre Mimik und registriert die ausweichenden Blicke seines Chefs.

Kein Zweifel: Das ist Sofia!

Die reizende Dame nimmt den alten von Eichenborn beiseite und steuert langsam mit ihm auf die Bar zu.

Sekunde - auf die Bar?, schießt es Konrad aufgeregt durch den Kopf.

Doch bitte nicht die Bar!

Gebannt sieht er den beiden hinterher – aber nicht die Bar an sich hat seine Erregung ausgelöst, sondern die Tatsache, dass Wanda und ihr Begleiter ebenfalls dort stehen.

»Sie scheinen ja interessierter an unserer schönen Nachbarin zu sein, als der Chef es ist!«, bemerkt das Hausmädchen spitz. Beschwipst beginnt sie zu kichern. Im nächsten Augenblick hält sie sich verlegen die Hand vor den Mund, als wolle sie verhindern, dass noch mehr Unkontrollierbares in ihr nach oben sprudelt.

»Wer ist das?«

»Frau Wagener. Herr von Eichenborns Nachbarin! Besser gesagt, seine Mieterin. Sie wohnt direkt nebenan, in dem alten Botschafterhaus.«

Nebenan? »Verstehe«, murmelt Konrad. Sie ist also doch nicht Sofia. Wäre sie zufällig die Nächste auf der Liste des Killers, hätte sich die Frage erübrigt, ob Herr von Eichenborn etwas mit dem Fall zu tun hat. Besonders sympathisch scheint sie dem Alten nämlich nicht gerade zu sein. Da Konrad nicht vorhat, die Schöne in seinen Harem aufzunehmen, wird daraus wohl nichts werden.

»Sie wohnt nebenan? Was können Sie mir über Sie erzählen?«

Zehn Minuten und einen Champagner später, sagt das Hausmädchen zu Konrad nach einer langen Redepause: »Es ist wirklich kalt geworden.« Sie spielt verlegen an ihrem Sektglas herum und sucht dabei Konrads Blicke, die er nachdenklich in Richtung Bar geschickt hat.

Er nickt nur abwesend.

Und ist in Gedanken bei seinen Fällen.

Wie hieß die Nachbarin gleich noch mal?

Er würde unbedingt an seinem Namensgedächtnis arbeiten müssen. Wieso hat man ihn als Kind auch nie gefördert? Konrad wusste schon immer: Wäre er in einem anderen Stadtteil Frankfurts aufgewachsen, wäre sein Leben anders verlaufen. So ist er nichts weiter als eine Heddernheimer Ausnahme des Systems, die die Regel bestätigt.

»Meine Eltern waren über das Wochenende bei Verwandten in Garmisch«, erzählt das Hausmädchen ausdauernd, in der Hoffnung, das Gespräch zwischen ihnen würde wieder in Gang kommen. »Das liegt in der Nähe von ...«

»Ich kenne Garmisch. Skispringen. Ich gucke es manchmal, wenn sonst nichts im Flimmerkasten läuft.« Konrad starrt weiter wie ein Anstandshund in Richtung Wanda und Schnösel, Herr von Eichenborn und Nachbarin und nippt an seinem Glas. Kohlensäure steigt ihm in die Nase. Er stellt fest, dass Schampus nicht sein Ding ist.

»Dort kann man bereits Ski fahren, wollte ich eigentlich nur sagen«, beendet das Mädchen pampig ihren Satz und dreht der Zielscheibe der Begierde mit hängenden Schultern den Rücken zu.

Konrad kommt eine Idee. »Frau ...«

»Winter. Helen Winter ist mein Name, wenn ich Feierabend habe.« Sie lächelt versöhnlich.

»Richtig. Ich wurde nicht gefördert als Kind, daher ... Vergessen Sie es. Was ich Sie aber schon die ganze Zeit fragen wollte: Wieso glauben Sie, dass die drei toten Frauen etwas mit den vermeintlich verschwundenen Eichenborn-Frauen zu tun haben könnten?«

Das Hausmädchen zieht die nackten Schultern förmlich bis unter das Kinn an. »Ich weiß nicht. Ist nur so ein Gefühl.« Dann sagt sie: »Und in der Presse geht man davon aus, dass der Killer ein unauffälliger Einzelgänger ist, der ein Problem mit Frauen hat. Vielleicht, weil er von einer verlassen wurde und sich so rächen will.«

Rächen!, wiederholt Konrad im Geiste. Diese Annahme ist ihm nicht neu. Doch dann wäre laut Oskar, der auf die Statistik vertraut, Konrad das eigentliche Opfer, das es zu verletzen gilt.

Und die Frauen nur ein Mittel zum Zweck.

»Wieso sollte Herr von Eichenborn von den Frauen enttäuscht sein? Wenn ich das richtig sehe, kann er sich gerade kaum vor ihnen retten«, fragt Konrad ganz konkret.

»Sehen Sie denn aber seine Ehefrau an seiner Seite? Dass er leidet und verbittert ist durch das Verschwinden der Frau von Eichenborn, ist doch ganz deutlich.«

Konrad kräuselt die Stirn.

Vielleicht sollte man das arme Mädchen mal über das vermeintliche Verschwinden von Frau von Eichenborn aufklären. Und ihr sagen, dass sie nur zwei Kilometer weiter auf dem Hauptfriedhof liegt.

Doch das ist nicht seine Aufgabe.

»Ich will nicht indiskret sein, Helen. Aber wie können Sie für jemanden arbeiten, dem Sie ein Verbrechen zutrauen?«

Das Hausmädchen wird einen Hauch blasser, als es sowieso schon ist, und zuckt mit den Mundwinkeln.

Und Konrad versteht. »Wie heißt es so schön: Sie waren jung und brauchten das Geld. Kapiert. Und Sie fürchten dabei nicht um Ihr eigenes Leben?«

Die rothaarige Schüchterne reißt die Augen auf und schüttelt den Kopf. »Wer bringt denn jemanden um, von dem er abhängig ist?«

Auch wieder wahr.

Und Konrads Idee, dass Herr von Eichenborn der Gejagte ist, verblasst wieder etwas. Ein nicht enden wollendes On-off-Spielchen. Doch mit Sicherheit abschließen kann er dieses Kapitel noch immer nicht. Er schaut kurz um sich. »Wissen Sie vielleicht, ob Herr von Eichenborn schon mal in einem Café in Bornheim war, dem Coco's?«

»Warum sollte ich das tun, Konrad?«, ertönt eine Männerstimme. »Ich habe doch zu Hause alles, was ich brauche, nicht wahr, Fräulein Winter?«

Konrad schaut um hundertachtzig Grad zurück, direkt in das faltige Gesicht seines Chefs. Das Hausmädchen hat flink ihre Nase tief in das Sektglas gesteckt, als wolle sie sich am liebsten darin verkriechen.

»Noch ein Gläschen, Herr Kümmer? Fräulein Winter? Auf einem Bein steht man schlecht, manchmal sogar auf zweien, ich weiß, wovon ich spreche.«

Herr von Eichenborn legt den Arm andeutungsweise um Konrads Schultern und hält nach dem Kellner Ausschau.

Diesmal ist es Konrad, der sich spontan aus der Affäre stielt und sich entschuldigt. Und auch Wanda läuft unterdessen flink in den Flur, der zu den Toiletten führt.

Sie sind allein.

»Auch auf die Gefahr hin, dir nichts Neues zu erzählen - aber er ist hier!«, flüstert Konrad mit vorgehaltener Hand. Er lehnt sich leger gegen die Wand und vergräbt sein Gesicht in einer Wirtschaftszeitung. Er hofft, dass die für ihn verdächtig untypische Lektüre ihn nicht auffliegen lässt. Schließlich hat er noch nicht genug Leute geschmiert im Leben, um einer von denen zu sein, die diese Wirtschaftsmagazine lesen. »Und Sofia ist laut Gästeliste auch da!«

Wanda steht gut einen Meter entfernt von ihm und pudert sich leicht abgewandt die glänzende Nase. »Konrad, wieso hast du mir nicht gesagt, dass mein Onkel kommt?« Es liegt ein deutlicher Vorwurf in ihrer Stimme. »Und Sofia habe ich bisher noch nicht gesehen! Philipis lässt mir aber auch kaum die Gelegenheit dazu, mich umzusehen!«

Dabei hat Wanda sehr wohl nach ihr Ausschau gehalten.

Vom ersten Moment an, als sie die Party betreten haben.

Konrad spürt Ärger in sich aufsteigen. »Verstehe. Wir sind hier also zum Vergnügen da!«, raunt er. »Das muss mir wohl entgangen sein. Auch wenn der Schampus gratis ist, aber mein Weihnachtsgeld wäre mir immer noch lieber gewesen. Doch was sagst du dazu, Frau Auftraggeberin: Ich habe nicht einmal ein Foto von der Person, die ich suchen soll!«

»Ich mache meinen Job!«, faucht Wanda zurück.

»Ich auch!«

»Gut!«

»Gut!«

Stille.

»Sind wir nun durch damit?«, fragt Konrad etwas gereizt. »Also: Ich habe tatsächlich keinen Schimmer, wie Sofia von Eichenborn aussieht, und werde die Nadel nicht im Heuhaufen dieser Botox-Bussi-Bussi-Gesellschaft suchen. Denn bei den Frauen hier unterscheidet sich nur eins, und zwar die Farbe ihres Schmucks.«

»Was hast du denn dann bitte die letzten zwei Stunden getan?«

Konrad will gerade von der Nachbarin berichten, die direkt nach Sofia von Eichenborn in das Haus gezogen ist, als er ausgerechnet Herr von Eichenborn auf den Flur treten sieht.

»Verdammt! Dein Onkel hat eine wirklich schwache Blase«, flüstert er, legt die Zeitung wieder zurück und geht spontan auf den Alten zu. Denn auf dem Flur liegt ganz plötzlich so viel Zündstoff, um die ganze Party zu sprengen.

Doch Wanda hat die Zündung bereits in dem Moment gezogen, als sie ihr Schminkdöschen geschlossen und provozierend in die Richtung ihres Onkels geblickt hat. Und ihn kritisch betrachtet, wie ein Gemälde.

Sein Einstecktuch.

Den goldenen Ring am Finger, der das Familienwappen zeigt.

Ein Wappen, ohne Bedeutung.

Der Geruch seines Rasierwassers, das nach Tannenzweigen riecht, steigt ihr in die Nase.

Die Zeit, in der sie jetzt mit ihrem Onkel auf ein Glas an die Bar gehen und den Qualm seiner Pfeife riechen würde und nicht den stinkenden Zigarrenqualm ihres Anwalts, ist lange vorbei.

Ihre Hände zittern.

Der Puls steigt.

Sie ist auf alles vorbereitet: Angriff und Verteidigung!

»Wo ist denn Ihre reizende Begleitung geblieben, Herr von Eichenborn?«, ruft Konrad dem Alten mit offenen Armen zu, um seine Aufmerksamkeit auf sich zu lenken. »Chef, man lässt eine Frau doch nicht alleine auf weiter Flur stehen!«

Herr von Eichenborn verzieht das Gesicht und winkt ab. Es ist nicht schwer zu erkennen, dass er sich sein Anhängsel namens Frau Wagener nur schwer vom Hals schaffen konnte. Ein echter Serienkiller hingegen hätte da sicherlich effizientere Methoden gehabt.

»Da ist sie ja! Wollen Sie uns nicht endlich bekannt machen, Herr von Eichenborn?«, ruft Konrad und winkt die Dame mit Nerzschal mit einer nicht zu übersehenden Geste herbei. Strahlend kommt sie den beiden Männern auf ihren hohen Absätzen entgegengetrippelt. »Herr von Eichenborn. Ich habe Sie schon überall gesucht!«

»Darf ich vorstellen?«, fragt Herr von Eichenborn wenig begeistert. »Geschätztes Fräulein Wagener, Konrad Kümmer, der Gärtner. Konrad, Fräulein Wagener von nebenan.«

»Ich bin entzückt, Konrad, und habe schon viel von Ihnen gehört«, ruft die attraktive Frau angetan und streckt Konrad den Handrücken hin. Herr von Eichenborn nutzt die Chance und verdrückt sich erneut. Die Dame trägt es mit Fassung und hängt sich ersatzweise an Konrads starke Schultern und zieht ihn in Richtung Bar.

»Ich kann Ihnen Geschichten über Ihren Chef und aus der Siesmayerstraße erzählen!«, sagt sie flüsternd und macht eine vielsagende Handbewegung.

»Ich bin ein guter Zuhörer. Und die Nacht ist noch jung, Frau Wagener!«

»Fräulein bitte!« Sie lacht laut auf.

Konrad greift zwei Gläser Champagner und überreicht ihr eins. Er bemerkt dabei, wie jemand auffällig schnell hinter eine Säule huscht.

Mal wieder der anhängliche Kerl mit hochgeschlagenem Mantelkragen etwa?

Konrad lässt die Säule nicht mehr aus den Augen, bis ihm jemand die Sicht darauf versperrt.

»Darf ich ein Foto von Ihnen schießen?«

Ein Reporter taucht wie aus dem Nichts auf und eröffnet das Blitzlichtgewitter. Was für Fräulein Wagener eine spontane Nettigkeit zu sein scheint, kommt Konrad inszeniert vor. Alles geht rasend schnell.

»Ist das nicht toll?«, ruft die Nachbarin entzückt, als der vermeintliche Fotograf weitergezogen ist. Dass er direkt zum Ausgang gelaufen ist, erhärtet Konrads Misstrauen.

»Fräulein Wagener, wie lange wohnen Sie schon in der Siesmayerstraße?«

»Ungefähr acht Jahre. Der gute Herr von Eichenborn überließ mir das alte Botschafterhaus zur Miete.« Sie nippt an ihrem Glas und lässt Lippenstift darauf zurück. Ihre langen, silbernen Ohrringe funkeln und blitzen unter ihrer aufwendigen Frisur hervor.

»Das Haus seiner Schwester also. Sie haben sie kennengelernt?«

»Selbstverständlich habe ich das«, bestätigt Fräulein Wagener. »Eine nette Dame.« Sie beugt sich ein wenig zu Konrad vor, als wolle sie verhindern, dass jemand mitbekommt, was sie soeben im Begriff ist, ihm ins Ohr zu säuseln.

»Wenn auch – na ja, ein wenig verwirrt. Wie man sich in der Nachbarschaft erzählt, waren das anscheinend alle Frauen in dieser Familie. Und das seit Generationen.« Sie lächelt.

»Was Sie nicht sagen!«

»Die Frau Weinbauer, vom Kaffeeladen am Ende der Siesmayerstraße, kann Ihnen da einige Geschichten drüber erzählen. Sie sollten Sie kennenlernen. Sie ist ein Goldstück!«

»Kaffeeladen?«

»Schräg gegenüber von Herrn von Eichenborns Haus. Sie müssen es kennen. Und sie hat einen ausgezeichneten Kaffee. Mögen Sie Kaffee?«

»Mehr als alles andere«, strahlt Konrad.

»Wirklich mehr als alles andere?«
»Wenn Sie so fragen, fast alles.«
»Und wie mögen Sie ihn am liebsten?«

***

Zwanzigstes Stockwerk eines Wolkenkratzers, Frankfurt

Herr von Eichenborn ist im Begriff zu gehen, bevor seine müden Knochen gänzlich ein Eigenleben beginnen. Er steht ungeduldig an der Garderobe und wartet darauf, dass man ihm seinen Mantel reicht. Konrad nutzt den Moment und lässt die Hostess noch mal nach Sofia von Eichenborn auf der Gästeliste suchen, vielleicht hat sie wenigstens eine Adresse parat.

Doch Fehlanzeige.

»So war es schon die eine oder andere teure Siegeszigarre, die ich nach einem schwierigen Fall auf meiner Dachterrasse im Holzhausenviertel genossen habe!«, prahlt Philipis und schwenkt sein Whiskyglas. »Doch im Leben geht es nicht nur um teure Zigarren, schnelle Autos und Haute-Couture-Kleider. Auch wenn meine verschwenderische Gattin das anders sieht.«

Wanda, die ihren minderen Status ganz plötzlich nicht mehr bedauert, zieht maskenartig die Mundwinkel nach oben. »Das ist alles sehr interessant. Aber Sie entschuldigen mich doch bitte, Herr Philipis!« Ihr Blick ist auf die Garderobe gerichtet.

Jetzt oder vielleicht – nie!, liest Konrad in ihrer Miene, und es fällt ihm nicht schwer zu erraten, was sie vorhat.

Besser gesagt, auf wen sie es abgesehen hat.

Und will sie auf halbem Wege abpassen, bevor Herr von Eichenborn seine Nichte entdeckt. Doch der Plan geht nicht auf. Der alte von Eichenborn hat sie bereits ins Visier genommen.

»Du in Begleitung einer jungen Frau, die du bezahlen musst!«, ruft Wanda abfällig und in einer Lautstärke, dass es selbst die Hostessen am Eingang verstehen konnten. Wandas Worte brennen wie Peitschenhiebe auf ihrem Gegenüber! »Mich hättest du kostenlos dabeihaben können, Onkel!«

Blinder Zorn steigt dem Alten ins Gesicht. Aufgebracht und verlegen zugleich, sieht er um sich. Doch da ist noch etwas in seinem Ausdruck.

»Du glaubst wirklich, Onkel, ich wäre dazu fähig gewesen? Warum tust du mir das an? Warum?«

»Schweig!« Herr von Eichenborn richtet drohend den Finger auf Wanda, bevor sie gänzlich die Kontrolle über sich verliert. »Wir gehen, Fräulein Winter. Ich begleite Sie zum Wagen.«

Konrad, der die Szene aus ein paar Metern Sicherheitsabstand beobachtet hat, nutzt den Moment und nimmt Wanda zur Seite. »Ich glaube, deine Begleitung beginnt sich gerade an der Bar zu langweilen! Du solltest besser wieder zu ihm rübergehen.«

Er lässt Wandas Arm los und verlässt, ebenso wie Herr von Eichenborn, die Party.

Wanda sieht zu Philipis und zur Bar zurück.

Er hat wohl nichts von dem Zwischenfall mitbekommen. Längst säuselt er einer anderen mit viel zu kurzem Paillettenkleid etwas Schlüpfriges ins Ohr.

Und Wanda steigt die Röte ins Gesicht.

Ihre Gesichtshaut bitzelt, wie durch kleine Nadelstiche verursacht. Die Leute sehen sie an, als habe sie ihren steinalten Geliebten mit einer anderen erwischt und öffentlich eine Szene gemacht, da sie sich um das Erbe sorgt. Zum Glück nichts Ungewöhnliches für Feste dieser Art, für die Frankfurter High Society.

Auch wenn es viel, viel mehr als das ist.

Ein paar Stunden später und mit der Hotellobby im Rücken, richtet Wanda den Blick auf die Straße. Und malt sich ihren Heimweg vor dem inneren Auge aus. Zwielichtige Gestalten auf der Straße, die sie bis zu ihrer Haustür begleiten. In ihrem Appartement ist keiner. Außer der Stille und der Leere wartet niemand auf sie. Rastlose Stunden, eine Panikattacke nach der anderen, bis ihr vernebelter Kopf endlich Ruhe findet und sie einschlafen wird.

Alleine.

All das sieht Wanda, wenn sie die dunkle Straße hinaufschaut.

Doch sie kann nicht allein sein!

Nicht jetzt und in diesem Zustand und nach dieser - Nacht.

***

Eine halbe Stunde später und fünf Uhr in der Früh, Berger Straße

Was habe ich bloß getan?

Wanda kneift die Augen zusammen. Doch zu spät, sich jetzt noch darüber das vom Champagner vernebelte Hirn zu zermartern.

Sie hat es getan.

Sie hat das Klischee bedient, das ihr nur noch mehr bestätigt, dass sie nicht mehr zur Liga ihres Onkels gehört.

Und Philipis das auch weiß.

»Zum Teufel!«, flucht sie leise. »Wieso gibt es eigentlich keinen Duschvorhang?«

Konrads Badezimmer ist winzig und riecht nach Rasierwasser. Ein fahles Neonlicht vom Spiegelschrank ist die einzige Lichtquelle in dem fensterlosen Raum. Wanda steht schon seit Minuten unter der Duschbrause und lässt heißes Wasser auf ihren Rücken plätschern. Er ist bereits ganz rot. Sie fühlt sich noch immer unsauber nach den letzten Stunden und ist betrunken.

Und enttäuscht.

Nicht einen Deut besser ist sie als die jungen Frauen, die sich auf der Charity-Party unter die Reichen und Schönen gemischt haben, um sich von einem Bonzen wie Philipis abschleppen zu lassen. Schwankend vom vielen Alkohol in ihrem Blut, greift Wanda nach dem Duschgel. Reibt es vorsichtig in ihre Haut, als verarzte sie eine großflächige Wunde.

»Ich stehe eigentlich nicht so auf Frauen, die wie ihr Kerl nach Moschus riechen.«

Konrad lehnt plötzlich am Türrahmen.

Seine Arme sind verschränkt.

»Was meinst du? Und wie lange stehst du da schon?« Wanda fühlt sich ganz plötzlich entlarvt, als könne Konrad wie durch eine Klarsichtfolie in sie hineinblicken – und sehen, was vor ein paar Stunden in der Hotelsuite mit Philipis gelaufen ist.

Konrad nickt mit hochgezogenen Augenbrauen zum Duschgel.

»Es enthält Moschus, verstehe«, begreift Wanda und lächelt schwachherzig. Sie wartet, bis Konrad das Badezimmer wieder verlassen und zurück ins Bett gegangen ist, ehe sie die Dusche verlässt. Der Spiegel am Alibertschrank ist angelaufen. Sie wischt ihn mit dem Handrücken frei und betrachtet sich darin. Ihr Mascara ist verschmiert. Sie weiß schon, wieso sie seit Jahren vermeidet, sich in einem Spiegel länger zu betrachten, als nötig ist. Zu fremd ist das, was sie darin sieht.

Kühl.

Vergrämt.

Verbissen.

Sanft massiert sie eine Pflegelotion ein und betrachtet ihren Körper, als betrachte sie Spuren von Strapazen, denen er noch ein paar Stunden vorher ausgesetzt war. Mit nassem Haar und tatsächlich nach Moschus duftend, schlüpft sie zu Konrad unter die warme Bettdecke, schmiegt sich an seinen heißen Körper. Denn sie wollte heute Nacht nicht alleine sein. Und ist auf direktem Wege vom Hotel zu ihm gefahren.

Konrad scheint indes wieder eingeschlafen zu sein.

Sein Herz schlägt ruhig, seine Atmung ist gleichmäßig und seine Augen sind friedlich geschlossen. Wanda beobachtet Konrad Kümmer noch eine ganze Weile, als überwache sie die

Regelmäßigkeit seiner Atemzüge. Sie lauscht ihnen wie einer Melodie und versucht, die Frage zu verdrängen, wann er ihrer wohl überdrüssig werden würde. Irgendetwas sagt ihr, dass es nicht mehr lange dauern wird. Schon jetzt fürchtet sie sich vor dem Tag, an dem sie wieder einmal alles verlieren würde.

Doch der Tag muss kommen.

***

Am Morgen danach, Kiosk, obere Berger Straße

Der Leitner Oskar lacht spöttisch, als er seinen Lehrling Konrad Kümmer sichtlich übernächtigt um die Ecke schlurfen und in den Laden stolpern sieht.

»Kümmer, deinem Aussehen nach zu beurteilen, hast du den Fehler im Lokalteil wohl immer noch nicht gefunden.«

»Ich brauche nur einen einzigen Finger, um auszudrücken, wie es mir geht. Auch wenn ein Röntgenbild vielleicht etwas anderes sagen würde.« Konrad betastet müde seinen gereizten Magen und nimmt die aktuelle Ausgabe der Tageszeitung aus dem Zeitungsständer.

»Du solltest den Kaffee weglassen, Kümmer. Oder den nächtlichen Damenbesuch. Nach viel Schlaf sehen deine dunklen Augenringe nämlich nicht gerade aus«, feixt Oskar.

»Danke, du siehst auch gut aus. Aber ich sollte wohl besser die Finger von nigelnagelneuen handgenähten Lederschuhen lassen. Ich habe Blasen an den Füßen, die so groß und prall wie Weintrauben sind. Und da ich beim Meckern so langsam richtig in Fahrt komme, sollte ich vielleicht noch erwähnen, dass ich auf Entzug bin. Und somit unzurechnungsfähig. Verkaufst du eigentlich auch Kaffee, bevor es ein Unglück gibt? Ich bin heute zu spät dran für das Coco's.«

»Kümmer, ich habe schon lange durchschaut, dass du in mir eine Art Vaterersatz gesucht und scheinbar gefunden hast.

Fühl dich also wie zu Hause.« Der Betreiber lacht gehässig und deutet auf die koffeinhaltigen Kaltgetränke neben sich.

»Sehr witzig, Herr Freud. Aber erstens, dachte ich da mehr an schwarze, warme, koffeinhaltige Getränke, und zweitens war die Nacht tatsächlich viel zu kurz, als dass ich deine Hobbypsychologenspielchen heute spielen möchte.«

»Also hattest du tatsächlich Damenbesuch. Die Kleine von deiner Arbeit? Aber keine Sorge, ich hatte heute Nacht auch einen Gast.« Der stämmige Mann zwinkert.

Er ist Single, und das ganz offensichtlich schon zu lang.

Nicht umsonst sind seine Augen regelmäßig leicht blutunterlaufen – und er hat eine unterschwellige Alkoholfahne. So wie heute.

Konrad bemüht sich daher besonders durch den Mund zu atmen. Doch wer weiß, was der umfangreiche Bauch des Kioskbetreibers heute sonst noch so für Offenbarungen von sich gibt.

»Oskar, auch wenn ich keinen Zweifel habe, dass du schon dafür gesorgt haben wirst, dass man sich an dich erinnern wird, will ich davon nix hören. Du weißt doch, Mütter und Väter machen so etwas nicht! Auch nicht selbst ernannte Ziehväter.«

Oskar spreizt selbstzufrieden die Finger auseinander und begutachtet ausgiebig seine Nägel. »Du hast die Wahl im Leben. Entweder die Frauen werden sich an dich erinnern, oder sie vergessen dich. Und deshalb ist es für den Leitner Oskar an der Zeit zu begeistern! Aber du bist bestimmt nicht hergekommen, um über Frauen zu reden. Zumindest nicht über lebendige. Also erzähl schon. Was machen deine beiden Fälle?«

Konrad winkt sichtlich frustriert ab. »Von meiner Idee, der Fall Sofia von Eichenborn könnte etwas mit den Frauenmorden in Frankfurt zu tun haben, habe ich mich nach reiflichem Überlegen nun endgültig verabschiedet. Ich habe daher noch mal über die Theorie der Polizei mit dem Bensheimer Schlachter und fehlendem Bolzenschussgerät nachgedacht«, stammelt Konrad und greift nach dem Plastikbecher mit dem dampfend heißen Gesöff. »Da man aus der Presse bislang nix Gegenteiliges gehört hat, glaube ich, an der Theorie könnte was dran sein.«

Oskar macht ein zerknirschtes Gesicht, als müsse er dringend etwas beichten. »Sagte ich das etwa noch nicht, Kumpel? Die haben den Fisch wieder von der Angel gelassen.«

»Wie bitte?« Konrad schreckt zusammen. Sein Becher gerät ins Schwanken. Brütend heißer Kaffee schwappt auf seine Hand.

»Ich sagte, die haben ...«

»Ja, ja, verdammt. Nur wieso? Wie viel ist von unserer Theorie übrig geblieben?«

»Mehr als von deinem Kaffee. Und es war immer schon deren Theorie gewesen. Nicht meine. Der Bensheimer hat den Kopf aber aus der Schlinge ziehen können. Und hat eine alte Anzeige wegen Einbruchs aus dem Hut gezaubert, bei der damals tatsächlich unter anderem ein Bolzenschussgerät als geklaut gemeldet wurde. Was die falschen Bücher erklären würde. Seine Versicherung hat das auch bestätigt. Irgendwelche Tierschützer sollen sich damals Zugang zu seinem Schlachthof verschafft und nicht nur Wände besprüht haben. Man hat sie nie geschnappt.«

Konrad Kümmer verzieht leidend das Gesicht. Der schmerzend heiße Kaffee tropft ihm vom Handgelenk. »Heißt das, der Killer ist also weder zwingend ein Schlachter noch ein Züchter? Und wir sind wieder bei null?«

»Jein. Das bekräftigt eigentlich nur meine Theorie ...«

»... eines Erlösers, ich weiß.«

Oskar stemmt die Hände in die prallen Hüften. »Der Mörder könnte ein Arzt sein. Wenn auch kein Frauenarzt. Er ist Tierarzt.«

»Oskar, hältst du etwa immer noch daran fest?«

»Die benutzen Bolzenschussgeräte, wenn ein akut schmerzleidendes Tier zügig erlöst werden soll. Zum Beispiel ein Rind auf einem Bauernhof.«

»Hübsche Vorstellung. Nur wieso bist du dir da so verdammt sicher, dass der Kerl ein Tierarzt ist? Hab ich was verpasst?« Konrad wischt sich endlich den heißen Kaffee vom Handrücken. Er hinterlässt eine rote Stelle. »War dein Polizeifreund etwa wieder da und hat gequatscht? Oder hast du mal wieder den Polizeifunk abgehört?«

Oskar deutet mit einem Kopfnicken auf die Zeitung, die eingerollt unter Konrads Arm klemmt. »Diesmal weder noch.«

Die Überschrift auf der Titelseite, die Konrad anlacht, ist tatsächlich eindeutig. Und bezichtigt den Killer, ein Tierarzt zu sein. So wie Oskar von der ersten Sekunde an angenommen hat.

»Phase zwei. Jetzt üben sie über die Presse Druck aus auf den Sozio«, erklärt Oskar zufrieden. »Und dank wem? Dank dem Leitner Oskar natürlich, dem inaktiven Kriminalhauptkommissar.«

»Du warst sogar Kriminalhauptkommissar?«

»Bin es noch. Lediglich unbezahlt beurlaubt. Als ich von dem Einbruch bei dem Schlachter in Bensheim gehört hatte, habe ich ein paar Telefonate geführt und Nachforschungen angestellt. Und den richtigen Riecher gehabt.«

Konrad verschränkt die Arme unter der Brust und zieht gespannt eine Braue hoch. »Wieso wundert es mich nicht, dass du ohne Weiteres an Informationen in einem Mordfall rankommst?«

»Weil es alles meine Schäfchen sind da draußen, deshalb. Ich habe sie ausgebildet! Nachdem ich meine träge alte Herde also aufgescheucht habe, haben sie das gesehen, was ich auch gesehen habe.« Eine theatralische Sprechpause folgt. »Man war damals davon ausgegangen, dass eine Gruppe Tierschützer aus der Wetterau hinter dem Einbruch in Bensheim steckte, konnte es ihnen ja aber wie gesagt nie nachweisen.«

»Und weiter?«

»Das hat mich der Idiot Eppermann am Telefon auch gefragt. Er war schon immer scharf auf meinen Job gewesen. Sei es drum! Jetzt hat er ihn. Man hat damals schon eine wacklige Verbindung von den Tierschützern zu einem Tierarzt festgestellt, die jedoch nie weiter verfolgt wurde. Bis jetzt zumindest nicht.«

»Ein Tierarzt. Sollte sich das bestätigen, würde das bedeuten, dass ein Tierarzt es auf mich abgesehen hat?« Konrad schlägt die Zeitung hastig auf, als wolle er die Antwort darauf dort nachlesen. Er überfliegt die ersten Zeilen.

Oskar zündet sich eine Zigarette an. »Das Einzige, was ich bisher noch nicht herausfinden konnte und wo man mir die Wege abschneidet, ist der Name des Tierarztes. Sie halten ihn noch unter Verschluss, um ihn nicht vorzuwarnen. Sie wollen aber in Kürze schon mit einer Hausdurchsuchung zuschlagen und warten nur noch auf die Erlaubnis der Staatsanwaltschaft. Ohne die dürfen sie nicht einmal unerlaubt einen Furz lassen.«

»Glaubst du, sie werden damit erfolgreich sein?«, fragt Konrad.

»Es ist die einzige Spur, die sie haben, nachdem sie die Schlachthöfe und Züchter in ganz Hessen durchhaben. Das hat sie keinen Zentimeter weitergebracht. Jetzt heißt es demnach abwarten, was die Befragung und Hausdurchsuchung ergeben. Das Motiv ist noch immer nicht eindeutig, und es kann dauern, den Kerl zu überführen«, sagt Oskar. »Das ist jetzt bisschen wie Lose zu ziehen. Sind anfangs viele Nieten dabei.«

»Was heißt hier abwarten? Bis es die nächste Frau erwischt, bei der es keine nachweisbare Verbindung zu einem Tierarzt gibt?« Konrad verzieht das Gesicht und schüttelt verständnislos den Kopf.

Der Leitner Oskar versucht ihn zu beruhigen. »Abwarten, bis der Doc sich entweder verquatscht oder einen anderen Fehler begeht. Eine grobe Vorstellung vom Täter haben wir doch schon mal. Es spricht alles für diesen Tierarzt – also ich meine, gegen ihn. Wir wissen, dass unser Mann aus der Gegend stammt, da anzunehmen ist, dass die Mädels ihn gekannt haben. Das Bolzenschussgerät könnte auch über Umwege seinen Weg zu ihm gefunden haben. Jetzt muss nur noch der Stachel der Demütigung gefunden werden, der bei ihm noch immer so tief zu sitzen scheint, dass er von sich aus nicht aufhören kann, Frauen dafür bluten zu lassen. Es ist also eine Frage der Zeit, bis er sich einen weiteren Patzer erlaubt. Oder hast du eine bessere Idee, Herr Detektiv?«

»Nein.«

Konrad hat auf einmal gar keine Idee mehr.

Der Sprung vom Schlachter zum Tierarzt ist zu gewaltig gewesen und muss erst einmal verdaut werden. Auf jeden Fall muss derjenige, der Konrads Frauen auf dem Gewissen hat, eine Menge Hass in sich aufgestaut haben.

Und zwar gegen ihn, Konrad Kümmer.

»Tja, mein Freund«, lacht Oskar, »da wünscht man sich doch, man hätte Buch geführt über seine Frauenbekanntschaften und deren Männer, was?«

***

Haltestelle Grüneburgweg, Frankfurt

Der Blinker leuchtet auf, der Wagen fährt kurz vor der U-Bahn-Station im Grüneburgweg rechts ran, und es wird zögerlich die Fensterscheibe heruntergekurbelt.

»Entschuldigung, die Dame, Sie sehen aus, als würden Sie sich auskennen. Ich glaube, ich habe mich verfahren!«

Eine adrette Frau im fortgeschrittenen Alter, in einen teuren Nerzmantel gehüllt, tritt mit ihren dünnen Absätzen einen Schritt näher an den Wagen heran und sieht in das offene Fenster zum Fahrer. »Wie kann ich Ihnen behilflich sein?«

»Ich möchte zum Palmengarten. Bin ich da richtig?«, fragt der Fahrer freundlich.

»Da müssen Sie den Grüneburgweg wieder in die andere Richtung zurückfahren. Dann landen Sie automatisch dort.« Die Dame will sich gerade wieder abwenden, als sie eine Zeitung auf dem Beifahrersitz liegen sieht. Seite neun ist aufgeschlagen und zeigt - sie.

»Huch, das bin ja ich!« Entzückt deutet sie auf das Foto.

»Tatsächlich!«, entgegnet der Fahrer nach einem kurzen Abgleich, »Sie kamen mir schon die ganze Zeit so bekannt vor. Wo müssen Sie hin? Vielleicht liegt das ja in meiner Richtung und ich darf Sie ein Stück mitnehmen. Ich schreibe zufällig für dieses Blatt.«

Die Dame zieht unschlüssig die Augenbrauen hoch. »Na ja, eigentlich wollte ich gerade die U-Bahn nehmen.« Sie sieht um sich. »Es sieht jedoch nach Regen aus, und ich komme gerade vom Friseur«, denkt sie laut. »Und der Palmengarten liegt bei mir sozusagen um die Ecke. Ich wohne in der Siesmayerstraße.«

»Na dann, steigen Sie ein, junge Frau! Die Zeitung gehört Ihnen.«

Die Dame greift sich auf die frische Dauerwelle, schielt neugierig auf das Magazin und öffnet schlussendlich strahlend die Wagentür.

»Das ist wirklich sehr freundlich, dass Sie mich mitnehmen. Aber das Foto, das Foto von mir ist ja schrecklich, finden Sie nicht? Und ich werde Höfner genannt. Den Namen habe ich doch schon vor Jahren abgelegt und wieder meinen Mädchennamen Wagener angenommen. Das wisst ihr Pressefuzzis doch noch von der letzten Charity-Party! Können Sie da nicht was machen? Ach was rede ich denn da. Ich werde nachher persönlich den Redakteur anrufen und mich für diese Frechheit beschweren.«

»Sie sind nicht wieder neu verheiratet?«

»Nein. Ich hebe mich auf, für den Richtigen! Man weiß schließlich nie, wer einem im Leben noch über den Weg läuft, nicht wahr?« Frau Wagener lacht zweideutig. »Das wollen Sie aber doch nicht veröffentlichen, oder doch?«

Der Fahrer schüttelt den Kopf. Und lächelt.

Besonders, da die Idee, die schöne Frau auf dem Beifahrersitz Nummer vier sein zu lassen, dem Fahrer heute früh spontan beim Zeitunglesen gekommen ist. Eigentlich sollte jetzt eine andere neben ihm sitzen.

Jünger.

Hübscher und langbeinig.

Mit hohen Wangenknochen.

Und melancholischen Augen, die herablassend gucken – und ehrverletzend.

Sie wird nun zum großen Finale.

»Man soll die Feste feiern, wie sie fallen«, bestätigt der Fahrer lächelnd. Das hat sich die schlanke Schönheit nach ihrem letzten Auftritt verdient.

»Ja, so ist es«, klatscht die Dame freudig bestätigend in die Hände.

»Und ich nehme an, ein jüngerer Mann soll es sein?«, fragt der Fahrer tonlos.

»Bitte was?« Die Beifahrerin verzieht empört den Mund.

»Setzen Sie nur nicht auf das falsche Pferd. Ich weiß, wovon ich spreche.«

»So alt bin ich wohl auch noch nicht. Ich bin im besten Alter. Schauen Sie sich doch mein Foto an. Da sehe ich glatt zehn Jahre jünger aus. Auch ohne Botox. Aber das drucken Sie bitte nicht.« Sie lächelt selbstgefällig, die kleine Unverschämtheit des Fahrers verzeihend. »Und der junge Mann neben mir, Konrad Kümmer, spricht ja wohl auch für sich!«

Die Augen des Fahrers verengen sich bei dem Namen. »Frau Wagener«, sagt er.

»Fräulein Wagener bitte.«

Der Fahrer stöhnt leise auf, verdreht die Augen. »Fräulein Wagener. Ist das da etwa ein Lockenwickler in Ihrem Haar?«

»Wie bitte?« Die Frau beginnt sich hektisch in ihrem auftoupierten, dauergewellten Haar herumzufummeln.

»Darf ich?«, fragt der Fahrer mit ausgestrecktem Arm - in der Hand einen schmalen, spitzen Gegenstand verbergend.

»Ja, ich bitte darum!«

***

Etwas später, Berger Straße

Es ist bereits dunkel draußen, und Konrad schließt seine Wohnungstür auf.

»Guten Abend«, ruft er. »Bist du wieder nüchtern?«

Das hat gesessen. Sein verkaterter Gast, Wanda, hat den Spott deutlich vernommen.

»Der Abend gestern scheint ja wenigstens für einen von uns beiden amüsant gewesen zu sein. Wie ist es denn so gelaufen, Wanda?«

»Sehe ich krank aus? Ich fühle mich nämlich todkrank.«

»Du siehst eher vernebelt aus. Doch du hast schon gestern Nacht wie eine ganze Kneipe gerochen. Besser gesagt, wie ein ganzer Zigarrenkasten.«

»Ein Humidor. Der Kasten heißt Humidor.«

»Oben auf, wie eh und je«, lächelt Konrad und schiebt Wanda in sich hinein lachend frische Brötchen über den Tisch sowie eine aktuelle Zeitungsausgabe. Sie zeigt ihn und Fräulein Wagener aus der Siesmayerstraße.

Wanda entwischt ein Lächeln. Das erste heute. »Konrad, du solltest damit aufhören, solange es noch nicht peinlich ist.«

»Das werde ich mir für die nächste Charity-Party zu Herzen nehmen, vielen Dank. Noch eine doppeldeutige Überschrift wäre auch eine Schande für meinen Ruf, und wir müssten über eine Gefahrenzulage sprechen. Und ein Schmerzensgeld.«

Schweigen.

»Wanda, nicht, dass ich uns beiden den gestrigen Abend nicht gegönnt habe – teures Blubberwasser, Fünf-Gänge-Menüs, stinkende Zigarren, Flirts -, aber ich dachte, hier bei uns geht es um mehr. Immerhin hat es mich einen hohen Einsatz gekostet.«

»Bei uns?« Wanda sieht mit rot geränderten Augen auf.

»Ich meine dort. Also auf der Party. Du weißt schon! Es hat mich mein Weihnachtsgeld gekostet.« Konrad schiebt die Augenbrauen zusammen und lässt sich neben das Elend auf dem Stuhl nieder. »Der Job, Sofia, der Prozess. Du erinnerst dich vielleicht.«

Wanda stiert ins Leere.

Bereits drei Mal hat sie sich in der Frühe vom vielen Alkohol übergeben, bis nur noch Galle kam. Sie hat noch immer keinen richtigen Schimmer, wie sie die letzten sechzehn Stunden zugebracht hat. Dass der nette Taxifahrer sie früh vor Konrads Tür abgesetzt hat, ist das Einzige, an das sie sich zurzeit gut erinnern kann. Und an den Geruch von Whisky und Zigarren. Sie will von dem gestrigen Abend demnach nichts mehr hören.

»Sagte ich dir schon, dass ich weiß, was Frauen wie du wollen?« Konrad erhebt sich selbstgefällig. Wanda sieht ihn strafend an - doch ihre Blicke prallen an ihm ab. »Ich will es nicht hören!«, sagt sie.

»Ich dachte nur an eine harmlose Dosis Koffein! Woran hast du denn gedacht?«

Wanda nickt entwaffnend und ergeben, während Konrad in die Küche verschwindet. Dass er selbst einen miesen Tag hatte, spart er sich zu erzählen. Er schätzt Wanda an diesem Nachmittag nach der Charity-Party nicht als besonders belastbar ein.

Was würde es auch schon groß zu erzählen geben?

Dass sein großes Aufeinandertreffen mit Caro gestern Abend an den Bahngleisen die Hölle war? Und dass es ihr Gespräch heute im Kaufhauspersonalraum nicht einfacher gemacht hat?

Warum sollte es Wanda überhaupt interessieren, dass Caros Entschuldigungsversuch kühl und emotionslos ausgefallen ist und Konrad wenig überrascht hat.

Denn so ist Caro eben, sinniert er jetzt im Nachhinein, während er mit Wandas Kaffee beschäftigt ist. Und ihm fällt ganz nebenbei auf, dass er noch nicht einmal weiß, wie sie ihn trinkt.

»Ich hoffe, du nimmst keinen Zucker in den Kaffee – ich bin meines Wissens nach Einzelkind und denen sagt man nach, dass sie sich mit dem Teilen etwas schwertun.«

Ob das eine Anspielung auf Philipis war? »Keine Sorge. Ich nehme ihn mit viel Milch, kein Zucker«, antwortet Wanda in einem Tonfall, als sterbe sie gerade. Sie schiebt nach: »Und ich hoffe, er ist stark.«

Caro hat selbst dann noch stark und kühl gewirkt, als sie Konrad mitgeteilt hat, dass sie einsam sei und sein Liebesentzug und seine mangelnde Aufmerksamkeit ihre Sehnsucht nur steigere – und sie daher nächsten Monat gehen werde. Konrad hatte von Anfang an schon immer die Vermutung gehabt, dass ein junges attraktives Mädchen wie Caro ihre Gefühle zu einem Mann wie Konrad sicher nur mit irgendwelchen aufgestauten Emotionen zum Vater verwechselt.

Ein waschechter Vaterkomplex eben.

Doch jetzt will sie weg aus der Kaufhauskette, weg aus der Stadt. Sie hatte Konrad erklärt, dass ein weiteres schicksalhaftes Zusammentreffen sonst absehbar sei. Und Konrad hat ihn trotzdem ganz kurz sehen können, den Funken Hoffnung in ihren Augen. Wie einen allerletzten Versuch.

Das hat es ihm noch schwerer gemacht zu sagen, dass er Caros Gefühle nicht teilt und ihr unter den gegebenen Umständen vorerst auch auf der Arbeit nicht mehr über den Weg laufen will. Und er wünscht sich, sich für ein paar Tage beurlauben zu lassen. Etwas, das die sonst so dominante Blondine, ihrer Reaktion nach zu beurteilen, nicht zum ersten Mal in ihrem Leben gehört hat. Sie schien es heute sportlicher zu nehmen als früher. Aus vergangenen Gesprächen weiß Konrad jedoch, dass Caro als Kind stark darunter gelitten hat, eine ewige Außenseiterin gewesen zu sein. Ein figürlicher

Makel und eine bevorzugte Schwester seien der Grund dafür gewesen. Ihr Blick heute hatte gleichgültig – geradezu immun - dagegen gewirkt. Von ihrer anziehenden Ausstrahlung war auf jeden Fall keine Spur mehr gewesen. Und Konrad war zum ersten Mal aufgefallen, wie glanzlos seine Kollegin doch ist.

»Hier Wanda, deine Dosis Koffein!«

Fünf Wochen vor Prozessbeginn

Kaffeeladen, Siesmayerstraße, Frankfurt-Westend

»Eine extra große Dosis Koffein, bitte!«, sagt Konrad. »Schwarz!«

Er lässt den Blick durch den Kaffeeladen in der Siesmayerstraße schweifen, der direkt am Palmengarten liegt und nur wenige Meter entfernt vom Haus des Herrn von Eichenborn. Es ist ein elegantes und gemütliches Café.

Doch wer könnte Frau Weinbauer, die Inhaberin, sein?

Die Mollige mit der herausgewachsenen Dauerwelle oder die andere mit der großen, modischen Hornbrille? Konrad tippt: Hornbrille!

Sie ist es auch und bringt Konrad kurz darauf seinen frischen Kaffee an die Theke, an der er mit gekreuzten Beinen lehnt.

»Zucker bitte!«, schiebt er trotz der frühen Uhrzeit verhältnismäßig gut aufgelegt nach. Die schlanke Dame mittleren Alters, elegant von Kopf bis Fuß und in Schwarz gekleidet, deutet freundlich auf das Zuckertütchen, das auf dem Unterteller liegt.

»Ich brauche viel Zucker!«

»Verstehe«, antwortet sie und legt ihm zwei weitere Zuckertütchen auf die Untertasse.

»Sehr viel Zucker.«

Die Frau greift verwundert hinter die Theke und reicht Konrad eine übergroße Zuckerdose. Als sie sieht, wie er zehn Stück Würfelzucker in seinen Kaffee rührt, sagt sie schmunzelnd: »Sie müssen Konrad Kümmer sein, der Gärtner von gegenüber! Ich habe schon viel von Ihnen gehört.«

»Jede Geschichte hat ihre zwei Seiten, das wissen Sie.«

»Ja, das weiß ich. Ich bin Frau Weinbauer«, sagt die adrette Frau lächelnd und schiebt sich mit dem Mittelfinger die Brille ein wenig höher auf die Nase.

»Dann haben wir wohl eine gemeinsame Bekannte«, sagt Konrad.

»Ach ja?«

»Fräulein Wagener sagte mir, Sie sollen einen ausgezeichneten Kaffee haben. Und schon bin ich hier.«

»Das habe ich wohl!«

Konrad setzt die Tasse an, schlürft einen kleinen Schluck und nickt überzeugt. »Haben Sie!« Er muss sich anstrengen, zu verbergen, wie angespannt er ist. Aber er muss sich wie ein Professioneller verhalten, wenn er die Informationen erhalten will, die er benötigt. Und bis zum richtigen Moment abwarten.

»Schöne Grüße an dieser Stelle von Fräulein Wagener«, sagt Konrad und bemerkt, wie der Inhaberin soeben die Gesichtszüge entgleisen. Gebannt nimmt sie die große Brille von der Nase. »Das wird wohl davor gewesen sein.«

Konrad runzelt die Stirn. »Wovor? Wie darf ich das verstehen?«

»Sie lesen wohl keine Zeitung, Herr Kümmer!«

»Doch, ob Sie es glauben oder nicht, auch Gärtner lesen ab und an. Wenn auch lieber den Sportteil, aber das Foto von mir und Fräulein Wagener in der Rubrik Klatsch und Tratsch ist selbst bis zu mir durchgedrungen, falls Sie darauf anspielen.« Er zieht gequält einseitig den Mundwinkel nach oben, als wolle er damit beteuern, dass das Foto und der Anschein, das es erweckt, nicht auf seinem Mist gewachsen sind.

»Den Bericht meinte ich nicht - auch wenn Sie da auf dem Foto gut getroffen sind. In echt wirken Sie älter«, erklärt Frau Weinbauer und schiebt sich wieder ihre Brille auf die Nase.

»Ich hatte nicht viel Schlaf in den letzten Wochen und das Rasieren zugegebenermaßen häufig stark vernachlässigt«, räumt er ein und befühlt seinen Bart. »Aber gab es denn noch einen weiteren Bericht von dieser Charity-Party, von dem ich nix weiß?«

Die Frau schürzt die Lippen. »Nein, Herr Kümmer. Der kam direkt aus dem Leichenschauhaus.«

»Ich verstehe nicht ...« Konrad schiebt die Augenbrauen so eng zusammen, dass sich wieder diese senkrechte Falte zwischen den Augen bildet. Zudem glaubt er ein Déjà-vu-Erlebnis zu erleiden.

»Sie wurde gestern aus ...«

»... dem Main gefischt«, beendet Konrad den Satz.

»Sie haben den Bericht ja doch gelesen.«

Konrad stößt einen undefinierbaren Ton aus. Eine Mischung aus Entsetzen, Angst und - Wut.

Seine Kiefermuskeln pumpen sich mandelgroß auf, so sehr presst er die Zähne aufeinander.

Während in den nächsten Minuten ein paar Nettigkeiten im Andenken an Frau Wagener gewechselt werden, kommt Konrad nicht mehr drum herum, einzusehen, dass das Faible für Tiere und Ladyshaver nicht das Einzige ist, was er über diesen soziopathischen Schweinehund bestätigt weiß, sondern auch, dass er tierisch eifersüchtig auf ihn und seine Frauenbekanntschaften sein muss. Ja, der Killer ist eifersüchtig auf ihn, Konrad Kümmer.

Ansonsten ist er für ihn ganz plötzlich wieder ein unbeschriebenes Blatt. Auf diesem Weg wird er auch nicht weiterkommen. Es ist an der Zeit, eine andere Gangart einzulegen, bevor noch die letzte Frau in seinem Umfeld abgemurkst wird.

Verflucht!

Allein der Gedanke, dass Oskar falsch liegt und noch mehr Zeit verstreicht und weitere Frauen eventuell seinetwegen sterben müssen, zieht Konrad den Magen zusammen.

Würde er das der Polizei melden müssen?

Mal ganz abgesehen davon, dass er die Vorstellung, Frau Wagener könnte die Nächste auf der Liste sein, schon einmal im Geiste durchgespielt hatte. Wenn auch nicht ernsthaft.

Doch würde ihn das nicht nur selbst belasten, statt die Ermittlungen der »SoKo Schweinehund« voranzutreiben?

Konrad sieht die Schlagzeile schon vor sich.

Konrad Kümmer aus Frankfurt-Bornheim (44 3/4 Jahre), aufgewachsen im sozialen Wohnungsbau, keine Ausbildung und im Leben gescheitert und somit Hauptverdächtiger!

Nein danke!

Nicht mit der Polizei ist es an der Zeit, ein ernsteres Wort zu sprechen, sondern mit jemand ganz anderem. Das On-off-Spielchen beginnt von Neuem!

Denn das Schwein hat vielleicht mit seiner Opferwahl den nächsten und entscheidenden Fehler begangen, auf den Konrad nur gewartet hat. Auch wenn der Leitner Oskar das gemäß seiner Erlöser-Tierarzt-Theorie sehr wahrscheinlich anders sehen wird.

»Tja, und die Polizei tappt weiterhin im Dunklen, es ist so furchtbar«, sagt Frau Weinbauer betroffen und schlürft ihren grünen Tee. »Frida, also Frau Wagener, Opfer Nummer vier, ist die Erste, die ein wenig aus dem Raster fällt.«

Vielleicht auch nicht, denkt Konrad. Und diese Tatsache lässt ihn frösteln. Und Oskars Theorie, dass es sich um einen gehörnten Tierarzt handelt, wieder auf Rang B rutschen.

Nein, wie man Tiere heilt, weiß der Jäger gewiss nicht.

Aber sicherlich, wer die Nächste sein wird.

Denn da wären noch Caro - und Wanda.

Und irgendetwas sagt ihm, dass Wanda die Wahrscheinlichere von beiden ist.

»Sie arbeiten für Herrn von Eichenborn, nicht wahr?«, fragt Frau Weinbauer und wechselt das Thema, als habe sie gerade in den Gedanken ihres neuen Gastes gestöbert.

»Ja!«

Die Caféinhaberin ist für einen kurzen Moment still. »Furchtbare Sache, das mit seiner Frau damals.« Sie schüttelt den Kopf. »Viel Negativpresse war das gewesen. Hatte meinem Kaffeeladen schwer zu schaffen gemacht.«

Konrad nickt verständnisvoll. »Es ist wohl Ihr Laden?«, fragt er.

»Japp!« Sie lässt ihren Blick über das Café schweifen, als betrachte sie es zum ersten Mal. »Ich dachte mir, wenn du schon einen Fehler machst, dann mach ihn richtig. Wollen Sie vielleicht ein Brötchen, Konrad? Ich darf doch Konrad zu Ihnen sagen?« Sie deutet auf die Auslage. »Ich habe zufällig soeben welche frisch belegt. Sie schmecken toll.«

Konrad nickt. »Packen Sie mir drei zum Mitnehmen ein.«

»Ich war ja schon die ganze Zeit neugierig auf Sie«, gesteht die Frau kess, während sie die Brötchen in eine Tüte gibt. »Herr von Eichenborn ist ein Stammkunde, wissen Sie, daher unterhalten wir uns ab und an über unsere Angestellten.«

»Sie kennen sich schon länger?«

Hat er das gerade gefragt? Gott sei Dank.

Konrad hat sich wieder im Griff.

Seine Kiefer entspannen sich allmählich, und sein Denkapparat funktioniert wieder. Er schlürft seinen Kaffee, solange er noch heiß ist. Sein Kompliment vorhin war jedoch gelogen. Der Kaffee hier ist natürlich nicht vergleichbar mit dem im Coco's. Einmal Coco's Café, immer Coco's Café.

»Seit Anbeginn dieses Cafés schon, ja!«

Der Stolz in ihrer Stimme ist nicht zu überhören. Frau Weinbauer nimmt die Kaffeekanne und schenkt ihrem Gast am Tresen großzügig nach. Anschließend gesellt sie sich zu ihm und setzt sich mit ihrem schmalen Po auf den Barhocker. Die Hände legt sie in sich gefaltet auf den Tresen. »Konrad, das gefällt mir. Sie trinken Ihren Kaffee klassisch, so wie mein Mann es tat«, sagt sie. »Er war Amerikaner. Auch wenn die Deutschen es den Amerikanern längst nachgemacht haben und den Kaffeekult mittlerweile in den verschiedensten Variationen ausleben, scheint wenigstens einer seinem Kaffee schwarz mit Zucker treu geblieben zu sein.« Sie nippt genüsslich an ihrem grünen Tee.

»Meine Mutter sagte immer: Milch gehört ins Müsli, und das ist nur etwas für Akademiker«, sagt Konrad. »Fast hätte sie sich von meinem Vater scheiden lassen, als dieser plötzlich nach der Hochzeit anfing, Milch im Kaffee zu trinken.«

»Recht hat sie.«

Sie lachen.

Konrad schielt dabei unauffällig auf die Uhr. »Hören Sie«, beginnt er. »Ich bin nicht ganz zufällig hier.«

»So?«

Konrad erzählt ihr, dass er gemeinsam mit ein paar anderen versuche, die alte Schulklasse seines Vaters für ein Jubiläum zusammenzubekommen. Er holt einen zerknüllten Zettel aus der linken vorderen Hosentasche und wirft einen Blick darauf. »Ja. Und Sofia von Eichenborn ist die Letzte auf meiner Liste!« Er räuspert sich. »Man sagte mir, sie sei zurück in ihre Heimatstadt gezogen. Unter der zuletzt bekannten Adresse, hier in der Siesmayerstraße, ist sie nicht mehr erreichbar.« Er sieht die Besitzerin des Kaffeeladens eindringlich an. »Können Sie mir da etwas mehr erzählen?«

»Da gibt es so einiges zu erzählen über diese Frau!« Sie neigt dramatisch den Kopf, schiebt ihre Hornbrille wieder ein Stück höher auf die Nase. »Seltsame Geschichten gingen damals in der Nachbarschaft herum. Meine Mutter erzählte mir als Kind schon davon. Ich bin hier im Westend aufgewachsen. Mein Vater hat den Kaffeeladen früher betrieben.« Die Frau streicht ihr Haar zurück und nimmt die Brille ab. »Selbstverständlich waren die Geschichten nicht auf meinem Mist gewachsen, falls Sie das jetzt glauben. Ich weiß nicht, wer die Gerüchte damals in Umlauf gebracht hatte, aber sie halten sich wacker im Viertel. Man erzählt sich vom Verschwinden der Eichenborn-Frauen. Es soll immer eine lange Krankheit vorgeschoben worden sein. Man habe die Frauen weggeholt und nie mehr wiedergesehen. Wenn man sich nach ihnen erkundigt, sind sie angeblich aufs Land gezogen, gesundheitliche Gründe! Die Märchen halten sich schon seit mehreren Generationen. Doch wer glaubt schon diesen Blaublutgeschichten?« Sie lächelt.

Konrad erwidert es. »Ja, wer glaubt die schon?«

»Aber seltsam ist es trotzdem, nicht wahr?«, fragt sie kopfschüttelnd. »Früher sind die Frauen in dieser Straße verschollen und nie wieder aus der Versenkung aufgetaucht. Dann war lange Zeit Ruhe - und jetzt? Nun werden sie in den Main geworfen! Die Welt wird immer grausamer, und das nur, weil sie nie mit dem zufrieden ist, was sie hat. Jetzt entscheidet sie schon über Leben und Tod. Es muss immer noch ein wenig mehr Macht sein. Genügsamkeit ist heute ein Fremdwort.«

Konrad nickt sachte.

Das hat er schon einmal gehört. Doch merkwürdig findet er in diesem Fall schon lange nichts mehr. Im Gegenteil. Die Informationen fallen in seinem Gehirn an den rechten Platz. Für ihn ist nun alles sonnenklar.

»Wissen Sie etwas über Sofia von Eichenborn, vielleicht auch von früher?« Konrad rührt in seiner Kaffeetasse.

»Wieso interessiert Sie das so?«

»Für das Klassentreffen«, antwortet er.

Die Frau setzt ihre Brille wieder auf, ehe sie antwortet. »Herr von Eichenborn hatte mal erwähnt, dass es Sofia damals gesundheitlich nicht sehr gut gegangen sei.«

Sie tauschen eindeutige Blicke aus, schmunzeln. Dann beugt sich die Inhaberin etwas zu Konrad vor, als hätten die Wände Ohren. »Ich bin nicht sicher, Konrad, aber ich glaube, sie ist in ein Seniorenstift gezogen, eine Art Sanatorium. Der Haushalt fiel ihr wohl zunehmend schwerer. Das hätte Ihnen auch unsere gemeinsame Bekannte Frida Wagener bestätigen können, wenn sie noch am Leben wäre – das Haus war nicht gerade in einem guten Zustand, als sie es übernommen hatte.«

»Verstehe.«

»Das erwähnen Sie aber bitte nicht auf dem Jahrgangstreffen, klar?«

»Klar! Sie wissen nicht zufällig, in welchem Seniorenstift sie untergebracht ist? Vielleicht auf dem Land?«

Konrad spürt es: Er ist nah dran. So nah wie vielleicht noch nie zuvor.

Die Inhaberin des Kaffeeladens zögert. »Ich erinnere mich dunkel, dass es ein wenig außerhalb liegt. Waldhessen oder so ähnlich. Nicht, dass Herr von Eichenborn geizig wäre – Gott behüte. Ich bezahle meine Angestellten weitaus schlechter. Ich glaube, es liegt in einer Region in Hessen, aus der Sofia und ihre Mutter auch ursprünglich stammen. Oder Herr von Eichenborn stammt? Ich bin mir nicht sicher.«

Konrad nickt schwach mit dem Kopf. »Sie haben mir sehr geholfen, Frau Weinbauer. Mehr als Sie annehmen. Was schulde ich Ihnen?«

***

Kurz darauf in der Siesmayerstraße, Frankfurt-Westend

»Konrad! Sie sind zu spät!« Der alte von Eichenborn deutet grimmig auf seine goldene Armbanduhr. »Dabei habe ich mir ausgerechnet heute erlaubt, für Sie mit zu decken. Ich dachte, Sie haben sicher auch noch nicht gefrühstückt.«

Gemischte Gefühle seinem Chef gegenüber übermannen Konrad, als er ihm ins Haus folgt. Sie fühlen sich an wie ein Vulkan kurz vor dem Ausbruch.

Rühr nix an, Kümmer, was den Vulkan zum Ausbrechen bringt!, befiehlt er sich selbst. Nicht einmal die Staubkörner in der Luft!

Die beiden Männer laufen durch den langen Flur der Stadtvilla bis zur Küche. Sie ist nicht aufgeräumt. Der Frühstückstisch ist mit süßer Marmelade und frischem Schinken vom Vortag eingedeckt. Es duftet nach Kaffee. Er läuft lautstark durch den Kaffeefilter. Sein nussiger Duft verbreitet sich so schnell, wie es nur Gerüchte können.

»Hat Sie die selbst ernannte Königin also zum Hofnarren machen wollen!« Herr von Eichenborn verzieht den Mund, als er das sagt. Seine Augen blitzen.

Konrad will etwas entgegnen, doch die Worte sind ihm auf halbem Wege im Hals stecken geblieben. Er beginnt zu husten. Der Alte hat ihn also mit Wanda auf der Party gesehen.

»Ich rate Ihnen, künftig einen großen Bogen um sie zu machen«, fährt Herr von Eichenborn fort. Seine Blicke sagen dabei mehr, als seine Worte ausdrücken. »Sie verstehen mich schon.«

»Ich dachte immer, Königinnen sollte man gehorchen«, entgegnet Konrad.

»Nein. Königinnen, die stören, werden gestürzt.«

Konrad mimt den Ahnungslosen, als habe er keine Ahnung, wovon der Alte spricht.

»Ich meine es ernst, Konrad! Halten Sie sich besser fern von dieser Frau!«

Sonst?, fragt sich Konrad.

Wird sie aus dem Weg geschafft? »Sie tun so, als wäre ich morgen nicht nur arbeitslos, sondern gleich erwerbsunfähig. Von wem oder was sprechen wir hier überhaupt?«

Die Frage kam gelassen. Konrad greift nach der Zuckerdose. »Und was noch viel wichtiger ist: Ist der Kaffee schon durchgelaufen?«

»Ich spreche natürlich von Fräulein Wagener. Was dachten Sie denn?«

»Fräulein Wagener?« Konrad mustert seinen Gesprächspartner eindringlich, wie ein Bulle den Verdächtigen beim Verhör.

Es sind die Augen, die ihn so verblüffen, sollte der Alte ein falsches Spiel spielen. Denn sie strahlen Ruhe und Gelassenheit aus.

»Wenn es nur das ist. Sich von Fräulein Wagener fernzuhalten, dürfte nicht schwer werden, Herr von Eichenborn. Sie sollten öfter mal einen Blick in die Zeitung werfen.« Konrad zieht die Augenbrauen hoch. »Aber vielleicht erzähle ich Ihnen ja gar nichts Neues. Wie war das gleich noch mal mit der gestürzten Königin?«

»Worauf wollen Sie hinaus, Konrad?«

»Frau Wagener betrachtet ihr Königreich von jetzt an nur noch von unten.« Konrad fixiert noch immer eindringlich die Mimik des Alten. Doch dort ist erst einmal keine Reaktion zu erkennen. Kein Zucken der Mundwinkel. Kein Zucken der Augenlider. Doch dann schimmert plötzlich für einen kurzen Moment wieder der Gehetzte durch.

»Was erzählen Sie denn da für Schauermärchen, Konrad? Sie wollen mich wohl auf den Arm nehmen! Das wäre äußerst unerfreulich.«

Unerfreulich?

Konrad versucht, dieser Aussage eine tiefere Botschaft zu entnehmen. Entweder der Alte rechnet sich den Mietausfall aus, oder es gibt einen anderen Grund, weshalb er geradewegs durch Konrad hindurch sieht.

»Ich sage bloß, wie es ist«, erklärt Konrad nach einer Weile.

»Wenn das wirklich so sein sollte, dann war es wohl für Fräulein Wagener an der Zeit«, stammelt der Alte und faltet seine Hände wie zum Gebet. »Ich muss mich sodann für meine ungehobelte Ausdrucksweise ihr gegenüber in aller Form entschuldigen.« Er neigt den Blick. »Das hat selbst sie nicht verdient.«

Konrad versucht herauszufinden, ob er echte Betroffenheit vernimmt oder ob er hier Opfer eines guten Bühnenstücks wird. Doch es deutet wider Erwarten alles darauf hin, dass die Reaktion des alten Mannes echt ist. Denn auch Trittbrettfahrer werden so etwas wie Reue empfinden, oder nicht?

Doch Konrad will sich mit dieser Unterstellung erst ganz sicher sein, bevor er sie einem Dritten gegenüber äußert. Und konzentriert sich jetzt erst einmal wieder auf Sofia. »Vielleicht liegt es ja auch an der Jahreszeit oder am Wetter, aber die Schwiegermutter meines Vaters ist am Wochenende schwer gestürzt«, wechselt der Gärtner das Thema, während er sich mit Zucker eindeckt. »Fast wäre es ihr letzter Sturz geworden.«

»Tut mir leid zu hören.«

»Sie lebt alleine. Das wird sich jetzt aber ändern.«

Der Alte nickt wissend.

»Das Heim sollte jedoch nicht mitten in der Stadt sein«, fährt Konrad fort, gefolgt von einem auffordernden Blick. »Mein alter Herr ist da jetzt auf Empfehlung in der Region Waldhessen auf mehrere Einrichtungen gestoßen. Da soll es sehr grün sein.«

Ob der Fisch den Köder geschluckt hat?

»Ich kenne Waldhessen«, entgegnet der Alte gedankenlos. »Dort ist es wahrhaftig grün.«

»Und kennen Sie auch zufällig ein gutes Seniorenheim dort?«

»Ich kenne tatsächlich eine Einrichtung.« Herr von Eichenborn greift nach der Kaffeetasse, noch immer seinen Gedanken nachhängend. »Sie genießt wohl auch einen recht guten Ruf.«

»Klingt fantastisch. Sie waren mal dort?«, fragt Konrad.

»Ich kenne jemanden, der dort lebt. Ich war zwar nie dort, aber mir ist nicht bekannt, dass es ihr dort nicht gut geht.«

Ihr?

Das überrascht Konrad nicht wirklich zu hören und bringt seine Lippen zu einem überlegenen Grinsen. Doch dann: Ein wenig mühsam erhebt sich Herr von Eichenborn plötzlich von seinem Stuhl und beginnt angestrengt in einer Küchenschublade zu wühlen. Er zieht schließlich einen Prospekt heraus, auf dem ein hübsches Haus abgebildet ist. Sogleich legt er ihn jedoch wieder zurück. Er betrachtet Konrad mit einem gequälten Gesichtsausdruck, als habe man ihm gerade zwischen die Beine geschlagen.

»Ich kann den Prospekt jetzt leider nicht finden, Konrad.« Er schließt die Schublade wieder. »Tut mir leid, Ihnen nicht weiterhelfen zu können.«

Treffer!

Wieso sonst macht er ein solches Geheimnis um einen Prospekt?

»Es liegt zumindest irgendwo bei Waldhessen. Die Stadt fängt mit F an, oder so. Ich erinnere mich nicht mehr«, sagt der Alte mit Nachdruck.

Noch mal Treffer.

Denn das war gelogen! Konrad starrt wortlos auf die Schublade. Sein Brötchen hat er nicht einmal angerührt.

»Und jetzt, junger Freund, entschuldigen Sie mich einen Moment. Der überraschende Tod von Fräulein Wagener hat mich doch eiskalt erwischt.«

»Wollen Sie denn gar nicht wissen, wie sie umgekommen ist? Sie wurde nämlich ermordet. Der Serienkiller, der seit ein paar Wochen da draußen sein Unwesen treibt, hat sie zu Opfer Nummer vier gemacht!«

Der Alte hält inne und schleicht dann jedoch ebenso zügig wie wortlos auf seinen Stock gestützt aus der Küche. Konrad verfolgt ihn mit den Augen, bis er ihn nicht mehr sehen kann, und holt blitzschnell sein Handy aus der hinteren Hosentasche. Und wählt seine Haustelefonnummer. Wanda hebt nach dem vierten Klingeln ab.

»Habe ich dir erlaubt, an mein Telefon zu gehen?«, flüstert er in den Hörer. »Tatsächlich? Dann war klar, dass es zu verbieten überflüssig gewesen wäre. Wanda, um es kurz zu machen: Ich habe eine starke Vermutung, wo sich Sofia aufhält. Darüber hinaus noch eine weitere schlimme Vermutung, aber das würde jetzt zu weit führen. Hast du was zu schreiben parat? Und dann schwing dich ins Internetcafé.«

Konrads Blick ist auf den Flur gerichtet.

Und wandert dann auf die Küchenschublade.

»Alles deutet darauf hin, dass dein Onkel wohl selbst lange nicht dort gewesen ist - was Rückschlüsse auf sein Verhältnis zu Sofia zulässt. Aber ich gehe dem weiter auf den Grund.«

»Wessen gehen Sie weiter auf den Grund?«

Konrad schaut ertappt auf. Er drückt das Telefonat weg und ringt nach einem Erklärungsversuch.

Er gelingt.

»Das war mein alter Herr. Er hat zufällig angerufen. Ihr Tipp mit Waldhessen war gut, den habe ich ihm gleich weitergegeben.«

»Ich habe es nicht klingeln gehört«, sagt der Alte und nimmt wieder am Tisch Platz. Konrad ignoriert seine Bemerkung. »Und wessen wollen Sie nun auf den Grund gehen?«

»Der Verfügbarkeit natürlich.«

Und Konrad ist sich fast sicher, dass ein Platz an eine Frau namens Sofia von Eichenborn vergeben ist. Und wenn er den Geschichten aus der Gegend Glauben schenken darf, dürfte sie nicht die erste und vielleicht auch nicht die letzte von Eichenborn sein, die dort »aufs Land geschafft« wurde.

Weshalb auch immer.

Und was auch immer ihn dort erwarten wird - Konrad wird es noch herausfinden.

Der Alte pausiert, ehe er sagt: »Sie sind ein Detektiv!«

»Wie bitte?« Konrad wird heiß. Unter seinen sonnengebräunten Wangen zeichnet sich eine leichte Röte ab. Zumindest hat er das Gefühl. Die Nummer gerät irgendwie außer Kontrolle. Konrad bemüht sich, ungerührt und gelassen zu wirken, wenn er antwortet. Ohne zu wissen, ob es ihm gelingt. »Was meinen Sie denn damit, Herr von Eichenborn?«

Es ist gelungen.

»Sie arbeiten doch in einem Kaufhaus als Detektiv, oder nicht?«, wiederholt der Alte.

»Klar.«

»Na also: Dann finden Sie doch heraus, ob dort in Waldhessen noch Plätze frei sind!«

Herr von Eichenborn greift zittrig nach seiner Kaffeetasse. Konrad ebenfalls. Er nutzt den Moment und atmet tief aus. Und hat jetzt eine starke Vermutung, wo Sofia von Eichenborn sich aufhält und wessen Gesicht Natascha, Elisabeth Meyer, die Brünette und auch Fräulein Wagener als Letztes gesehen haben. Er weiß nur noch nicht, wie er es beweisen soll.

***

Lissner Organisation, Frankfurt-Ost

»Aschenputtel höchstpersönlich! Komm rein«, bittet Eva, als sie an Wanda herunter sieht. »Nimm dir eine Tasse Kaffee und mach es dir bequem.«

»Noch mal danke für neulich!«, beginnt Wanda, ehe sie sich auf dem Stuhl vor Evas Chaosschreibtisch niederlässt. Sie lächelt. Dann klingelt das Telefon.

»Warte, Kindchen!« Eva Lissner umklammert den Hörer. »Ja, was gibt es?« Sie drückt den Hörer fester ans Ohr, als flüstere der Teilnehmer auf der anderen Leitung. Kurz darauf vibriert das Handy unter einem Stapel Papiere. »Auch das noch! Bleibst du kurz dran?« Lissner greift mit einem gekonnten Griff zum Handy. »Ja bitte?« Stille. »Ich habe ein Gespräch auf der anderen Leitung. Kann das warten?« Erneutes Schweigen. »Mein Gott. Dann halten Sie sich bitte kurz! Die Rechnung? Welche Rechnung? Menschenskinder! Bleiben Sie dran!« Mit einem vor dem Spiegel eingeübten Lächeln lauscht Eva Lissner der Stimme auf der anderen Leitung. Dann verdreht sie die Augen und zuckt zu Wanda gerichtet mit den Schultern.

Ist es wirklich so wichtig, alle paar Minuten ein Gespräch abzubrechen, eine SMS zu bekommen und einen völlig unwichtigen Anruf anzunehmen? Wohl kaum.

Wanda kennt diese Überflutung nicht. Sie bekommt Briefe. Und die stecken ordentlich in ihrer Briefkastenanlage, die aus unpersönlichen Nummern, statt aus Namen besteht. Wanda kann sie dann lesen, wenn sie Zeit dafür hat. So wie gestern. Da steckten erstmalig gleich zwei Briefe im Briefkasten mit der anonymen Nummer 101, die Wanda dann gleich im kargen Treppenhaus geöffnet hat.

Es waren ein dunkler und ein heller Umschlag gewesen. Wanda hatte den dunklen eindringlich befühlt. Nachdem sie ihn geöffnet hatte, war ein Stoß Papiere zum Vorschein gekommen sowie ein Begleitbrief mit Briefkopf aus der Fürstenbergerstraße. Wanda hatte beim Gedanken an ihren Anwalt verlegen um sich geschaut. Auch jetzt, im Büro von Eva Lissner, steigt ihr wieder eine leichte Röte ins Gesicht.

Seine besonderen Vorlieben sind der Grund dafür.

Ohne an Whisky und Zigarren zu denken.

Doch er hat Wanda in der Hotelsuite versprochen, seine guten Kontakte zur Staatsanwaltschaft zu nutzen, der es obliegt, gegen Sofia zu ermitteln.

Das Bewusstsein, dass nicht nur der Prozess über Wandas Erfolg und Niederlage entscheiden kann, sondern auch die zu leistende Überzeugungsarbeit bei der Staatsanwaltschaft, damit diese den Prozess überhaupt möglich macht, hat Philipis deutlich herausgestellt. »Keine Sorge. Der Staatsanwalt ist mir noch einen Gefallen schuldig«, hatte er an dem besagten Abend im Hotel gleich mehrfach betont. Und er hat ihn nun wohl eingefordert. Das Schreiben bestätigt nämlich, dass für den Fall, dass die Staatsanwaltschaft gegen Sofia von Eichenborn ermitteln sollte, der Jurist Wanda als Nebenklägerin gegen Sofia von Eichenborn vertreten werde.

Es war förmlich geschrieben. Wie ein Kettenbrief. Als hätte die Nacht in der Hotelsuite nie stattgefunden.

Doch Philipis hatte auf der Charity-Party auch erwähnt, dass er Wandas Unterstützung brauche – und ihr Auftreten vor Gericht wichtig sei. Eine Zustimmung für die Verkürzung der Bewährungszeit sei daher mehr als hilfreich. Hierüber habe der zuständige Richter, auf Empfehlung der Bewährungshilfe, zu bestimmen.

Deshalb ist sie hier.

Nur Eva Lissner telefoniert noch immer.

Wanda gähnt leise. Dann erhebt sie sich von ihrem Stuhl und verlässt das zugequalmte Büro, läuft den schmalen Flur entlang bis zum Ausgang und nimmt die Treppe nach unten. Sie will kurz frische Luft schnappen. Unten angekommen, sieht sie, wie Evas Zigarettenrauch aus dem Fenster der vierten Etage nach draußen zieht. Wanda schlendert über den Asphalt des Hinterhofs. Von der anderen Seite des alten Gebäudes dröhnt der Verkehr herüber. Im zugigen Hinterhof ist es noch kälter als vor dem Haus. Wanda hat ihre Jacke oben vergessen und beschließt, wieder hoch zu gehen, als sie etwas sich in der Fensterscheibe des Erdgeschosses hell widerspiegeln sieht.

Wie ein Blitz von einer Fotokamera.

Sie legt ihre Stirn an die kalte Fensterscheibe. Doch das Ladengeschäft steht noch immer leer. Als sich eine Gestalt in der Fensterscheibe spiegelt, schaut sie um sich.

Der Mann mit hochgeschlagenem Mantelkragen! Als er sieht, dass Wanda ihn bemerkt hat, geht er zügig weiter. Wanda folgt ihm. Doch je schneller sie wird, desto schneller wird auch der Mann. Als sie vorne an der Straße ankommt, läuft sie Eva Lissner geradezu in die Arme!

»Wanda, Kindchen! Halt, wo willst du denn hin? Nicht so eilig!«, ruft sie und nimmt Wanda bei der Hand. »Ich habe mich schon gefragt, wo du abgeblieben bist! Dein Kaffee wird kalt. Und du übrigens auch, wenn du noch länger hier draußen herumschleichst.«

»Hast du den Mann eben gesehen?«, ruft Wanda außer Atem. Stressflecken bilden sich in ihrem Gesicht. »Sein Mantelkragen verdeckte sein Gesicht, als müsse er eine Narbe verstecken! Hast du ihn gesehen?«

»Welchen Mann? Und welche Narbe? Hast du Fieber?«

»Na der, der eben aus der Hofeinfahrt gelaufen kam! Mit der Fotokamera! Er hat mich einfach so fotografiert. Ohne Grund. Und neulich auf dem Bauernmarkt schon mal.«

»Geht's dir nicht gut? Da war gewiss kein Mann, Kindchen.«

»Natürlich war da ein Mann. Ich bin doch nicht verrückt!«

»Wanda. Sieh mich an. Glaubst du etwa, ich würde dich grundlos belügen?«

»Wenn du es genau wissen willst, du hast heute so einen merkwürdigen Glanz in den Augen.«

»Das liegt an den Wechseljahren. Die halten länger an, als behauptet wird, Kindchen.«

***

Zur selben Zeit in der Siesmayerstraße, Frankfurt-Westend

Konrad sieht wieder einmal, auf allen vieren, aus dem Augenwinkel, wie der Alte mit Mantel und Hut aus dem Haus gelaufen kommt.

Zeit für Schritt zwei auf seinem Tagesplan.

»Sie gehen, Herr von Eichenborn?«, ruft Konrad, drückt den Rücken durch und richtet sich auf.

»Wonach sieht es denn Ihrer Meinung nach aus?«

»Es war viel Kaffee vorhin beim Frühstück. Ich hätte Sie beim Einstellungsgespräch warnen sollen, aber Koffein läuft nur so durch bei mir. Ich hoffe, Sie haben keine allzu lange Tour vor sich.«

Der Alte ist auf Höhe des Gartenmäuerchens, bleibt stehen, kramt in seiner Jackentasche und legt wortlos seinen Haustürschlüssel darauf ab. Dann geht er weiter.

Der sah auch schon mal besser aus, denkt Konrad und kann nicht ausschließen, ob sein verehrter Herr von Eichenborn nicht seiner solventen Mieterin nachhängt. Mit Verachtung im Blick schnappt er sich die Schlüssel und verschwindet in dem prächtigen Haus.

Es ist niemand da.

Kein Hausmädchen. Kein Herr von Eichenborn. Konrad Kümmers Spürnase wird scharf. Er muss sich zügeln, als er den breiten, langen Flur entlangschreitet – jedoch ohne voreilig seine beiden Fälle zu vermischen. Er ist hier wegen Sofia. Er folgt dem Flur weiter, von dem fünf Türen abgehen. Die letzte Tür links führt zum Badezimmer. Die davor zur Küche. Die Tür an der gegenüberliegenden Seite verbirgt ein weiteres großes Zimmer. Konrad verschwindet im Badezimmer und lässt nach einer Weile die Klospülung laufen. Danach für drei Sekunden den vergoldeten Wasserhahn. Bei dem Alten weiß man nie – hier scheinen selbst die Wände Ohren zu haben!

Konrad drückt auf die Türklinke und tritt wieder hinaus auf den Flur.

Er ist düster.

Konrad spart es sich jedoch, das Licht einzuschalten. Er hat schon den Türknauf zur Küche in der Hand, als hinter ihm die alten Dielen knarren. Ein kurzer Blick über die Schulter, doch Fehlalarm! Niemand zu sehen. Der Frühstückstisch sieht noch genauso aus, wie sie ihn vorhin verlassen haben. Konrad öffnet blitzschnell die besagte Schublade und wühlt darin.

Tausend Zettel.

Papiere.

Briefe.

Und dann: »Autsch!«

Konrad hat sich beim Wühlen etwas Spitzes unter den Fingernagel gerammt. Es blutet leicht. Der spitze Übeltäter entpuppt sich als eine Visitenkarte.

»Eva Lissner«, liest er. Wo hat er den Namen bloß schon mal gehört?

***

Lissner Organisation, Frankfurt-Ost

Wanda sitzt wieder in dem stickigen, verrauchten Büro vor Eva Lissners Schreibtisch. Oben, in der vierten Etage. Das Fenster ist geöffnet. Eine Kältewelle durchfährt ihren Körper. Sie hustet wegen der Zigaretten und wedelt mit der Hand den dichten Qualm vor ihrer Nase weg.

»Ich weiß, Kindchen. Ich sollte das Fenster wieder öffnen.« Eva Lissner zündet sich eine Zigarette an und sieht durch den Rauch hindurch zu Wanda. »Stell dir vor: Es ist nicht mal zwölf Uhr, und vor lauter Stress habe ich heute schon anderthalb Schachteln geraucht.«

»Das Fenster ist offen«, bemerkt Wanda.

»Tatsächlich. Du hast recht.«

Wanda wagt einen neuen Versuch. »Der Mann hatte eine Kamera. Ich habe ihn ganz genau gesehen!«

»Welcher Mann?«

»Der Mann von eben! Er ist nur zwei Sekunden vor mir aus dem Hof gelaufen. Du musst ihn gesehen haben.«

»Menschenskinder, Engelchen, hier kommen täglich Hunderte aus dem Hof gelaufen. Unten im Erdgeschoss ist eine Galerie. Noch einen Schluck Kaffee?«

Wanda nickt.

Wieder einmal ohne zu wissen, weshalb sie nicht endlich klarstellt, dass sie lieber Tee trinkt. Und die Galerie, von der Eva spricht, ist ein leer stehendes Ladengeschäft.

»Aber erzähl mir lieber, was ich für dich tun kann! Wir wurden vorhin so unschön unterbrochen«, drängelt Eva Lissner, als wolle sie eine Leiche loswerden, blickt auf die Uhr und schenkt Wanda heißen Kaffee nach.

»Ich wollte dich um einen Gefallen bitten, Eva«, sagt Wanda ohne Umschweife.

»Mal was ganz Neues?« Als bereue sie diesen Einwurf, sagt Eva Lissner lächelnd: »Schieß schon los. Hat es etwas mit diesem Mann zu tun, von dem du mir längst erzählen wolltest?« Eva Lissner zwinkert, als sie das sagt. »Ich warte nämlich noch immer auf die Story.«

»Darum geht es nicht. Ich muss einen Antrag auf Verkürzung der Bewährungszeit stellen!«

Lissner sieht über ihren klitzekleinen Brillenrahmen hervor. Ein kurzes erschrecktes Aufflackern ist in ihren Augen zu sehen. »Einen Antrag worauf? Wie kommst du denn bloß darauf?«

»Ich brauche die Verkürzung für meinen Prozess!«

»Prozess? Sekunde, Kindchen, was für einen Prozess?«

***

Auf dem Weg nach Friedewald in Waldhessen

Schritt drei auf Konrads Dreistufenplan.

Nördlich von Frankfurt, in Waldhessen, in dem das kleine Nest Friedewald liegt, scheint das Leben noch seinen geruhsameren Gang zu gehen. Als liefen die Uhren dort langsamer, wirkt alles heller.

Grüner.

Frischer und weitläufiger.

Schon nachdem Konrad die Skyline der Frankfurter Metropole nur noch schemenhaft in seinem Autorückspiegel gesehen hat, meint er, bereits fernab der Zivilisation zu sein. Nach endlos wirkenden Feldern, auf denen der Winterweizen bereits gesät ist, fährt Konrad nun mit dem geliehenen roten Volvo von der Autobahn ab. Der Song, der dabei im Radio spielt, war das Lieblingslied seiner Mutter. Ein Lied, das sie oft gehört hat, als er noch ein Kind war. Für eine Sekunde sieht er seine Mutter zu dem Song tanzen. Sie wirbelt durch die kleine Wohnung in der Antoninusstraße und fordert seinen Vater auf, mit ihr zu tanzen. Die laute Musik verstummt erst dann im Radio, nachdem Konrad auf den großen Parkplatz des Seniorenstiftes gefahren ist. Der Prospekt liegt neben ihm auf dem Beifahrersitz seines Carsharing-Wagens. Er bringt die Kutsche zum Stehen und stellt den Fahrersitz nach hinten, für etwas mehr Beinfreiheit.

Sieht nett aus, denkt er sich beim Anblick des Gebäudes, und bleibt noch einen Moment im Wagen sitzen, greift nach seinem Handy und wählt eine Frankfurter Festnetznummer, die ihn mit einem Teilnehmer in der Antoninusstraße verbindet.

»Kümmer!«

»Hier auch.«

Stille.

»Hier ist dein Sohn.«

»Konrad?«

»Wie viele Söhne hast du?«

»Sei nicht albern. Was soll die dämliche Frage? Werde endlich erwachsen, Junge!«

Konrad schnaubt abfällig, doch dann lächelt er, als freue er sich zu hören, dass alles beim Alten zu sein scheint.

»Was gibt es denn nun, Konrad?«

»Darf ein Sohn nicht einmal hören, wie es seinem Vater geht?« Konrad sieht aus dem Fenster. Er blinzelt gegen die Sonne und betrachtet das Gebäude, das vor ihm liegt. »Und Paps? Wie geht es dir?«

Räuspern am anderen Ende. Es mündet in ein schweres Husten.

»Danke, das war Antwort genug!« Konrad kräuselt die Stirn und betrachtet sich im Rückspiegel, fährt sich durch sein halblanges Haar, als kämme er es mit den Fingern.

»Wo bist du, Junge? In deiner viel zu teuren Bude auf der Berger Straße, bei den Hippies?«

»Man nennt sie heute Studenten, Paps. Und nein! Ich bin im Auto in Waldhessen.«

»Wald...«

»Waldhessen. Genau genommen in Friedewald!«

»Mal wieder eine viel zu junge Frau?«

Konrad bleibt die Antwort schuldig. Doch jung? Nein, das ist sie diesmal mit Sicherheit nicht.

»Ein Job?«

Konrad hält auch jetzt den Mund. Er möchte nicht antworten. Soll sein Vater doch denken, was er will. Oder denken muss. Er setzt ein breites Grinsen auf, sieht auf die Uhr und will das Gespräch zum Abschluss bringen. Er öffnet die Wagentür. »Mach's gut, Paps. Wir hören uns! Vielleicht.«

»Hast du etwa wieder getrunken, Junge?«

Konrad hat aufgelegt.

Sofort fällt ihm wieder ein, weshalb er sich nur von Zeit zu Zeit bei seinem alten Herren meldet und wie es sich anfühlt, wenn er es dann getan hat. Er ist das Spiel vom unzufriedenen Vater und dem nichtsnutzigen Sohn mehr als leid.

»Und jetzt mach den Kopf frei, Kümmer! Du bist keine zwölf mehr!«, befielt er sich selbst, schüttelt sich, als wolle er eine drohende Erkältung abwimmeln.

Friedewald!, stimmt er sich ein. Nett!

Er steht breitbeinig, mit den Armen in die Hüften gestemmt, auf dem Parkplatz und saugt die frische, klare Landluft in seine Lungen. Es riecht nach nasser Erde und Tannenzweigen. Doch wohnen wollen würde er hier nicht. Wie gut, dass er vor über zehn Jahren mit dem Trinken aufgehört hat und er noch ein paar Jahre länger davon verschont bleibt. Er wirft die Wagentür zu, steckt den Prospekt zweimal gefaltet in seine Jackeninnentasche und schließt den Wagen ab. Dann begibt er sich schlendernd zum Eingang des Seniorenstifts, einem großen, modernen Gebäude mit viel Glas und Ausblick auf weite Felder. Am Empfang angekommen, blicken ihn zwei graue Augen an, die zu einem freundlichen älteren Sommersprossengesicht gehören.

»Hi, ein Doppelzimmer, aber mit Fingerfarbemalen, Bingoabend und allem, was dazu gehört.« Konrad grinst provozierend und schiebt gehetzt nach: »Bitte.«

Als habe man diesen Spruch nicht zum ersten Mal gehört, sagt die Frau am Empfang tonlos: »Wen wollen Sie besuchen?« Sie trägt, wie in einer Klinik, einen weißen Kittel mit einem bunten Namensschildchen.

»Ich komme im Auftrag der Familie von Eichenborn, Frau ...« Konrad beugt sich ein Stück über den Empfang, kneift die Augen zusammen, »Friederike!«

»Bitte? Welche Überraschung!«

Verlegen blickt die Frau um sich. Es scheint ihr die Sprache verschlagen zu haben. »Also«, stammelt sie dann und hält den Atem an. Konrad zieht die rechte Augenbraue hoch. Er lässt sie erst nach unten gleiten, als die Frau am Empfang wieder ausatmet.

»Sie kommen im Auftrag von Herrn von Eichenborn. Darauf waren wir nicht vorbereitet. Die Chefs sind heute Vormittag nicht im Haus.«

»Ich brauche keine Blaskapelle«, antwortet Konrad und dreht den Kopf, um einen Blick ins Gebäude zu werfen. »Und auch nicht Ihre Chefs. Ich möchte nur eine Bewohnerin besuchen.«

»Eine Bewohnerin besuchen? Und wer wäre das bitte?«

Sie scheint nicht die Hellste zu sein, denkt Konrad und antwortet mit einem Zwinkern: »Wenn ich Ihnen das verraten würde, müsste ich Sie leider umlegen.« So langsam hat er sich in die Rolle des Detektivs eingefunden.

»Ich hoffe, Sie scherzen!«, entgegnet sein Gegenüber wenig beeindruckt.

»Ich möchte gerne zu Sofia von Eichenborn!«

Die Frau wird nun nervös, schüttelt bedächtig den Kopf.

»Wie nein?«, fragt Konrad.

»Sie wohnt hier nicht!«

»Das muss ein Irrtum sein. Sehen Sie doch mal in Ihrem schlauen Büchlein nach!«

»Ich brauche nicht nachsehen. Wir sind eine neue Einrichtung. Ich kenne unsere Bewohner und Bewohnerinnen.«

Neu?

Nun schüttelt Konrad den Kopf. »Bitte Friederike, sehen Sie noch mal nach! Ich bin sicher, dass sie hier wohnt!«

»Tut mir leid! Ich kann Ihnen wirklich nicht helfen.«

Enttäuscht schlägt Konrad mit der flachen Hand auf den Empfangstresen und wendet sich ab. Er kann sich plötzlich gut vorstellen, warum es damals schon immer unmöglich gewesen sein muss, eine verschollene von Eichenborn »auf dem Land« ausfindig zu machen. Dabei ist er so sicher gewesen, dass Sofia hier ist. Er ist verwundert über diese Geheimniskrämerei.

»Kann ich Ihnen weiterhelfen?«, fragt ein junger Kerl mit Baseballmütze und Rechen vor dem Haus, der das Laub von A nach B schiebt.

Konrad mustert ihn. »Sag du es mir!«
»Dann sagen Sie mir, wen Sie suchen!«
Konrad stoppt.
Er geht ein paar Schritte auf den Jungen zu. Dann hält er ihm einen zusammengerollten Zehner hin.
»Von Eichenborn, Sofia!«, sagt er. Das kennt er aus Filmen. »Wo finde ich sie?«
Der Junge schiebt sich die Baseballmütze ein wenig aus dem Gesicht, greift nach dem Schein und lacht laut auf.
»Das ist alles von Eichenborn! Sofia finden Sie hier aber nicht. Sie ist im alten Gebäude untergebracht. Bei den Gutbetuchten!«
Dem alten Gebäude? Wusste ich es doch!, denkt Konrad selbstzufrieden. Und das alles soll Besitz der von Eichenborns sein?
Wieso hat der alte von Eichenborn das nicht erwähnt? Oder besser gefragt: Wieso hat er diese Information bewusst verschwiegen?
»Wie komme ich zu diesem alten Gebäude?«

***

Kurz zuvor, Lissner Organisation, Frankfurt-Ost

»Prozess? Verkürzung deiner Bewährungszeit? Menschenskinder!« Eva wiederholt die Worte schon zum zweiten Mal. »Ich überhöre das besser mal.«
»Du machst mich ganz nervös, wenn du mit dem Stuhl hinter deinem Schreibtisch vor und zurück wippst«, entgegnet Wanda, während Eva einen Bleistift zwischen ihren Fingern wandern lässt und sich ihre Zigarette im übervollen Aschenbecher von alleine raucht.
»Ich würde dir unendlich gerne helfen, Kindchen.«
Sie lächelt.
Jedoch viel zu überzogen.

»Das ist mein Ernst, Wanda. Doch leider bin ich da die Falsche!«

»Die Falsche?« Klar doch!, denkt Wanda. In ihren Augen ist Enttäuschung zu sehen.

»Mir sind die Hände gebunden. Da musst du dich vielleicht an diese Mc Gaby halten!«

»Sie heißt Mc Carthy!«

»Wie auch immer«, fährt Eva fort und greift nach ihrem Zigarettenpäckchen. Als sie feststellt, dass es leer ist, schmeißt sie es in den Müll. Ein Blick auf die im Aschenbecher verbrennende Zigarette zeigt, dass auch diese sich dem Ende zuneigt. Als Eva Lissner sie ausdrücken will, fallen zwei Kippenstummel über den vollen Aschenbecherrand. Hektisch kramt sie unter einem Papierstapel auf ihrem Schreibtisch. »Ich kann maximal über dein positives Sozialverhalten in Freiheit schreiben, wenn dir das etwas bringt. Doch auch das wird schwierig.«

»Wieso schwierig?« Wanda bläht wütend die Nasenflügel auf. Und ihre Messgeräte schlagen aus. Eine leichte Übelkeit aus der Magengegend überkommt sie.

»Schätzchen?« Eva Lissner hält eine neue Schachtel Zigaretten in den Händen. »Sei so gut. Reich Eva den frischen Aschenbecher!«

Wanda kommt der Bitte nach. »Was daran ist, bitte, so schwierig, Eva?«, fragt sie gereizt, aufgewühlt von Evas Hektik.

Diese steckt sich eine Zigarette an, nimmt einen tiefen Zug und lehnt sich endlich zurück. Sie stößt den Rauch hart aus. »Erzähl mir mal lieber, was du für einen Prozess anstrebst!«

Wanda spürt bei dieser Frage eine deutliche Enge. Sie weiß nicht, ob es am Tonfall der Frage liegt, oder an der Person, die sie gestellt hat.

»Ich möchte meine Unschuld beweisen! Als Nebenklägerin. Die Staatsanwaltschaft wird meinen Fall von damals neu aufrollen und dieses Mal dafür sorgen, dass die richtige von Eichenborn auf der Anklagebank sitzt.«

Die Frau hinter dem Schreibtisch presst die Lippen aufeinander.

Und verstummt.

Was selten vorkommt.

Sie zieht an ihrer Zigarette, und ihre Augen sind aufmerksam auf ihren Schützling gerichtet.

»Ich will diese Schuld ablegen, Eva. Zehn Jahre hat sie mich belastet. Und das war lang genug.« Wanda neigt den Kopf, schlägt die Augen nieder. »Es waren deine eigenen Worte, du erinnerst dich? Ich sage nur: Trauerweide!«

»Die Schuld ist doch beglichen. Du hast die Strafe abgesessen, Wanda!« Evas Stimme klingt jetzt ganz sanft und appelliert an Wandas Herz. Wie eine Mutter. »Es ist vorbei! Du kannst es hinter dir lassen und wieder nach vorne schauen.«

»Was weißt du denn schon! Du sitzt nicht auf meiner Seite des Schreibtischs! Wenn es doch bloß für einen einzigen, verdammten Moment so wäre!« Wanda ist knallrot vor aufgestautem Zorn. Ihre Ohren glühen. Sie räuspert sich verlegen. Und sie ist zu weit gegangen, dämpft ihre Stimme. »Eva, ich habe niemanden umgebracht.«

»Das weiß ich, auch wenn ich nicht im Detail weiß, was dich ins Kittchen gebracht hat, Wanda, doch ich glaube dir, dass es unberechtigt war. Aber ich glaube auch, dass deine Verurteilung ein Stück Vergangenheit ist, das auch in die Vergangenheit gehört. Ich warne dich: Schlafende Hunde soll man nicht wecken!«

Wandas Messgeräte schlagen erneut aus.

Nun etwas weiter, bis rein in die tiefrote Zone.

War das etwa eine Drohung?

Wanda schüttelt den Kopf.

Entgegen allen Versuchen haben sich ihre Augen mit Tränen gefüllt. »Du verstehst das einfach nicht, oder?«

»Ich verstehe dich besser als du denkst, Fräulein von Eichenborn!«

Wanda spürt ein plötzliches Misstrauen in sich aufsteigen. Wie so oft in letzter Zeit, wenn sie zusammen sind. »Was willst du damit andeuten, Eva?«, fragt sie ohne jede Betonung.

»Gar nichts. Nicht jeder will dir etwas Böses, auch wenn dir das sichtlich schwerfällt zu glauben. Ich bin dafür da, um dir dein Leben etwas leichter zu machen.« Lissners Augen schreien nach Versöhnung. »Und ein Prozess klingt alles andere als leicht.«

»Wie gesagt, du verstehst das nicht.«

»Was würde deine Familie dazu sagen? Hast du daran mal gedacht?«

Ein Axthieb, der gesessen hat. »Ich sagte doch Eva: Es gibt keine Familie!« Wanda versteckt ihren Frust hinter einem Papiertaschentuch. Verlegen schnäuzt sie sich die Nase. Reiß dich zusammen, Wanda!, brüllt ihre innere Stimme.

»Jeder hat Familie, Kindchen. Auch wenn man sie sich nicht aussuchen kann.« Eva Lissner drückt ihre Zigarette im frischen Aschenbecher aus.

»Man könnte glauben, du ergreifst Partei für sie!« Wanda verschränkt die Arme vor der Brust. Sie ist, was ihre Tränen betrifft, über dem Berg. Alles wieder unter Kontrolle!

»Menschenskinder. Ich mache gar nichts! Ich denke nur, du solltest dir die ganze Sache einfach noch mal in Ruhe durch den Kopf gehen lassen. Und jetzt lass uns doch von etwas anderem sprechen, ja?«

Doch Wanda hat sowieso längst beschlossen, auf Evas Fragen nicht mehr einzugehen. Sie wird das Gefühl nicht los, dass sie schon zu viel gesagt hat.

***

Kurz darauf, in Friedewald in Waldhessen

Konrad steht nun schon seit ein paar Minuten im Wald auf einer Lichtung, vor dem schmiedeeisernen Tor des

Seniorenstifts, und schaut zwischen den Gitterstäben hindurch. Hohe Bäume umragen das eingezäunte Gelände. Konrad nimmt den letzten Zug von der Zigarette, inhaliert den Rauch einer Camel, betrachtet die Rauchkringel aus seinem Mund, ehe er die Kippe in die Abflussrinne schnipst. Er hat sie vom Gärtner geschnorrt. Und sie hat beschissen geschmeckt.

Ekelhaft!

Was so ein verdammtes Telefonat mit seinem alten Herren alles so anrichten kann. Es hatte schon seinen Grund, die Glimmstängel damals aufzugeben. Und auch das Telefonieren. Das war ungefähr zur selben Zeit, als er aufgegeben hat, zu hoffen, einmal den Kopf über das Wasser zu bekommen und seinen Vater stolz zu machen. Zudem wollte er das Leben genießen. Ohne Niederlagen oder Sorgen. Insgeheim weiß Konrad heute, dass er damals vielleicht zu selbstverliebt die Beine hochgelegt hat. Er ist immer gut angekommen. War unterhaltsam. Doch mit Mitte vierzig von sich zu behaupten, man sei unterhaltsam und komme gut an, klingt, als halte man krampfhaft an etwas Vergangenem fest. Doch jetzt sieht er nach vorne. Er ist schließlich Strohwitwer.

Und das gleich vierfach.

Konrad Kümmer liest den Schriftzug am Eingangsschild des Seniorenstifts. Der erste Blick auf das Anwesen ist beeindruckend. Kein Vergleich mit dem neuen Gebäude, wo er zuerst gelandet war. Das Tor ist mit schlichten, aber stilvollen Zierelementen veredelt und trennt den Besucherparkplatz vom Anwesen. Konrad schaut noch immer durch die Stäbe hindurch. Ein breiter Kieselsteinweg führt durch den Vorgarten bis zum ansehnlichen Gebäude, das er vom Prospekt her bereits kennt. Es sieht aus wie eine große, herrschaftliche Villa – ein Anwesen aus der frühen Kolonialzeit.

Konrad drückt zwei Mal kurz hintereinander auf die Klingel, bis eine freundliche, junge Stimme ertönt. Sie bittet ihn, einzutreten, sich links zu halten und sich am Empfang zu melden. Quietschend öffnet sich das Eisenhoftor, schwerfällig wie ein Riese.

Konrad nutzt den Moment.

Und sammelt seine Gedanken, überlegt, wie er vorgehen soll.

Was sagt er zu Sofia?

Zu dem Monster, das wie ein Phantom in seinem Kopf umherspukt, seit er es jagt? Seine Vorstellungen von Sofia von Eichenborn sind eigenwillig – und alles andere als liebenswert.

Am Empfang, an dem die freundliche Stimme in Gestalt eines jungen schwarzhaarigen Mädchens sitzt, wird Konrad mit einem Lächeln empfangen.

»Guten Tag!«, sagt sie.

»Hi, ich möchte jemanden besuchen.«

»Gern. Wen darf ich anmelden?«

Konrad lehnt sich leger an den Empfang. Er öffnet den Reisverschluss seiner Lederjacke einen Spalt. »Ich komme im Auftrag der Familie von Eichenborn.«

»Wem?«, ruft das Mädchen überrascht und zieht die dunklen Augenbrauen hoch – und Konrad läuft es eiskalt den Rücken herunter.

Hat der junge Kerl ihn etwa nur verschaukelt?

Und er ist jetzt umsonst seinen Zehner los? Herr von Eichenborn hatte genau genommen nie erwähnt, wer hier lebt.

Das Mädchen scheint die Verwunderung im Gesicht des Besuchers bemerkt zu haben und sagt schnell: »Sie meinen, Sie wollen zu Sofia?«

Konrad atmet erleichtert aus – und nickt.

»Wie auch immer Sie sie nennen wollen, ja!«

»Einen Moment bitte.« Das Mädchen mustert Konrad eindringlich, verlässt den Empfang und läuft in ein kleines Räumchen, wo sie nach dem Telefonhörer greift. Konrad schiebt die Augenbrauen zusammen.

Wen ruft sie denn jetzt an?

Die Security?

Sofort kommt eine andere Schwester – älter und strenger – über die alten Dielen gelaufen. Sie knarren laut unter ihr. Es liegt jedoch mehr am Alter der Dielen als an ihrem Gewicht.

»Guten Tag. Schwester Ulrike mein Name. Was kann ich für Sie tun?« Sie reicht Konrad die Hand.

»Wow! Das nenne ich einen kräftigen Händedruck.« Konrad zieht seine Hand zurück und reibt sie. Ja, sie hat tatsächlich die Security gerufen.

»Zu wem möchte der Herr?«

»Zu Sofia von Eichenborn.«

»Darf ich fragen, wer Sie sind?« Schwester Ulrike stemmt ungeduldig die Hände in die Hüften, als Konrad nicht gleich antwortet.

»Ein Bote. Ich möchte Sofia gerne etwas von ihrem Bruder aus Frankfurt ausrichten. Es ist persönlich.«

»Das ist interessant!« Schwester Ulrike dreht sich zum Mädchen am Empfang um. Sie tauschen vielsagende Blicke aus. »Verstehen Sie mich nicht falsch, wir kennen Sie nicht, und Besuch für Sofia - das kommt nicht alle Tage vor.«

»So?«

»Ihr Bruder hat ihr bisher noch nie etwas ausrichten lassen. Schon gar nicht über einen Fremden.«

»Und besucht? Hat er sie besucht?«

Schwester Ulrike dreht sich erneut zum Mädchen am Empfang um. Ihr Blick ist Konrad nicht entgangen. Und er stellt fest, dass die Ladys hier allesamt wirklich ausgezeichnet im Hüten von was auch immer sind.

»Nun ja, Schwester Ulrike, Herr von Eichenborn dachte sich wohl, lieber spät als nie.« Konrads dunkelblaue Augen strahlen smart – und das wie immer gewinnend.

»Tragen Sie sich da ein!«

Das Besucherblatt, das er am Empfang ausgefüllt hat, ist glücklicherweise sehr allgemein gehalten. Es wollte nur Vor- und Nachnamen von ihm wissen, nicht jedoch, in welcher Beziehung er zu Sofia steht. Und genau das fragt er sich ganz plötzlich selbst, während er der Schwester durch das Gebäude folgt. Sie passieren einen langen Korridor mit hohen Decken. Konrad ist plötzlich unsicher, wie er sich dieser Sofia gegenüber verhalten soll. Viel Zeit zu überlegen bleibt ihm nicht, denn der Korridor mündet bereits in einen großen Wintergarten, der einen ersten Blick in den Garten hinter dem Haus erlaubt. Ein großer Park mit einem Teich, um den Sitzbänke stehen. Senioren sitzen darauf und füttern Enten oder drehen gemeinsam mit einer Schwester ihre Runden. Im großen Wintergarten ist unter anderem eine Ecke als Maleratelier eingerichtet, in der zwei alte Damen den Pinsel schwingen.

Also doch, Fingerfarbe!, denkt Konrad amüsiert.

Die andere Hälfte des Wintergartens ist ein Restaurant. Die Tische sind teilweise schon für das Mittagessen eingedeckt.

»Nett haben Sie es hier! Haben Sie nicht noch ein Zimmer mit Vollpension frei für mich?«

Schwester Ulrike überhört Konrads geistreichen Einwurf.

»Dort drüben, auf der zweiten Bank am Teich, da ist sie. Da ist Sofia von Eichenborn. Aber das wissen Sie ja wahrscheinlich.«

Nein. Das weiß Konrad nicht. Doch da ist sie, da ist Sofia von Eichenborn!, wiederholt er in Gedanken.

»Ich bringe Sie zu ihr.« Schwester Ulrike öffnet die Tür zum Garten.

»Das brauchen Sie nicht, Schwester Ulrike. Die letzten Meter schaffe ich ganz gut alleine.«

Konrad schreitet nach draußen und blinzelt in gleißendes Licht. Er schlendernd auf die Parkbank zu, auf der Sofia von Eichenborn sitzt - beseelt und elegant gekleidet. Noch immer weiß der Detektiv nicht, ob sie Freundin oder Feindin ist, Ver bündete oder Verräterin. Und beschließt, ihr die Entscheidung zu überlassen.

Als er vor Sofia steht, streckt er ihr die Hand hin. Ein ungewohnter Anblick für jemanden, der ihn kennt.

»Ich bin Konrad Kümmer!«

Ein Gesicht sieht auf, in dem sich die Jahre auf die richtige Weise um die Augen gelegt haben und das durch einen tiefsitzenden Hut geschützt wird. Ihre saphirblauen Augen funkeln mit den Ohrringen um die Wette. Sie überstrahlen nicht nur den Schmuck spielend, sondern auch die faltigen Hände, die Brot für die Enten halten. Ein zaghaftes Lächeln kommt Konrad über die Lippen - und Sofia erwidert es herzlich. Dann legt sie ihre Hand in seine.

Und damit ist es passiert.

Ohne dass ein Wort nötig war, ist klar, wie sie beide zueinander stehen.

»Haben Sie etwas dagegen, wenn ich mich zu Ihnen setze?«

Konrad wartet die Antwort nicht ab und lässt sich gleich auf der Parkbank nieder. »Sie mögen die Sonne wohl, was?«, fragt er und beschattet seine Augen.

»So wie die Blumen auch«, erklärt Sofia von Eichenborn und blinzelt. »Sie nehmen die Kraft der Sonne in sich auf, so lange sie es noch können, da sie um die Abfolge wissen. Sie beginnt mit der Erde und endet auch dort.« Sofia von Eichenborn mustert Konrad eindringlich, ehe sie mit sanfter Stimme fortfährt. »Beim Menschen ist das nicht anders, Herr Kümmer. Doch der Körper versucht den Moment, wo es zurück in die Erde geht, hinauszuzögern. Es fehlt ihm an Vertrauen, dass, wenn es passiert, es der richtige Zeitpunkt sein wird.«

Die Frau sieht um sich und spricht nun mit vorgehaltener Hand: »Sie entwickeln dann einen seltsamen Eigenwillen. Werden starrköpfig und aufmüpfig.« Sie kichert. Sie kneift ihre Lider zusammen, sodass ihre Augen funkeln.

»Wem sagen Sie das! Ich war mal Taxifahrer«, sagt Konrad.

»Dann kennen Sie ja deren müden Geist und trübe Augen. Manchmal glaube ich, sie werden nur trüb, um den eigenen Zerfall nicht mit ansehen zu müssen. Ihre alten Körper krümmen sich vor Zorn und werden noch kleiner und unwirscher. Ganz besonders der Herr dort drüben.«

Sofia deutet amüsiert auf einen alten, glatzköpfigen Herrn, der auf einer anderen Bank sitzt und das Kinn auf die Brust gelegt hat. Und lauthals schnarcht.

»Ich sehe, Sie kennen sich aus in dem Geschäft. Sie sollten Taxifahrerin werden«, sagt Konrad.

Sofia kichert wie ein junges Mädchen, und Konrad wartet einen Moment, ehe er nachschiebt: »Heute verdiene ich mein Geld allerdings anders.« Er deutet auf die Blumen. »Ich bin Gärtner, so wie es schon mein Vater und auch mein Großvater waren.«

»Oh, wie wundervoll!«, ruft sie entzückt. »Etwa hier, in Friedewald?«

»Nein, um genau zu sein, arbeite ich für Ihren Stiefbruder – Herrn von Eichenborn. Seinetwegen bin ich auch gekommen.«

Sofias Entzücken verblasst.

Ihr Blick scheint von einer Sekunde auf die andere fluchtartig verträumt. Sie hat Konrad zwar gehört, aber wohl nicht verstanden.

»Ich bin Sofia. Sofia von Eichenborn«, sagt sie mit leiser, geistloser Stimme. »Ich bin Sofia.« Sie wendet sich von ihrem Gast ab, bricht das Brot in ihrer Hand und wirft es den Enten zu.

Der Besuch ist ganz offensichtlich beendet.

»Ich bin Sofia von Eichenborn«, wiederholt sie beharrlich.

Wieder und wieder.

Konrad bemüht sich noch ein paar Mal um ihre Aufmerksamkeit, ehe er sich eingesteht, dass die Verwirrung dieser Frau zu groß ist. Er presst Zeigefinger und Mittelfinger zwischen seine Augen und lässt den Kopf hängen. Und flucht leise.

Doch dann passiert es.

»Wollen Sie etwa schon wieder gehen, Herr Kümmer? Die Sonne scheint doch noch so schön, und mein mürrischer, alter Bruder aus Frankfurt hat sicherlich nichts dagegen, wenn Sie mir noch eine Weile Gesellschaft leisten.« Sie strahlt wieder. »Ich bekomme doch so selten Besuch.«

Konrads Stimmungsaktie ist soeben wieder um ein paar Prozentpunkte nach oben gestiegen. Er richtet sich mental wieder auf und streckt den Rücken durch.

»Mein Bruder ist auch nicht mehr der Jüngste und in die Jahre gekommen, so wie ich. Wir waren einmal zu dritt, wussten Sie das? Bis unser kleiner Bruder von uns gegangen ist.«

Wandas Vater!, versteht Konrad. Sofias Blick wirkt zwar noch immer träumerisch, doch diesmal, um alte Bilder abzurufen.

»Wann haben Sie ihn das letzte Mal gesehen, Sofia?«

»Wen?«

»Ihren Bruder.«

»Welchen Bruder?«

»Den älteren.«

»Das liegt schon ein paar Jahre zurück. Ich bin ihm nicht mehr böse. Er konnte damals nicht anders«, antwortet sie nach einem längeren Schweigen.

»Er konnte nicht anders?« Konrads Denkapparat setzt sich schwerfällig in Gang.

»Ich sagte doch, ich heiße Sofia von Eichenborn!«, bekommt er vorwurfsvoll zu hören. Sofias Blick bezeugt Empörung und lässt annehmen, der Detektiv habe die Dreistigkeit besessen, eine Dame ihres Standes erneut nach dem Namen gefragt zu haben.

»Aber das weiß ich doch, Sofia! Es ist alles in Ordnung. Wobei - sagen Sie, sind Sie gerne hier? Ich meine, Sie zwingt doch keiner, oder etwa doch?«

Konrads Stimme klingt entspannt, auch wenn er innerlich kocht. Doch Sofia lässt sich wahrnehmbar auf kein Gespräch mehr ein. Sie hat beleidigt die Arme unter ihrer Brust verschränkt.

Auf der Rückfahrt schaltet Konrad das Radio ein. Er sucht so lange nach dem passenden Musiksender, bis ein Song aus den Boxen ertönt, den er kennt.

Es dauert eine geschlagene Minute.

Dann lässt Konrad zum Klang einer akustischen E-Gitarre Sofia von Eichenborns Verhalten noch einmal in Gedanken Revue passieren. Antriebsschwach beginnt er leicht mit dem Kopf zu nicken. Auf und ab. Ob zum Klang der Gitarre oder zu seinen Überlegungen: Er hat begriffen, dass sie allem Anschein nach mal klare und mal weniger klare Momente hat. Wie in einem Rauschzustand, nur ohne Rausch. Und vielleicht auch nicht ganz zufällig. Gegen ihren Willen wird sie dort allem Anschein nach nicht festgehalten. So viel steht schon mal fest.

Doch sie verheimlicht etwas.

Konrads Job, Sofia von Eichenborn ausfindig zu machen, ist trotzdem getan.

Die Sache ist durch.

Denn wie hatte Wanda ganz zu Beginn gesagt: ausfindig machen, ohne Fragen zu stellen!

Doch Konrad hat zu viele Fragen, um an dieser Stelle seine Recherchen abzubrechen. Denn der Schweinehund schleicht noch immer frei da draußen rum.

Konrads Handy klingelt.

Das Display zeigt die Festnetznummer eines Frankfurter Imbisses. Konrads Mundwinkel biegen sich steil nach oben. Wer auch sonst außer Wanda würde sich ausgerechnet jetzt in seine Gedanken drängen.

***

Kiosk, obere Berger Straße

Konrad hat auf dem Rückweg einen Abstecher nach Bornheim gemacht. Er parkt den roten Volvo in der Nähe des Kiosks im absoluten Halteverbot.

»Ich wusste gar nicht, dass du der Typ Volvo-Fahrer bist!«, begrüßt ihn der Leitner Oskar.

»Und der wäre?«

»Ich möchte unsere Freundschaft nicht gefährden.«

»Machst du mir einen Becher Kaffee? Aber dieses Mal bitte nicht kochend. Heiß genügt.«

»Wird erledigt!«

Oskar verschwindet nach hinten und kommt kurz darauf mit zwei Bechern zurück. In seinem Becher ist eine klare Flüssigkeit, die zweifelsohne auch von innen wärmt.

»Alte Menschen mit wachen Augen wie die eines Kindes und einem Gedächtnis wie ein Sieb sind mir schon immer unheimlich gewesen«, sagt Konrad und trommelt mit den Fingern auf der Theke.

»Ist das ein Geständnis? Oder ein Outing?«, fragt Oskar.

Konrad deutet eine Backpfeife an. »Weder noch! Scherzkeks!«

»Es gibt übrigens Neuigkeiten!«, platzt es auch schon aus Oskar heraus.

»Du willst dich als Pausenclown outen?« Konrad lacht in seine vorgehaltene Hand.

»Das Outing habe ich schon lange hinter mir, Konrad.« Die Stimme des Kioskbetreibers wird nun etwas ernster. »Aber das Betäubungsmittel, das den Frauen verabreicht wurde, konnte dem Tierarzt tatsächlich zugeordnet werden. Doch das allein beweist noch nichts.«

Konrad zieht erwartungsvoll die Augenbrauen hoch. Stellt das Trommeln auf der Theke gespannt ein. »Ich nehme an, es gibt ein Aber?«

»Das gibt es, Kümmer. Sie haben nun eine weitere Entdeckung gemacht! Sie haben die Spritze gefunden«, fährt der Kioskbetreiber fort. »Ohne diesen Fakt hätte es sicher noch Monate gedauert, aber sie haben sie. Das kannst du nicht im Lokalteil nachlesen, mein Lieber. Sie ist übrigens in der Nähe des Universitätsklinikums gefunden worden, unweit vom Main, wo auch deine vier Süßen gefunden wurden. Das Gelände war noch immer von der Wasserschutzpolizei großräumig abgesperrt. Die Forensik hat Spuren von Blut an der Nadel entdeckt, das ganz klar mit der Frauenleiche Nummer drei übereinstimmt. Wie hieß sie gleich noch mal? Der Tierarzt ist auf jeden Fall dran, denn der Hersteller der Spritze ist auch sein Lieferant. Du siehst: Unser Mann wurde nachlässig. Wie ich es dir gesagt habe.«

»Für mich beweist das rein gar nichts!«, mault Konrad.

»Das ist ja auch noch nicht alles!«, sagt Oskar bedeutungsvoll und strahlt plötzlich bis über beide Ohren. »Der Sozio hat jetzt auch einen Namen. Aber den hast du nicht von mir. Reifschneider. Doktor Bernhard Reifschneider. Klingelt es da bei dir?«

Konrad reißt die Augen weit auf. Und schüttelt enttäuscht den Kopf.

»Nein? Das ist dann Problem Nummer zwei«, stöhnt Oskar nicht weniger enttäuscht auf und packt sein Grinsen wieder weg.

»Nummer zwei? Und was ist Problem Nummer eins?«, fragt Konrad.

***

Kurz darauf, Frankfurt-Innenstadt

Die Chancen für einen Prozess stehen gut! Sogar sehr gut, wie Philipis im letzten Telefonat noch einmal versichert hat.

Und Wanda vertraut ihm.

Würde sie Kümmer vertrauen können?

Sie ertappt sich dabei, wie sie zu lächeln beginnt. Er ist zwar nicht so professionell wie Philipis, aber auf seine Art kompetent.

Kompetenter, als es Bernhard Müller wohl je sein wird.

Wanda blickt aus dem S-Bahn-Fenster. Sie beobachtet, wie der Tag allmählich um seine letzten Minuten kämpft und der Sonnenuntergang seine Einfachheit erst durch die Wolken und vielen Gebäude dieser Bankenstadt verliert, die wie Schablonen wunderbare Muster an den Horizont zaubern.

»Brrrr! Brrrr!«

Aus ihren Gedanken gedrängt, schielt Wanda auf ihre Tasche. Das Klingeln kann unmöglich daraus stammen - oder etwa doch?

Sie befühlt ihre Tasche und zieht ein fremdes Handy heraus und betrachtet es eine Weile verwundert, ehe sie es aufklappt und an ihr Ohr drückt.

»Na endlich, van Gogh! Ich dachte schon, du hebst nie ab!«

Wanda zieht eine Augenbraue hoch. »Van Gogh?«

»War der nicht auch taub? Zumindest auf einem Ohr? Ich habe schon drei Mal angerufen.« Der Telefonteilnehmer zögert kurz, als denke er ernsthaft darüber nach. Dann sagt er: »Zumindest fehlte ihm ein Ohr. Wie auch immer. Wie ich anfangs gesagt habe: Du brauchst ein Handy. Jetzt hast du eins. Willkommen im einundzwanzigsten Jahrhundert, Wanda von Eichenborn.«

Wanda erkennt Konrad Kümmers tiefe Lache auf Anhieb. Erst heute Mittag hat sie mit ihm telefoniert. Wieso erwähnte er da nichts von einem Handy? Er hat zweifelsohne einen sehr speziellen Humor.

Doch sie mag ihn - den Humor.

»Das Handy setze ich dir natürlich auf meine Rechnung! Und jetzt genieß weiter den Sonnenuntergang. Wir treffen uns am Hauptbahnhof, wie besprochen. Es gibt etwas zu erzählen.«

Als die Bahn kurz darauf unter dem Frankfurter Hauptbahnhof einfährt, bewegt sich Konrad gerade über die Kaiserstraße, die sich jetzt in der Dämmerung in aller Seelenruhe von einer gewöhnlichen Geschäftsstraße in ein Rotlichtmilieu verwandelt. Er passiert den Haupteingang des Bahnhofs und hält mit langem Hals in den neoklassizistischen Hallen nach Wanda Ausschau.

»Van Gogh!«, brüllt er über die Köpfe der anderen hinweg. Wanda winkt ihm auf Höhe des siebten Gleises zu und deutet auf die S-Bahn-Schilder, die nach unten führen. Kurz darauf sitzen sie nebeneinander in der Bahn in Richtung Frankfurt-

Gallus. Am liebsten würde Konrad schon jetzt von seinem Erfolg am Nachmittag erzählen. Doch die vielen Zuhörer zügeln seinen Enthusiasmus.

»Hast du gesehen, wie voll der Imbiss heute wieder war? Ich freue mich schon auf das Putzen später!«, stöhnt Wanda und lässt die Haustür hinter sich ins Schloss fallen.

»Was würdest du sagen, wenn ich noch jemand anderen gesehen hätte?«

Wanda zieht den Kopf aus dem Kühlschrank hervor, über den sie sich hungrig hermachen wollte. Ihre Hände beginnen von jetzt auf gleich zu zittern. Die Kälte des Kühlschranks hat jedoch nichts damit zu tun.

»Ich meine, diesmal habe ich sie wirklich gefunden«, schiebt Konrad mit einer Miene nach, als räume er eine gewisse Unzulänglichkeit ein. Erst jetzt legt er seine Lederjacke neben sich auf dem Bett ab, das angenehm nach Weichspüler riecht.

Eigentlich hatte Konrad vorgehabt, mit seiner Hinfahrt zu beginnen. Ihr von den hohen Laubbäumen zu erzählen. Dem mystischen schmiedeeisernen Tor. Diesem gelungenen Barockgarten. Stattdessen hat er gleich an dem Punkt begonnen, an dem er Sofia von Eichenborn in Friedewald auf der Parkbank am Teich hat sitzen sehen.

»Sie ist ... eine nette alte Dame. Wie eine richtige Lady!«, sagt er. Weitere Bemerkungen dieser Art spart er sich, denn sie werden auf wenig Gegenliebe stoßen. »Sie wirkte aber auch irgendwie abwesend. Als verneble ihr etwas die Sicht. Morphium oder Valium wird es aber nicht gewesen sein, das wäre mir mit Sicherheit aufgefallen.« Konrad lacht auf und lässt den Kenner raushängen. Er stützt seine Unterarme auf seine Knie und blickt erst kurz zum Boden, dann wieder zu Wanda.

In Momenten wie diesen, wenn er ihren Feuereifer nicht nur sehen, sondern auch fühlen kann, würde er am liebsten die Zeit anhalten. Das Flackern in ihren Augen hat er erstmalig bei ihrem Kennenlernen im Wantis gesehen.

»Hat sie nach mir gefragt?« Wanda steht mitten im Zimmer. »Hat sie sich nach meiner Freilassung erkundigt?«

Ihre Stimme klingt cool.

Beängstigend cool.

Und ihre Arme hängen gerade und schlaff an ihr herunter, als gehörten sie nicht zu ihrem Körper. Konrad schüttelt kurz mit dem Kopf. Er kann die Enttäuschung hierüber in Wandas Augen sehen. Er räuspert sich. Eine beruhigende Handbewegung. »Wir haben nicht lange miteinander gesprochen. Ich wollte auch nicht gleich mit der Tür ins Haus fallen! Ich habe schließlich in der Damenwelt einen Ruf zu verteidigen.«

Wanda versucht, sich nach dieser Nachricht zu bewegen. Es gelingt ihr um einiges besser als angenommen. Sie läuft ein paar Schritte auf das Fenster zu, lehnt sich auf das schmale, kalte Fensterbrett und schaut nach draußen, auf die Straße. »Worüber habt ihr dann gesprochen?«, fragt sie nach einem langen Schweigen.

»Dies und das. Wie gesagt: Ihre klaren Momente waren begrenzt. Wenn auch irgendwie vielleicht nicht ganz unbeabsichtigt.« Konrad schiebt gleich nach: »Zumindest kennen wir jetzt ihren Aufenthaltsort. Darum ging es doch die ganze Zeit, oder nicht? Ausfindig machen ohne Fragen zu stellen!«

Wanda nickt. »Wirst du sie denn wiedersehen?« Sie hat den Blick erneut auf Konrad gerichtet. Dabei fragt sie sich selbst: Wieso schreist du nicht auf, hüpfst, tanzt? Du hast sie gefunden, Wanda! Sofia von Eichenborn! Jetzt kann sie sich ihrem Schicksal nicht mehr entziehen! Jetzt wird endlich alles wieder gut werden.

Doch die Stimme in ihr schweigt unerwartet, als sollte Wanda es deuten, wie sie will.

»Den Blick kenne ich«, stöhnt Konrad alarmierend auf. »Brauche ich etwa eine schussfeste Weste?« Konrad erhebt sich vom Bett und geht an den Kühlschrank, der noch immer offen steht. »Du brauchst etwas zur Beruhigung. Mal sehen. Es steht O-Saft und O-Saft zur Auswahl!« Er reibt sich das unrasierte

Kinn. Dann sagt er: »Und O-Saft!« Als er jedoch bemerkt, dass seine Aufmunterungsversuche an Wanda abprallen wie ein Tischtennisball auf Beton, greift er die einzige alkoholische Flasche, die er sieht.

Der billige Whisky von neulich.

»Wanda, wenn ich das Geld noch hätte, das ich im Leben schon versoffen habe, würde ich dir einen Friseurtermin spendieren. Oder eine Shoppingtour. Denn der Rausch aus der Flasche verlängert den Kummer nur. Mein Kumpel Oskar kann dir davon ein Lied singen.«

»Konrad, du weißt ja, wo die Gläser stehen.«

***

Am nächsten Vormittag, Bahnstation »Westend«, Bockenheimer Landstraße

Der Blinker leuchtet drei Mal auf, bevor der Wagen auf der Bockenheimer Landstraße zum Halten einschert und zögerlich die Fensterscheibe heruntergekurbelt wird.

»Entschuldigung, Sie sehen aus, als würden Sie sich auskennen. Ich glaube, ich habe mich auf dem Weg in den Palmengarten verfahren.«

Eine junge Frau tritt verhalten einen Schritt näher an den Wagen heran, beugt sich vor und sieht durch das offene Fenster zum Fahrer. »Ich ... Ich bin leider nicht von hier.«

»Verstehe, tut mir leid. Ich hatte nur gehofft, Sie kennen sich aus. Ich muss im Palmengarten meine Nichte abholen, da meine Schwester arbeitet. Ihre Schule hat mich angerufen und gesagt, sie sei schwer gestürzt. Ich stehe etwas neben mir.«

Der Fahrer setzt erneut den Blinker, macht einen hektischen Schulterblick und will gerade den ersten Gang einlegen, als die junge Frau sagt: »Warten Sie, wenn ich es mir recht überlege, kenne ich den Weg zum Palmengarten. Ich muss in dieselbe Richtung.«

»Wirklich? Fantastisch! Sie schickt mir der Himmel. Möchten Sie einsteigen, und wir fahren gemeinsam dorthin?«

Die junge Frau öffnet die Tür, schlüpft in den Wagen hinein und greift nach dem Anschnallgurt.

»Danke noch mal, dass Sie mir den Weg zeigen, das ist wirklich nett«, lächelt der Fahrer.

Ein Nicken auf dem Beifahrersitz. »Wir ... Wir müssen nur geradeaus und dann einmal links.«

Diesmal nickt der Fahrer und macht erneut einen kurzen, hektischen Schulterblick, schert aus und tritt im nächsten Moment mit aller Kraft auf die Bremsen.

Die Reifen quietschen, und der Wagen kommt abrupt zum Stehen.

Ein Fahrradfahrer tritt aus dem toten Winkel heraus, schafft es gerade noch auszuweichen, ohne über die Motorhaube zu fliegen.

»Sind Sie in Ordnung? Das tut mir schrecklich leid«, keucht der Fahrer und fährt sich über das Gesicht. Er schwitzt. »Das muss an dem Anruf von der Schule liegen. Wie gesagt, ich bin heute nicht ganz bei der Sache.«

»Ist schon gut.« Das Mädchen greift zwei, drei Sachen, die in den Fußraum gefallen sind und dreht sich um, um sie auf der Rückbank abzulegen. Auch dort herrscht das blanke Chaos.

Eine Tüte ist umgefallen.

Lederriemen, ein Ladyshaver und ein seltsam großes Gerät, das einer Taschenlampe ähnelt, sind herausgefallen. Das Mädchen dreht sich wieder nach vorne. Verharrt reglos. Blanke Angst kriecht ihr den Rücken hoch. Gebannt sieht sie auf die Straße vor sich. Ihr Herz schlägt immer schneller. Pochend, gegen ihren Brustkorb. Ihre Finger schwitzen, so wie jetzt jeder Zentimeter ihres Körpers.

»Ist wirklich alles in Ordnung?«, fragt der Fahrer mit einem seltsamen Unterton. Und entdeckt ein leichtes Zucken in ihrem Gesicht.

Das Mädchen überspielt seine Panik und nickt.

Ihre schmalen Schultern hängen, ihr Rücken ist gekrümmt, als sie immer tiefer in ihren Sitz rutscht. Dann werden ihre Adern von jetzt auf gleich vom Adrenalin durchflutet. Ihre linke Hand wandert unbemerkt in Richtung Handbremse. Ihre Gedanken überschlagen sich, überrollen sie wie eine Flutwelle.

»Links, sagten Sie?«, fragt der Fahrer tonlos und setzt den Blinker.

Biegt jedoch rechts ab.

»Verdammt, jetzt bin ich rechts gefahren. Warten Sie, ich habe eine Stadtkarte auf der Rückbank.«

Der Fahrer greift auf die Rückbank. Er tastet allerlei, ehe er das erwischt, was er sucht.

Dann geht alles ganz schnell.

Seine rechte Hand, die sich noch einen Augenaufschlag zuvor auf der Rückbank entlanggetastet hat, schnellt vor; ein spitzer Gegenstand ist bereit, die Haut zu durchstoßen und seinen Dienst zu tun, als das Mädchen plötzlich eine Zehntelsekunde eher ihre Hand bewegt. Ihre Blicke verlieren sich über dem Kopf des Fahrers, nach draußen auf die Fahrbahn.

Sie weiß, dass sie Angst haben sollte.

Dass es um Leben und Tod geht. Dass ihr Verstand auf Hochtouren arbeiten und ihre Sinne geschärft sein sollten.

Und das sind sie.

Als sie ihr Herz zum zweiten Mal hämmern spürt, reißt sie die Handbremse hoch, sodass die Reifen quietschen. Sie sieht die Straße vor sich wie in einem Karussell an sich vorüberziehen, wieder und wieder. Wie ein Autoscooter auf dem Jahrmarkt rammen sie links und rechts von sich alles, was sich ihnen in den Weg stellt. Das Mädchen schließt die Augen, als wäre sie in dem Strom der Fliehkraft gefangen. Doch dann hat sie sich wieder unter Kontrolle. Ihre Kiefer mahlen schwer aufeinander, ihre Lider zucken. Und es folgt ein Stöhnen, das vom Fahrersitz herrührt. Doch das Mädchen wagt weder zum Fahrer zu schauen noch darüber nachzudenken, was das

Geräusch zu bedeuten hat. Denn sie weiß, dass es so oder so nichts Gutes heißen wird und dass es jetzt passieren soll.

Hier in diesem Wagen soll sie sterben.

Sie weiß, dass sie nur diesen einen Versuch hat. Und reißt die Wagentür auf, noch ehe der Wagen ganz zum Stehen gekommen ist, und lässt sich einfach fallen. Und erwartet den Aufschlag auf dem harten Asphalt zu spüren, noch ehe sie bis zwei zählen kann. Und er ist hart, wie erwartet.

Ihr Körper schmerzt.

Sie krümmt sich und schluchzt haltlos, während sie sich in Zeitlupe über die Fahrbahn zieht. Ihr gerötetes Gesicht wird noch verstörter, als sie immer wieder panisch zum Wagen zurück schaut, der quer auf der Straße steht und den gesamten Verkehr zum Erliegen gebracht hat. Immer wieder setzt ihr Herz kurz aus, wenn sie an den Fahrer denkt. Als sie sich das nächste Mal umdreht, sieht sie, wie er die Wagentür zuschlägt. Er betastet seine blutige Platzwunde an der Schläfe, stapft mit wankenden Schritten um den Wagen herum, als wolle er ihr folgen. Vor dem Heck des Wagens sackt er jedoch ein. Doch er richtet sich noch einmal auf. Und findet das Gleichgewicht wieder. Blut läuft aus der Platzwunde über sein schmales Gesicht.

Als das Mädchen die ersten Leute zu Hilfe kommen sieht und kurz darauf die Sirenen des Rettungswagens ertönen, gibt sie im letzten Augenblick ihrem Körper nach. Sie saugt noch einmal tief die Luft in ihre Lungen, um den Schmerz wegzuatmen, als sie spürt, wie sie langsam das Bewusstsein verliert.

Vier Wochen vor Prozessbeginn

Siesmayerstraße, Frankfurt-Westend

Einige Tage später ist im Rhein-Main-Gebiet unerwartet der Winter eingebrochen.

»Bald mischt sich Schnee in den Regen. Und das nicht nur im Taunus«, verkündet Konrad und betrachtet die schweren dunkelgrauen Wolken, die über seinen Kopf hinwegziehen. »Die da oben sehen nämlich ganz danach aus. Gut, dass ich hier unten mit allem fertig geworden bin.«

Und damit meint er nicht nur den Garten.

Herr von Eichenborn nickt wortlos. Und Konrad versucht, sich von seinem Besuch in Friedewald nichts anmerken zu lassen, um jetzt auf der Zielgeraden keine Fehler mehr zu machen.

Der alte von Eichenborn wirkt mitgenommen, als könne er sich von einer schweren Operation nicht mehr ganz erholen. Dabei dachte Konrad bisher immer, dem Alten könne man einen Knüppel zwischen die Beine werfen und er würde trotzdem wieder auf den Beinen landen. Doch sein Atem, der stoßweise aus seinem Mund strömt, sieht dem Rauch der Schornsteine in der Siesmayerstraße zum Verwechseln ähnlich.

»Versuchen Sie sich neuerdings als Wetterfee? Der Temperatursturz war angekündigt. Was haben Sie auch erwartet, Konrad?« Der Alte reibt sich theatralisch die Hände und schlurft zum Hoftor. »Da gibt es nur ein Mittel. Wenn ich wieder zurück bin, genehmigen wir uns ein Gläschen.«

Konrad folgt dem alten Mann mit den Augen, bis er von der Bildfläche verschwunden ist, um sich zu vergewissern, dass er nicht mehr zurückblickt. Und denkt sich, dass jemand in seinem Alter vielleicht künftig besser auf seinen Whisky am Nachmittag verzichten sollte. Und auch auf den am Vormittag! Auf die halbe Flasche, die Konrad mit Wanda geleert hat, möchte er jedoch rückblickend nicht verzichtet haben. Und auch nicht auf das Danach.

Sein leises Seufzen gilt jedoch ausnahmsweise nicht Wanda, sondern ist ein Ausdruck von Erleichterung.

Denn Konrad ist froh, noch vor den ersten Schneeflocken ein weiteres Mal in Friedewald gewesen zu sein und seinen Job dort ein für alle mal erledigt zu haben. Der Fall ist gelöst. Dieser Besuch hat Konrad die Klarheit gebracht, die er lange gesucht hat – und das gleich für seine beiden Fälle! Auch wenn er sich erst einmal davon erholen muss.

***

Friedewald in Waldhessen, zwei Tage zuvor

Konrads zweiter Besuch im Sanatorium ist wie beim ersten Mal bereits geplant verlaufen. Auch bei diesem Besuch hatte Sofia von Eichenborn wieder elegant ausgesehen. Der Nerzmantel, der knöchellang ihren schmalen Körper gegen die Kälte schützte, schien wenig getragen. Auch wenn er in Wirklichkeit kaum einen Tag jünger ist als sie selbst. Sofia hatte dezentes Make-up getragen, als hätte sie schon geahnt, dass sie an diesem Tag Herrenbesuch bekommen würde.

Bei einer Dosis Koffein hatte sich Konrad dieses Mal jedoch etwas behutsamer an die alte Frau und ihr Leben herangetastet. Er wollte vermeiden, dass sich Sofia erneut verschließen und in ihre Demenz flüchten würde.

»Sofia, bekommen Sie wirklich nie Besuch aus Frankfurt?«, hatte er als Einstiegsfrage gewählt. »Sie können es mir sagen. Ich weiß, dass die männliche Konkurrenz nicht schläft.«

Sofia hatte nur verlegen gelächelt.

»Was ist mit Ihrer Familie in Frankfurt? Mit Ihrem Bruder? Würden Sie ihn nicht gerne wiedersehen?«

Konrad Kümmer hatte versucht, mit dieser Aussage die Einladung nach Frankfurt vorzubereiten. Immerhin würde sie laut Wandas Anwalt von der Kanzlei Philipis & Schnösel bald einen Brief von der Staatsanwaltschaft erhalten.

Doch der Versuch ging daneben.

Sofia blickte auffällig um sich, als hätten die Wände Ohren, und sagte: »Olga bekommt niemals Besuch, Herr Kümmer. Sie ist Russin, wissen Sie. Sie ist daher ein wenig fremd in der Gegend und hat niemanden, wenn Sie wissen, was ich meine.«

Eine eigenwillige Antwort.

Doch Sofias Augen hatten verdächtig klar geblitzt. Wie ein Bergkristall. Vielleicht war es kein Versehen gewesen, sondern volle Absicht.

Ein Spiel.

Ja, ein Spiel, dessen Regeln Konrad Kümmer im Ansatz kapiert hatte. Einen Versuch war seine nächste Frage daher mehr als wert.

»Und Olgas Bruder aus Frankfurt kommt auch nicht zu Besuch?«

»Sie hat doch keinen Bruder«, lautete die abschmetternde Antwort. Sie kam wie aus der Pistole geschossen, während Sofia kerzengerade ihren Tee rührte. »Olga hat keinen Bruder, Herr Kümmer.« Sie hatte kurz geschwiegen und dann plötzlich hastig und leise nachgeschoben: »Er ist nur ihr Stiefbruder. Das ist etwas ganz anderes, zumindest in seinen Augen. Daher kommt er auch nie, um sie zu besuchen. Sie ist ihm jedoch nicht mehr böse wegen damals. Es sollte wohl so sein.«

Treffer, versenkt.

Konrad hatte sich wie ein Sensor gerade aufgerichtet und seine Kuchengabel neben den Teller gelegt. Und auch wenn Sofias Augen irgendwie ganz plötzlich einsam und leidvoll zu ihm geblickt hatten, versuchte er doch, blitzschnell auf den fahrenden Zug aufzuspringen, bevor er wieder an ihm vorbeirauschen würde.

Deswegen war er hier.

Er ist es Natascha, Elisabeth Meyer, der Brünetten und auch Fräulein Wagener irgendwie schuldig. Denn ohne Auflösung würde er diesen Ort hier nicht mehr verlassen.

»Sofia, weshalb war Olga böse auf ihren Bruder? Was hat er ihr angetan?«

»Sie hat ihm etwas angetan. Sie hat ihm für alle Zeiten seine Liebe genommen«, so ihre plötzliche Antwort. Sofia lächelte dabei, verlor es jedoch nach ein paar Sekunden, je länger sie über ihre eigene Aussage nachdachte. Doch das war natürlich nicht die letzte Aufsehen erregende Antwort an diesem Nachmittag gewesen.

***

Siesmayerstraße Frankfurt-Westend, heute

Es beginnt am Scheitel, wandert über den Nacken und die Wirbelsäule bis nach unten, zum Steiß. Konrad bekommt auch jetzt wieder eine Gänsehaut beim Gedanken an das Gespräch von vor zwei Tagen.

»Ich glaube, es dürfte noch genug heißer Kaffee für uns beide da sein, Konrad.«

Der prickelnde Schauer stoppt.

Konrad sieht auf.

Der Alte schürzt angestrengt die Lippen und ist keine zehn Minuten weg gewesen. »Es ist viel zu kalt, um länger zu spazieren.«

Im Wohnzimmer ist es heute, wo die Wolken so tief hängen, düster. Obwohl es erst früher Nachmittag ist, knipst Herr von Eichenborn die kleine Tischlampe an, die zwischen den Sofamöbeln auf einer antiken Holzanrichte steht.

»Bei diesem Wetter sollte man Gott danken, ein Dach über dem Kopf zu haben«, stöhnt der Alte heuchlerisch, während er sich mit Anstrengung in den Armlehnenstuhl niederlässt, als müsste er große Widerstände überwinden. Dann sagt er: »Es sei denn, Geld kommt ins Spiel. Dann macht man auch schon mal Dinge, die man sonst nicht mit sich vereinbaren kann, nicht wahr, Konrad? Wir alle haben unseren Preis.«

»Dann scheine ich irgendetwas falsch gemacht zu haben. Ich bin aber auch kein Unternehmer. Oder Politiker.« Konrad schmunzelt, reibt seine kalten Hände und lehnt sich zurück. »Aber worauf wollen Sie hinaus, Herr von Eichenborn? Ich hoffe nicht, dass Sie mir meinen Lohn kürzen wollen.«

»Sagen Sie mir, worauf das hinausläuft, mein Junge!«

»Vielleicht eine Lohnerhöhung?«

Der alte von Eichenborn lacht plötzlich auf. »Keine Sorge, Kümmer. Ich weiß sehr gut, was es bedeutet, auf Geld angewiesen zu sein.«

Der Detektiv würde nicht nur wirklich gerne davon ausgehen, dass es hier gerade tatsächlich um seinen Lohn geht, sondern auch, dass sein Chef aus Erfahrung spricht. Doch da hat er von Sofia von Eichenborn anderes erfahren. Er beugt sich zum Wohnzimmertisch vor und spült seinen Kommentar mit einem großen Schluck Kaffee herunter.

»Sie glauben wohl, ich weiß nicht, wovon ich spreche?«, fragt der Alte, als habe er soeben wieder einmal in Konrads Gedanken gelesen. Er erhebt sich mit verbissenem Gesichtsausdruck, stützt sein Kreuz und schlürft ohne Stock zur Bar. Er schraubt die Whiskyflasche auf und schenkt sich großzügig ein. Als er ein zweites Glas aus dem Barfach nehmen will, schüttelt Konrad dankend den Kopf. Eindeutig der falsche von Eichenborn, mit dem er sich um diese Tageszeit hemmungslos betrinken würde.

»Ich will Ihnen mal etwas erzählen, Konrad. Unsere Stahlfirma war seit Anfang des neunzehnten Jahrhunderts die größte in Deutschland. Während des Zweiten Weltkrieges wurde das Werk fast komplett zerstört. Mein Vater und ich mussten es mühselig wiederaufbauen, bevor wir es verkaufen konnten. Ohne unsere vielen Ländereien wäre es der Dynastie weitaus schlechter gegangen. Da musste auch bei uns in der ersten Zeit etwas kürzer getreten werden.«

»Ländereien«, wiederholt Konrad wissend. Und denkt an Friedewald. Seine Augen verengen sich, er schiebt die Hände unter die Achseln und versucht, beeindruckt zu wirken. »Das ist interessant, Herr von Eichenborn. Doch noch interessanter ist die Frage nach Sofia und wie das eigentlich damals, vor zehn Jahren, gewesen ist!«

***

Zur selben Zeit im Gerichtsbezirk, Frankfurt

Wanda läuft die alten, in die Jahre gekommenen Treppenstufen des Frankfurter Gerichts hinauf. Bevor sie jedoch die große, schwere Holztür am Gebäudeeingang öffnet, nimmt sie sich einen Moment Zeit.

Sie atmet zwei Mal hintereinander tief durch.

Die langen Flure hinter der Tür, die aus einer anderen Zeitepoche zu stammen scheinen, wirken wie ein Blick in die Vergangenheit. Noch immer sind sie so einschüchternd wie damals.

Wandas Atemwege verengen sich prompt.

Mach jetzt bloß nicht schlapp! Du weißt, wie wichtig das für uns ist!, fordert ihre innere Stimme archaisch.

Die langen Marmorböden, die jeden ihrer Schritte widerhallen lassen, begleiten Wanda bis zum besagten Saal. Sie trifft dort, wie verabredet, ihren Anwalt Philipis an, der deutlich entspannter wirkt als sie.

Doch Wanda ist nervös und fühlt sich in dieser Sekunde, wie Konrad sich gefühlt haben muss, als er sich vorsichtig in dem schönen Wintergarten in Friedewald an Sofias Erinnerungen herangetastet hat. Ganz so, wie er das auch jetzt wieder mit Herrn von Eichenborns Erinnerungen getan hat.

Mit Angst und ehrfürchtigem Respekt.

Und das nicht grundlos.

***

Friedewald in Waldhessen, zwei Tage zuvor

Konrad war klar gewesen, dass die folgenden Minuten in dem Wintergarten das Zünglein an der Waage sein würden.

Doch der Zeitpunkt war gut gewählt.

Ein schöner Sonnentag.

Tee. Kuchen.

Er und - Sofia.

Er hatte die Frage einfach laut ausgesprochen: »Weshalb war Olga böse auf ihren Bruder?«

Sofia von Eichenborn hatte auf diese Frage hin ihre Kuchengabel abgelegt und sich in den Stuhl zurückgelehnt. Sie wischte sich mit einer weißen Stoffserviette den Mund sauber, ehe sie zu ihrer Teetasse griff. Schließlich blickte sie ihren Gast an, als blicke sie durch ein Tor in ihre Vergangenheit zurück. Ihre gefalteten Hände hatte sie sanft auf ihren Schoss gelegt. Und Konrad hätte gerne gesehen, was sie in diesem Moment sehen konnte.

»Seine Liebe war alles, was mein Bruder hatte«, hatte sie mit sanfter Stimme gesagt. »Geld hatte er zur Genüge. Darum musste er sich nie sorgen. Doch auch sein vieles Geld konnte den Schuss nicht rückgängig machen.«

Den Schuss!, hatte es in Konrads Kopf gedröhnt, wie durch einen Verstärker.

Und Sofias Blick hatte förmlich nach Vergebung geschrien.

Eine vorbeiziehende Wolke hatte sich vor die Sonne geschoben, den Wintergarten verdunkelt, als breche ein Unheil über sie ein.

»Herr Kümmer, Wanda hatte es von Geburt an schwer gehabt. Herangewachsen als Halbwaise, wurde sie mit acht Jahren zur Vollwaise. Ihr Onkel überschüttete sie zwar mit seiner Liebe, doch je mehr er ihr davon gab, desto angespannter wurde Wandas Verhältnis zu seiner Frau, ihrer Tante Antonella. Sie wollte das Kind nicht in ihrem Haus haben, und ich bin mir sicher – sie hat sich Wanda das eine oder andere Mal weggewünscht. Nun ja, Herr Kümmer, was soll ich sagen? Eines Tages wurden ihre Gebete dann erhört. Die Polizei hatte Wanda weggebracht, so wie schon manch andere Eichenborn-Frau vor ihr. Wanda war die nächste in der Rangfolge. Ich habe mich oft gefragt, warum es keiner verhindert hat. Doch sie war wohl einfach in die falsche Familie hineingeboren worden.«

Konrad hatte eine nachdenkliche Miene aufgesetzt und ungeduldig gefragt: »Was für eine Rangfolge?«

Die Antwort darauf war eiserne Stille gewesen. Bis auf das leise Klirren von Porzellangeschirr, das von den Angestellten abgeräumt wurde, war es in dem Wintergarten mucksmäuschenstill gewesen.

»Was hat das alles zu bedeuten, Sofia? Was genau ist damals passiert?«, hatte Konrad nach einer Weile gefragt. Als Antwort folgte zuerst ein Blick, dann ein leichtes Seufzen.

»Herr Kümmer, wie Sie wissen, standen die von Eichenborns seit Anbeginn des fünfzehnten Jahrhunderts im Fokus der Gesellschaft. Sie sind eine einflussreiche, gut betuchte und adelige Industriellenfamilie gewesen. Doch ein dunkler Schatten überkam sie, der sie mehr und mehr zwang, gesellschaftlich in den Hintergrund zu treten. Besonders die Frauen in der Familie.«

Der Durchbruch!

»Ein dunkler Schatten?«

»Ein dunkler Schatten, von dem bis heute noch keiner außerhalb der Familie weiß! Und von dem selbst Wanda nichts weiß.«

Skurrile Bilder waren Konrad durch den Kopf geschossen.

Seine Gedanken strömten wie eine Flut vor seinem inneren Auge. Er stellte sich an dem Nachmittag tiefe Verliese vor, wie sie in früheren Zeiten existierten.

»Sie hielten ihr Blut rein, so gut es ging. Cousine und Cousin ehelichten sich. Nichten und Onkel. Was alles nur noch schlimmer machte, denn so setzte sich der Schatten von Generation zu Generation fort. Die Ehe von Heinrich von Eichenborn mit meiner Mutter, einer gutbürgerlichen, war eine Ausnahme zur damaligen Zeit. Nein, warten Sie! Es war für manche sogar eine Todsünde!« Sie schluckte mühsam, und ihr Gesicht hatte von jetzt auf gleich alt und verhärmt gewirkt.

»Erzählen Sie weiter«, hatte Konrad sie aufgeregt aufgefordert.

»Kurz gesagt: Die von Eichenborns präsentierten sich geschlossen, wie man es von einer Familie ihres Standes erwarten konnte. Wie es eben nach der Jahrhundertwende angebracht war. Mein jüngerer Bruder wandte sich vielleicht auch deswegen von der Dynastie ab. Er wollte sich für seine Tochter Wanda von deren finsterem Schicksal lossagen.« Sofia hatte schwer ausgeatmet. »Doch es gelang ihm nicht.«

Was hatte das zu bedeuten? Konrads Stirn hatte minutenlang in Falten gelegen.

Es fiel ihm schwer zu folgen. Besonders, wenn er versuchte, all das auf Wandas Fall zu übertragen.

Und auch auf den Fall Schweinehund.

Konrad Kümmer war einfach nicht drum herum gekommen, diese letzte, alles entscheidende Frage zu stellen: »Sofia, wer hat Frau von Eichenborn erschossen? Und würden Sie demjenigen zutrauen, auch weitere Morde begangen zu haben?«

Die Frage trat so schnell und heftig in den Raum wie ein Faustschlag. Kaum hatte Sofia sich von ihm erholt und mit zittriger Stimme darauf geantwortet, hatte Konrads Herz aufgeregt zu schlagen begonnen und lange Zeit nicht mehr aufgehört.

»Das kann nicht sein! Nein, verdammt!«, hatte er leise geflucht, »alles – nur das nicht!«

***

Siesmayerstraße, Frankfurt-Westend, heute

Konrads Herz klopft schon wieder bis zum Hals, als er gespannt Herrn von Eichenborns Antwort lauscht. Genau wie vor zwei Tagen in Friedewald.

»Konrad, Antworten zur Vergangenheit erzählen manchmal ihre eigenen Geschichten. Sie täuschen. Gaukeln etwas vor, das gar nicht stattgefunden hat. Aber nicht diese. Ich erinnere mich, als wäre es erst gestern gewesen«, antwortet Herr von Eichenborn ungewöhnlich selbstvergessen auf Konrads indiskrete Frage zu dem Tag vor zehn Jahren. Der Alte hat mit seinem Whiskyglas wieder auf dem Armlehnenstuhl Platz genommen, schwenkt es in seiner linken Hand und sieht Konrad nun entkräftet an. Konrad stellt fest: Seine Gesichtsmuskulatur ist noch immer angespannt, als habe er Schmerzen. Und es ist trotz der kleinen Leselampe nicht sehr hell im Raum. Herr von Eichenborn lächelt plötzlich versonnen, als würde er zurückschauen.

»Wie soll ich es Ihnen erklären, Konrad? Es wurde damals das aus meinem Leben, was es heute ist.« Der Alte sieht Konrad mit festem Blick an. »Aber Konrad, das wissen Sie doch alles schon. Machen wir uns nichts länger vor. Nicht meine Frau kocht Ihnen Ihren Kaffee, sondern mein Hausmädchen, Fräulein Winter. Die ich für Geld beschäftige. Wie Sie übrigens auch!«

Nach einem Zögern nimmt Konrad allen Mumm zusammen, stellt seine halb leere Kaffeetasse ab und fragt mit kräftiger Stimme: »Weshalb haben Sie keinen Kontakt zu Ihrer Schwester Sofia?«

Der alte von Eichenborn zieht eine dunkle, buschige Augenbraue hoch. »Sie haben sie wohl nie kennengelernt.« Sein Blick ist noch immer fest auf seinen Gärtner gerichtet. »Wie dem auch sei. Meine Stiefschwester Sofia hat mir im Leben alles genommen, was ich hatte!«

Konrad spürt den Gefühlsstein, den er mit der Frage bei dem Alten soeben ins Rollen gebracht hat.

Endlich rollt er.

»Wir standen uns nie nahe. Und Sofia hat mir vor zehn Jahren meine Liebe genommen und brachte diese Kälte in mein Herz. Sie ist somit die Letzte, die mir heute, so viele Jahre später, noch irgendetwas geben könnte.«

Konrads Ohren sind gespitzt.

Er kann das Blut darin rauschen hören.

»Doch wieso erzähle ich Ihnen das eigentlich, Konrad? Auch das wird Ihnen nicht neu sein. Sie wissen doch bereits alles. Und das schon eine ganze Weile, nicht wahr? Mein Tipp zum Sanatorium in Waldhessen hat sie direkt zur Antwort geführt.«

Konrad schluckt.

Er richtet sich leicht auf, als habe der strenge Lehrer ihn beim Träumen erwischt. Er wagt kaum, auszuatmen. Dabei würde er gerne einmal ganz tief ausatmen, um diese plötzliche Anspannung loszuwerden. Schon seit seinem zweiten Besuch in Friedewald kämpft er gegen sie an.

Herr von Eichenborn beäugt seinen Gärtner genau und leert erheitert und mit einem Mal sein Whiskyglas. »Mein Junge, ich habe es schon damals in Ihnen sehen können, als Sie das erste Mal mit Ihrem Taxi vorgefahren kamen. Und ich habe es seit über vierzig Jahren nicht mehr gesehen.«

Verfinstert sich das Gesicht des Alten etwa soeben?

Seine dunklen, störrischen Augenbrauen verdecken seine Augen nämlich auf bedrohliche Art und Weise.

»Und was war es?«, fragt Konrad.

»Mich. Vielleicht sind wir beide aus einem ähnlichen Holz geschnitzt, alter Freund!«

»Vielleicht«, entgegnet Konrad achselzuckend und meint, eine finstere Note in Herr von Eichenborns Stimme zu hören. Wäre sie nicht gewesen, hätte Konrad es vielleicht für eine Nettigkeit halten können.

»Ja, vielleicht. Das wird sich noch zeigen«, erwidert der Alte zweideutig.

***

Gerichtsbezirk Frankfurt

Hinter dem Saal III zeigt sich während des Männergesprächs eine nicht weniger gnadenlose Wahrheit.

Man nennt sie Justitia.

Die alten Holzdielenböden knarren laut unter Wandas Füßen. Die Lampen, die von den hohen Decken herunterhängen, geben ein dürftiges Licht ab. Es ist kaum heller als das schwache Tageslicht, und doch kann man die tiefen Furchen in den Dielen sehen. Sie wurden verursacht von all denen, die sich gegen das Schicksal wehren wollten. Es hinauszögerten, unter Einsatz ihrer Kräfte.

Wandas Magen dreht sich beim Gedanken daran um.

Krampft.

Ein flüchtiger Blick auf die Seitentür, durch die man die Verurteilten für gewöhnlich in Handschellen abführt, ein Blick auf die leeren Stühle im Zuschauerbereich. Alte Bilder flammen vor ihrem inneren Auge auf, Bildfetzen, die sich vor zehn Jahren einst unwiderruflich in ihre Netzhaut eingebrannt haben.

Wanda, ihr Anwalt und ein kleiner, zierlicher Mann, der sich Wanda als Staatsanwalt vorgestellt hat, sind in diesem Moment die einzigen Anwesenden in diesem mächtigen Saal. Doch Wanda spürt auch die vielen anderen Schicksale, die sich hier vollendet, gewandelt haben.

»Du musst heute nicht mitkommen, wirklich nicht«, hatte Philipis beteuert.

Doch Wanda wollte es so.

Und hat nicht locker gelassen, bis der Anwalt ihr den Tag und die Uhrzeit genannt hat, wann er den Staatsanwalt aufsuchen wird.

Letztlich geht es hier nicht um irgendein Schicksal, sondern um ihres.

Philipis würdevolle Stimme klingt sanft an Wandas Ohr heran und vertreibt die wirren Gedanken in ihrem Kopf.

»Jürgen, ich freue mich, dass du die Sachlage ähnlich siehst wie ich.« Es folgt ein kurzer Blick zu Wanda. »Auf alles Weitere habe ich dann wohl keinen Einfluss mehr.« Wieder zum Staatsanwalt: »Ich verlasse mich auf dich.«

Und dann ist es auch schon geschehen?

Es ist wirklich passiert?

Das Verfahren wird angestoßen, wie das beharrliche Händeschütteln der beiden Männer beweist? Die Voraussetzungen sind erfüllt, um als Nebenklägerin vor Gericht gehen zu können?

Wanda sieht vor ihrem inneren Auge, wie sich der Prozess vor ihr entfesselt, als lege er sein schweres Kettenhemd ab.

Bald folgt eine Vorladung vor Gericht.

Philipis zwinkert Wanda siegessicher zu. Er hat bei der Staatsanwaltschaft aufgezeigt, wer schuldig ist.

Er hat es tatsächlich getan. Vor den Augen von Justitia.

Die Erlösung – sie ist zum Greifen nah! Wanda kullern stumme Tränen des Glücks über die Wangen, ohne zu wissen, dass es noch nicht ihre letzten sein werden, die sie hier vergießen wird

***

Friedewald in Waldhessen, zwei Tage zuvor

Auch für Konrad war nur zwei Tage zuvor die Schuldfrage unmissverständlich deutlich geworden, je länger er mit Sofia in Friedewald darüber gesprochen hatte. Die Tische um sie herum waren längst abgeräumt, die Teewagen in der Küche und wurden für die nächste Mahlzeit vorbereitet. Konrad hatte Sofia förmlich zurückgeholt aus ihren Erinnerungen, in die sie sich nach der Antwort auf die Frage, wer Frau von Eichenborn erschossen habe, verfangen hatte. Das Tageslicht war gewichen, und als weiche die Trauer der Erinnerung, sollten die nächsten Minuten dann klarer werden als der schönste Sternenhimmel.

»Der Schuss des alten Gewehrs löste sich einfach, als sei es vorherbestimmt gewesen. Das verflixte Ding!«, hatte Sofia geseufzt. »Besonders makaber an der Sache ist: Es war das alte Gewehr unseres Vaters Heinrich. Wandas Großvater.« Sofia neigte ungläubig den Kopf. »Es musste vielleicht so kommen.«

Konrad konnte die Tränen in Sofias Augen deutlich sehen.

Aber er sah noch etwas anderes darin. Und er wollte es aus ihrem Mund hören.

»Sie hätten es verhindern können.« Konrads Handflächen waren pitschnass, kaum hatte er das ausgesprochen. Er wusste nun zwar, wer den Abzug damals abgedrückt hatte, aber er wusste noch immer nicht, wieso! Und er fürchtete die Antwort.

Ja, er, Konrad Kümmer, der Unerschütterliche, fürchtete sich.

»Es war mein eigenes Schicksal gewesen, vom ersten Tag an, als ich mit meiner Mutter damals nach Frankfurt gezogen war. Und das Schicksal aller Eichenborn-Frauen wurde zu meinem eigenen, auch wenn nicht ihr Blut durch meine Adern fließt.« Sofia hatte auf die Umgebung gedeutet, das Sanatorium Friedewald, als sei sie dazu verdammt worden, dort zu sein.

»Sofia, meine kluge Mutter, sagte immer, dass die Zeit alle Wunden heilt. Und sie hatte fast immer recht.« Es war natürlich gelogen. Doch Konrad war nichts Besseres eingefallen.

»Helfen Sie mir, es wieder gutzumachen, Herr Kümmer? Ich kann mit dieser Schuld nicht mehr länger leben. Versprechen Sie mir das?«

Konrad hatte nicht lange gewartet und genickt. »Ich werde Ihnen helfen.«

»Versprechen Sie es, Konrad!«

»Sie haben mein Wort! Das muss reichen. Es wird sich alles aufklären. Sie bekommen Ihre zweite Chance, und der Fluch ist vorbei.«

»Das wäre schön!«, hatte Sofia geantwortet und Konrad Kümmers Hand getätschelt, als wisse sie genauso gut wie er, dass dies nicht möglich war.

Zehn Tage vor Prozessbeginn

Kriegkstraße, Frankfurt-Gallus

Wanda schlägt mühsam die Augen auf.

Erst das linke, dann das rechte.

Die Umrisse der drei leeren Weinflaschen, die sie in diesem Moment als Erstes erkennt, verheißen nichts Gutes. Ihr Kopfschmerz ist dementsprechend unerträglich. Schraubstockartig bohrt er sich in ihren Schädel.

Tiefer.

Und noch mal tiefer.

»Du darfst mich gerne zitieren. Da hilft nur noch Koffein!«, sagt Konrad. »Glaube mir, ich weiß, wovon ich spreche. Da sprechen fünfundvierzig Jahre Erfahrung.«

Wanda reagiert, indem sie sich von der rechten auf die linke Seite rollt, um der Prozesseröffnung noch für ein paar Sekunden zu entfliehen. Am liebsten würde sie verschlafen.

Oder hat sie das etwa bereits?

Steh auf!, ruft ihre innere Stimme aufgebracht. Du Idiotin, hast du etwa vergessen, worum es heute geht?

Die Stimme ist wütend. Sehr wütend sogar, wie Wanda unschwer feststellt. Erschlagen hebt sie den Kopf.

Ihr Haar ist zerwühlt.

Ein Blick auf die Uhr, und ihr Kopf gleitet zurück auf das Kissen.

»Zwing mich nicht, Gewalt anzuwenden«, droht Konrad und zieht an Wandas Bettdecke. Seine Finger formen dabei eine Waffe. »Du weißt, ich bin ein gefürchteter ...«

»... Kaufhausdetektiv!« Wanda lacht ins Kopfkissen. Zumindest versucht sie es. Ihre Stimme hat etwas von einem Reibeisen. Hat sie gestern etwa geraucht?

Konrad, der angeboten hat, Wanda heute ins Gericht, zur Eröffnung ihrer Verhandlung, zu begleiten – auch wenn sein

Job seit gut drei Wochen getan ist -, wirkt wie immer. Er ist beängstigend handzahm, zugewandt, fast schon einfühlsam.

Und wie immer gefasst.

Das ist für Wanda heute das Wichtigste. Dass er sie entgegen seinem hart erarbeiteten Männlichkeitsprotz-Image seit dem zweiten Besuch in Friedewald in Watte packt, ist ihr aufgefallen. Doch sie hat sich darüber keine Gedanken gemacht.

Als es zwei Minuten später an ihrer Haustür klingelt, steht Wanda bereits unter der Dusche. Die Tür fällt wieder ins Schloss und Konrad betrachtet den weißen A4-Umschlag, den der Postbote gebracht hat, und bemerkt darauf einen Stempel mit dem Aufdruck Lissner Organisation.

Lissner Organisation?

Ist er da nicht neulich schon mal draufgestoßen?

Konrad spielt neugierig mit dem Umschlag in seinen Händen. Er dreht ihn, schüttelt ihn vorsichtig. Dann hält er ihn eine ganze Zeit lang gegen die schwache Glühlampe im Flur.

»Wer war das?«, fragt Wanda kurz darauf, die, nur mit einem Handtuch bekleidet, plötzlich hinter ihm in dem schmalen Flur steht.

»Das wurde für dich abgegeben.«

»Was ist das?«

Auch Wandas Blick fällt sogleich auf den Absender. Ein formeller Brief von Eva Lissner. Das verheißt nichts Gutes. Schnell verschwindet sie mit dem Umschlag im Badezimmer.

»Beeil dich aber!«, ruft Konrad ihr nach. Sonst ist mein Zeitplan hinfällig, denkt er den Satz zu Ende und blickt auf die Uhr. Er hat noch einen Zwischenstopp auf dem Plan stehen, von dem Wanda nichts weiß. Ein Treffen, das überfällig ist.

Konrad streicht sich mit allen zehn Fingern durch das Haar und holt Luft. Da ist wieder diese Nervosität, die er immer häufiger spürt. Und das, je näher der Prozessbeginn heranrückt. Mit jedem vergangenen Tag ist er sich in den letzten drei Wochen weniger sicher gewesen, ob er sich für die richtige Wahrheit entschieden hat. Auch wenn er seit dem letzten Besuch in Friedewald offen gestanden nicht nur einmal darüber nachgedacht hat, sich einfach nicht mehr bei Wanda zu melden. Den Kontakt einschlafen zu lassen. Sein Job ist getan, er hätte jedes Recht dazu gehabt. Doch immer wieder, wenn Wanda vor seiner Wohnungstür gestanden hatte, ließ er sie hinein.

Ihr Blick ist schließlich noch immer der alte.

Ihre Art die gleiche.

Es hat sich eigentlich nichts verändert. Denn sie ist noch immer die Gleiche.

Konrad setzt sich für einen Moment auf die Kante des Neunzig-Zentimeter-Bettes und verharrt. Und sieht durch das geschlossene Fenster nach draußen, betrachtet, wie der Regen soeben in Schnee übergeht.

Wanda sitzt währenddessen im Duschbad nebenan, auf dem Toilettendeckel, und hält noch immer ungeöffnet den Umschlag in ihren Händen. Sie wagt einfach nicht, ihn zu öffnen. Dass Eva Lissner ihr mit diesem Umschlag sehr wahrscheinlich einen maschinell geschriebenen Formbrief geschickt haben wird, in dem sie mitteilt, dass sie in den nächsten vierundzwanzig Stunden das Appartement verlassen muss, ist eine unerträgliche Vorstellung für Wanda. Wanda fischt mit zwei Fingern etwas aus dem Umschlag heraus, das ihr Herz für einen kurzen, aber trügerischen Augenblick höherschlagen lässt.

Zwanzig Minuten später, bereits neben Konrad im Wagen, hat sie den Gegenstand noch immer in der Hand.

»Dreieinhalb Millionen Karren auf Frankfurts Straßen. Und wir mittendrin, statt nur dabei. Ich nehme eine Abkürzung«, spricht der ehemalige Taxifahrer in Konrad tonlos und setzt den Blinker. Wandas abwesende Art sorgt ihn etwas. Er kann die große Leere, die Angst, die zentnerschwer auf ihren hängenden Schultern lastet, förmlich sehen. Sie scheint von Minute zu Minute größer zu werden.

»Schneematsch! Ich hasse Schneematsch!«, sagt er, während seine Augen den quietschenden Scheibenwischern folgen. Die beschissene Stille ist nun auch für ihn unerträglich. Doch Wanda nickt nur. Ignoriert den Schneeregen, der vor ihr auf die Windschutzscheibe prasselt. Ihre Finger spielen mit dem kleinen Gegenstand in ihrer Hand. Sie weiß, dass Eva Lissner sie nicht mit Absicht verletzt hat. Dass es die Vorschriften sind. Doch sie kann den Schlüssel aus dem Umschlag von Eva nicht annehmen.

Sie und Eva Lissner unter einem Dach?

Zusammen mit zweihundert Stangen Zigaretten und vollen Aschenbechern?

Sie wird ihr den Schlüssel zurückgeben. Heute noch.

Konrad und Wanda biegen von der Bockenheimer Landstraße in die Siesmayerstraße ein. Aus den Schornsteinen der Botschaften raucht es. Der Frost hat alles in seinen Bann gezogen, und Konrads Wagen fährt rasant durch den weißen Dampf, der aus den Gullideckeln aufsteigt. Er vermischt sich mit den leichten Schneeverwehungen, die über die leere Straße fegen. Ein Blick auf das Haus seines Chefs, das sie soeben passieren, ohne die Geschwindigkeit zu verringern. Der rote Volvo verlässt die Siesmayerstraße schließlich wieder und kommt bald darauf zum Stehen. Der Detektiv lässt den Motor absichtlich weiterlaufen, schaltet das Radio ab und sagt mit fester Stimme zu Wanda: »Ich denke, du kennst den Weg.«

Wanda wirft einen Blick aus dem Beifahrerfenster, als habe sie erst jetzt bemerkt, dass der Wagen zum Stehen gekommen ist. Und betrachtet das Eingangstor.

»Was soll das, Konrad?«

Wandas Augen schwimmen von jetzt auf gleich in Tränen. Doch sie greift nach der Wagentür. Und stellt ein Bein nach dem anderen auf den Asphalt. Ein kurzer Blick auf Konrad, der noch immer das Lenkrad mit beiden Händen fest umschlossen hält.

Auch wenn ihre innere Stimme protestiert wie ein Rebell, läuft Wanda zögerlich den schmalen, schneebedeckten Weg entlang. Sie überhört die Stimme einfach und drückt die kalte Eisenklinke herunter. Ihre Knie werden mit jedem Schritt weicher.

Ergriffen bewundert Wanda die gelben Blüten des Winterjasmins, der von kleinen Eisblumen umringt ist. Wie gerne hätte sie in den letzten Jahren etwas mehr Zeit hier verbracht.

Am Grab ihrer Eltern.

Sie fühlt, wie man ihr die Zeit mit ihnen gleich zwei Mal gestohlen hat.

Doch jetzt genießt sie die Stille erst einmal. Den Frieden, den sie spürt. Zum ersten Mal nach langer Zeit spürt sie ihn. Und ihre innere Stimme ist verstummt, als hätte sie nie existiert.

»Der Winterjasmin blüht schon den gesamten November hindurch so schön!«, sagt eine Stimme wie aus dem Nichts.

Wanda erstarrt, ebenso ihr Gesichtsausdruck.

Sie wagt nicht, sich umzudrehen.

Die Stimme gehört zu einer schlanken Person mit auffälligem Trenchcoat, die nur wenige Schritte hinter ihr steht. Wanda spürt ihr Herz stärker schlagen. Als sie sich nach einer Weile dazu durchringen kann, sich umzudrehen, ihre Augen mit der Hand gegen das grelle Licht beschattet und den Mantel sieht, erkennt sie ihn sofort.

Diesen Trenchcoat würde sie unter Hunderten wiedererkennen.

Er ist immerhin ein Einzelstück. Gefertigt von ihr.

Sein Träger betrachtet Wanda, seine Liebe, ebenso aufmerksam wie sie ihn. Er ist gezwungen, sich für einen Moment auf seinen Gehstock zu stützen. Sein Gesicht ist schmerzverzerrt.

Onkel, du bist so alt geworden, bemerkt Wanda. Und sogleich spürt sie sie wieder, ihre unsichtbaren Fußketten. Die peinliche Szene auf der Charity-Party kommt ihr ins Gedächtnis.

Sie schämt sich ganz plötzlich für ihren ungehaltenen Gefühlsausbruch von neulich.

»Ich bin das nicht gewesen, Onkel«, kommt es ihr leise über die Lippen. Erst jetzt erhebt sie sich langsam, klopft zaghaft den Schnee von ihren Knien, als wolle sie sich nicht nur von ihm befreien.

»Ich wollte dich immer beschützen, Wanda. Das musst du mir wirklich glauben!« Herr von Eichenborn seufzt schwer. »Doch weder dein Vater noch ich konnte es.«

Wanda spürt bei diesen Worten eine plötzliche Enge in der Brust. Sie wird von Sekunde zu Sekunde unerträglicher. Ameisen, viele kleine Ameisen machen sich auf den Weg.

Die Stimme in ihrem Kopf ist auch wieder da und brüllt so laut, wie nie zuvor.

Lauf weg!

Lauf, Wanda!

Und Wanda denkt tatsächlich darüber nach, wegzulaufen. Zurück zum Wagen zu gehen und wie geplant zum Gerichtssaal zu fahren.

Wieso ist sie überhaupt hier?

Doch Wanda kann nicht. Sie sieht ihrem Onkel wie gebannt in die dunklen Augen.

»Wo bist du dann all die Jahre über gewesen, wenn du mich beschützen wolltest?«, hört sich Wanda vorwurfsvoll und traurig zugleich fragen. Die Angst vor der Antwort, die sich eng um ihre Kehle gelegt hat, ist groß.

Sie kommt tief aus ihrem Inneren.

Aus einem Verließ, dessen Tür lange versperrt geblieben ist.

»Ich weiß, dass du ein gutes Mädchen bist.« Ein kleines Lächeln zeichnet sich auf dem Gesicht des alten von Eichenborn ab, auch wenn seine Augen traurig aussehen.

»Du bist von außen zu einer wunderschönen, erwachsenen Frau herangewachsenen und im Inneren doch das flüchtende Kind geblieben, dessen Geist zurückgezogen in einem Scheingebäude sitzt.« Herrn von Eichenborns Lächeln verliert sich. Er neigt den Kopf, als ertrage er diese Vorstellung kaum. »Du fingst an, Dinge in deinem Scheingebäude zu sammeln, die du für bedeutsam hieltest! Bedeutsamer als die Realität um dich herum.«

»Wie bitte? Wovon sprichst du?«

»Als du verurteilt wurdest, war ich noch nicht so weit, dir das zu sagen, was ich gleich sagen werde. Doch es ist längst überfällig. Wanda, lange war unsere Familie bemüht, zu vertuschen, was nach außen hin nicht gesehen werden durfte – und das seit Generationen. Und ich habe es verdammt.

Es ist daher an der Zeit, das Schweigen zu brechen. Ich hätte es schon vor zehn Jahren tun sollen, bevor man dich weggesperrt hat. Ich hoffe, du wirst mir eines Tages verzeihen können.« Der alte von Eichenborn schlägt betroffen die Augen nieder. »Ich erinnere mich noch gut daran, wie du schon früh anfingst, Fragen zur Familie zu stellen. Ohne zu wissen, dass mehr hinter den Antworten steckte, als ich dir gab. Nur war es deinem Vater und mir als Kind nicht anders ergangen – unsere Mutter war selbst von uns gerissen worden, so wie bereits Justitia, die Mutter unserer Mutter, deine Urgroßmutter. Sie alle hatten mit ihrem Schicksal zu kämpfen – so wie du auch.«

»Justitia? Was – was soll das alles bedeuten?«, wispert Wanda ungläubig. Ihre Unterlippe zittert.

»Sie lebten ebenso in ihren Scheingebäuden zurückgezogen, jedoch in Friedewald. Wenn jemand nach ihnen fragte, täuschten wir ein Lungenleiden vor. Doch es war viel mehr als das.« Herr von Eichenborn blickt zur Seite, als beschäme es ihn noch immer. »Ich konnte dich nicht beschützen, Wanda, als man dir alles genommen hat. Und der einzige Trost, der dir geblieben war, ist Tita.«

»Tita? Du – du kennst Tita?«

»Ich weiß, all das zu begreifen, ist nicht einfach. Noch nicht.«

Wanda steht wie zur Säule erstarrt vor ihrem Onkel und dem Grab ihrer Eltern. Betrachtet die Gräber ihrer Vorfahren, ihrer Tanten, Großmütter. Und dann das von Urgroßmutter Justitia. Entrüstet und aufgebracht, reißt sie die Augen weit auf. Und sieht zu ihrem Onkel zurück, dessen Blick Mitgefühl zeigt.

Endlich.

Nach zehn Jahren ist es endlich da, sein Mitgefühl.

»Ich – ich verstehe nicht. Was soll das?«

»Wanda, ich habe lange darüber nachgedacht, ob es wirklich die richtige Entscheidung ist, dir alles zu erzählen. Doch ein gewisser Herr – ein wenig unkultiviert, aber doch mit einem festen Charakter - hat auf mich eingeredet. Und mich davon überzeugt, dass du das Recht hast, die Wahrheit zu hören, die du schon so lange suchst.«

Wandas Kinn zittert.

Ihre Augen sind glasig.

Doch sie ist sich plötzlich selbst nicht mehr sicher, ob sie die Wahrheit überhaupt noch erfahren will. Und vor allem ertragen kann.

»Ich weiß, Wanda, dass die Frage nach dem Täter von vor zehn Jahren für dich noch immer nicht geklärt ist. Und ich weiß auch, dass du dir einen Prozess gegen Sofia wünschst und vorhast, mit allen Mitteln gegen sie vorzugehen. Und auch wenn ich der Letzte bin, dem du noch etwas schuldest, bitte ich dich trotzdem, es nicht zu tun.«

Die Augen des alten von Eichenborn wandern traurig von einem Grab zum anderen und bleiben bei dem seines Vaters Heinrich stehen. »Wanda, wir von Eichenborns haben lange genug unter diesem dunklen Fluch leiden müssen. Ich bitte dich daher inständig: Beschmutze unseren Namen nicht noch öffentlich und für alle Zeiten.«

Konrad sieht Wanda kurz darauf auf das Ausgangstor des Friedhofes zulaufen. Er lehnt an dem geliehenen Volvo, der Motor läuft noch immer, die Hände hat er unter die Achseln geschoben, um sie vor der Kälte zu schützen.

Ob sie alles weiß?

Konrad steigt bei dem Gedanken daran nervös von einem Bein auf das andere.

***

Kurz darauf im Gerichtsbezirk, Frankfurt

Wanda presst ihre Lippen zu einer schmalen Linie zusammen. Kein Wort hat sie gesprochen, seit sie und Konrad vom Friedhofparkplatz weggefahren sind.

Und der Detektiv hat ihr Schweigen respektiert.

Natürlich ist er auch ein wenig erleichtert darüber. Wandas Gedanken fahren selbst dann noch Karussell, als sie im Gang des Gerichtsgebäudes nach Philipis Ausschau hält, ihn aber nicht am verabredeten Punkt entdecken kann. Dafür jedoch Eva Lissner.

»Eva?«

»Menschenskinder, das ist ja wie im Irrgarten«, stöhnt Lissner und läuft schnellen Schrittes auf Wanda und Konrad zu. »Ich habe über eine halbe Stunde auf dich gewartet, Kindchen.« Ein leichter Nikotinentzug zeichnet sich auf dem Gesicht der Frau ab. »Meine Wangen glühen. Gehen wir ein paar Schritte!«, fordert die große Frau mit den winzigen Brillengläser sie auf, während sie in ihrer Handtasche kramt.

Wanda bedeutet Konrad mit einem Blick, sie beide für einen kurzen Moment alleine zu lassen, und folgt Eva in einen Nebenraum. Hier müsste sie eigentlich mit Philipis sein, um noch einmal ein paar Dinge durchzusprechen. Zumindest war das so verabredet gewesen.

Wanda mustert Eva eindringlich, die in dem düsteren Raum das Fenster kippt und sich gierig eine Zigarette anzündet. Sie bläst den Rauch hart aus.

Ohne ein Vertrauen schenkendes Lächeln.

Es ist alles in Ordnung, beruhigt sich Wanda selbst. Ist es doch?

Als spule der Regisseur dieser Inszenierung plötzlich vor, auf doppelte Geschwindigkeit, nein, dreifache Geschwindigkeit, hört Wanda bereits ein theatralisches Eröffnungsplädoyer – jedoch nicht wie erwartet im Gerichtssaal oder von Philipis.

Sondern von Eva.

»Wo ist Philipis?«, ruft Wanda immer wieder aufgebracht dazwischen, ohne Evas Worten zu folgen. »Wo ist er?« Sie schaut aufgebracht auf ihre Uhr. »Eva, wo ist mein Anwalt? Mein Prozess beginnt gleich!«

»Nein«, antwortet Eva bedachtsam. »Das versuche ich dir ja gerade zu verklickern. Es gibt keinen Prozess.«

»Natürlich gibt es ... ich bin Nebenklägerin!«

»Ohne Staatsanwaltschaft kein Verfahren, Kindchen.«

»Kein Verfahren?«, Wandas Augen sind weit aufgerissen. »Wo ist er? Wo ist Philipis? Ich muss ihn sofort sprechen!«

Als Eva Lissner nicht antwortet, stürmt Wanda zur Tür, reißt sie unsanft auf. Doch Lissner hält sie davon ab, den Raum zu verlassen. »Wanda, hör mir bitte einen Moment zu!«

»Ich muss zu Philipis!«

»Wanda, die Staatsanwaltschaft hat keine Anklage gegen Sofia von Eichenborn erhoben!«

»Ich muss ihn sprechen, es ist sicher nur ein Irrtum!«

»Wanda, hast du begriffen, was ich gerade gesagt habe?«

Wanda erstarrt.

Und blickt gebannt in Evas stark geschminkte Augen.

»Kindchen, hör mir zu! Du hast dich da in etwas hineingesteigert.«

Doch Wanda fühlt sich plötzlich wie eine verzogene Göre, die sich bösartige Intrigen zusammengesponnen hat, die jetzt auffliegen. Und ganz plötzlich, vielleicht durch das verwirrende Gespräch mit ihrem Onkel, kann sie das auch gar nicht mehr ausschließen.

Was ist bloß passiert?

Was hat ihr Onkel ihr mit all dem eigentlich sagen wollen? Und was Eva?

Zum Teufel, was ist bloß geschehen? »Eva, was machst du hier?«

Eva Lissner greift nach Wandas kalten und feuchten Händen. »Dein Onkel hat mich beauftragt. Er wusste, dass du Philipis aufgesucht hast und auch, dass die Staatsanwaltschaft nicht gegen Sofia von Eichenborn ermitteln wird.«

Wanda reißt sich erschrocken von Eva los. Die kalte Türklinke bohrt sich unsanft in ihren Rücken. »Du bist von meinem Onkel engagiert und bezahlt worden, um mir hier und heute zu sagen, dass der Prozess nicht stattfindet?« Wanda schüttelt den Kopf. »Was soll das heißen? Dass der Staatsanwalt auch auf seiner Gehaltsliste steht?«

»Ich bin dazu beauftragt worden, dir vom ersten Moment an, nach deiner Entlassung aus der JVA, beizustehen. Dich zu begleiten. Dir ein Dach über dem Kopf zu verschaffen, in seinem Mietshaus in der Kriegkstraße.«

»Du bist was?« Wanda keucht, die Worte bleiben ihr im Hals stecken. »Vielleicht hast du mir auch den Job im Imbiss besorgt? Und die Freundin vorgespielt? Hat das auch zu deinem Auftrag gehört?«

Eva Lissner geht einen Schritt auf ihren Schützling zu, greift erneut sanft nach ihrer Hand, die mittlerweile eiskalt ist.

»Herr von Eichenborn, dein Onkel, hat mich natürlich nicht dafür bezahlt, deine Freundin zu sein, Kindchen. Und das weißt du auch!«

Wanda reißt die Tür auf und stolpert aus dem Zimmer, in Richtung Verhandlungssaal. Sie öffnet die Tür - doch tatsächlich! Niemand ist zu sehen.

»Wanda!«, ruft Lissner den Gang herunter. »Lass es mich doch erklären.«

»Wer bist du?«, brüllt Wanda.

»Ich bin Dienstleisterin. Ich habe damals die Organisation gegründet, nachdem ich wegen Korruptionsverdachts beim Amt für Bewährungshilfe gefeuert wurde. Und dein Onkel bezahlt mich dafür, dir zu helfen. Und er hat es gern getan.«

Wanda ignoriert, was sie da hört. Längst stolpert sie die langen Gänge entlang, zurück zum Ausgang, wo sie Konrad an einem Kaffeeautomaten fluchen sieht. Er spürt Wandas Aufruhr, versteht und läuft ihr ohne Fragen zu stellen nach.

»Fahr mich sofort in die Fürstenbergerstraße!«

***

Kurz darauf, Kanzlei Fürstenbergerstraße, Frankfurt-Nordend

Der Mann mit hochgeschlagenem Mantelkragen, der die letzten zwei Stufen beim Staranwalt herunterspringt, sticht Konrad Kümmer gleich ins Auge. Kaum hat Wanda die Wagentür aufgerissen und ist im Hauseingang der Fürstenbergerstraße verschwunden, beschließt Konrad, sich dem Mann zu widmen. Seine Haut ist vernarbt, als habe er als Kind mit etwas Ätzendem hantiert.

Und Philipis schüttelt nur den Kopf, als er Wanda seine Bürotür aufreißen und an seinen Schreibtisch stürmen sieht. Er erhebt sich abrupt und verzichtet dieses Mal darauf, sein Sakko zuzuknöpfen.

»Die Staatsanwaltschaft erhebt keine Klage?«, brüllt Wanda, die Arme auf seinen Schreibtisch gestemmt, die Hände zu Fäusten geballt. Doch dann bemerkt sie plötzlich, dass der Anwalt nicht alleine ist.

Eine elegant gekleidete Frau und ein älterer Herr blicken Wanda entgeistert an.

Als Philipis unmissverständlich auffordernd die Augenbrauen hochzieht und sich der Adrenalinschub in Wanda allmählich neutralisiert, fragt sie sich ganz plötzlich: Was machst du hier bloß, Wanda? Dieser Wirbel um dich - um dein verkorkstes Leben! All das zu offenbaren, verschreckt sie ganz plötzlich. Wo ist das Loch im Boden, das sich auftut, in das sie fallen kann? Ein Zeitsprung in die Zukunft, zu einem Tag, an dem all das hier bereits lange vergessen sein wird?

Und wie soll es überhaupt weitergehen?

Wanda fühlt sich wie in Trance. Ein Trip, den sie nicht gewollt hat, und nun weiß sie nicht, wie sie wieder davon runterkommt.

Beruhige dich, Wanda!

Gleich ist es vorbei!, ermahnt sie sich selbst, als sei das Leben wieder einmal eine große Bühne, auf der sie die Hauptrolle nur so lange spielen muss, bis der Vorhang fällt. Doch der Gerichtstermin zum Prozessbeginn stand doch fest.

Er ist heute gewesen!

Jetzt!

Es gibt kein Zurück, hat sie ihrem Onkel noch vorhin am Grab gesagt. Oder doch?

»Sie entschuldigen mich für einen Moment?«, bittet Philipis freundlich, packt die aufgebrachte Furie vor seinem Schreibtisch bestimmend unter dem Arm und zieht sie nach draußen auf den Flur. Mit der kubistischen Kunst im Nacken hebt er die Stimme. »Ich darf doch wohl bitten, Wanda! Du siehst doch, dass ich einen Mandanten habe! Was ist bloß in dich gefahren?«

Die junge Frau am Empfang greift nach ihrer Nagelfeile, während sie ihre Ohren spitzt.

»Du hast gesagt, die Staatsanwaltschaft erhebt Klage gegen Sofia, du hast gesagt, unsere Chancen als Nebenkläger stehen gut und dass heute das Verfahren gegen sie eröffnet wird. Bitte, wann hattest du vor, mir zu sagen, dass sich der Plan geändert hat?«, sprudelt es aus Wanda heraus, sie kämpft dabei gegen ihre Tränen an. »Wann?«

Philipis lässt ihren Arm wieder los. »Das habe ich längst getan, Frau von Eichenborn. Und zwar per Post.«

»Per Post?«

»Du solltest dir vielleicht eine etwas besser gelegene Bleibe suchen, Wanda. In der Kriegkstraße scheinen sie sogar Briefe zu klauen.«

»Du lügst!«

Der Anwalt dreht sich demonstrativ zu der jungen Frau am Empfang um. »Frau Mosel, haben Sie nicht persönlich den Brief bei Frau von Eichenborn neulich eingeworfen, aus dem klar hervorgegangen ist, dass es wider Erwarten keinen Prozess gibt? Und dass der Staatsanwalt aus Mangel an Beweisen nicht erneut ermitteln wird?«

»Natürlich«, antwortet diese, ohne aufzublicken oder ihrer Nagelfeile eine Pause zu gönnen.

»Wie du siehst, habe ich meine Hausaufgaben gemacht, Wanda. Und außerdem immer nur von Chancen gesprochen.« Ein zynisches Lächeln zeichnet sich auf den Lippen des Staranwalts ab. Wandas Kinn zittert daraufhin, sie beginnt leise zu schluchzen, fühlt diese Erniedrigung bis in die Haarspitzen. Sie wischt sich mit dem Handrücken über die feuchte Wange. »Wie viel hat er dir geboten?«

»Wie bitte?«

»Du hast mich schon verstanden.«

»Du warst mir Lohn genug. Und außerdem, Wanda, sparen wir uns das. Deine und meine Ansicht von Geld klaffen sowieso ein wenig auseinander. Zur Aufklärung: Dein vermeintliches Erbe ist nichts wert, Goldmarie! Oder soll ich besser Pechmarie sagen? Es wurde bereits vor Jahren von deinem Onkel gemeinnützig seiner eigenen Stiftung in Friedewald gespendet.«

Darum geht es also, begreift Wanda.

Doch als habe der Staranwalt noch nicht genug, schiebt er mit erhobener Stimme nach: »Wanda, ich habe dir, glaube ich, deutlich genug gesagt, dass mir die Prozessvorbereitung manchmal wichtiger ist als der eigentliche Prozess. Und ich habe meine Vorbereitung mit dir gründlich gemacht - und auch sehr genossen. Doch auch wenn es eine nette Nacht mit dir war und sich der Aufwand durchaus gelohnt hat, trennen sich nun unsere Wege hier. Ich bin ein verheirateter Mann, wie du weißt.«

Wanda schnappt nach Luft, wie ein Fisch im Trocknen. »Und der Staatsanwalt? Ich habe mit eigenen Augen gesehen, wie ihr euch einvernehmlich zu dem Fall die Hände geschüttelt ...«

»... habt! Ja, das hast du, Wanda. Und mein Notarfachangestellter lässt dich auch schön grüßen.«

Wanda zuckt zusammen.

Sie ringt erneut aufgelöst um Luft. Doch die herablassende Fratze ihres Gegenübers nimmt sie ihr.

»Aber ein Trostpflaster will ich dir geben«, lächelt der Anwalt und streicht ihr eine Haarsträhne hinter das rechte Ohr. »Nicht für jede hätte ich mich so ins Zeug gelegt. Und du weißt ja, wie das läuft! Es gibt Tage, da verliert man, und es gibt Tage, da gewinnen die anderen. Denn Chancen hatte dein Fall leider nicht eine Sekunde lang. Und jetzt entschuldige mich bitte, mein Mandant wartet!«

***

Etwas später, Berger Straße, Coco's Café

»Wo kommst du her? Aus dem Gericht? Seit wann verdonnern die denn jemanden zu einem Schwinger mit der Rechten?«, fragt Oskar und bricht beim Anblick des Detektivs in schallendes Gelächter aus. Konrad verzieht vor Schmerz das Gesicht.

»Kümmer, sag mir aber bitte, dass der andere auch ein paar Kratzer im Lack hat und wenigstens ein ebenso hübsches blaues Auge davongetragen hat wie du.«

»Der hat keine Kratzer, sondern Krater. Aber die hatte er schon vor unserer Begegnung. Der Typ stellte sich als ein gemeinsamer Bekannter von Anwalt Philipis und Herrn von Eichenborn heraus. Er ist sozusagen deren Informant. Die ganze Zeit war mir klar gewesen, dass der gelackte Schnösel im Maßanzug Dreck am Stecken hat.«

Oskar zündet sich eine Zigarette an. Mitten im Café. »Ich habe Neuigkeiten zu unserem Problem Nummer eins!«

Konrad sieht auf, betrachtet mit festem Blick sein Gegenüber und entgegnet: »Und ich habe einen Scheißtag hinter mir und mittlerweile meine berechtigten Zweifel an deiner Erlöser-Tierarzt-Theorie. Und eine eigene entwickelt.«

»Warte erst mal ab. Ich habe dir die aktuelle Zeitungsausgabe mitgebracht. Doch bevor du reinschaust und mir den Spaß verdirbst: Hör dir Problem Nummer eins an, Kümmer.«

Konrad ignoriert die Zeitung, zieht erwartungsvoll die Augenbraue hoch, zuckt zimperlich zusammen und befühlt ausgiebig sein schmerzendes Veilchen.

»Was ist, willst du Problem Nummer eins nicht hören? Neulich warst du noch ganz scharf darauf!«, fragt Oskar verwundert.

»Ich brenne vor Neugier«, raunt Konrad mürrisch. »Was hat es mit Problem Nummer eins auf sich?«

»Oh, nichts Besonderes. Nur dass unser Doktor Reifschneider ein Alibi hat.«

»Ein Alibi?«, faucht Konrad, richtet sich abrupt auf und verdrängt den Lackaffen aus seinen Gedanken. »Wie kann das denn sein?«

Doktor Reifschneider, wie kannst du an zwei Orten gleichzeitig gewesen sein? Und das gleich vier Mal?

Doch was für Konrad noch viel unklarer ist: Der Name Reifschneider sagt ihm wirklich noch immer nicht die Bohne!

Ausgerechnet jetzt, nachdem die Theorie eines Trittbrettfahrers und der Verdacht einer Verbindung in die Siesmayerstraße beim letzten Besuch in Friedewald gestorben ist. Und er all seine Hoffnung in die Theorie des Leitner Oskars gesteckt hat.

»Aber keine Sorge, Konrad, alle auf dem Revier wissen, dass er ihr Mann ist. Gibt‘s hier eigentlich auch was Ordentliches zu trinken?«

»Oskar, du hast doch sicher nicht deine heiligen Kioskhallen verlassen, um ein Kaffeekränzchen zu halten, oder? Also, erzähl schon weiter.«

»Ich hatte eine Zigarettenpause. Es war eine lange Zigarettenpause, mit meinem Freund vom Präsidium, wenn du weißt, was ich meine.« Oskar lacht düster. »Aber mach dir mal wegen dem Alibi nicht dein Feinripp voll. Wahrscheinlich haben die Kollegen vom Morddezernat schon längst mit einem Sonderkommando in der Tierarztpraxis aufgeräumt und ein Geständnis aus dem Mann herausgepresst. Die Jungs sind da schmerzlos.«

»Wieso erzählt dir dieser Bulle eigentlich so viel? Gibt es da etwas in deinem Leben, das ich als dein bester Kunde wissen sollte?«

»Ich sagte doch bereits, ich war mal einer von denen. Und von den meisten sogar der Ausbilder. Das war, bevor mich der erste Kriminalhauptkommissar auf dem Kieker hatte.«

»Vielleicht aber auch, bevor der Flachmann in deiner Jackentasche dein bester Freund wurde.« Der Detektiv greift nach seinem Kaffee. Sein Kumpel zieht die Schiebermütze tiefer ins Gesicht. »Und genau deshalb ist das Coco‘s eindeutig der falsche Laden für den Leitner Oskar!«

»Habe ich eine Gehirnerschütterung oder sprichst du wirklich in der dritten Person von dir?«

Der Kioskbetreiber erhebt sich und klopft Konrad im Gehen auf die Schulter. »Kümmer, das wollte ich dir schon lange mal sagen. Du bist nicht nur mein bester Kunde, sondern auch der Sohn, den ich nie hatte!«

Konrad verzieht angewidert das Gesicht. »Du erwartest jetzt aber nichts Nettes von mir, oder doch?«

»Zeig mir einfach mal deine zärtliche Seite, alter Freund.«

»Habe ich denn eine?«, fragt der Detektiv missmutig, den Blick starr ins Nichts gerichtet. Er fühlt sich beschissen. Nicht nur, dass der Schädel rasierende Tierarzt Doktor Reifschneider offensichtlich noch immer wegen seines falschen Alibis frei umherschleicht, sondern auch, weil irgendetwas an der Geschichte stinkt. Erst der Bluff von dem Advokatenschnösel und jetzt das. Was für ein Misttag!

»Ich hau dann ab!«, sagt Oskar und schlendert zum Ausgang.

Konrad blickt ihm nach und fragt sich, in welcher Stadt dieser Reifschneider eigentlich niedergelassen ist? Vielleicht bringt das endlich Licht ins Dunkel und erklärt, weshalb Konrad der Name nichts sagt. Er schlägt die Zeitung von heute auf.

»Bekommt dein Freund denn gar nichts? Wo ist er eigentlich hin?«, fragt die junge Bedienung mit der Getränkekarte in der Hand und schaut sich um.

Konrad schüttelt den Kopf, ohne den Blick von der Zeitung zu lösen. »Hast du eine Minute für mich?«

»Klar!«

»Ich – ich habe mich nur gefragt, ob Natascha wohl etwas erwähnt hat, bevor sie ... Du weißt schon!«

»Was meinst du? Schwitzt du etwa?«

»Na ja, sagt dir der Name Doktor Reifschneider etwas? Hatte Natascha ihn vielleicht als einen Freund vorgestellt, oder von einem Tierarzt vom Land erzählt? Oder von jemandem, der sie verfolgt oder ihr aufgelauert hat?« Konrad zieht die breiten Schultern an. Er ist aufgeregt. Und das Phantombild des Killers auf Seite drei in der Zeitung ist der Auslöser dafür. »Irgendetwas halt.«

Die junge Bedienung denkt kurz nach, schüttelt dann jedoch den Kopf. »Nicht, dass ich wüsste«, antwortet sie tonlos. »Sie war Single. Und auch so hatte sie kaum Kontakte hier. Außer eben zu dir. Das habe ich der Polizei aber auch schon alles mitgeteilt.«

Konrad nickt kurz angebunden, greift zittrig nach seiner Lederjacke und legt Geld passend hin.

»Geht's dir nicht gut, Konrad? Du bist so blass! Man hat den Spinner doch gefasst. Es ist nur eine Frage der Zeit, bis er verknackt wird.«

Konrad bleibt im Türrahmen stehen, blickt um neunzig Grad zu der Bedienung zurück. Doch das Phantombild sagt ihm etwas anderes. »Ja, vielleicht hast du recht.«

»Deine Tasse ist ja noch halb voll. Du willst deinen Kaffee nicht austrinken? Ist wirklich alles in Ordnung, Konrad?«

Dieser nickt. Dabei ist gar nichts in Ordnung. »Ich habe es heute etwas eilig.«

»Dann warte, ich mache dir den Kaffee zum Mitnehmen.«

Als Konrad kurz darauf das Kaufhaus betritt, den vollen Kaffee-to-go-Becher in der Hand, und die Personalräume aufsucht, begegnet ihm Maennel, sein Chef, auf dem Gang.

»Und? Wie läuft die Pressearbeit so, jetzt, wo unser Kaufhaus wieder in aller Munde ist? Das müsste dir und den roten Zahlen doch gelegen kommen«, stichelt Konrad.

»Sehr witzig, Kümmer. Es hat nicht viel gefehlt, und die da oben hätten das Feuer auf mich eröffnet.«

»Das beruhigt sich wieder. Vielleicht machen die es ja wie ich und werfen ihren Fang wieder zurück ins Haifischbecken!«

»Du wirfst deinen Fang manchmal zurück? Kümmer, das will ich jetzt überhört haben«, murmelt der Filialleiter und stapft großen Schrittes in sein Büro. Konrad folgt ihm und lässt sich vor seinem Schreibtisch auf den Stuhl fallen. Den vollen Kaffeebecher wirft er treffsicher in den Papierkorb.

»Sag mal, die Planung für die Weihnachtsfeier nächsten Monat läuft doch schon eine ganze Weile, oder nicht?«, fragt

Konrad und kippelt auf seinem Stuhl. Und blickt in weit aufgerissene Augen. Augen, die ihm noch nie etwas abgewinnen konnten. Doch es beruht auf Gegenseitigkeit.

»Kümmer, falls du von der Trauerfeier sprichst, ja. Die Planungen sind lange abgeschlossen. Wieso fragst du überhaupt? Hast du etwa keine Einladung bekommen?« Der Chef legt seine Stirn in tiefe Falten. Und sieht gleich zehn Jahre älter aus.

»Doch, doch, habe ich, sie war auch sehr hübsch«, schiebt Konrad abschätzig nach, »ich habe mich nur gefragt, ob Elisabeth Meyer und ihre brünette Nachfolgerin alleine oder in Begleitung gekommen wären.«

Maennel beugt sich über den Tisch. »Was soll die Scheißfrage denn?«

»Hatten die beiden einen Freund? Vielleicht einen ...«

»... Tierarzt? Das wurde ich die Tage schon mal gefragt. Und es interessiert mich immer noch nicht, durch welche Betten die beiden gehüpft sind.« Der Chef verzieht demonstrativ den Mund und lehnt sich wieder zurück. »Dich aber wohl schon. Du machst hier doch nicht etwa auf Kriminaloberkommissar, oder, Kümmer? Denn dann muss ich dich leider enttäuschen. Kein Tierarzt Doktor Reifschneider auf der Gästeliste.«

Konrad reibt sich über das stoppelige Kinn.

Noch immer bezweifelt er, dass tatsächlich dieser Reifschneider die Schnittstelle sein kann, die den vier Frauen zum Verhängnis wurde. Denn Konrad kennt keinen Tierarzt.

Er hasst Tiere.

Seit seiner Kindheit ist er stark gegen Tierhaare allergisch und einmal fast wegen einer Katze abgekratzt. Und er wüsste doch, wenn er eine Frau getroffen hätte, die mit einem Tierarzt verheiratet ist.

»Aber Kümmer, frag doch mal die Caro aus dem dritten Stock. Sie war vor ihrer plötzlichen Kündigung für die Sitzordnung zuständig und hat Wünsche entgegengenommen. Falls du also einen haben solltest: Wende dich an sie. Apropos

Sitzordnung, ich habe mir an einer Hand ausrechnen können, dass es auch dieses Jahr wieder Gerangel darüber gibt, wer neben dir sitzt. Caro hat sich gegen die anderen Schönheiten durchgesetzt. Auch wenn mir schleierhaft ist, wie so eine tolle Frau auf dich Vogel stehen kann! Sie hat etwas Besseres verdient.«

»Das hat sie gewiss. Du solltest es mal bei ihr versuchen, meinen Segen habt ihr, auch wenn der Vergleich mit den Vögeln wirklich unter die Gürtellinie gegangen ist. Die lauten Quälgeister kann ich nämlich nicht ...«

Konrad stoppt abrupt.

Sein zynisches Lächeln verliert sich, er steckt es wieder ein und verwandelt sein Gesicht in Irritation.

Sein Veilchen pocht im Rhythmus seines Herzschlages. Es gab Gerangel?, wiederholt er im Geiste. Er braucht eine Sekunde, um seine Gedanken wie ein Puzzle zu sortieren: Das Phantombild, das ihm bekannt vorkommt, der Ärger um die Sitzordnung und Vogelgezwitscher. »Sag mal Chef, gab es in letzter Zeit Beschwerden vom Personal? Mobbing? Reibereien unter den Kollegen?«

»Nein. Wieso?«

»Weißt du zufällig, in welcher Stadt dieser Doktor Reifschneider praktiziert?«

»Was sollen die Fragen? Wer weiß das nicht. Stand ja heute dick und fett in der Zeitung. Seinen Namen haben die Journalisten natürlich zensiert, aber nicht die Stadt. Da helfen auch keine Marketingmaßnahmen mehr. Das arme Schwein kann seine Praxis dichtmachen, sag ich dir.«

Kaum hat Maennel die Stadt genannt, fallen die Puzzleteile von Informationen wie von selbst an die richtige Stelle.

Kurz darauf, vor dem Kaffeeladen von Frau Weinbauer in der Siesmayerstraße, hat Konrad sie zu Ende sortiert. Doch er will auf Nummer sicher gehen, ehe er sich an die Polizei wendet.

Als er von Frau Weinbauer seinen Kaffee gebracht bekommt, fragt er sie: »Sagen Sie, hatte Fräulein Wagener eigentlich einen … Sie wissen schon. Eine bessere Hälfte mit Doktortitel?«

»Einen Tierarzt, meinen Sie?«

Konrad nickt.

»Wieso wollen Sie das wissen? Gehören Sie jetzt zu den Bullen, oder steht wieder ein Jahrgangstreffen an?« Die Chefin zieht die Mundwinkel nach oben und lässt sich für einen Moment an der Theke nieder. »Nein, wenn Sie es genau wissen wollen, Konrad, sie hat seit dem Tod ihres Mannes keinen Mann mehr getroffen. Zumindest nicht öffentlich.« Sie lächelt verschmitzt. »Vielleicht hat sie sich ja etwas mehr von ihrem Vermieter, Herrn von Eichenborn, erhofft. Aber zugegeben hat sie es nie.«

Konrad nickt kurz. So genau wollte er es dann auch wieder nicht wissen. »Sie glauben also, Ihre Freundin kannte den Mörder nicht?«

»Wenn es Doktor Reifschneider war, nicht. Nein.« Sie setzt ihre auffällige Hornbrille ab, um sich die müden Augen zu reiben. »Das wäre ja auch noch schöner. Der Mörder, ein Tierarzt.«

»Zumindest ein Tierfreund. Eine andere Frage: Wurde Ihre Freundin verfolgt? Hat sie etwas erwähnt von seltsamen Begegnungen, oder dass sie jemand bedroht hat? Klingelt es da bei Ihnen?«, fragt Konrad ungeduldig. Doch er ahnt schon, wie die Antwort ausfallen wird.

»Nein. Ich weiß nur, dass der Mörder meine Freundin ganz sicher zufällig in der Stadt ausgewählt hat. An der Bahnstation, so wie die anderen Frauen auch. Nach ihrem Friseurtermin wollte sie direkt nach Hause, wie mir auch unser gemeinsamer Friseur Timmy bei meinem letzten Termin bestätigt hat. Die Polizei geht deswegen davon aus, dass sie der Killer auf dem Nachhauseweg zufällig abgefangen haben muss.«

»Es war vielleicht spontan, aber sicher nicht zufällig«, stammelt Konrad, der sich soeben daran erinnert, dass ausgerechnet am Tag von Fräulein Wageners Tod ihr gemeinsames Foto in der Presse erschienen ist. Und vielleicht zu ihrem Todesurteil beitrug.

»Wie meinen Sie das, Konrad?«

»Eine Verabredung mit dem Mörder ist also ausgeschlossen«, fasst Konrad zusammen.

»Eine Verabredung halte ich für ausgeschlossen«, entgegnet die Cafébesitzerin bestimmend. »Sie war nämlich nach dem Friseurtermin mit mir zum Mittagessen verabredet.«

»Verstehe.« Konrad setzt die Kaffeetasse an, trinkt langsam daraus, um sich eine weitere Frage zu überlegen. Er ist so nah dran und darf jetzt keinen Fehler machen. »Sagen Sie, halten Sie es für möglich, dass Fräulein Wagener Kundin in dem Kaufhaus war, wo die anderen beiden ermordeten Frauen gearbeitet haben?«

»Das hat mich die Polizei auch schon gefragt. Ebenso, ob sie Gast im Coco's war. Ich sagte Ihnen, dass ich mir nicht vorstellen kann, dass meine Freundin in einem Kaufhaus auf der Zeil shoppen geht oder in Bornheim ein Café aufgesucht hat, während sie bei mir kostenlos eine Tasse bekommen konnte.«

Das leuchtet ein. Und passt zu Konrads schlimmer Vermutung. Dem Killer sind alle Örtlichkeiten vertraut gewesen.

Das Coco's Café.

Die Siesmayerstraße.

Das Kaufhaus.

Konrad zieht die Augenbrauen hoch. Ihm stößt es bitter auf.

Herzlichen Glückwunsch. Der Anflug eines Magengeschwürs.

»Es sei denn«, schiebt die Cafébetreiberin plötzlich nach, »sie traf dort in diesem Coco's einen heimlichen Verehrer.«

Konrad vernachlässigt diese Möglichkeit. Er ist in Gedanken bereits wo anders, zieht sein Handy aus der Jackentasche hervor und wählt 110.

»Kümmer mein Name. Ich möchte einen Verdächtigen melden.« Er weiß auch, was seine nächste Station heute sein wird. Nämlich das neue Polizeipräsidium in der Adickesallee. Es wird Zeit, dem Spuk ein Ende zu bereiten und ein wenig aus dem Nähkästchen zu plaudern.

***

Vier Tage darauf, Kiosk, obere Berger Straße

»Vielleicht ist es besser, dass ich nicht mehr auf dem Gehaltszettel der Polizei stehe«, stöhnt Oskar. »Wer hätte auch gedacht, dass der Soziopath eine Soziopathin ist. Die Nichte von Doktor Reifschneider, die bei ihm gewohnt und ab und an mal bei ihm in der Praxis ausgeholfen hat. Reifschneider hat im Nachhinein der Polizei gegenüber ausgesagt, dass er bei dem Mädchen recht früh schon leicht sadistische Züge gegenüber Tieren festgestellt habe.« Der stämmige Mann schüttelt den Kopf, und sein Gesicht verrät, dass er die Welt nicht mehr versteht. »Eine aktive Tierschützerin, die mit einem Bolzenschussgerät umgehen kann, als sei sie in ihrem vorherigen Leben mal Schlachterin gewesen. Und gerne Tiere quält. Das erinnert mich an pädophile Erzieher. Die Welt wird immer verrückter, Kümmer.«

Das Veilchen in Konrads Gesicht hat bereits alle Farben durch und heilt. Nun schmerzen allerdings seine Mandeln. Ebenso sein Magen. Ein fieser Infekt kündigt sich an. Und Konrad nickt nur schwer.

Er will Oskar schonen und spart sich zu ergänzen, dass die Soziopathin zudem eine Vegetarierin ist. »Sie hat sich schon immer gerne über Grenzen hinweggesetzt und irgendwie - widersprüchlich gehandelt«, sagt der Detektiv mit belegter Stimme. Sein Gesichtsausdruck beweist, dass er weiß, wovon er spricht.

»Gratuliere. Das hätte der Psychologe auf dem Präsidium nicht besser sagen können«, applaudiert Oskar. »Nachdem Reifschneiders Nichte ihm haarklein gestanden hat, die

Frauen erst sanft und mitleidig gestreichelt zu haben, bevor sie ihnen schonungslos die Haare rasiert und sie umgebracht hat, war dem Psychologen klar gewesen, dass es sich nur um eine Schwesternproblematik handeln kann.«

»Sanft und mordlustig. Das ist widersprüchlich.«

»Auch nur von außen betrachtet. Ihr Verhalten geht einfach mit einer unterschiedlichen Emotionalität einher und kommt häufiger vor.«

»Unterschiedliche Emotionalität?«

»Beruhigendes Verhalten wie streicheln wird eingesetzt, um das Opfer zu beruhigen und die entscheidende Tathandlung besser durchführen zu können. Oder aber, um nach der Phase der Beruhigung umso intensiver die Ängste und die Tathandlungen zu erleben. Aber mal was anderes: Mit wem hast du eigentlich gesprochen auf dem Präsidium? Doch nicht etwa mit diesem Eppermann?«

»Nein. Es war eine attraktive Polizistin.«

»Ich glaube, Kümmer, du hast vergessen, deinem Gesicht zu sagen, dass es sich freuen darf. Ohne dich wären die Kollegen nie darauf gekommen, mal nachzuprüfen, wer außer dem Tierarzt und seinen Angestellten noch Zugang zur Praxis und den Medikamenten hatte«, lächelt Oskar. »Und unserer verstaubten, aber zuverlässigen Polizei-EDV verdanken wir es, dass die im Haus des Tierarztes zeitweilig gemeldete Tierschutzaktivistin durch den damaligen Verdacht, etwas mit dem Einbruch in dem Schlachterhof in Bensheim zu tun gehabt zu haben, festgenagelt werden konnte. Der Psychologe soll nach einem langen Gespräch mit ihr bestätigt haben, dass sie das Paradebeispiel für das belastete Außenseiterkind zu Schulzeiten sei, das schon immer Potenzial zum Bandenführer gehabt habe. Sein erster Eindruck war, dass sie sicherlich eine tiefe Selbstwertminderung hat. Wie ich gesagt habe: Narzisstische Symptomatik, verbunden mit einer tiefen Kränkung. Kurz gesagt: Schwesternproblematik.«

»Schwesternproblematik? Die Schwester, die immer mehr Aufmerksamkeit vom Vater bekommen hat und zu dem Widerspruch zwischen Vorbildanhimmeln und Neid-Hass geführt hat ...«

»Und sogar zum Todeswunsch. Deshalb der teilweise liebevolle Umgang mit den Opfern«, beendet Oskar Kümmers Satz. »Sie war auf der Suche nach Zuneigung.«

Das war sie!, denkt Konrad, schlägt die Zeitung auf und liest die Überschrift im Lokalteil, die die erfolgreiche Verhaftung der Mörderin bestätigt.

»Und? Gehen wir nun einen heben?«, fragt Oskar.

»Hast du mal auf die Uhr geguckt? Ich gehe nirgendwo hin. Es ist früh am Tag.«

»Woanders auf der Welt ist es spät am Abend, also los!« Als Oskar begreift, dass das nichts mehr wird, fragt er: »Erwähnen sie wenigstens deinen Namen in dem Artikel? Konrad Kümmer, der Kaufhausdetektiv, der den entscheidenden Hinweis auf den Killer gegeben hat?« Der Kioskbesitzer reibt selbstzufrieden seine riesigen Pranken. Dann verschwindet eine von ihnen in die Jackentasche und führt anschließend einen Flachmann zum Mund. »Die Mieze ist in Wirklichkeit bestimmt schärfer als auf dem Phantombild aus der Presse! Ich verwette meinen schrumpeligen Hintern, dass sie es ist.«

»Die Wette gewinnst du«, stammelt Konrad kalt. Er räuspert sich, schluckt zwei Mal. Ein kläglicher Versuch, seine Mandeln vor dem Austrocknen zu bewahren.

»Sag bloß, du hast auch sie ...«

Konrad sagt nichts. Den Blick weiter auf die Zeitung gerichtet.

»Du Hund, du!«, lacht Oskar und setzt den Flachmann gleich noch mal an. »Wie geht es eigentlich dem Opfer, das entkommen konnte?»

Konrad erinnert sich ungern an den Augenzeugenbericht der jungen Zeugin namens Helen W. aus Langenselbold. »Ausgerechnet Fräulein Winter, das Hausmädchen, sollte

Nummer fünf werden. Das schüchterne Ding, das kaum den Mund aufbekommt«, stammelt er ungläubig. »In elfter Stunde ist sie dem Bolzenschuss haarscharf entkommen. Und das, trotz eines schweren Autounfalls auf der Bockenheimer Landstraße. Beharrlich war sie schon immer gewesen.« Zu Oskar gerichtet: »Und Gott sei Dank - keine Altersangabe im Artikel.«

»Und selbst wenn, Kümmer. Das Wichtigste ist doch, dass es vorbei ist«, meint der Kioskbetreiber. »Die Mörderin sitzt deinetwegen hinter schwedischen Gardinen.«

»Wohl eher wegen des tapferen Hausmädchens«, korrigiert Konrad. »Ihre Täterbeschreibung für das Phantombild war wirklich hilfreich und hat die Kriminelle überführt.«

»Dein Blick sagt mir, dass das Phantombild dich nicht überrascht hat. Du hattest eine Ahnung?«

»Dank der Tatsache, dass auf der Berger Straße keine Vögel zwitschern.«

»Vogelgezwitscher auf der geschäftigsten Straße Bornheims? Wer denkt denn auch an so was?«, fragt Oskar verwundert und steckt sich eine Zigarette an.

»Genau das war die alles entscheidende Frage für mich, die den Groschen zum Fallen gebracht hat«, murmelt Konrad, ohne zu erwarten, dass sein selbst ernannter Mentor den Sinn dahinter versteht.

»Interessanter Schluss, Kümmer. Vögel haben die Mieze ins Kittchen gebracht und Spritzen, die sie ihrem Onkel Doc aus Niederdorfelden aus der Praxis gestohlen hat, werden dafür sorgen, dass sie den Knast auch so schnell nicht mehr verlassen wird. Ich wusste doch, dass der Fall noch eine überraschende Wende nehmen würde!«

»Eigentlich wurden auch nicht die Vögel Carola Reifschneider zum Verhängnis, sondern ihre Eifersucht«, sagt Konrad betroffen. Und schlägt die Zeitung ein für alle mal zu. »Vielleicht liegst du mit deiner Schwesternproblematik gar nicht so falsch. Sie suchte die Anerkennung vom Vater. Dabei hätte ich Caro vielleicht nur von Anfang an deutlich erklären müssen, dass ich keine Gefühle für sie habe. Stattdessen habe ich mich zu ihrer Zielscheibe gemacht. Die jungen Frauen waren bloß ein Mittel zum Zweck, so wie du gesagt hast. Sie hat mich ausspioniert und ihnen dann auf bestialische Weise die Schönheit genommen, um sich an mir - Konrad Kümmer - zu rächen. Wahrscheinlich sogar stellvertretend ihre Schwester in ihnen gesehen. Und ihren Vater. Die Frauen mussten ihre Schönheit und ihr Leben dafür lassen, weil wir nicht erwidert haben, was sie gefühlt hat.« Konrad schüttelt mitgenommen mit dem Kopf. »Und genau das wird sie auch bestimmt so vor der Polizei gestanden haben. Mit erhobenem Haupt. So ist sie eben. Etwas anderes würde auch nicht zu ihr passen.«

»Geht's dir gut, Konrad?«

»Außer, dass sich das Magengeschwür auszubreiten scheint und sich eine Angina anbahnt? Ich denke schon.«

»Kümmer, Eifersucht als Motiv reicht in diesem Fall nicht allein aus. Es müssen noch andere Persönlichkeitseigenschaften hinzukommen. Psychopathie. Sadistische Störungen und schwere Bindungsstörungen oder Angst vor dem Verlassenwerden. Die normale Härte eben. Aber sag mal, Kümmer, bist du eigentlich noch auf Jobsuche? Die Kollegen im Präsidium wollen mich zurückhaben. Eppermann wird versetzt. Ich könnte hieran eine kleine Bedingung knüpfen. Also, ich finde, so könnte es weitergehen mit uns, was hältst du davon, Partner?«

Oskar streckt Konrad auffordernd die Hand hin.

»Oskar, das klingt nach Vitamin B. Und ich bin allergisch gegen Vitamin B, wie du weißt.«

»So angeschlagen, wie du bist, würden dir ein paar Vitamine ganz gut zu Gesicht stehen. Na los, Kümmer, dein anderes Ding bei den Blaublütern im Westend ist doch abgeschlossen. Und dieser Fall hier auch. Du bist demnach bereit für deinen zweiten Fall und zwar als KTA. Die Frauen, die das Geschäftszimmer machen, werden dir gefallen.«

»KTA?«

»Kriminaltechnischer Angestellter der Kripo. Du musst nur Ja sagen!«

»Ganz ohne Ausbildung?«

»Ganz ohne Ausbildung.«

»Oskar, frag mich das morgen Nachmittag noch mal! Das große Finale im Fall Sofia von Eichenborn steht nämlich noch bevor.«

Der Prozessbeginn

Am selben Tag in der Praxis Dr. Levi Rosen, Beethovenstraße, Frankfurt-Westend

Das Behandlungszimmer des Arztes ist warm eingerichtet. Bodentiefe Holzfenster. Alte Holzdielen. Hohe stuckverzierte Decken. Edle Biedermeiermöbel. Alte Fotos hängen an der Wand des Zimmers, das sich in der Altbauwohnung, in der Beethovenstraße im Westend befindet. Dass Wanda hier von ihm empfangen wird, ist ein Privileg, das nur wenige Patienten genießen. Die von Eichenborns gehören jedoch schon seit Jahrzehnten dazu.

Dr. Rosen, ein Arzt kurz vor dem Ruhestand mit dichtem weißen und kurz geschnittenen Bart und Freund der von Eichenborns, ist einer der wenigen, die um das Familiengeheimnis wissen. Seine ärztliche Schweigepflicht immer wahrend, wurde er im Laufe der Jahrzehnte zum engen Vertrauten. Er will Wanda von nun an regelmäßig treffen, um sie bei der Aufarbeitung ihrer Vergangenheit zu begleiten.

Seine Worte »dissoziative Amnesie« und »stark ausgeprägte Verlustangst« liegen noch immer schwer wie Blei in der Luft. Und haben Wanda offensichtlich erstarren lassen.

Ohne weiter über ihre Bedeutung nachzudenken, schenkt Wanda erst einmal einem Lichtstrahl ihre volle Aufmerksamkeit, der durch die hellen Gardinen des französischen Balkons fällt. Sie flieht mit ihm aus der Situation. Flieht aus ihrer Haut, denn sie fühlt sich wieder wie die kleine, hilflose Achtjährige von früher. Wanda folgt dem Strahl, betrachtet die kleinen feinen Staubkörnchen darin, die sich brechen wie funkelnde Smaragde.

»Herr von Eichenborn hat mich gebeten, Ihnen ein paar Dinge zu erzählen, die längst überfällig sind«, beginnt Dr. Rosen. »Ich bin zwar kein Psychiater, aber Ihr Onkel war der Meinung, dass, wenn Sie es von einem Außenstehenden erfahren, Sie es vielleicht leichter aufnehmen könnten. Wanda, Ihr Onkel liebt sie und hat Sie als ein wortkarges und zurückgezogenes Kind kennengelernt. Es ist davon auszugehen, dass eine Verlustangst in Ihnen der Grund dafür war. Als Vollwaise hatten Sie Angst, noch einmal alles im Leben verlieren zu können, was Sie unwissentlich von Anfang an Ihre Tante Antonella zum Feind erklären lassen hat«, sagt Dr. Rosen. »Sie hat Ihnen einen starken Willen abverlangt, und es fehlte an Mütterlichkeit. Doch darüber sollten wir ein andermal in Ruhe sprechen.«

Das schreit geradezu nach so etwas wie einem Ödipuskomplex!, denkt Konrad, der Wanda widerwillig begleitet hat. Dabei ist sein Job längst erledigt.

»Um es etwas weniger drastisch auszudrücken: Sie idealisierten Ihren Onkel wie einst schon Ihren Vater, und die Mutter musste aus dem Weg geräumt werden, um ihn ganz für sich alleine haben zu können«, erklärt Rosen.

Sag ich doch!, denkt Konrad. Ödipuskomplex. Er beobachtet, wie Wanda jedoch immer noch steif wie eine Statue auf ihrem Stuhl sitzt.

Zu still. Wie hatte Oskar diesen Zustand gleich noch mal genannt?, grübelt Konrad. Stupor? Außen starr, innen wach? Als habe jemand in ihr das Licht ausgeschaltet.

Konrad hofft inständig, dass der alte Weißhaarige da vorne weiß, was er tut, und bei seinem vielen Gequassel nicht vergisst, es später wieder anzuknipsen.

»Was ich Ihnen heute sagen möchte, ist sehr wichtig, Wanda. Und wird der Grundstein für unsere weiterfolgenden Gespräche sein – insofern Sie sie führen möchten. Sind Sie bereit dafür?«, fragt Rosen und fährt nach einer Weile fort. »Sofia von Eichenborn, die Stiefschwester Ihres Onkels, hat Sie damals vor Gericht schwer belastet. Und sie weiß, dass sie durch die Art und Weise Schlimmes angerichtet hat.«

Wanda zeigt sich weiterhin unberührt. Ihre Gesichtszüge bleiben unverändert. Kein Zucken der Brauen. Oder der Mundwinkel.

»Ihr Onkel möchte, dass Sie wissen, dass Sofia Sie hätte entlasten können, hätte sie der Polizei die ganze Wahrheit erzählt. Das Urteil wäre ein milderes gewesen«, fährt Rosen fort – und Konrad nickt zögernd. Denn genau das war Sofias Antwort in Friedewald gewesen, wieso sie glaubt, ihrem Bruder seine Liebe genommen zu haben.

»Doch Sofia wollte mit ihrem Schweigen bloß das gut gehütete Familiengeheimnis bewahren. Für ihren Bruder. Sie wollte ihn und den Ruf der Familie schützen.«

Während sich Sonne und Wolken abwechseln, rührt sich die Erstarrte noch immer nicht. Dafür jedoch die hellen Tüllgardinen, durch die nun eine leise Brise weht.

»Wanda, die genetische Disposition, die aus ungeklärten Gründen öfter bei den Frauen in Ihrer Familie aufgetreten ist und womöglich als erlerntes Flucht- oder Krisenverhalten weitergegeben wird, ist eine Form der Schizophrenie«, erklärt Dr. Rosen nüchtern. »Ich werde darauf in unseren nächsten Gesprächen noch genauer eingehen. Doch lassen Sie mich Ihnen hierzu eins erklären: Umwelteinflüsse spielen bei dieser Krankheit eine bedeutende Rolle. So kann ein Trauma schon den schizophrenen Ausbruch fördern. Man nimmt zudem an, dass ein Gendefekt eine Störung im Stoffwechsel des Gehirns verursacht. Diese Veränderungen treten oft immer wieder bei Verwandten ersten Grades auf. So war die Schizophrenie auch schon früh in Ihrer Familie gefürchtet.«

Der Arzt legt eine kleine Sprechpause ein, als habe er plötzlich den roten Faden verloren. Doch er findet ihn wieder.

»Wanda, lassen Sie es mich mit anderen Worten sagen. Bei der Krankheit handelt es sich um abspalten und verdrängen. Es wird das Emotionale vom Intellektuellen abgespaltet und aus dem Bewusstsein verbannt. Die Krankheit lässt einen also nicht einfach nur Dinge sehen und glauben, die andere nicht sehen, sondern auch ganze Ausschnitte, Tage, Stunden und Minuten vergessen, als hätten sie niemals stattgefunden. Manche Momente werden dadurch nie Teil des eigenen Lebens, der eigenen Erinnerung.« Der Arzt macht eine erneute bedeutungsvolle Pause.

Er atmet diesmal tief durch.

Konrad ebenfalls. Denn das Finale steht kurz bevor.

Er schwitzt. Sehr sogar.

Seine rechte Hand wandert verkrampft, aber unbemerkt zu den oberen zwei Knöpfen seines Hemds.

»Wanda, der schreckliche Tag, an dem Sie damals zum Haus Ihres Onkels gefahren sind, blieb Sofia anders in Erinnerung als Ihnen. Sie haben Schranken aufgebaut zwischen der Vergangenheit und der Gegenwart, was ein Erinnern nahezu verunmöglicht. Man nennt das eine dissoziative Amnesie. Sie löscht einem ganz oder teilweise Erinnerungen eines traumatischen Ereignisses.« Dr. Rosen betrachtet Wanda eindringlich, als habe er Angst, dass sie ihren Einsatz in diesem Bühnenstück verpasst. Doch sie verzieht noch immer nicht eine Miene.

»Ich möchte Ihnen ein Beispiel geben, Wanda. Sinnesstörungen können Charaktere ins Leben rufen, die aus der Fantasie entspringen, oder aber auch zum Beispiel aus den Gräbern verstorbener Angehöriger. So wie Tita«, fährt Rosen fort.

Tita?

Wandas Augenlid zuckt bei dem allzu vertrauten Namen erstmalig, als folge es fremdbestimmt einem Schlüsselreiz.

»Wanda, Tita fing sozusagen ein Eigenleben an. Ich sage Ihnen das deshalb, weil ich glaube, dass Ihre Freundin Tita Ihnen zwar noch lange nicht verständlich machen kann, wovon ich spreche, vielleicht wird es aber nachvollziehbarer für Sie.« Dr. Rosen nimmt die schmale, rahmenlose Brille ab, befeuchtet seine Lippen. »Wanda, Sie wissen, Sie können jederzeit abbrechen, und wir setzen unser Gespräch ein anderes

Mal fort. Lassen uns viel Zeit. Möchten Sie an dieser Stelle abbrechen?«

Wanda erwacht förmlich. Zaudert. Versucht, sich aus ihrer Starre zu lösen, als sei ihr Körper in Gips getränkt, und schüttelt sodann leicht mit dem Kopf.

»Ich bin nicht umsonst so weit gegangen«, haucht es wie eine kalte Brise durch das Zimmer.

Konrad nimmt Wandas Hand. Ein Reflex. Er ist beeindruckt von ihrer Willenskraft, ihrem Mut.

Doch er weiß: Sie hat bislang noch immer nur eine leise Ahnung von dem, was ihr der Medizinmann gleich zu verstehen geben wird. Denn dann wird sich ihr Lebensrätsel auflösen, jedoch weniger erfreulich, als es sich bei ihm an dem Abend im Wantis aufgelöst hat. Denn Wanda von Eichenborn zu treffen, ist der Antrieb gewesen, den er gebraucht hat. Und das nicht nur beruflich.

Konrad Kümmer, angehender KTA der Polizei Frankfurt.

»Wanda, Tita ist Ihre Puppe gewesen und war ein Geschenk Ihres Vaters, benannt nach Ihrer Urgroßmutter Justitia. Sie müssen ein Bild von ihr im Haus Ihres Onkels gesehen haben, als sie noch ein junges Mädchen war, und haben es abgespeichert. Die Puppe war all die Jahre über Ihr Wegbegleiter, seitdem Sie klein waren.«

Erinnerungen flammen auf.

Wanda sieht, wie sie ihre Puppe in der Schule sogar noch dabeihatte und in ihrem rosa Rucksack versteckt hielt, als schon niemand mehr mit Puppen spielte. Wo sie war, war auch Tita.

»Wanda, Sie bauten sich eine kleine innere Höhle, einen Platz, nur für Sie zwei! Tita, Ihre Puppe, wurde nach dem Tod Ihres Vater zu einem archaischen Gewissen, wie ein gestrenger Vater, der zu Ihnen spricht, und somit zu einem ausgelagerten Teil von Ihnen. Man spricht auch von Projektion. Sie hielten fest an Tita, auch wenn Sie fortan ohne sie aus dem Haus gegangen waren. Tita war trotzdem immer dabei. Und ist es wohl noch heute.«

Wandas Braue bewegt sich unkontrolliert abwechselnd nach oben und wieder nach unten, als habe sie sie nicht unter Kontrolle.

»Wanda, möchten Sie mit mir allmählich und behutsam aufdröseln, was Sie nun schon ein Jahrzehnt lang belastet? Und gemeinsam überprüfen, ob Ihre Zellengenossin Tita real sein kann?«

Wanda schluckt.

Tita ist nicht real?

Das soll die große Auflösung sein? Dass Tita sie verlässt?

Der Brocken ist zu groß.

Und bringt Wanda eine unerträgliche innere Leere. Sie frisst sich von ihrer Seele aus in ihren Körper, in ihren Magen, der plötzlich schmerzt.

In ihre Lunge, die sich beengt anfühlt.

Und erreicht als letzten Punkt ihr Herz, das sie nicht mehr schlagen spüren kann.

Sterben dürfte sich ähnlich anfühlen.

Sie sieht zu Konrad auf, löst sich allmählich aus ihrer Starre. Die kleinen Ameisen machen sich bereits auf den Weg.

Tita hat mich verlassen?, fragen ihre Augen zweiflerisch, als hätte die Verstörung nun auch sie erreicht.

Sie wagt es nicht, laut zu sagen, doch die Gedanken sind da. Hämmern gegen ihren Schädel. Verlassen will Tita mich, so wie bereits meine Mutter, mein Vater und – mein Onkel mich verlassen haben?

Der bedrohliche Zustand in ihrem Inneren breitet sich weiter aus. Er ist unerträglich.

Stell ihn ab!, befiehlt Wandas innere Stimme, als gehe es um Leben und Tod.

Doch Wanda kann es nicht.

Rosen betrachtet die reglose junge Frau vor sich, deren Augen trüb das kleine schwarze Büchlein auf seinem Schoß betrachten. Und die die Hand danach ausstreckt, als wolle es ein Pflaster für seine Wunden.

Rosen überreicht es ihr. Und bittet sie mit leichtem Nachdruck, laut vorzulesen, was sie dort als ersten Eintrag geschrieben hatte.

»Und lassen Sie sich Zeit«, betont er. »Tita war in Haft schließlich lange Zeit Ihr Schutzschild gewesen, gewisse Teile in Ihnen auseinanderzuhalten, sie zu spalten, um sie verdrängen zu können. So wie den Nachmittag vor zehn Jahren. Wir werden gemeinsam die Teile ganz langsam wieder zusammenführen.«

Wanda spürt bereits das kalte, raue Leder an ihren Händen. Die ersten Seiten sind durchlöchert. Wanda befühlt die Stellen ausgiebig, als lese sie eine Blindenschrift. Die Seiten sollten durch Heftklammern verschlossen bleiben, um sie vor der Öffentlichkeit zu verstecken, erinnert sie sich plötzlich.

Oder gar vor ihr selbst?

Wie befohlen, liest sie laut vor.

»November 2001. Ich bin so aufgebracht darüber, dass mein Onkel nicht da gewesen ist – dabei geht es doch um meine Karriere, um alles oder nichts. Vielleicht ist deshalb bei mir ein Schalter durchgebrannt, als Antonella, seine Frau, mir wieder einmal alles kaputt machen wollte und behauptet hat, dass auch mein Onkel mein Anliegen als Schnapsidee abtun werde. Ein Wort gab das andere; übergeschnappt hatte sie mich genannt.

Ich lief ihr also wütend bis in das Wohnzimmer nach und griff kopflos nach dem Gewehr.

Antonella schrie hysterisch, fragte, was das soll, und nannte mich unfähig - doch ich wusste, wie man das alte Gewehr zu bedienen hat.

Das Visier auf ihr blasses Gesicht gerichtet, verstummte sie plotzlich, und die Wohnzimmeruhr über uns schien ganz plötzlich nur noch zu kriechen. Die Abstände, in denen der

Sekundenzeiger über unseren Köpfen geruht hatte, wurden immer länger, als würde er ganz stehen bleiben.

Das Gewehr war so schwer, dass ich es kaum ruhig zielend auf einem Punkt halten konnte – 4,1 Kilo, die schwer auf mir lasteten. So wie Antonellas ewige Vorwürfe. Mein zu langes und zu störrisch gewachsenes Haar und mein störendes Dasein spielten für sie und ihr perfektes Leben endlich keine Rolle mehr, als die Patrone die sechshundert Millimeter Lauflänge des Gewehrs überwunden hatte. Meinem Empfinden nach eine Ewigkeit, aber in Wirklichkeit weniger als eine Zehntelsekunde.

Wie eine krankhafte Wiederholung. Schon meine Mutter ist bei meiner Geburt meinetwegen gestorben, als habe nichts zwischen mir und meinem Vater stehen sollen.

Doch jetzt habe ich nur noch sie - Tita. Meine Zellengenossin. Sie hat bereits auf mich in der JVA Preungesheim gewartet. Und ich gebe sie nie mehr her – denn sie ist alles, was ich jetzt noch habe ...«

***

»Verurteilt« ist Dank einiger wunderbarer Menschen entstanden, die mir beim Schreiben und Recherchieren geholfen haben.

Danke für das kostbare Know-how!

Besonders dem Verleger Walter Sülberg (morlant-verlag.de) und der Lektorin Bärbel Phillip (textperlen.de).
Meinen ganz besonderen Dank dem Autor Michael Kunz (michael-kunz.net), für die unermüdliche konstruktive Kritik und das Erstlektorat.

Ich habe sehr viel über Polizeiarbeit, Täteranalysen und Forensik gelernt. Für die Unterstützung meiner Recherchearbeit möchte ich dem Dipl. Psychologen, Markus Klein, und seinem Kollegen Dr. Scheurer aus der forensischen Ambulanz Baden danken, ebenso dem niedergelassenen Dipl. Psychologen, Host Marx, (praxis-horst-marx.de) und dem Anwaltsbüro Arnoul & Möller für die außergewöhnlichen Beratungen.

Danke für die Geduld, das Testlesen und die überaus konstruktive Kritik, C. Leitner, Christine Meranius, Janina Meranius, Wolfgang Meranius, Iris Solbach, Eckart und Monika Huth, Sina Schymik, Simon Huth, Nilufar Arabzadeh, Nina Moschner, Sabine Lehmann-Remshagen (weinliebe.net), Benjamin Njoo, Nicole und Joachim Zöhren, Tobias Kuch, Autorin Hilde Heyduck-Huth (hilde-heyduck-huth.de), Helga und Reinhard Huth, Sarah Goree, Edvina Bourmas und allen anderen für ihre tolle Unterstützung und ihren Zuspruch.